rebates

BELGICA

Viromandui
Norvi

Mosa

Aduatuc

Arduenna Silva

Ubii

GERMANI

Moenus

metocenra

Remi

Treveri

Vangiones

Bibrax

Axona

Noviodunum

Nemertes

Suessiones Durocortorum

Mosella

Meldi Catalauni

Matrona

Mediomatrici

Meclodunum

Leuci

Tricasses

Senones

Agedincum

Lingones

Alesia

Admagetobri(g)a Vesontio

Vosegus M.

Triboci

Rhenus

Latobrigi

Tulingi

Sequani

Raurici

Helvetii

Liger

Haedui

Noviodunum

Dubis

ricum

Jura Mons

Cecelia

Bibracte

Cabilionum

Tigurini

Arar

Lemanus

TICA

Ambarri

Elaver

Lugudunum

ontes

Gergovia

Arverni

Seguslavi

Vienna

Rhodanus

Allo

GALLIA CISALPIN

Vellavi

Cenna M.

Helvii

Gabali

Oltis

Cebenn. Cebe

Voconti

BONENSIS

Voconti

Druentia

Arocomici

Arelate

Aquae Sextiae

Salluvi (Salves)

larbo

Massilia

Katja Brommund
Das Pergament

Katja Brommund

Das Pergament

Roman

KLÖPFER&MEYER

»Besonders davon versuchen sie zu überzeugen, dass die menschliche Seele unsterblich sei und nach dem Tod von einem Körper in den anderen wandere. So, glauben sie, erhalte man einen Antrieb zur Tapferkeit, wenn man die Furcht vor dem Tod überwinde. Überdies lehren sie noch vieles über die Gestirne und ihren Lauf, über die Größe des Weltalls und der Erde, über das Wesen der Dinge und die Gewalt und Macht der unsterblichen Götter, und sie weihen die Jugend in diese Lehren ein.«

Julius Caesar über die Druiden (aus: »De Bello Gallico«)

Inhalt

Prolog 9

1. Das Pergament 13

2. Die Übersetzung: Teil 1 20

3. Das Belisama-Fest 51

4. Die Mission 72

5. Das Treffen in Autricon 97

6. In den Händen des Feindes 102

7. Die Fahrt nach Norden 109

8. Der schöne Schmied 123

9. Auf der Suche 138

10. Der Weg nach Rom 148

11. Die Kathedrale von Chartres 160

12. Das Herz des Imperiums 179

13. Die Gladiatorenschule 188

14. Davinas Bestimmung 199

15. Die Übersetzung: Teil 2 213

16. Das Wiedersehen 224

17. Geweihte Nächte – Die Übersetzung: Teil 3 241

18. Zeitenwende 251

19. Zurück in Rom 269

20. Davinas Seelenreise 292

21. Poseidonios 309

22. Davinas Erwachen 319

23. Der Beginn des Krieges 325

24. Die Amphore 336

25. Die Ausstellung 340

26. Vercingetorix 348

27. Meduanas Heimkehr 366

28. Die Begegnung 372

Epilog 380

Historische Zeittafel 385

Glossar 387

Prolog

Massalia im Jahre 59 v.d.Z.

Die Barackensiedlung der Fischer lag oberhalb der großen Bucht. Von ihrem Fenster aus konnte sie auf den Hafen und das Meer hinunterblicken: im Licht der untergehenden Sonne ragten jetzt die Masten der großen Schiffe wie schwarze Speere in den Abendhimmel hinein, lange Schatten legten sich auf die Straßen der alten Stadt. Die Öllampe am Fenster flackerte leicht. Salzhaltige Luft und der moderige Geruch der Fischernetze drang in ihre Nase.

Auf dem kleinen Holztisch am Fenster lag das unbeschriebene Pergament, eine Rolle aus feinstem Ziegenleder. Sie war das Abschiedsgeschenk des weisen Mannes gewesen, der soeben gegangen war. Viele Stunden lang hatte sie mit dem alten Griechen im Schatten der Eiche gesessen und das Schreiben geübt. Viel Zeit hatten sie gemeinsam am Hafen verbracht, auf das Südliche Meer geblickt, und sich in seiner Sprache über die Philosophie und ihre Götter ausgetauscht.

Eine Zeit lang lauschte sie noch dem Gesang der Zikaden und den Stimmen der geschwätzigen Fischerfrauen, dann nahm sie den Kalamos zur Hand. Vorsichtig rollte sie ein Blatt des Pergaments aus, strich es mit ihrem Unterarm glatt und fixierte es mit der linken Hand auf dem Tisch. Dann tauchte sie das Schilfrohr in das Gefäß mit rußhaltiger Tinte, ließ die überschüssige, schwarzgraue Flüssigkeit abtropfen und zog die getränkte Spitze über die Lederhaut: MASSALIA, Jahr des Ebers …

Wie einfach es doch war, mit dem Schwert ein Leben auszulöschen, und wie schwer, den Kalamos zu führen. Noch immer kam es ihr wie ein Sakrileg vor. Noch immer fürchtete sie sich vor dem Zorn ihrer Götter, die kein Bildnis von sich duldeten und auch nicht das geschriebene Wort für die Ewigkeit. Doch der große Krieg, den Diviciacus vorhergesagt hatte, war nicht mehr fern, und ihre Sorge wuchs, dass das Wissen ihres Volkes und ihre eigene Geschichte in den Wirren der Zeit für immer verloren gehen könnten. Hatte der mächtige Lugus sie nicht selbst dazu berufen? Warum also sollten die Götter ihr zürnen?

France 24: Marseille, 12. März 2012
Bauunglück in Marseiller Metrostation – Amphoren entdeckt!

Bei unterirdischen Bauarbeiten an einem Versorgungstunnel der Metrostation am Place de la Joliette kam es am frühen Morgen zu einem tragischen Unfall in der Tiefe. Ein 42-jähriger Bauingenieur wurde lebensgefährlich verletzt, als er bei Aufgrabungen in einen drei Meter tiefen Hohlraum stürzte. Er konnte erst nach zwei Stunden von den Feuerwehrleuten gerettet und in ein Krankenhaus gebracht werden. Bei seiner Rettung wurden mehrere antike Amphoren im Sediment des Hohlraumes entdeckt. Die städtische Kulturbehörde veranlasste die Bergung der Gefäße. Der Leiter des Bauamtes wies darauf hin, dass der U-Bahnverkehr dadurch nicht gefährdet sei.

*

France 24: Marseille, 21. Mai 2012
Ungewöhnlicher archäologischer Fund nach Bauunglück!

Die oberste Kulturbehörde des Départements hat Olivier Dupont, den bekannten Professor für Archäologie und Kunstgeschichte der Université Paris-Sorbonne, damit beauftragt, weitere Untersuchungen an den Amphoren vorzunehmen, die bei dem Bauunglück in der Nähe des Place de la Joliette Anfang März entdeckt wurden. Eine der Amphoren hat laut Auskunft des Direktors des archäologischen Museums einen Verschluss, der mit einem bituminösen Kleber versiegelt worden war. Sie ist offenbar unversehrt und wasserdicht verschlossen. Nach ersten Erkenntnissen wird das Alter der aus Griechenland stammenden Handelsgefäße auf die Zeit um Christi Geburt datiert.

*

2000 Jahre alte Schriftrolle aus Griechenland entdeckt!

Der »Marseiller Amphoren-Fund« entpuppt sich als archäologische Sensation. Professor Dupont von der Université Paris-Sorbonne gab bekannt, dass sich in einer der Amphoren ein Pergament mit altgriechischen Schriftzeichen befunden habe, die Schriftrolle sei ungewöhnlich gut erhalten.

Amphoren waren die Container der Antike und übliche Handels- und Transportbehältnisse. Wie sie allerdings an diese Stelle gelangen konnten, ist den Fachleuten ein Rätsel. Fakt ist, dass unter der modernen Stadt Marseille noch immer Reste der antiken Hafenanlage vorhanden sind. Nach bisherigen Erkenntnissen hatte sich diese jedoch weiter landeinwärts befunden.

Zurzeit wird die griechische Schriftrolle im Musée d'Archéologie Méditerranéenne in Marseille mithilfe modernster Technik von einem Expertenteam bearbeitet und eine genaue Datierung vorgenommen. Seit der Wiederherstellung des berühmten »Kodex des Archimedes« im Jahre 2005 sind die wissenschaftlichen Methoden zur Entschlüsselung und Konservierung alter Texte geradezu revolutioniert worden. Wir können also hoffen, dass das Geheimnis um das antike Pergament bald gelüftet werden wird.

1. Das Pergament

Davina Martin, Honorarprofessorin an der Humboldt-Universität zu Berlin, Altphilologin und Expertin für die Kulturen der Eisenzeit in Nordeuropa, kehrte am 21. Juni nach einer Vorlesung in ihre Wohnung in Steglitz zurück. Als sie im Flur ihre Tasche ablegte, bemerkte sie den blinkenden Anrufbeantworter. Von dem Bauunglück in Marseille und der Entdeckung der griechischen Amphoren hatte sie bereits durch die Nachrichten erfahren und vor einigen Wochen war auf dem Internetportal »Archäologie online« ein kurzer Artikel darüber erschienen. Doch Davina hatte der Berichterstattung keine besondere Aufmerksamkeit geschenkt. Denn weder in den Nachrichten noch in dem Artikel wurde erwähnt, welch sonderbaren Ursprungs die Schriftrolle tatsächlich war. Daher war sie nicht wenig erstaunt über die Tatsache, dass der angesehene Professor aus Paris ihr persönlich auf den Anrufbeantworter gesprochen hatte und ihr eine auf sechs Monate befristete Übersetzungsarbeit in Marseille anbot. Da er wohl davon ausging, dass Davina längst mit den Fakten vertraut war, erwähnte er nur kurz das Pergament. Der Name Poseidonios sei entziffert worden und der einer gallischen Frau, von der offensichtlich auch der Text stammte. Duponts Stimme wirkte aufgeregt. Er betonte, dass es sich um ein einzigartiges Schriftstück handele, das der Wissenschaft einen tiefen Einblick in die vorrömisch-keltische Kultur ermöglichen könnte. Am Ende bat er sie eindringlich um ihren Rückruf und hinterließ eine Telefonnummer.

Davina musste sich setzen.

Unfassbar! Mit solch einem Fund hatte sie im Traum nicht mehr gerechnet. Zum Verdruss der Archäologen hegten die Kelten eine große Abneigung gegen jegliche Form der Archivierung. Die wenigen historischen Aufzeichnungen, die noch existierten, stammten größtenteils von römischen und griechischen Gelehrten, die distanziert und mit einer gewissen Überheblichkeit eine ihnen fremde Kultur beschrieben. Das bekannteste Beispiel dafür waren die Berichte von Julius Caesar, der seine selbstherrlichen und grausamen Feldzüge vor dem Senat in Rom rechtfertigte, indem er die Belger, Gallier und Germanen als blutrünstige Barbaren darstellte.

Über die gallischen Bräuche, ihre Rechtsprechung und das medizinische Wissen wusste man erstaunlicherweise so gut wie nichts. Jedenfalls nicht aus Sicht der Kelten selbst. Ihre Geschichte war geprägt von einem Mythos, der durch die mittelalterlichen Dichtungen und religiösen Malereien ihrer Nachfahren auf den Britannischen Inseln entstanden war. Für die Wissenschaftler existierten die Kelten nicht einmal als ethnische Einheit. Vielmehr waren es unterschiedliche Stämme, die im Laufe der Zeit eine ähnliche Lebensweise und eine gemeinsame Sprache entwickelten. Dadurch entstand in der Eisenzeit im Norden und Osten Europas eine einzigartige und vielfältige Hochkultur, die sich deutlich von den Kulturen der antiken Mittelmeervölker unterschied. Griechische Gelehrte gaben ihnen den Namen »keltoi« – die »Tapferen«.

Nach einer kurzen Bedenkzeit stand für Davina fest, dass sie den Anruf aus Marseille auf gar keinen Fall ignorieren durfte!

Sie rief bei der Universitätsleitung an, um zu erfahren, ob sie kurzfristig einer auswärtigen Arbeit nachgehen könne. Zu ihrer Verwunderung äußerte der Präsident der Universität keinerlei Bedenken. Im Gegenteil, er versicherte ihr, dass ihre Stelle als Honorarprofessorin dadurch nicht gefährdet sei.

Dann wählte sie die Nummer von Herrn Dupont. Eine Französisch sprechende Frau teilte Davina förmlich mit, dass der Professor zu dieser Stunde nicht mehr erreichbar sei. Sie werde die Nachricht aber gleich am nächsten Morgen an ihn weiterleiten, zumal der Herr Professor ja schon mit Ungeduld auf ihre Antwort warte. Davina musste schmunzeln. Die Frau, wahrscheinlich Duponts Sekretärin, verhielt sich, als würde es sich bei dem Auftrag um eine brisante Staatsangelegenheit handeln. Vielleicht machte sie heute auch unfreiwillig Überstunden, weil der Professor verhindert war. Davina wollte das Gespräch nicht unnötig in die Länge ziehen und gab der Sekretärin kurzerhand zu verstehen, dass sie den Übersetzungsauftrag annehmen wolle.

»Wann genau gedenken Sie denn in Marseille einzutreffen?«, fragte die Frau ungeduldig.

»Das kann ich Ihnen jetzt noch nicht sagen, Madame, ich muss mir doch erst eine passende Unterkunft suchen«, erwiderte Davina. Nun wirkte die Sekretärin auf einmal belustigt: »Aber wegen Ihrer Unterbringung müssen Sie sich doch keine Gedanken machen, Frau Dr. Martin, der Herr Professor hat bereits alles für Sie organisiert. Kommen Sie einfach so schnell wie möglich nach Marseille!« Verdutzt stammelte die Wissenschaftlerin ein »Okay, Madame« ins Telefon, aber die Frau hatte schon aufgelegt.

Gleich danach versuchte Davina ihren Lebensgefährten anzurufen, um die freudige Nachricht mit ihm zu teilen. Er war Vulkanologe und hielt sich schon seit Wochen im Auftrag des Auswärtigen Amtes in Island auf, um den vor gut einem Jahr ausgebrochenen Vulkan Grímsvötn auf weitere Aktivitäten zu untersuchen. Die Aschewolke hatte den europäischen Flugverkehr über Tage hinweg lahmgelegt. Jan hatte damit gerechnet, dass die Beobachtung des Vulkans einige Monate in Anspruch nehmen würde. Wenn er doch wenigstens telefonisch zu erreichen wäre! Davina versuchte es ein paar Mal, gab dann aber entnervt auf.

Am 23. Juni landete das Flugzeug spät abends in Marseille. Der Professor ließ es sich nicht nehmen, Davina persönlich abzuholen. Er hatte sich hierfür extra einen Mercedes mit Klimaanlage und Fahrer gemietet. In Marseille herrschte in den letzten Tagen eine außergewöhnliche Hitze, und der Professor wollte sicherstellen, dass seine neue Mitarbeiterin sicher zu ihrem Hotel gelangt.

Herr Dupont war Anfang sechzig, etwas größer als Davina und von kräftiger Statur. Er trug einen gepflegten, weißen Bart und eine Sonnenbrille im Gesicht. Wegen der großen Hitze hatte er einen Anzug aus hellem Leinen an, dazu einen passenden Hut, der ihm sehr gut stand. Er begrüßte Davina am Ausgang des Flughafenterminals wie eine alte Bekannte.

Auf der Fahrt zum Hotel fragte sie ihn, warum seine Wahl für die Übersetzung auf sie gefallen war.

»Ich habe natürlich recherchiert, Frau Dr. Martin, soweit mir das bei meiner begrenzten Zeit möglich war. Ihre letzte Veröffentlichung über die frühen Gräberfunde der Kelten Nordeuropas hat mich durchaus beeindruckt. Auch Ihre altsprachlichen Fähigkeiten sind mir bekannt. Es wäre sehr bedauerlich gewesen, wenn Sie den Auftrag nicht angenommen hätten.« Er machte eine kurze Pause und fügte dann fast beiläufig hinzu: »Außerdem wollte ich gerne eine Frau mit der offiziellen Übersetzung des Pergamentes beauftragen.«

»Warum das?«

»Weil der autobiographische Text tatsächlich von einer Gallierin stammt, einer Frau«, antwortete der Professor, »das allein ist schon sehr ungewöhnlich. Ich möchte, dass Sie sich auch persönlich mit dem Inhalt des Pergaments auseinandersetzen.«

Nach dem kurzen Gespräch herrschte Schweigen. Davina wurde schläfrig. Sie blickte aus den staubigen Fenstern des Wagens und sah das beleuchtete Marseille an sich vorbeiziehen. Verträumt stellte sie sich vor, sie führen durch das antike Massalia. »Wie es wohl damals ausgesehen hat? Wie viele Öllampen haben wohl noch um diese Zeit gebrannt? Wie hat die Siedlung in der Dämmerung auf einen Reisenden gewirkt? Waren überhaupt noch Menschen unterwegs in die Stadt gewesen, oder war es zu gefährlich, in der Dunkelheit zu reisen?«

Der Mercedes hielt direkt vor ihrem Hotel am Alten Hafen. Als Davina ausstieg, schlug ihr die warme, salzhaltige Luft des Südens ins Gesicht. Auf den Schiffen brannten die Lichter. Zur Straße hin standen mehrere Restaurants offen. Man konnte Musik vernehmen, das Klappern von Geschirr und die Stimmen der Menschen, die draußen saßen und sich unterhielten. Es roch nach gebratenem Fisch, Olivenöl und Knoblauch. Die Marktstände am Rande des Hafenbeckens standen leer, nur wenige Autos und einige Zweiräder fuhren vorbei. Im Hintergrund hörte man das leise Schlagen der Wanten an den metallenen Masten der Schiffe.

Sie atmete tief ein und rief sich ins Bewusstsein, wo sie sich befand. Obwohl man vom Alten Hafen aus das offene Meer nicht sehen konnte, ließ es sich doch erahnen. Gleich hinter der schützenden Kaimauer wartete es nur darauf, befahren zu werden: das Meer, das seit Jahrtausenden die Menschen Europas mit dem mittleren Osten und den Völkern Nordafrikas verband.

Sie stellte sich vor, wie in der Antike, als Marseille noch eine Kolonie der Griechen war, die kleinen Segelboote der Fischer mit den mächtigen Handelsschiffen konkurrierten. Was für ein Gedränge in der kleinen Bucht stattgefunden haben musste! Davina vernahm die Rufe der Seeleute, die Stimmen der Händler und Arbeiter, das Schlagen der wuchtigen Segel im Wind und das aufgeregte Kreischen der Möwen, die sich um die Abfälle stritten.

»Kommen Sie, Frau Dr. Martin?« Dupont riss sie aus ihren Gedanken. Davina nickte versonnen und sah zu, wie ihr Gepäck in das beleuchtete Foyer des Hotels getragen wurde. Dann folgte sie dem Professor zur Rezeption. Beim anschließenden Abendessen sprachen sie noch über ihr Honorar und die üblichen Formalitäten. Dupont hatte tatsächlich an alles gedacht.

Am nächsten Morgen erwachte die Wissenschaftlerin ungewöhnlich früh. Warmes Licht schien durch die schweren Gardinen ihres Hotelzimmers. Davina war hellwach, eine unbestimmte Vorfreude trieb sie aus dem Bett. Nach dem Duschen frühstückte sie eilig im Hotel. Gleich danach telefonierte sie mit Herrn Dupont, der sich bereits im Museum aufhielt. Er nannte die Adresse und erklärte ihr, wie sie den Treffpunkt im historischen Stadtviertel Le Panier zu Fuß erreichen konnte. Doch Davina wollte keine Zeit verlieren. »Pouvez-vous me conduire à la Rue de la Charité, s'il vous plaît?« Der Taxifahrer nickte.

Es war ein wunderbar klarer Morgen. Die ersten Sonnenstrahlen erwärmten bereits die Luft. Man konnte spüren, dass es wieder ein heißer Tag werden würde. Das Taxi fuhr ein Stück am Hafen entlang und durch staubige, enge Straßen. Davina genoss die kurze Fahrt bei offenem Fenster. Nach wenigen Minuten war sie auch schon an ihrem neuen Arbeitsplatz angelangt.

Herzlich und gut gelaunt empfing sie der Professor am Eingang der Alten Charité. Er machte Davina gleich zur Begrüßung auf die Besonderheiten des Gebäudes aufmerksam. Das Bauwerk stammte aus dem 17. Jahrhundert, es war erst vor wenigen Jahrzehnten vollständig restauriert worden. Die Büros und die Ausstellungsräume des Musée d'Archéologie Méditerranéenne, so Dupont weiter, verteilten sich über mehrere Stockwerke in den Arkaden. Davina bewunderte die malerische Anlage. Eine kleine, tempelähnliche Kapelle im italienischen Barockstil beherrschte den sonnendurchfluteten Innenhof, ein paar Bänke im Schatten des Gebäudes und ein kleines Bistro am Eingang luden zum Verweilen ein. Der gesamte Komplex hatte das Flair eines antiken, römischen Bauwerkes.

Der Professor führte sie in die erste Etage der Arkadengalerie, wo sich unter anderem die Restaurationsräume befanden. Dort stellte er seiner neuen Mitarbeiterin das Team aus Wissenschaftlern und Technikern vor, die das Pergament mit großem Aufwand restaurierten. Davina wurde durch die Räumlichkeiten geführt und bekam einen Einblick in ihre Arbeit. Auf großen Tischen, die von unten beleuchtet waren, lagen in Schutzhüllen Teile des bearbeiteten Pergaments. Man zeigte ihr digitale Kopien, Ausdrucke in verschiedenen Farben und Helligkeitsstufen, einzelne Wörter, die vergrößert auf Monitoren dargestellt waren. Sie konnte es kaum erwarten, das Pergament in ihren eigenen Händen zu halten.

2. Die Übersetzung: Teil 1

Um 10.30 Uhr wurde Davina zu ihrem neuen Arbeitsplatz begleitet. Der kleine, hohe Raum war von außen durch Jalousien abgedunkelt worden. In einer Vitrine an der Rückwand lagerten ein paar vergessene Ausstellungsstücke: bemalte Tonscherben, Keramikgefäße und Figuren aus frühgriechischer Zeit. Ein breiter Holztisch mit Leselampe stand vor dem verdunkelten Fenster. Auf der Sitzfläche des ausgedienten Bürostuhls stand ein kleiner, kantiger Aluminiumkoffer. Darin: mehrere Paare weißer Stoff-Handschuhe, verschiedene Lupen, Papier und sorgfältig angespitzte Bleistifte. Zudem wurde Davina eine Schreibkraft zur Verfügung gestellt, die ihre handschriftlichen Aufzeichnungen abtippen würde. Nichts sollte das Pergament oder ihre Arbeit beeinträchtigen. Dupont bat sie eindringlich, sich sofort an das Team zu wenden, sollten Fragen oder Unklarheiten auftreten. Es war ihm offensichtlich sehr wichtig, dass der Fund so schnell wie möglich der Öffentlichkeit präsentiert werden konnte. Mehrere Institute hatten dem Projekt ihre finanzielle Unterstützung angeboten, und auch aus anderen Gründen wollte Dupont mit einer Veröffentlichung nicht zu lange warten.

Kurz danach verzog sich Davina in die kleine Angestelltenküche des Museums und holte sich einen Espresso. Sie wollte einen Moment lang ungestört sein. Sie veranlasste, dass ihre Bücher, die sie für die Übersetzung benötigte, und die sie morgens in der Eile im Hotel gelassen hatte, innerhalb der nächsten Stunde ins Museum gebracht wurden, ebenso ihr Diktiergerät. Der Professor hatte ihr vorgeschlagen, zur Miete im Untergeschoss der Alten Charité zu wohnen. Im hinteren Teil der Arkadengalerie existierte ein kleines Appartement mit Küche und Bad. Davina hatte um Bedenkzeit gebeten, aber schon bald fand sie Gefallen an der Vorstellung, für ein paar Monate in dem historischen Gebäude zu leben.

Gegen Mittag begab sie sich endlich in den Übersetzungsraum. Kurz zuvor hatte sie um die Aushändigung der ersten Seite des antiken Textes gebeten. Als sie wenig später ihr angenehm kühles Büro betrat, lag in einer ledernen Mappe das erste Fragment bereits auf dem Tisch. Eine digital überarbeitete Kopie des Ausschnittes war dem Pergament hinzugefügt, darauf konnte man die einzelnen Buchstaben noch deutlicher erkennen.

Voller Ehrfurcht setzte sich Davina an den Schreibtisch, zog sich die feinen Baumwollhandschuhe über und knipste die Leselampe an. Ein kaltes Licht erhellte den Raum. Sie öffnete die Mappe und nahm das Stück Pergament vorsichtig in beide Hände. Der Text bestand aus unregelmäßigen, altgriechischen Schriftzeichen. Sie hielt das Pergament vorsichtig ins Licht. Die Wissenschaftler hatten ganze Arbeit geleistet. Das Material war verfärbt und teilweise gebrochen, aber hervorragend konserviert worden, und die Schrift war bis auf wenige Ausnahmen gut lesbar.

Sie machte sich an die Arbeit. Nach dem ersten, inhaltlich sinnvollen Absatz führte sie den Text zusammen. Eigennamen oder großgeschriebene Begriffe unterstrich sie, um sie später kursiv abtippen zu lassen. Erklärende Worte setzte sie in ihrer Übersetzung in Klammern hinter den Begriff. Am Ende las sie sich die Zeilen noch einmal laut durch.

24. Juni 2012, Fragment 01
MASSALIA, Jahr des Ebers
Ich bin Meduana, Tochter des Fürsten Gobannix und der weisen Una, geweihte Priesterin und Kriegerin meines Stammes, der Carnuten.

Die Romaner (Römer) nennen uns die Gallier (celticae galli), doch wir sind das alte Volk Avallons.

Mein Vater war ein großer Fürst, ein Liebling der Götter. Er brachte uns Frieden und Wohlstand, dennoch schenkte ihm Rosmerta keinen Sohn. Ich war sein einziges Kind. So sollte ich an des Bruders Stelle die heiligen Lehren erhalten, und sie gaben mich im siebten Jahr in die Obhut der Druiden (druwides). Auch ließ mein Vater mich schon früh im Kampfe schulen. Mit der Zeit vergaß er den verlorenen Sohn, denn er konnte mit Stolz in die Augen seiner Tochter blicken. Ich führte den Namen unserer Sippe zu seiner Ehre und wurde zur Kriegerin im Zeichen des Adlers.

Hiermit möchte ich berichten und Zeugnis geben von der Wahrheit. Auch wenn es den Göttern missfallen sollte, das Wissen meines Volkes darf nicht verloren gehen! Der große Poseidonios aus dem Reich der Graecer (Griechen) führte meine Hand. Ein weiser und gerechter Mann. Ich bete zu den Göttern, dass seine Worte nie verloren gehen mögen.

Mein Volk ist nicht wie das Seine, ein Volk der Schriftgelehrten. Wir sind ein Volk des Wortes. Wir stammen von den alten Göttern ab und werden eines Tages, nach der Zeitenwende, mit ihnen untergehen. Unsere Riten werden wohl vergessen werden und unsere Götter werden anderen Göttern weichen müssen. Doch ich trage die Hoffnung in meinem Herzen, dass die Seele des alten Volkes eines Tages auferstehen wird.

Ich bitte die Götter um Vergebung und danke meinen Lehrmeistern Ambiacus und Poseidonios für ihre Geduld und ihre Weisheit.

*

Ungläubig betrachtete Davina das Pergamentblatt. Sollte das tatsächlich der Bericht einer gallischen Frau sein, die hier vor über 2000 Jahren ihre persönliche Geschichte aufgeschrieben hat? Noch einmal las Davina sich den Text durch. Sie konnte es kaum fassen. Das wäre nicht nur ein großes Geschenk für die Archäologen ihrer Zeit, sondern auch ihr ganz persönliches Tutanchamun-Grab, von dem sie immer geträumt hatte!

Eigentlich hätte sie jetzt ihre Kollegen anrufen und ihnen freudestrahlend davon berichten müssen. Doch in diesem Moment verspürte sie den Wunsch, allein zu sein. Sie fühlte, wie sich eine Gänsehaut auf ihren Unterarmen ausbreitete, und sie war sich mit einem Mal sicher – mit dieser Arbeit würde ein neuer Abschnitt in ihrem Leben beginnen.

Am Abend ließ Davinas Konzentration nach. Doch bevor sie das Pergament wieder in die Lagerräume bringen ließ, notierte sie noch einige Punkte, über die sie mit dem Professor sprechen wollte:

- Ungewöhnlicher Satzbau
- Handschrift etwas unbeholfen, keine Gelehrtenschrift, alte dorische Schreibweise
- Ist vielleicht *der* Poseidonios gemeint? Hilfreich für die Datierung
- Sind andere Teile des Pergamentes irgendwo erkennbar überschrieben worden?
- Wer war Ambiacus?

Um 20.30 Uhr traf sie sich mit Dupont und zwei weiteren Mitarbeitern zum Abendessen in einem schön gelegenen Restaurant in der Nähe des Hotels. Der Professor schien überaus erfreut zu sein, als er erfuhr, dass Davina sich entschieden hatte, in der Alten Charité zu wohnen.

Seit der Öffnung der Amphore war er davon überzeugt, dass es sich bei dem Pergament um eine außergewöhnliche Entdeckung handeln müsse, mindestens genauso bedeutungsvoll, wie die Ausgrabung der Skythengräber durch den deutschen Archäologen Parzinger. Die Übersetzung der ersten Seiten des Pergamenttextes, die Dupont noch selber anfertigte, hatte ihn schnell bestätigt. Da er wegen seiner Verpflichtungen als Direktor eines Museums und Dozent an der Pariser Universität die Arbeit nicht allein bewältigen konnte, hatte er eine Mitarbeiterin gesucht, die seinen hohen Ansprüchen genügen konnte, seine Rolle als führenden Wissenschaftler aber nicht gefährden würde. Schließlich sollte dieser Fund den Höhepunkt seiner Laufbahn darstellen. Er fühlte sich einer ganzen Nation gegenüber verpflichtet, die sich traditionell eher mit ihrer gallisch-römischen Abstammung identifizierte als mit ihrer germanisch-fränkischen.

Beim Tischgespräch äußerte sich Dupont auch zu Davinas Annahme, es könnte sich im Text um den berühmten griechischen Schriftgelehrten handeln:»Sehr wahrscheinlich ist Poseidonios aus Apameia gemeint. Der Text wurde in dem gleichen altgriechischen Dialekt verfasst, den wir aus seinen Schriften kennen. Die Autorin, wie auch der, der ihr die griechische Schrift beibrachte, musste über einen besonderen Status und Bildung verfügt haben. Dafür spricht auch das hochwertige Pergament, das sehr viel wertvoller als Papyrus war. Dass diese beiden Personen sich trafen, ist für sich schon ein erstaunliches Ereignis!«

»Und was halten sie von der unregelmäßigen Schriftführung? Auf den ersten Blick sieht es so aus, als würde der Text von einem Kind stammen«, warf Davina ein.

»Die Schriftführung ist in der Tat ungewöhnlich, sie wirkt unbeholfen und unausgereift. Vielleicht hat die Frau das Schreiben erst in späteren Jahren gelernt«, antwortete der Professor, »obwohl wir durch Caesar wissen, dass die Kelten auch privat schriftliche Aufzeichnungen gemacht haben, waren es wohl überwiegend männliche Aristokraten und Händler, die sich der Schrift bedienten. Es müssen also besondere Umstände gewesen sein, unter denen diese Frau das Schreiben lernte.«

»Ich bin sehr gespannt darauf, was wir noch alles durch das Pergament erfahren werden«, bemerkte Davina. »Gibt es denn auch Überschreibungen?«

Dupont nahm einen Schluck aus seinem Wasserglas, wie ein Redner am Pult, und schüttelte den Kopf: »Nein, ganz sicher nicht. Es wäre uns längst aufgefallen, wenn palimpsestische Textstellen vorhanden wären. Und wenn, könnten es höchstens Korrekturen sein, keine Überschreibungen anderer Autoren.« Er machte eine kleine Pause, vergewisserte sich der Aufmerksamkeit seiner Zuhörer und sagte dann feierlich: »Nein, es ist zweifellos ein vollständig erhaltenes, unverfälschtes Original aus dem ersten Jahrhundert vor Christi Geburt, und sehr wahrscheinlich das einzige Dokument seiner Art, das wir je zu Gesicht bekommen werden!«

25. Juni: Davina bezog ihr Quartier in dem 50 qm großen Appartement in der Alten Charité. Sie räumte auf, ging einkaufen und besorgte sich frische Bettwäsche. Später versuchte sie erneut, Jan auf Island zu erreichen. Die Verbindung war gestört, daher sprachen sie nicht lange miteinander. Er freute sich sehr, von Davina zu hören und wünschte ihr am Ende »viel Spaß bei der Grabplünderung und viel Erfolg«.

26. Juni: Am Abend betrat Davina ihr Büro. Sie hatte mit Dupont einen Großteil des Tages in der Stadt verbracht, sich die Fundstelle in der Metrostation angesehen und Sehenswürdigkeiten besucht. Der Ausflug war informativ gewesen, hatte aber mehr Zeit in Anspruch genommen, als ihr lieb war. Müde machte sie sich an die Arbeit. Nach dem heißen und lauten Tag in der Stadt genoss sie die stille und kühle Umgebung des Büros. Nur ab und zu vernahm sie ein leises, tiefes Brummen, das gedämpft von der Straße vor dem Fenster in ihr Arbeitszimmer drang.

26. Juni 2012, Fragment 02
Es war die Zeit, in der die Kraft der Sonne uns verließ, als mein Leib fruchtbar wurde. Ich war im vierzehnten Jahr, und sie nannten mich »Cadha«, was mich allein zur Tochter unseres Stammesführers machte. Nun wurde ich zur Frau, mit allen Rechten und mit neuen Pflichten. Epona wurde das Opfer gereicht, und als der Mond sich wandelte, fand im Hause meines Vaters ein Fest für meine Weihe statt. Dann endlich wurde mir von meinem Fürst der Halsring (Torques) überreicht.

Vor allen Augen wurde ich als Kriegerin geehrt, zur Hüterin berufen. Im Beisein meiner Sippe und der Priester schwor ich, meinem Stamm zu dienen, selbst wenn es mich mein Leben kosten sollte. Wir (die Carnuten) sind das Herz des Keltenreiches. Wir haben den geweihten Boden zu bestellen, das Land zu schützen, das uns nährt, und auch die Stätten unsrer Ahnen zu bewahren.

*

In der Nacht träumte Davina einen merkwürdigen Traum. Sie erwachte inmitten eines mächtigen Holzhauses. Dicke Säulen trugen das Dach. Auf dem Boden waren Felle ausgelegt, bunte Tücher hingen von den Wänden herab. In einer Bodenmulde brannte ein Feuer, zahlreiche Fackeln erhellten den Raum. Da stand ein junges Mädchen, schlicht gekleidet, mit einem einfachen Gewand. Ihr blondes Haar lag offen auf ihren Schultern, nur ein Haarband schmückte ihren Kopf. Sie wickelte sich ein Tuch um den Körper und befestigte es mit einer Fibel über ihrer Schulter. Plötzlich füllte sich die Halle mit Menschen. Viele Stimmen und Musik waren zu hören, Klänge von Flöten und Zupfinstrumenten. Dann bewegte sich das junge Mädchen mit gesenktem Haupt auf einen prächtig gewandeten Mann zu. Groß und muskulös stand er da. Seine dunkelblonden Haare waren zu einem Zopf gebunden, ein auffälliger Schnauzbart zierte sein markantes Gesicht. Er trug eine blaukarierte Hose. An seinem Gürtel befand sich ein langes Schwert, das in einer metallenen Scheide steckte. Sein kräftiger Oberkörper zeichnete sich durch die Tunika aus dünnem Stoff ab, ein schwerer Umhang bedeckte seine Schultern. Davina stand nur wenige Meter von ihm entfernt. Ihr war, als würde sie ihn kennen. Ehrfürchtig senkte sie ihren Blick.

Das junge Mädchen kniete nun vor ihm nieder. Sie schaute zu ihm auf. Der stattliche Mann berührte ihre Schultern mit seinen Händen und gab ihr das Zeichen aufzustehen. Eine fein gewandete, ältere Frau stand zu seiner Linken. Sie hatte hellblonde, schulterlange Haare, die zu beiden Seiten geflochten waren. Sie übergab ihm einen Ring aus Bronze. Mit einem stolzen Lächeln nickte die Frau dem Mädchen zu.

Davina begriff im Traum, wie herausragend die Szene war. Das junge Mädchen wurde geehrt. Der stattliche Mann übergab ihr symbolisch ihre Rechte. Es war unverkennbar ein Torques, ein kunstvoll geschmiedeter Ring, geformt wie ein gewundenes Seil, mit leicht verdickten Enden. Er war offen, biegsam und wurde um den Hals getragen. Davina musste unwillkürlich an die Skulptur des »Sterbenden Galliers« denken, die berühmte antike Darstellung eines unbekleideten Kriegers, der tödlich verletzt auf seinem Schild zusammenbricht. Die überlebensgroße Figur aus Pergamon hatte Ähnlichkeit mit dem Mann, der nun dem Mädchen den Ring um ihren Hals legte.

Plötzlich wurde Davina wie von Geisterhand nach draußen geleitet, als schwebe sie durch das große Tor hinaus. Die Nachmittagssonne tauchte den Ort in ein warmes, herbstliches Licht. Vor dem Haus brannten mehrere Feuer, über denen Kessel hingen. Die Menschen versammelten sich auf einem Platz. Halbierte Baumstämme waren mit Fellen bedeckt. Die Frau, die eben noch neben dem fürstlich gekleideten Mann gestanden hatte, forderte die Gruppe auf, sich zu setzen.

Das Festmahl begann. Es duftete herrlich nach Suppe, nach Gewürzen und frischem Brot. Frauen schöpften das dampfende Essen in Keramikschalen. Getreidefladen wurden herumgereicht. Aus einem großen Fass wurde ein Getränk ausgeschenkt, das aufdringlich nach herben Kräutern roch. Wolfsähnliche Hunde schnappten sich die herunterfallenden Brocken.

Mit der untergehenden Sonne wurde es kühl. Davina verspürte den Drang, sich zu den lachenden Menschen zu begeben und sich an das warme Feuer zu setzen. Sie wollte sich der Gruppe nähern, doch dann verschwand plötzlich alles im Nebel und sie wachte auf.

27. Juni 2012, Fragment 03

Als Schülerin wirkte ich im Tempel, bereitete die Zeremonien vor, sprach die Gebete und den Segen, wie es mich die Alten lehrten. Mir war erlaubt, den Eichenzweig und die Reliquien zu tragen und auch die Opferrituale zu begleiten. (Es war) ein Privileg, all dies zu tun, doch war ich lieber frei. Mein Schwert erfüllte mich mit Freude!

In ihrem Geist bewahren unsere Meister das Wissen unserer Ahnen auf. (Diese) erhielten ihre Weisheit einst von Lugus, dem weisen Schöpfergott. Er herrscht über das Wort und über unseren Geist. Nur den auserwählten Söhnen adeliger Herkunft war es vergönnt, das ganze Wissen (vollständig) zu erwerben. Viele Jahre der Unterweisung und des Lernens waren nötig, viele Mondzyklen der stillen Wanderung durch das Reich Carnutus und (es war) eine Zusammenkunft mit den Geistern unserer Ahnen. Auch duldete die göttliche Gemahlin keine weltlichen Verbindungen zu dieser Zeit.

Kein Wort wurde je geschrieben oder für die Zeit bewahrt. Der Versuch allein, die Lehre durch die Schrift zu bannen oder zu verbreiten, wurde mit Schmerz und Auslöschung bestraft, verbunden mit dem Verbote, die Feste zu besuchen und auch die Heilung wurde ganz versagt.

Das Wissen durfte nicht missbraucht, nicht falsch verbreitet werden. Die Alten sprachen: Wozu bedarf es denn der Schrift? Das Wort allein nährt unsere Seele und schult den Geist. Wenn die Götter es so wollten, dass wir die Lehre niederschreiben, dann hätten sie uns von Beginn an eine Schrift gegeben. Was geschrieben steht, das kann gedeutet werden. Es bedeutet großes Unheil, wenn die Götter nicht verstanden werden!

Ich vernahm die Worte und lernte sie. Doch wurde ich als Priesterin nicht gleich einem Druiden unterrichtet. Ich wusste von geweihten Frauen, die den Druiden ebenbürtig waren und in den Stand der Hohepriesterin erhoben wurden. So bat ich Ambiacus um dieses Privileg. Aber er sprach von einem Schwur. Die Götter hätten eine andere Bestimmung für mich ausgewählt, er habe meinem Vater schwören müssen, mich das zu lehren, was unserem Volke dienlich ist.

So blieben einige Mysterien vor mir verborgen: das Lesen der Gestirne, das Wissen um die göttlichen Gesetze, die Zahlen und die Zeichen aus der Anderwelt. Dafür lehrte er mich aber auch, die Sprachen der Romaner zu verstehen, und die Druiden wiesen mich in die Kraft ihrer Gebete ein. Ich besuchte dann die Stätten unserer Ahnen und erfuhr endlich von der Wanderung der unsterblichen Seele. Es wurde mir das Wissen von der Macht der Heilung offenbart, über die Kräfte der geweihten Pflanzen mit ihren innewohnenden Geistern. (Es ist) eine hohe Kunst, diesen Wesen in ihrer Weise zu begegnen, wie auch den Göttern ihre rechten Opfer darzubringen, um von den Kräften diese zu erhalten, die Heilung brachten, nicht den Tod!

Es näherte sich die Zeit der Priesterweihe und damit auch die Nächte in der Einsamkeit. Ambiacus offenbarte, wie wir uns in der Dunkelheit mit ihm verbinden konnten, einzig durch den Willen unseres Geistes. In dieser Nacht erfuhren wir auch von dem Tempel der Druiden, der tief im heiligen Wald verborgen liegt, dort wo die geweihte Quelle ihren Ursprung hat.

Es ist ein alter Ort der Götter und der Geisterwesen, die sich schon vor Ankunft unsrer Ahnen dort versammelt haben. Nur den geistlichen Druiden war erlaubt, dieses (Heiligtum) zu betreten und sie nutzten es für die Zusammenkunft. Dort waren sie den alten Göttern nahe, wie niemand sonst, der sterblich war. Dort wurden ihnen auch die Zeichen der Gestirne offenbart!

Es gab einen geheimen Pfad, weit von der Siedlung Autricon entfernt. Und eines Tages setzte ich mich über das Verbot hinweg und folgte ihm, bis zu seinem Ende.

*

Davina kam an diesem Tag gut voran. Bis auf wenige Ausnahmen konnte sie dank der bearbeiteten Kopien den Text mühelos entziffern. Sie lehnte sich zurück und sprach in ihr kleines Diktiergerät:»Die Verfasserin berichtet uns von dem legendären Druidenheiligtum der Carnuten im Wald und bestätigt damit die Aussagen Caesars. Außerdem dokumentiert und erklärt sie das für uns rätselhafte Schreibverbot der Druiden. Sie berichtet über ihre Ausbildung als Priesterin und beschreibt sogar ein Initialisierungsritual ihres Stammes. Leider fehlen hier einige wichtige Details. Ich würde gerne mehr über die Bedeutung der Götter erfahren. Die Zeit vor der Romanisierung stellt für uns immer noch ein großes Fragezeichen dar. Wenn ich es richtig verstanden habe, schreibt sie am Ende von einer Art telepathischer Gedankenübertragung. Ich habe vor Jahren in einem Buch über die australischen Ureinwohner gelesen, dass die Aborigines eine ähnliche Technik angewandt haben sollen, um über große Entfernungen im Outback Kontakt mit anderen Menschen aufnehmen zu können. Ich halte dies nicht wirklich für möglich, dennoch finde ich diese Übereinstimmung interessant!« Davina warf noch einen abschließenden Blick auf den letzten Abschnitt des Pergamentes. Ein kurzer, eigenartig geblockter Textteil fiel ihr auf, der sich deutlich von dem nächsten Abschnitt abhob.

Obwohl ihre Augen bereits müde vom angestrengten Lesen waren, konnte sie nicht widerstehen. Nachdem sie die Worte übersetzt hatte, las sie sich die Zeilen noch einmal laut vor. Es klang wie ein Gebet:

O LUGUS, Herr der Weisheit und des Geistes!
Gib mir die Macht über meine Gedanken!
Ich reiche meinem Feind die Hand und
bitte dich um Deine Gnade!
Kein böser Gedanke ist in mir,
kein Unrecht spricht aus meiner Seele!
In dieser Unschuld offenbare ich mich dir!
Ich will mich vereinen mit einem fremden Geist!
Gib mir die Macht über meine Gedanken!

Mit einem Mal wurde ihr seltsam schwindelig. Die Schrift verschwand vor ihren Augen und sie fühlte ein unangenehmes Stechen in ihrem Kopf. Eine Weile lang war es ihr unmöglich aufzustehen. Sie trank ein Glas Wasser und rieb sich die Schläfen. So plötzlich, wie er aufgetaucht war, verschwand der Schwindel wieder, doch der stechende Schmerz blieb. Davina räumte so gut es ging ihren Arbeitsplatz auf, gab das Skript ab und begab sich in ihr Appartement, wo sie früh und allein zu Abend aß. Nach dem Essen nahmen die eigenartigen Kopfschmerzen zu. Da sie nie unter Migräneanfällen gelitten hatte, schob sie ihr Unwohlsein auf das ungewohnte Klima. Sie sagte das geplante Treffen mit dem Professor für den späten Abend ab und ging zu Bett.

Plötzlich bemerkte sie das Licht eines Feuers. Um sie herum war nur Dunkelheit. Dann fiel ihr eine junge Frau auf. Reglos stand sie da und blickte in die lodernden Flammen. Die Unbekannte trug ein Gewand mit einem Überwurf, an ihrem Gürtel hing ein kleiner Dolch. Ihre Augen waren mit schwarzen Strichen untermalt, was ihr im Schein des Feuers einen archaischen Ausdruck verlieh. Für ihre jungen Jahre strahlte ihr Gesicht eine ungewöhnliche Ernsthaftigkeit aus. Es schien, als würde sie jemanden suchen. Sie schaute sich um und bewegte dann ihren Kopf in Davinas Richtung.

Ihr durchdringender Blick traf die Wissenschaftlerin plötzlich und unerwartet. Davina wich vor Schreck zurück, ihr Körper zuckte im Schlaf zusammen. Nach einer Weile schaute sie wieder auf. Die junge Frau hatte sich nicht abgewandt. Sie fixierte sie immer noch mit ihren dunklen Augen. Im Hintergrund ertönten auf einmal Trommelschläge. Davina vernahm eine Stimme. Jemand sprach mit ihr, aber sie konnte die Laute nicht verstehen. Das Feuer prasselte laut auf, die Trommelschläge wurden schneller. Schmerzhaft spürte sie die Hitze der Glut auf ihrer Haut brennen. Davina bemühte sich, auf die Stimme zu hören. Dann schien sich die Zeit auf einmal zu verlangsamen. Alle Bewegungen wurden fließend, das Feuer flackerte wie in Zeitlupe, die Geräusche verflüchtigten sich in ausgedehnten Klangfetzen. Die junge Frau stand jetzt direkt vor ihr. Langsam hob sie ihren rechten Arm und hielt Davina ihre offene Hand hin, als wenn sie ihr etwas reichen wollte. Einen Moment lang herrschte absolute Stille. Davina starrte die Frau verzweifelt an: »Was willst du von mir?« Sie schienen sich zum Greifen nah zu sein und doch so unerreichbar fern.

Gerade als Davina sich entmutigt dem Aufwachen hingeben wollte, fühlte sie, wie etwas in ihrem Kopf zu sprechen begann. Eine fremde Stimme, leise aber verständlich und ohne Zweifel fordernd, sprach jetzt mit ihr: »Sei ohne Furcht und begleite mich in deinen Träumen!«

Davina wachte schweißgebadet auf. Sie traute ihren Sinnen nicht. Bis sie die Orientierung wiedergewonnen hatte, dauerte es einige Zeit. Ihre Augen nahmen die Umrisse der Möbel im

Zimmer wahr. »Gott sei Dank!« Sie war in ihrem Appartement in Marseille. Ihre Haut fühlte sich an, als hätte sie hohes Fieber. Die Stimme der fremden Frau hallte wie ein Echo in ihrem Schädel nach.

28. Juni 2012, Fragment 04

Auf Wunsch meines Lehrmeisters wurde ich eingeweiht in die heiligen Riten der Jagd. Ich lernte mit den Jahren, wie ein unsichtbares Wesen durch den Wald zu wandern. Gleich einem Fuchs zu sein, Fährten und Spuren zu lesen und die Zeichen der Tiere zu deuten. Meine Sinne wurden rein und mein Körper war gestärkt wie der einer jungen Wölfin. Dankbar für diese Gaben, brachte ich in dieser Zeit dem mächtigen Carnutus in den Abendstunden Opfer dar, die ich ihm durch das Feuer übergab.

Es kam der Tag, da wurde mir gewahr, warum die alten Lehren so gehütet wurden: Das Wissen über unseren Geist und das über die Götter, die todbringenden Gaben der Pflanzengeister, die Kraft der Worte, das Tor zur Anderwelt, gaben große MACHT! Wer mit der Weisheit der Götter gesegnet war, war mächtiger als jeder Fürst und stärker noch als jeder Krieger.

Daher sind die Druiden von den Göttern auserwählt. Sie dienen ihrem Stamm in ihrem Auftrag und werden als Gelehrte und Heiler hoch verehrt. Sie alleine dürfen richten! Nur der vom Rat gewählte Führer darf sein Schwert (gegen sie) erheben, und auch nur, wenn es dem Volke dienlich ist. Dafür bekommen sie, was ihnen zusteht: Fruchtbares Land und Knechte, die das Feld für sie bestellen. Auch Tribute müssen sie nicht leisten oder im Kriege Waffen führen. Nach einer Schlacht sehnte sich manch junger Krieger nach diesem Privileg (nicht kämpfen zu müssen), war doch die Zeit, die ihnen blieb, viel wertvoller geworden.

Mein Lehrmeister gab acht wie eine Krähe, dass seine Schüler abgeschieden lebten. Wenn einer ihm nicht würdig schien, wurde er fortgeschickt, um Reife zu erlangen. Die Ältesten der Sippe empfanden dies als ehrenvoll und stimmten zu. Doch wir hörten von den Unwürdigen, die sich, durch wandelbare Wesen angelockt, in die Anderwelt verirrten und für immer dort verschwanden. Es wurde uns erzählt, sie würden, ganz wie die Geächteten, in den langen Nächten wiederkehren, die Kinder und die Alten suchen und ihnen dann den Tod bringen. Wehe dem, der Nantosvelta zum Schattenfest kein Opfer dargebracht (hatte) oder das Schutzkraut des Sucellus nicht immer bei sich trug!

*

Lange nach der Arbeit saß Davina noch mit dem Professor und einigen Mitarbeitern im Aufenthaltsraum neben der Küche des Museums zusammen. Sie diskutierten bei einem improvisierten Abendbrot über den religiösen Alltag und die Bedeutung der Druiden in der gallischen Gesellschaft. Einiges von dem, was sie schon immer vermutet hatten oder in anderen Texten behauptet wurde, wurde nun durch das Pergament bestätigt. Davina übernahm in ihrer Übersetzung den Begriff der »Anderwelt« und ersetzte ihn ganz bewusst nicht mit der Bezeichnung »Unterwelt«. Ihr war klar, dass die Kelten eine gänzlich andere Vorstellung von ihrem Totenreich besaßen als die Griechen und Römer von ihrem Hades. Der Hades lag tief in der Erde verborgen, aus ihm gab es kein Entkommen. Die Anderwelt hingegen schien wie eine durchlässige Parallelwelt beschaffen zu sein, in die man sich leicht verirren konnte. Ebenso war es anderen Wesen und menschlichen Geistern möglich, aus ihr heraus zu wirken.

»Wenn man sich die komplexe Mythologie der antiken Mittelmeervölker vor Augen hält, wie umfangreich und vielseitig musste dann erst das spirituelle Leben der Kelten gewesen sein? Selbst die antiken Gelehrten hatten offenbar ihre Schwierigkeiten damit, die gallischen Götter einzuordnen und ihre Symbolik zu verstehen«, bemerkte ein französischer Mitarbeiter begeistert. Marc war bei diesem Projekt zuständig für die sichere Aufbewahrung und Restauration der Amphoren und des Pergaments. Davina mochte den Franzosen sehr. Er zeigte den gleichen Enthusiasmus, den auch sie bei ihrer Arbeit verspürte, und den sie bei einigen anderen Kollegen manchmal vermisste.

»Aber die Druiden hatten doch einen ähnlichen Stand in der Gesellschaft wie die Gelehrten der Griechen und Römer, oder nicht?«, fragte einer der Techniker.

»Sicherlich, auch im antiken Gallien besaß der Klerus wegen seiner Bildung und seinem direkten Draht zu den Göttern eine große Macht«, bemerkte der Professor, »doch sie waren auch auf den Schutz der Krieger und die Akzeptanz des Stammesführers angewiesen. Wir wissen nur wenig über die hierarchischen Strukturen von damals, aber im Grunde sind alle menschlichen Gesellschaften seit der Einführung des Ackerbaus und der ersten Städtegründungen ähnlich aufgebaut. Es bedarf einer Führungselite, die sich um die Verwaltung kümmert, einer Armee, die das Land vor Eindringlingen schützt, und Priester, die Einfluss auf das Wirken höherer Mächte haben. Heute übernehmen Wissenschaftler, Ingenieure und Ärzte den größten Teil der Arbeit, aber damals gab es noch keine Trennung zwischen Wissenschaft und Religion. Viele Geistliche waren daher Universalgelehrte, die sich nicht nur mit den Göttern auskannten. Sie waren für die Rechtsprechung zuständig, die Gesundheit der Bevölkerung, die Bewirtschaftung der Felder und vielleicht sogar für die Verbesserung handwerklicher und kriegerischer Techniken, wie Archimedes zu seiner Zeit. Der größte Teil der Bevölkerung bestand wie eh und je aus Bauern und Handwerkern ...«

»Und wer bestimmte dann den Stammesführer?«, wollte ein anderer Techniker wissen. Davina setzte zu einer Erklärung an: »Wir wissen, dass die Gallier ihr Oberhaupt wählten, das heißt, die Führungselite bestimmte den Stammesführer, nicht das Volk …«

»Und wir können davon ausgehen, dass es ganz von der jeweiligen Situation abhängig war, wer als Anführer gewählt wurde«, unterbrach Dupont ihre Ausführung, »in unsicheren Zeiten waren es sicher nicht die weisen Männer, sondern kampferprobte Krieger, die sich als würdig erwiesen. Das hat sich bis heute nicht geändert, nicht wahr?« Er schmunzelte, und einige in der Gruppe pflichteten ihm lachend bei.

Die Zeit verging rasch, und die Gruppe löste sich nach und nach auf. Ein junger Ingenieur aus Cornwall, der etwas zu viel Wein getrunken hatte, setzte sich zu Davina an den Tisch. Er sprach mehr zu sich selbst, als er sagte: »Ich weiß, warum die Druiden sich so verhalten haben, wegen dem Schreibverbot meine ich. Je weniger die einfachen Leute wussten, desto leichter konnte man sie beherrschen. Das war im christlichen Mittelalter auch nicht anders und heute ist es auch noch so. Ich sage nur: Wiki-Leaks!« Nach einer kurzen Pause fügte er hinzu: »Was ich aber nicht verstehe, ist, warum die Kelten keine eigene Schrift hatten. Das ist doch komisch, oder?« Davina nickte, und der junge Mann fühlte sich ermutigt weiterzureden: »Warum sind ihre Aufzeichnungen nicht erhalten geblieben? Sie hätten doch, wie andere Völker auch, ihre Daten auf Papyrus schreiben, in Tonplatten gravieren oder in Stein meißeln können. Warum haben sie das nicht getan?« Davina amüsierte sich darüber, wie der junge Techniker zu dieser späten Stunde seine alkoholisierten Gedanken zu ordnen versuchte: »Ich glaube, dass das Schreibverbot durchaus einen religiösen Hintergrund hatte. Und vielleicht war es den Kelten auch nicht wichtig, persönliche Daten aufzubewahren, angesichts ihres Glaubens an die Unsterblichkeit. Wie im Islam, der eine Abbildung Allahs und des Propheten verbietet, kamen für die Kelten bildliche Darstellungen der Götter oder religiöse Niederschriften einem Frevel gleich. Ihre Denkweise unterschied sich in der Hinsicht sehr von anderen Hochkulturen. Das Leben der keltischen Stämme war anscheinend noch stark von archaischen Vorstellungen und Ritualen aus der frühen Bronzezeit geprägt. So wurde vieles nur mündlich überliefert oder rein symbolisch dargestellt. Und das auch noch zu einer Zeit, als schon die ersten großen Städte gegründet wurden und die Spezialisierung der Arbeitswelt voranschritt.« Nach einigen Sekunden Pause fügte sie noch hinzu: »Sie haben wohl für den alltäglichen Schriftverkehr mit Wachs beschichtete Holztafeln verwendet, die sind natürlich nicht erhalten geblieben …« Der junge Restaurator hatte aufmerksam zugehört. Es schien, als müsste er die vielen Informationen erst einmal verarbeiten. Davina überkam eine lähmende Müdigkeit. Sie verabschiedete sich freundlich und ging zu Bett.

29. Juni 2012, Fragment 05

Es war mein neunzehntes Jahr. Die dunklen Nächte brachen an, Lugus beherrschte nun die Welt, und die Geister unserer Ahnen wurden wach. Dies war die Zeit, in der die Einweihung vollzogen wurde. Nachdem wir viele Nächte lang in Einsamkeit verbracht (hatten), um von Carnutus unseren Segen zu erhalten, begann das Fest der Priesterweihe. Die Jahre der Ausbildung waren vorbei, wir wurden in der Nacht geweiht, in der der Mond mit seiner ganzen Kraft zu uns zurückkehrte. Die Einweihung fand ohne unsere Sippen statt, im Tempel der drei Gottheiten. Erneut mussten wir schwören, dass wir unser Wissen nicht missbrauchen würden. Wir gelobten, den Göttern stets ergeben zu sein und die Opferrituale sorgfältig zu führen, denn es war nicht nur die Aufgabe der Druiden und die des Stammesführers, den Schutz der Götter zu erbeten. Auch wir mussten dafür Sorge tragen, dass die Frucht auf den Feldern und in den Leibern reifen konnte, dass die Vorräte nicht verdarben, das Vieh nicht starb und die Menschen unversehrt blieben. Auch, dass die Krieger siegreich waren, lag in unserer Macht!

So war es ein besonderer Moment, als uns das geweihte Öl über das Haupt gegossen und das Gebet zur Einweihung gesprochen wurde. Von nun an konnte ich den Reif der Priesterin an meinem Körper tragen. Ich war dazu bestimmt, geweihte Pflanzen auszuwählen, um Leid und böse Flüche abzuwehren, ich durfte Schutzgebete sprechen, den Göttern selbst ein Opfer bringen und unsere Ahnen rufen, wenn es nötig war.

Ich wurde im Namen der Göttin Meduna geweiht, die über alle Quellen wacht. Seit diesem Tage trage ich den Namen MEDUANA.

*

In der Nacht wurde Davina erneut von einem Traum heimgesucht. Sie befand sich dieses Mal auf einer Anhöhe. Die Sonne verschwand gerade am Horizont. Mit ihren letzten Strahlen tauchte sie die tiefhängenden, grauen Regenwolken in ein rötliches Licht. Davina konnte auf einen kleinen Fluss hinuntersehen, an dessen Verlauf sich nach Süden und Westen hin unzählige kleine Felder erstreckten. In der Ebene befand sich eine Siedlung mit vielen Gebäuden, die von Feuern erhellt wurden. Im Norden und östlich des Flusses erhob sich ein dunkler Wald. Einem Bollwerk gleich ragte er aus der flachen Landschaft heraus und schluckte das Licht der Dämmerung. Zu ihrer Verwunderung stand Davina auf einem Fass aus Holz, abseits an einer Palisadenwand. Es war feucht und roch nach Gerbstoffen. Wie sie auf das Fass gelangt war, daran konnte sie sich nicht erinnern, aber ihr bot sich ein guter Überblick. Vor ihr breitete sich ein ebener Platz aus, eingerahmt von mehreren Gebäuden. In der Mitte stand ein mächtiges Holzhaus mit einem imposanten Dachgebälk, mit Holzschindeln gedeckt. Eine hellgraue Rauchwolke quoll aus dem First hervor. Die Vorderfront erinnerte Davina an ein mittelalterliches Torhaus. Helles Licht aus dem offenen Portal beleuchtete den Vorplatz.

Vor einem großen, wannenförmigen Stein versammelten sich ein paar Personen. Sie trugen Fackeln in den Händen. Aus dem Tal drangen nun laute, dröhnende Geräusche zu ihr herauf, wie von blechernen Posaunen. Mehrere Personen eilten aus dem Hauptgebäude auf den Platz und gesellten sich zu der Gruppe am Stein. Eine Schlange aus Feuer kam den Hügel empor gekrochen. So jedenfalls erschien Davina die Prozession von ihrem Standpunkt aus. Ein Fackelzug mit Trommeln und eberköpfigen Carnyces näherte sich der befestigten Anlage und fand sich schließlich mit lautem Getöse auf dem großen Platz ein. Dann bot sich ihr ein ungewöhnliches Schauspiel: Ein kleines Schwein mit langen Borsten, ein Ziegenbock mit schwarzem Fell und ein Schafsbock mit gewaltigen Hörnern wurden unter dem Jubel der Menschenmenge von mehreren starken Männern zum Stein gezerrt. Im Schein der letzten Sonnenstrahlen türmten sich die dunklen Wolken am Himmel noch einmal bedrohlich auf, dann verschwand die Sonne ganz, und der Platz wurde nur noch von den Fackeln erhellt.

Plötzlich wurde es still. Ein Horn ertönte. Drei Männer in hellen Gewändern stellten sich vor den Steintrog. Sie neigten ihre Köpfe der untergegangenen Sonne zu und sangen monotone Verse. Die Menge schien ergriffen zu sein. Davina konnte ihre Anspannung spüren. Auf ein Zeichen hin wurde der Ziegenbock in den Trog gehievt und von einem der drei Männer im Priestergewand an den Hörnern gepackt. Er zog einen Dolch, der im Feuerschein kurz aufblitzte, dann stach er mit großer Kraft tief in den Hals des Tieres hinein! Blut spritzte, die Menge stöhnte auf. Der Bock zuckte, bäumte sich auf und wand sich panisch in den Händen von zwei Männern, die Mühe hatten, das Tier zu bändigen. Der Priester stach erneut zu und beobachtete aufmerksam den Todeskampf. Sein helles Gewand verwandelte sich in ein rotes

Tuch, sein blutverschmiertes Gesicht erschien im Feuerschein wie die Fratze eines Dämons.

Nachdem der Ziegenbock tot zusammengebrochen war, schnitt der Mann mit dem blutigen Gewand dessen Bauch auf und ließ die Gedärme in die Steinwanne gleiten. Die Menschen lauschten aufmerksam einem anderen Mann, der in feierlichem Ton zu ihnen sprach. Davina wurde übel.

Auf einmal erschien die mysteriöse junge Frau aus ihrem letzten Traum. Sie trat aus einer kleinen Gruppe heraus und bewegte sich schnellen Schrittes auf Davina zu. Gleich einer Priesterin war sie in helle, feine Webstoffe gekleidet, mit einem Bronzegürtel, der aus vielen kleinen Plättchen bestand. Auch trug sie einen Torques und ein Amulett um den Hals, mit einer kleinen Triskele darauf. Ihr Haar hatte sie zu einem dicken Zopf geflochten, und ihr Gesicht war leicht geschminkt. Bezaubernd sah sie aus, als stammte sie aus einer anderen Welt. Der Stolz in ihren Augen verriet, dass sie sich dessen bewusst war. Die Priesterin gab ihr ein Zeichen, und Davina kletterte unbeholfen vom Fass. Nun standen sie sich direkt gegenüber. Die junge Frau zeigte auf das Geschehen am Platz und sprach zu ihr: »Heute wurden die Priester geweiht. Das erste Opfer galt dem großen Raben. Der Todeskampf des Bockes hat bezeugt, dass Lugus einverstanden ist mit ihrer Wahl. Auch du bist auserwählt!« »Wieso ich?«, fragte Davina verdutzt. Doch in dem Moment verschwand der Ort im Nebel. Schleier bildeten sich vor ihren Augen. Das Geschehen löste sich einfach in Luft auf. Davina wurde wach. Erst im Laufe des Tages kam ihr der Gedanke, dass die Frau, die ihr in ihren Träumen begegnete, Meduana sein könnte.

Am nächsten Tag telefonierte Davina mit Jan. Sie konnte ihre Aufregung nicht länger für sich behalten, aber sie traute sich auch nicht, mit jemandem aus dem Wissenschaftsteam darüber zu reden, geschweige denn mit dem Professor.

»Jan, das hört sich jetzt vielleicht total verrückt an, ich weiß nicht, wie ich das erklären soll, aber die Träume sind so realistisch und detailreich, dass ich das Gefühl habe, ich würde in die Vergangenheit reisen. Heute Nacht war ich Zeugin eines Opferfestes. Die Zeremonie wurde von drei Druiden mit drei verschiedenen Opfertieren durchgeführt. Die Zahl drei spiegelt sich häufig in der keltischen Ornamentik wider, die Kleidung, der Schmuck, selbst die Schnitzereien an den Häusern, können eindeutig der späten Latènezeit zugeordnet werden. Das war kein normaler Traum! Du wirst es nicht glauben, aber ich kann sogar Gerüche und Temperaturen wahrnehmen, als wenn ich tatsächlich anwesend wäre. Und die Sprache verstehe ich nur, wenn sie direkt mit mir spricht, in meinem Kopf …!«

»Wer ist denn ›sie‹?«

»Die junge Frau in meinen Träumen, sie spricht mit mir!«

Stille am anderen Ende der Leitung. Davina glaubte schon, dass die Verbindung unterbrochen wurde, da meldete sich Jan zögerlich zu Wort: »Hey, das klingt jetzt aber ziemlich abgedreht, ganz besonders aus deinem Mund. Ich bin mir nicht sicher, was ich dazu sagen soll. Muss ich mir jetzt Sorgen machen? Ich meine, Träume sind doch immer seltsam, oder nicht? Kann es sein, dass du Stress hast und deine Fantasie dir einen Streich spielt? Oder nimmst du zurzeit irgendwelche Medikamente?«

»Nein, ich nehme keine Medikamente! Wie kommst du denn darauf?« Davina war klar, dass sich das alles sehr verrückt anhörte. »Aber vielleicht muss ich mir auch hin und wieder mal eine Auszeit nehmen, um einen klaren Kopf zu behalten.«

»Das hört sich jetzt eher nach dir an«, bestätigte Jan.

»Hast du nicht Lust, für ein paar Tage nach Marseille zu kommen, wenn du mit deiner Arbeit fertig bist? Wir könnten ein paar Ausflüge an die Côte d'Azur machen, außerdem ist es hier im Gegensatz zu Island schön warm!«

»Nette Idee, aber wie stellst du dir das vor? Unser Vulkan steht unter ständiger Beobachtung, das kann noch eine Weile dauern.«

»Ihr könnt doch sowieso nichts dagegen machen, wenn er noch einmal ausbrechen sollte, oder?«, wollte Davina wissen.

»Ja, stimmt, aber die Regierung möchte informiert werden, falls sich hier etwas tut. Erinnerst du dich an den Bericht, den ich dir vor meiner Abreise vorgelesen habe? 1783 war der Vulkan Lakagígar im Süden Islands ausgebrochen …«

»Der was?«

»Na, der Laki! Der Ausbruch hatte Auswirkungen auf ganz Nordeuropa, viele Menschen starben an den Schwefelwolken und durch den langen, kalten Winter, der darauf folgte. Stell dir vor, so etwas würde heute wieder passieren und die betroffenen Länder könnten keine Vorsichtsmaßnahmen ergreifen.«

»Ja, das leuchtet mir allerdings ein … Wäre dennoch schön, wenn wir uns mal wieder sehen könnten.«

»Ich melde mich bald wieder bei dir. Pass auf dich auf, ja?« Jans Stimme klang zuversichtlich. Dennoch hatte Davina das Gefühl, als wenn er nicht nur geographisch meilenweit von ihr entfernt war. Nach dem Telefonat hockte sie noch einige Zeit auf ihrem Bett und fühlte sich plötzlich sehr einsam.

30. Juni 2012, Fragment 06

Es war die Zeit der Belisama, ich wurde 21 Jahre alt. Von meinem Vater wurde mir ein Schutz-Leib(?) überreicht, und ein Schwert, das einer adeligen Kriegerin würdig war. Die Nordstämme erhoben sich. Sie kamen von der anderen Seite des Rhenos (Rhein), und auch die Sequaner im Osten wollten nicht ruhen! Es kam der Tag, da ich mich als Kriegerin beweisen konnte. Die Haeduer waren mächtige Verbündete und unsere Brüder. Sie riefen uns zum Kampf an ihrer Seite auf. Sie (die Haeduer) lagen auch im Streit mit den Arvernern, die aber unsere Freundschaft teilten und sich mehr noch durch das

Imperium bedroht sahen. Waren sie doch von den Kriegern Romas schon bemächtigt worden.

Ich lernte schnell, dass es im Kampfe keinerlei Erbarmen gab, da es um das Wohl des ganzen Stammes ging. Der Hunger nach Land und Besitz war groß. Die Haeduer stritten sich mit anderen Stämmen um die Vorherrschaft im Reich und unterjochten ihre Feinde. Die Unfreien wurden in den Bergen gebraucht und auf den Feldern, um die Ernte zu verrichten. Sie tauschten sie für den geweihten Wein, den sie den Göttern opferten.

War es die reine Not, die Gier nach Ore (Gold) oder der Dämon des Neides, es fand sich jederzeit ein Stamm, der aufbegehrte. Die stolzen Männer verehrten Teutates und das Schwert, mehr noch als den weisen Lugus! Nur wenn sie verwundet waren, baten sie wie Kinder um den Beistand von Epona. Dabei brachte uns Teutates einst den Frieden. Doch ihre Herzen sehnten sich nach Krieg und nach Unsterblichkeit, auf dass ihr Name niemals in Vergessenheit geraten möge! Ihren Triumph und ihre Stärke stellten sie bei unserer Rückkehr durch die abgetrennten Häupter unserer Feinde dar. Ja, sie führten sich dann auf, als wären sie wie Gotteskrieger!

Der weise Poseidonios konnte die Bedeutung der Enthauptung nicht verstehen. Ich erklärte ihm: Für den Krieger ist das Haupt sein größter Lohn! Durch ihn wird seine Kraft auf den Sieger übertragen, der würdigt damit auch des Feindes Stärke. Daher ist es eine Ehre (sein Haupt zu verlieren). Die Seele aber nimmt keinen Schaden daran. Priester täuschten Gläubige, diese würden dann gesunden, wenn sie einen solchen Schädel in den Händen hielten. Sie nahmen ihnen dafür ihre Opfergaben ab! Die Druiden mussten ihnen diese Gaunerei bald mit dem Schwert austreiben.

[...]

Wir waren nur wenige Frauen, aber unser Mut war dem der anderen Krieger ebenbürtig, denn wir kämpften mit der Kraft von Nemetona. Dafür erwarben wir uns ebenso das Privileg, unsere Gefährten selbst zu wählen, und wir mussten uns nicht binden. Wir waren nur den Göttern gegenüber in der Pflicht und wurden bei den Festen in der großen Halle ebenfalls geehrt.

Trotz der Siege, die uns Nemetona schenkte, spürte ich, dass wir nicht im Einklang mit den Göttern lebten. Würde Teutates seinen Kindern nicht den Frieden schenken, wenn er sie liebte? War das alte Volk noch immer nicht bereit, sich endlich zu vereinen und alle Feinde mit vereinter Kraft zu schlagen? Ich verachtete den unheiligen Krieg zwischen den Stämmen unseres Volkes, und auch einige der großen Stammesführer wünschten sich bald mehr Einigkeit gegen die wahren Feinde unseres Landes. Der eine kam aus dem Süden und streckte seine gierigen Hände nach uns aus, der andere kam aus dem Norden und brachte die Stämme östlich des Rhenos in Aufruhr!

*

In dieser Nacht schien Meduana bereits auf Davina zu warten. Sie begrüßte sie mit einem Kopfnicken, und forderte sie auf, ihr zu folgen. Es war ein klarer und strahlend schöner Herbstmorgen. Die Blätter der Bäume leuchteten wie bunte Fähnchen im Sonnenlicht. Davina fühlte sich in diesem Traum das erste Mal frei und unbeschwert.

Die keltische Frau war wie eine Kriegerin gekleidet mit einer Hose aus festem Stoff und fellumwickelten Lederstiefeln. An einem Lederriemen, der quer über ihrer rechten Schulter hing, befand sich auf ihrer linken Seite ein langes, dünnes Schwert mit verziertem Griff, das in einer schlichten Hülle steckte. Über ihrer Tunika trug sie einen ledernen Schutzleib mit aufgenähten Bronzeplättchen. Ein schwerer Umhang mit Kapuze schützte sie vor der Kälte.

Ihr Weg begann am Fuße der umzäunten Anhöhe, auf der sich das imposante Herrschaftshaus befand. Die Kriegerin ging schnellen Schrittes voraus. An beiden Seiten des Weges standen in

unregelmäßigen Reihen Häuser mit sorgfältig gedeckten Stroh-
dächern und kleinen Fensterluken. Rauch stieg aus den meisten
Giebeln empor. Meduana führte sie durch die Siedlung am Fluss,
die Davina bereits in einem anderen Traum von der Anhöhe aus
gesehen hatte. Die Menschen des Dorfes schienen keine Notiz
von ihr zu nehmen, niemand sah sie an. Die Wissenschaftlerin
traute sich nicht anzuhalten oder in eines der Häuser zu schauen.
Womöglich würde sich der Traum dann wieder verflüchtigen. Also
versuchte sie, Meduana zu folgen und möglichst viele Details in
ihrer Umgebung aufzunehmen.

Sie kamen an einem Webhaus vorbei, das Klappern von Holz-
leisten war zu hören, und an einem Korbmacher, vor dessen Haus
sortierte Weidenruten lagen. Einige Straßen waren mit Holz-
bohlen oder losen Steinen befestigt, andere schlammig und ausge-
treten. Überall gingen die Menschen bedächtig ihrer Arbeit nach.
Nur die wolfsähnlichen Hunde streunten hastig umher. Aus einem
Gebäude roch es stark nach geröstetem Getreide. Winzige Hühner flatterten in einem Gehege umher, ein paar Kinder versuchten
sie zu fangen. Dann erreichten sie einen großen Platz. Er schien
das Zentrum des Dorfes zu sein. Dort befanden sich zahlreiche
Marktstände, eine Backstube mit Öfen aus Lehm und mehrere
Lagerhäuser mit offenen Toren. Zwei Männer verschwanden
gerade mit Tongefäßen beladen im Boden eines Hauses. Die
hellen Wände der einfach gebauten Fachwerkhäuser reflektier-
ten das weiche Licht der Herbstsonne. Es roch nach frischem
Heu, nach Pferdekot, Rauchfleisch und verbrannter Holzkohle.
Der Markt war voller Menschen. Einige trugen auffallend bunte
Gewänder. Keramik wurde feilgeboten, Stoffe und Säcke voll mit
Hülsenfrüchten.

An einem Stand gab es Werkzeuge aus Metall. Die Kriegerin
ging zielstrebig auf den Markthändler zu, sagte etwas und legte
ihm einige Münzen hin. Der schlicht gekleidete Mann blickte

die Kriegerin erstaunt an. Er wusste anscheinend nicht, was Meduana von ihm wollte. Sichtlich verärgert zog sie ihren Dolch und rammte ihn in den hölzernen Tisch des Verkaufstandes. Die Münzen fielen zu Boden. Der Händler rief einer fülligen Frau am Nebenstand etwas zu. Die eilte daraufhin los und kehrte bald mit einem Päckchen aus Stoff wieder. Sie legte das Bündel auf den Tisch und huschte davon. Die Kriegerin griff nach dem Päckchen und wendete sich ab. Dann drehte sie sich wieder dem Händler zu und nickte zufrieden. Der Mann sammelte daraufhin erleichtert die Münzen ein und verbeugte sich.

Meduana verließ den Marktplatz, Davina folgte ihr. Sie durchquerten ein Viertel mit Werkstätten. Ein Mann lud gerade ein paar schwarz-glänzende Brocken von seinem Karren ab, die aussahen wie rohes Glas. Oder war es geschmolzenes Eisenerz? Davina konnte einen flüchtigen Blick in eine Schmiede werfen. Unter der Wucht der Hämmer sprühten die Funken. Gleich daneben standen einige schwelende Schmelzöfen aus Lehm.

Sie kamen bald hinaus aus der mit einem hölzernen Zaun und einem Graben umgebenen Siedlung. Ihr Weg lief an vielen, kleinen Feldern entlang, die den Flusslauf säumten, bis sie an einer Biegung über eine Holzbrücke auf die andere Seite des Gewässers gelangten. Dort stieg Davina ein widerlicher Gestank in die Nase. In der Nähe des Waldrandes befand sich eine Weißdornhecke, dahinter eine eingefriedete Fläche mit einem überdachten Holzgestell. Meduana blieb plötzlich stehen, verbeugte sich ehrfürchtig in Richtung des Platzes und sagte: »Dies sind die Körper feindlicher Krieger. Ihr Fleisch wird den Göttern geopfert, die aus der Tiefe heraus herrschen. Sie holen sich nun die Gefäße zurück, die sie den Menschen bei ihrer Geburt gegeben haben, geformt aus der Erde und den lebendigen Kräften der jenseitigen Welt. Doch auch wenn wir sie nicht den Flammen übergeben haben, die Seelen der Krieger werden wiederkehren. Einst haben wir unsere Toten in

Gräbern begraben, aber die Götter haben uns gezeigt, was ihnen dienlicher ist!« Davina konnte nun einen Blick auf das Holzgestell werfen und wich entsetzt zurück. Dort lagen rund dreißig Menschenkörper ohne Köpfe aufgebahrt, samt ihrer Kleidung und ihren Waffen. Sie waren am verwesen und stanken trotz der kühlen Witterung fürchterlich. Einige standen aufrecht, aufgespießt auf einem Pfahl. Die Torsi waren aufgedunsen, die gelbliche Haut löste sich von den Knochen. Krähen hackten den Toten Stücke aus dem Körper und stritten sich um die Brocken. Davina fragte sich, wie lange sie die aufsteigende Übelkeit noch unterdrücken könne, doch dann liefen sie auch schon weiter, passierten einen lichten Waldrand und folgten einem unscheinbaren Pfad immer tiefer in den Wald hinein. Flechten färbten die Stämme der Bäume grau, einige hingen wie Lametta von den Ästen herab. Auf sonnendurchfluteten Stellen wuchsen junge Sprösslinge von Buchen und Eichen und bildeten dichte Bestände. Das Gegacker eines aufgescheuchten Schwarzspechts und der Warnruf eines Kleibers waren zu hören. Es knackte im Unterholz, unsichtbare Tiere huschten vorbei. Die Luft war modrig-kühl und roch nach morschem Holz. Moosteppiche und bunte, schleimige Pilzmatten überdeckten umgestürzte Stämme. Die Bäume wurden immer mächtiger, der Unterwuchs spärlicher, bald darauf drangen nur noch wenige Sonnenstrahlen durch das farbige Dach des Waldes.

Nach einiger Zeit erreichten sie eine weite Lichtung. Anscheinend waren sie an ihrem Ziel angelangt, denn Meduana verschwand auf einmal in einem tempelartigen Gebäude. Es war aus sorgfältig verarbeiteten Holzbalken errichtet worden und besaß ein Fundament aus grauen Kalksteinen. Davinas Blick wanderte hoch zum Dachgebälk. Ein Baumstamm ragte aus ihm heraus: Eine große Eiche wuchs in der Mitte des Gebäudes, die mit ihrer Krone den Tempel und einen Teil des Vorplatzes wie ein schützender

Schirm überspannte. Auf dem Platz davor waren neun kniehohe Steine zu einem Halbkreis angeordnet. Ihnen gegenüber stand ein kleiner Megalith, der die Höhe und das Aussehen eines Altarsteins hatte. In seiner Mitte befand sich eine kopfgroße Vertiefung. Er war heller als die übrigen Steine, die den Eindruck erweckten, als würden sie schon seit ewigen Zeiten dort liegen.

Mächtige Bäume umgaben sie: Eschen, uralte Eichen und Buchen, die in einem weiten Kreis angeordnet waren. Sie bildeten ein offenes Laubdach, durch das man einen Ausschnitt des Himmels sehen konnte.

Meduana erschien nun mit einer kleinen Kanne in der Hand an dem Altarstein und wickelte behutsam das Stoffpäckchen aus. Zum Vorschein kam eine kleine, schön geformte Skulptur aus Bronze, eine aufrecht stehende Frau mit einem leicht gewölbten Bauch. Die Figur hielt ihre Arme vom Körper leicht abgewinkelt, wie bei einer ägyptischen Statue. Auf ihrem Kopf glänzte eine kleine, runde Scheibe. In der linken Hand konnte Davina eine zierliche Schlange ausmachen, und in der rechten befand sich - ein Anch-Symbol! Offensichtlich stellte die Figur die altägyptische Göttin Isis dar. Aber wie konnte so ein Artefakt in die Hände der keltischen Frau gelangen? Außerdem war das geschlechtslose Gesicht der Figur eindeutig keltischen Ursprungs, also konnte die Statue nicht aus Ägypten stammen. Eine ungewöhnliche Arbeit! Wer hatte sie wohl angefertigt?

Die junge Kriegerin war sich der Aufmerksamkeit Davinas gewiss geworden. Sie legte die Statue auf den Altarstein und goss aus der kleinen Kanne etwas Öl darüber. Dabei murmelte sie mit geschlossenen Augen fremd klingende Worte. Dann gab sie der Wissenschaftlerin ein Zeichen, sie möge ihr folgen. Im Hintergrund hörte Davina nun einen Bach oder einen kleinen Wasserfall plätschern. Nach einigen Schritten in diese Richtung gelangten sie plötzlich zu einem mit Farnen und Efeu überwucherten Felsen.

Erstaunt blieb Davina stehen. Das massive Gestein ragte wie ein Fremdkörper aus der Erde. Weiter entfernt konnte sie die dunkle Öffnung einer kleinen Grotte ausmachen, vor der sich ein Platz mit einem Dolmen befand.

Unterhalb des Felsens hatte sich ein Tümpel aus Quellwasser gebildet, der so klar war, dass man trotz der schlechten Lichtverhältnisse den Grund erkennen konnte. Er schien recht tief zu sein. War dies womöglich ein geweihter Ort, ein Tor zur Anderwelt? Als hätte die gallische Kriegerin ihre Frage gehört, kniete sie sich an das kleine Gewässer und verbeugte sich. Dann legte sie die Figur in ihre offenen Handflächen und sprach: »Sieh her! Ich übergebe dieses Opfer der geweihten Quelle. Ein Geschenk an die große Muttergöttin und an Taranis, den Himmelsherrscher. Ich bitte die Göttin, auf meine Seele achtzugeben, auf dass sie neu geboren werde, und Taranis darum, dass meine Seele eines Tages frei von irdischer Last im heiligen Land der geweihten Frucht Avall ihren Frieden finden möge!« Dann ließ Meduana die Statue sanft in die Tiefe des klaren Wassers gleiten …

Davina erwachte. Sie konnte sich noch Stunden später an jedes Detail des Traumes erinnern. Doch ihr war nicht bewusst, dass sich auch der Weg zur heiligen Quelle im Wald tief in ihrem Gedächtnis abgespeichert hatte.

In den folgenden Wochen hörten die Träume nicht auf. Davina blieb in der Rolle der stummen Beobachterin. Als sie noch einmal versuchte, mit Meduana in Gedanken Kontakt aufzunehmen, löste sich der Traum abrupt auf. Während sie träumte, war sie sich der Einmaligkeit ihrer Situation bewusst, aber sobald sie wach wurde, zweifelte sie an ihrem Verstand. Dennoch, alles schien in sich stimmig zu sein und mit dem Inhalt des Pergamenttextes übereinzustimmen. Es fiel ihr immer schwerer, die nächtlichen

Erlebnisse nicht in die Übersetzungen mit einfließen zu lassen. Davina geriet in Versuchung, Inhalte hinzuzufügen, um die Geschichte zu vervollständigen. Für die Wissenschaftlerin ein absolutes Tabu, aber für die Träumerin in ihr wurde der Wunsch zur Passion.

3. Das Belisama-Fest

Über den Feldern hingen am Morgen noch dichte, kühle Nebel-
schwaden, aber schon bald brach das Licht der Frühjahrssonne
durch und vertrieb den schweren Dunst. Die Erinnerung an den
kalten Winter verblasste mit jedem Tag. Fröstelnd saß Meduana
auf ihrem Pferd. Mit geschlossenen Augen neigte sie sich der
aufgehenden Sonne entgegen. Sie hatte in der Morgendämmerung in vollkommener Nacktheit die geweihten Pflanzen für die
anstehende Feier zu Ehren der Göttin Belisama geschnitten. Jetzt
nahm sie schmerzlich die Kälte wahr, die ihren Körper durchdrun-
gen hatte. Nach dem Gebet legte sie sich einen warmen Umhang
über die Schultern und ritt zurück ins Dorf.

Das Fest begann immer mit zunehmendem Mond, im fünften
Monat des neuen Zyklus. Drei Tage lang wurde es zelebriert. Im
Kalender ihres Volkes war dies ein äußerst wichtiges Ereignis,
denn es war der Beginn der fruchtbaren Zeit. Die Priester sam-
melten nach festgelegten Ritualen die Blätter der Heilpflanzen
und ihre Wurzeln, um sie zur Reinigung der Seele und zur Kräf-
tigung des Leibes mit in die Speisen zu geben. Zudem brauten
sie aus gerösteter Gerste und nach alter Tradition das Korma,
ein aromatisches Starkbier, das mit den getrockneten Samen des
Bilsenkrautes und geriebener Baldrianwurzeln versehen wurde. In
den Körpern der Menschen wurde die Lebensenergie geweckt,
die Vereinigung stand bevor. Kein Aufwand war zu groß, denn
das Opferfest fand für die mächtige Erdgöttin statt. Von ihrer
Gnade hing es ab, ob auf den Feldern und in den Leibern der

Frauen die Saat aufging und ob ihr Volk hungern musste oder gedeihen würde.

Nach ihrer Einweihung als Priesterin hatte Meduana noch einige Zeit im heiligen Tempel gedient, dann wurde sie einberufen. Sie musste sich auf dem Schlachtfeld beweisen und geriet in die kriegerischen Auseinandersetzungen zwischen den befeindeten Stämmen im Osten. Auch ihre Mutter hatte den Status und das Wissen einer Priesterin erlangt. Sie diente ihrer Tochter lange Zeit als Vorbild. Aber Meduana war nicht wie sie. Sie fühlte sich nicht zu einem Leben als Heilerin berufen. Die vielen Jahre in der Schule der Druiden waren für sie Herausforderung genug gewesen. Jetzt wollte sie frei sein! Meduana war im Herzen eine Kriegerin geworden. Durch ihr Schwert hatte sie sich eine Unabhängigkeit erkämpft, von der selbst ihre Mutter nur träumen konnte. Und auch wenn sie die Gründe für die Fehden zwischen den Stämmen Galliens nicht verstand, verehrte sie den Mut und die Stärke des Teutates.

Am Tag zuvor hatte sie eine Nachricht von ihrem Vater erreicht. Durch einen Boten ließ er nach ihr schicken. Sie war erst vor wenigen Tagen aus Bibracte heimgekehrt, wo sie nach der letzten Schlacht gegen die Sequaner eine Rast eingelegt hatte. Danach war sie in ihre Heimatstadt Autricon zurückgekehrt und bei ihrer Freundin Eponaia untergekommen. Meduana unterstützte sie bei den Vorbereitungen für das Opferfest.

Um ihrem Vater angemessen zu begegnen, legte sie sich ihren Torques an, schlüpfte in die Kleidung der Kriegerin und band sich das Schwert um, das er ihr einst überreicht hatte. In vollem Galopp ritt sie den Hügel hinauf zum herrschaftlichen Sitz. Meduana stieg ab, blieb einen Augenblick vor dem mächtigen Holzgebäude stehen und betrachtete die Schnitzereien an den zwei Stammsäulen des Eingangs. Sie stellten den väterlichen Gott Teutates als wehrhaften Eber dar, sowie Esus als dreigehörnten

Stier. Er war der Schutzgott der Handwerker und brachte ihnen den Wohlstand. Über dem Portal hing ein riesiges Hirschgeweih. Der Überlieferung nach hatte der mächtige Carnutus in Gestalt eines goldenen Adlers ihre Vorfahren einst in dieses fruchtbare Land geführt. Seither war er ihr Stammesgott und sie benannten sich nach ihm. Er herrschte aus der Anderwelt, wenn es Nacht wurde, er vereinte die Kräfte der Natur in sich und verfügte über die Seelen der Tiere. Den Menschen erschien er meist in der Gestalt eines großen Hirsches.

Ehrfürchtig betrat Meduana das Gebäude. Es war der Sitz des Fürsten und der Ort, an dem alle wichtigen Entscheidungen für den Stamm getroffen wurden. Hier hielten die weisen Druiden ihr Gericht ab, hier sprachen sie Recht im Namen der Götter.

Im großen Saal wurde ihr bewusst, wie viel Zeit inzwischen vergangen war. Sie sah sich noch als Kind in der Halle zwischen den Säulen spielen, erinnerte sich an ihre Frauenweihe und ihren Eintritt in den Stand der Krieger.

Meduana drehte sich um, als sie die Schritte ihres Vaters hörte. Zur Begrüßung küsste er sie auf die Stirn und drückte sie ungewöhnlich fest an sich. Er schien besorgt zu sein. Sie setzten sich ans offene Feuer. Es war an ihm, das Wort zu ergreifen. Schweigend betrachtete sie sein Gesicht im Schein der Flammen. Die Jahre waren nicht spurlos an ihm vorübergegangen, aber in seinen Augen sah sie immer noch den willensstarken, jungen Mann, dem das Wohl seines Stammes am Herzen lag. Nach einer Weile gesellte sich Meduanas Lehrmeister Ambiacus zu ihnen. Er tauchte wie aus dem Nichts auf, legte wortlos seinen gewundenen Stab beiseite und nahm etwas umständlich neben der jungen Kriegerin Platz. Dann begann Gobannix: »Der romanische Wolf hat einen Sohn gezeugt, der von Macht besessen ist. Er soll in deinem Alter sein, mein Kind. Er wird bestrebt sein, die Länder zu beherrschen.

Das südliche Imperium wird von einem hohen Rat regiert, und auch von ihnen wird der Oberste gewählt oder geduldet. Doch sie können ihren Fürsten nicht befehligen. Ihm wird es nicht genügen, nur mit uns zu handeln. Sie begehren die metallischen Gesteine und das Land, auf dem das Korn gedeiht. Ihre Wege führen bis nach Albion. Im Süden plündern sie ihre Provinzen aus und fordern Tribut von den besiegten Stämmen. Wenn wir nicht handeln, werden wir bald vom Wolf verschlungen werden, so wie die Salluvier, die Allobroger und viele andere Stämme, die einst zu unserem Volk gehörten!« Gobannix wirkte trotz seiner äußeren Haltung aufgebracht. Meduana ahnte, dass das noch nicht alles gewesen war: »Und woher habt Ihr diese dunkle Ahnung?«

»Diviciacus hat es prophezeit«, antwortete Ambiacus und übernahm damit das Wort. »Er hat es vorausgesehen, und du weißt, dass er die Gabe hat. Außerdem war er es, der deinem Vater offenbarte, dass du mit dem Schicksal unseres Volkes deine Bestimmung finden wirst. Er gab mir auch den Rat, dich darauf vorzubereiten, daher lehrte ich dich die Sprachen der Romaner.«

Meduana war Diviciacus noch nie begegnet. Er war in seiner Heimatstadt Bibracte ausgebildet worden und bei den Kämpfen nie dabei gewesen. Nach Ambiacus' Erzählungen schien er ein überaus begabter Seher zu sein. Und obwohl er nur wenige Jahre älter war als sie, hatte er sich längst durch seine diplomatischen Fähigkeiten im Hohen Rat einen Namen gemacht. Sein jüngerer Bruder Dumnorix war der Stammesfürst der Haeduer. Meduana durfte ihn mehrfach in der Schlacht begleiten. Dumnorix war ein mutiger und ungestümer Kerl, der auch von den alten Kriegern respektiert wurde. Diviciacus aber war ganz anderer Natur. Der Druide unternahm Reisen zu den Südländern, studierte ihre Künste und heuerte fremdländische Handwerker an. Auch war er mit der latinischen Sprache vertraut, die vielen nicht geläufig war.

Ambiacus erzählte ihr, dass Diviciacus es als seine Bestimmung betrachtete, die Grenzen des gallischen Reiches zu sichern. Für ihn gehörten die keltischen Stämme nördlich des großen Gebirges zu einem Volk, das es zu vereinen galt. »Sind denn alle Stämme Galliens von gleicher Herkunft?«, wollte Meduana wissen. Ambiacus nickte: »Wie du weißt, stammen unsere Urväter aus Avallon. Es waren Auserwählte, denen die Götter eine Seele gaben, und sie schenkten ihnen das gesegnete Land zwischen dem großen Himmelgebirge und dem endlosen Meer, um es zu bevölkern. Sie waren fruchtbar, und sie mehrten sich. Das alte Volk zerfiel alsbald in hundert Stämme, die sich in alle Richtungen verstreuten und neue Stätten gründeten. Einige aber gerieten unter die Knechtschaft der Nordvölker, die den falschen Göttern dienen und die für uns nun zur Bedrohung werden, da sie das Land, das ihnen zusteht, nicht zu nutzen wissen. Andere Stämme überquerten mit ihren Sippen die Gebirge. Bald schon verbreiteten sich die Lehren unseres Volkes vom Iberischen Reich bis nach Albion. Es wird erzählt, dass die Götter eine Feuerkugel schickten, die das Himmelsgewölbe des Taranis erzittern ließ und Tausenden das Leben kostete. So zeigten die Götter ihren Zorn. Sie ermahnten die Stämme auf ihre Weise, die Lehren zu befolgen ...« Der Druide schaute eine Weile in die Ferne, dann beendete er seine Geschichte mit den Worten: »Ja, wir sind von gleicher Herkunft und von den Göttern auserwählt. Doch nun ist unser Volk bedroht und wir müssen handeln!« Ambiacus versuchte Meduana wieder auf das aktuelle Problem zu lenken: »Der Rat der Druiden hat über Diviciacus' Weissagung nachgedacht und ist zu der weisen Einsicht gekommen, dass du, Meduana, einen Auftrag zu erfüllen hast, der das Schicksal unseres Volkes zu unseren Gunsten bestimmen kann.«

»Kann?«

»Du musst nicht alles wissen.«

»Verzeiht mir, das verstehe ich nicht, Meister! Ist denn das, was Diviciacus sah, nur ein Traum gewesen? Oder ist es unser Schicksal? Und warum bitten wir die Götter nicht um Hilfe, wenn wir an dem Geschehen in der Zeit etwas verändern wollen?«

Der Druide wurde unruhig. Gobannix sah ein, dass er seiner Tochter nichts vormachen konnte: »Alles, was in der Zeit geschieht, passiert auf Wunsch der Götter. Wir haben keinen Einfluss auf das große Rad des Lebens. Welche Bedeutung unsere Taten haben, erfahren wir erst dann, wenn wir den Blick zurück auf unser Leben werfen, wenn wir dem Tod geweiht sind! Kein Sterblicher kann je den höchsten Plan erfassen, auch Diviciacus nicht. Aber die Götter senden Zeichen und führen uns auf Wege, die wir beschreiten müssen, mutig und in festem Glauben. Also höre! Der Druide hat dich in einer Vision gesehen, mit dem romanischen Krieger, der zur Macht hinstrebt. Diviciacus ist der Überzeugung, dass dieser Mann in einer Zeit, die vor uns liegt, viel Unheil bringen wird. Das Schicksal unseres Volkes liegt mit in seiner Hand. Der Druide sprach von einer großen Schlacht, die wir zu schlagen haben. Wenn wir der Weissagung nicht trauen und sie nicht als Zeichen nehmen, werden wir den Zorn der Götter auf uns ziehen.«

Meduana verbeugte sich vor ihrem Vater.

»Ich danke Euch für Eure aufrichtigen Worte. So will ich Euch und auch der Weissagung vertrauen. Wie kann ich meinem Volke dienen?« Ambiacus schaute die Tochter von Gobannix erleichtert an und nickte anerkennend mit dem Kopf. Sie hatte verstanden, was von ihr erwartet wurde.

Quintus Titurius Sabinus war zu dieser Zeit bereits Offizier in einer kleinen, römischen Verteidigungseinheit, die im nördlichen Teil der Provinz Narbonensis stationiert war. Er war gerade zum Praefectus Castrorum ernannt worden und hatte nun die Befehlsmacht über das Castellum Viennarum und seine 500 Mann starke

Truppe. Der Legat, der die Soldaten normalerweise befehligte, war wegen eines Todesfalles in der Familie für ein paar Wochen in seine Heimatstadt Altinum zurückgekehrt. Auf Wunsch des Senats in Rom sollten die strategisch günstig gelegenen Kastelle, die zum Schutz der Provinzgrenzen und der südlichen Handelsstadt Massalia errichtet worden waren, weiter ausgebaut werden. Dazu gehörte auch das Castellum Viennarum. Titurius war ein Mann mit großen Ambitionen. Für ihn war der Ausbau des Kastells nur eine kleine Zwischenstation auf dem Weg zu einer höheren Laufbahn. Sein Vater hatte bis zu seinem Tod Diktator Sulla loyal gedient und war für seine Treue reich belohnt worden. Als er starb, erbte Titurius als einziger Sohn sein ganzes Vermögen. Dadurch standen dem jungen Praefecten alle Türen für eine Karriere beim Militär und im Senat offen. Doch er wollte mehr. Ihn verlangte es nach Ruhm und Ehre, nach der Anerkennung seiner Landsleute. Er würde sie brauchen, falls ihm die einstige Verbundenheit des Vaters mit dem ungeliebten Diktator doch noch zum Verhängnis werden sollte.

Diviciacus hatte dem Druidenrat vorausgesagt, dass Titurius die Macht ergreifen und zum Niedergang des gallischen Volkes beitragen würde. Gobannix'Tochter würde ihm im Kampf begegnen. In den Augen des Rates kam die Prophezeiung des Sehers einem Aufruf der Götter gleich, das vorhergesagte Schicksal zu verhindern. Meduana musste Titurius töten, bevor seine Bestimmung sich erfüllen konnte.

Ambiacus erzählte ihr, was er über den römischen Offizier in Erfahrung gebracht hatte, und erklärte ihr den Plan: Die Kriegerin würde in Gefolgschaft reisen, denn plündernde Horden bedrohten die gallischen Handelswege. Doch spätestens ab Gergovia, der Hauptstadt der Arverner, müsste sie alleine weiterreiten, am Fluss Elave entlang und in das Gebiet der Allobroger. Im Hinterland des allobrogischen Stammes befände sich das Castellum von Titurius. Die Romaner erwarteten keine Aufstände, das Castellum war nicht schwer befestigt. Nach dem Mord an Titurius würde Meduana unbemerkt über die Dörfer ihrer Heimat zurückkehren können. Ambiacus gab ihr ausdrücklich zu verstehen, dass sie sich auf keinen Fall vor den Romanern offenbaren dürfe. Alles, was auf ihre Herkunft und ihren Stand hindeuten könnte, müsse sie in Gergovia zurücklassen.

Die junge Kriegerin spürte, dass ihr Vater von Sorgen bemächtigt wurde. Misstraute er etwa dem Plan der Götter? Er stand auf, zog Meduana von ihrem Sitz und drückte sie fest an sich. Ambiacus erhob sich ebenfalls. Mit einer Geste gab er zu verstehen, dass er der jungen Kriegerin den Segen erteilen wolle. Daraufhin wandt sich Gobannix von seiner Tochter ab und schloss ehrfürchtig die Augen. Auch Meduana senkte ihr Haupt. Der Druide wies sie an:»Morgen bei Sonnenuntergang beginnt das Opferfest. Du wirst dich am dritten Tage mit deinen Gefährten treffen, und ihr werdet am Abend unbemerkt das Dorf verlassen. Ich bringe den Göttern ein Opfer dar und werde für dich um Beistand bitten.« Dann sprach er den Segen:»Mögen die Götter dich auf deinem Weg begleiten. Möge Carnutus dir seine Kraft und seinen Mut verleihen und dich in den Nächten sicher durch sein Reich führen. Möge der mächtige Lugus dich unberührbar machen und deine Weitsicht stärken. Möge Teutates mit seiner väterlichen Hand über dich wachen und die göttliche Mutter Epona mit all ihrer Macht an deiner Seite sein und dich beschützen, mein Kind!«

Als Gobannix und Meduana ihre Augen öffneten, war der Druide bereits verschwunden. Einen Moment lang herrschte absolute Stille in der großen Halle. Meduana wollte sich von der bedrückenden Stimmung nicht einfangen lassen. Sie hatte in der Schlacht gelernt, lähmende Gedanken erfolgreich zu verdrängen.

»Wo ist Una? Ich würde sie so gerne vor dem Fest noch einmal sehen.« Gobannix seufzte leise:»Unten im Dorf. Sie kümmert sich um die Zubereitung der Opferspeise. Sie weiß von deinem Auftrag und wird dir alles geben, was du für deine Reise brauchst. Erzähle niemandem davon, hörst du? Und vergiss nicht das Kraut des Sucellus und stets auch dein Amulett zu tragen!« Meduana verbeugte sich tief und lächelte ihrem Vater zum Abschied aufmunternd zu. Draußen schwang sie sich auf das Pferd und ritt so schnell sie konnte die Anhöhe hinunter in die Siedlung. Das Amulett, von dem ihr Vater gesprochen hatte, war ein Geschenk von Ambiacus zur Priesterweihe gewesen. Es war aus dem Horn eines Hirschgeweihs geschnitzt. Der Rand wies noch die natürliche, geriffelte Struktur des Geweihs auf, aber zur Mitte hin war es glattgeschliffen und mit einer vergoldeten Triskele verziert: eine Darstellung der göttlichen Dreifaltigkeit und das Symbol für die Unsterblichkeit der Seele. Natürlich trug sie es immer bei sich.

Die Sonne gewann an Kraft und erwärmte den Boden, die Luft roch verlockend nach Neubeginn, nach Erde und den Blüten der Frühjahrsboten. Auf den Feldern ging bereits die erste Saat auf, und mit dem jungen Laub der Birken und Buchen präsentierten sich die Wälder in einem frischen, hellgrünen Gewand. Die Lämmer sprangen zwischen den Alttieren umher und stupsten beharrlich mit ihren Schnauzen an die Euter der Muttertiere. Das Vieh wurde auf die Sommerweiden getrieben, die Obstbäume, Schlehen und der Weißdorn standen jetzt in voller Pracht, und die Tiere der Wildnis paarten sich. Alles in der Natur strebte nach Vereinigung.

Aus den Backstuben duftete es nach frischen Kräutern und gebackenem Brot, die Kessel waren gefüllt mit Suppe, Brei und Bier. Auf dem Marktplatz waren die Stände abgebaut und stattdessen in der Mitte zwei riesige Holzstapel aufgeschichtet worden. Überall in der Siedlung wurden frische Birkenstämme aufgestellt, geschmückt mit bunten Bändern, und auch an den Haustüren hingen junge Birkenzweige.

Meduana suchte ihre Mutter in den Backhäusern auf. Una war dieses Jahr für die Opferbrote zuständig, die erst kurz vor dem Fest zubereitet wurden. Das »Maibrot« aus Dinkel, Gerste und Einkorn war eine besondere Köstlichkeit. Una liefen vor Freude Tränen über die Wangen, als sie ihre Tochter sah. Sie umarmten sich lange. Die junge Kriegerin legte ihr Schwert und den ledernen Schutzleib ab und half ihrer Mutter beim Formen der kleinen Teigfladen. Sie verströmten einen kräftigen Geruch von Bärlauch. In regelmäßigen Abständen wurden die Fladen von ein paar Dorffrauen abgeholt und in den großen Öfen neben der Teigstube gebacken.

Meduana berichtete ihrer Mutter, was sie in den letzten Wochen erlebt hatte und von der Hauptstadt der Haeduer auf dem heiligen Dreigipfelberg. Der Anblick von Bibracte hatte bei der jungen Kriegerin Erstaunen hervorgerufen:»Una, stell dir vor, sie schützen sich mit einer mächtigen Wand aus Steinen, die so hoch ist, dass kein Mann sie je überwinden kann. Ihre Unfreien schlagen große Mengen Erze aus den Bergen, und sie schürfen das begehrte Ore, das die Romaner Aurum nennen. Das hallische Gestein beziehen sie in bester Qualität direkt aus dem Marsal. Dumnorix, ihr Anführer, erhebt Anspruch auf die Handelswege über Land und auf dem Fluss. Für die gewährte Sicherheit bekommt er von den Händlern viele gallische Denarien. Auch deshalb ist seine Sippe so reich und mächtig, und die Stadt so groß und schön!«

»Na, das hört sich für mich an, als wenn du zu den Haeduern übersiedeln möchtest, mein Kind«, sagte Una lachend.»Ihr Fürst ist noch nicht gebunden, und er ist in deinem Alter. Willst du ihn nicht ehelichen?«

»Una!«, Meduana war sichtlich empört.»Ich werde doch nicht meinen Stamm verlassen, um die Leibeigene eines solchen Mannes zu werden! Nein, das war nie mein Begehren und das wird es auch nie sein. Dumnorix wird ohnehin bald die Tochter des Helvetiers Orgetorix zu seinem Weibe machen. Ich vermute, um das Bündnis zwischen ihnen noch zu festigen.«

»Ja, und um noch mehr Macht und Einfluss zu erlangen! Du weißt, dass die Haeduer sich mit allen um die Vorherrschaft in unserem Reich streiten. Und sein Bruder, der Druide, würde alles dafür tun, sogar mit einem Wolf das Lager teilen.«

Meduana war erschrocken über den zornigen Unterton und der ungewöhnlich spitzen Zunge ihrer Mutter. Warum war Una so aufgebracht? »Du meinst, er würde mit den Romanern eine Allianz eingehen? Aber viele Adelige und auch die Händler gehen Verträge mit den fremden Völkern ein. Selbst Ambiacus hat Freunde unter ihnen. Er war es, der mich ihre Sprachen lehrte.« Una wurde nur noch wütender: »Das ist nicht das gleiche! Ambiacus ist ein weiser Vergobret, ein geistlicher Druide, der aufrichtig den Göttern dient. Diviciacus aber ist der Macht verfallen. Mag er ein hellsichtiger Vates sein, von den Göttern auserwählt, ich sehe dennoch die Gefahr, dass seine Seele sich verirren wird.« Meduana beschlich ein ungutes Gefühl. Die Worte ihrer Mutter hatten Gewicht. Konnte man Diviciacus' Worten trauen?

Nach einer Weile kamen sie auch auf die Mission zu sprechen. Una zeigte sich nicht erfreut über den Entschluss des Rates, dennoch würde sie die Entscheidung der Druiden niemals anzweifeln. Im Gegenteil, das Heil ihres Stammes wog für sie mehr als das Leben einer einzelnen Person. Selbst wenn es das ihrer eigenen Tochter betraf. Ihr war unbegreiflich, warum die Stämme in den romanischen Provinzen die alten Rituale nicht vollziehen durften. Die Menschenopfer waren doch notwendig. Es ging schließlich darum, die göttlichen Elemente zu beschwören, ohne die das Leben auf Erden nicht möglich wäre! Una erinnerte Meduana an ein altes Kinderlied, das sie ihr oft vorgesungen hatte:

Dem Stammesgott gebührt ein Stier, dem Donnergott eine reine Seele, dem Raben im Elften ein Tier, dem Vater ein Krieger von Ehre. Für Esus stirbt er an Weid' und Birke, für Sucellus durch das Schwert, Rosmerta gebührt eine Unberührte und der Epona am Zwölften ein stattliches Pferd!

Bis spät in die Nacht hinein blieben sie in der Backstube, formten Brotfladen und plauderten. Meduana erfuhr, dass Cratacus, der Bruder ihres Vaters, sie am nächsten Tag zum Festanfang besuchen und seine Familie mitbringen würde. Medina, seine Frau, hatte noch einmal ein Kind zur Welt gebracht. Der kleine Tasgetios war jetzt schon ein Jahr alt. Er war durch den Winter gekommen, die Sterne standen gut für ihn.

Nach der Arbeit begleitete Meduana ihre Mutter nach Hause, und begab sich dann zurück in ihre Unterkunft. Es war eine sternenklare, kühle Nacht. Der zunehmende Mond tauchte die Siedlung in ein fahles Licht. Am nächten Tag sollte das Fest beginnen.

Den ganzen Nachmittag verbrachten die beiden jungen Frauen damit, sich für die Feier zurecht zu machen. Meduana umrahmte ihre Augen mit einem Kohlestück, trug eine rötliche, duftende Talgfettsalbe auf und schmückte sich mit Arm- und Fußringen. Sie war wegen ihres Auftrags von den Aufgaben als Priesterin befreit worden. Statt des Gewandes einer Geistlichen zog sie sich ein kurzes Lederkleid und eine Fuchsfellweste über. Es war schließlich das Fest der Liebe, die Vereinigung der Erdgöttin mit dem Sonnengott, und Meduana wollte sich vergnügen.

Eponaia war dazu auserwählt, den rituellen Maitanz anzuleiten. Sie trug das helle Gewand und die Insignien der Priesterin. Die beiden Freundinnen gingen in der Dämmerung gemeinsam durch die Siedlung zum großen Platz. Aus den umliegenden Gehöften und weit entfernten Dörfern waren Verwandte und

Freunde angereist. Die kleine Siedlung am Autura füllte sich mit Menschen. Gleich nach Sonnenuntergang wurden die beiden Holzstapel entzündet und das Bier ausgeschenkt. Dampfende Kessel mit Essen standen rund um den großen Platz bereit. Die Leute waren in ausgelassener Stimmung, fantasievoll geschmückt und festlich gekleidet: Ältere Frauen trugen bunte Kleider aus feinem Stoff und ihren besten Schmuck zur Schau, die Männer zeigten stolz ihre muskulösen Körper und ihr Geschmeide. Einige junge Krieger hatten ihre halbnackten Körper mit roter Lehmerde bemalt und sich in tierähnliche Kreaturen verwandelt. Die jungen Mädchen schmückten sich mit Blüten im Haar und trugen Ketten aus getrockneten Samenkapseln des Mohns, als Zeichen ihrer Fruchtbarkeit.

Eponaia trennte sich bald von Meduana, und die junge Kriegerin ließ sich von den ausgelassenen Feierlichkeiten mitreißen. In der »Halle der Krieger« wurde zu dieser Stunde der Honigwein ausgeschenkt. Einige Druiden und die Veteranen hatten sich zum gemeinschaftlichen Umtrunk eingestellt. Meduana beobachtete schmunzelnd das ausschweifende Gelage der alten Krieger, die der Reihe nach und sehr anschaulich von ihren großen Taten erzählten. In den Pausen ertönte der Lobgesang eines Barden, die Kopftrophäen wurden herumgezeigt. Dann war der alte Taurin an der Reihe. Er schwankte schon beim Aufstehen und musste von zwei Männern gestützt werden. Die Stierhörner wurden erneut mit Met gefüllt, eines wurde ihm gereicht. Nach jedem dritten Satz nahm Taurin einen kräftigen Schluck daraus, wischte sich mit dem Handrücken den grauen Schnauzbart ab und brüllte laut: »Gedankt sei den Göttern!« »Den Göttern sei Dank!«, schallte es aus den Reihen der Krieger zurück. Die Verbindung zu den höheren Mächten war wieder hergestellt.

Da sie das Ritual der Reinigung nicht verpassen wollte, begab sich Meduana wieder auf den großen Platz. Dort wurde bereits ein kräftiger Bulle mit langen Hörnern unter dem Gejohle der Menschen zwischen den beiden brennenden Feuerhaufen hindurch getrieben. In panischer Angst lief er quer durch die Menge. Es brauchte mehrere starke Männer, um das Tier wieder einzufangen. Vor der göttlichen Vereinigung mussten auch die Körper der Menschen vom Dreck und die Seele von bösen Flüchen befreit werden. Viele Dorfbewohner hatten deshalb am frühen Morgen schon im kalten Fluss Autura gebadet. Einige Mutige unterwarfen sich jetzt der schmerzhaften Feuerprozedur und rannten ebenfalls durch die beiden brennenden Stapel hindurch. Die Priester tanzten unterdessen ekstatisch zur Musik, viele Menschen schlossen sich ihnen an. Die Feuer brannten immer heißer, die Flammen loderten hoch und trieben knisternd die glühenden Funken in den dunklen Nachthimmel hinein.

Spät in der Nacht wurden in einem langen Fackelzug die Opfertiere und der Stier zur Tempelanlage gebracht. Es war der Höhepunkt des heiligen Festes, an dem ein Großteil der Gemeinschaft teilnahm. Der Stier wurde angebunden und seine Läufe zusammengeschnürt, sodass er nicht austreten konnte. Aus seinem Maul quoll schaumiger Speichel, er zitterte vor Angst. Ein Druide schlitzte ihm die Kehle auf und ließ ihn blutend in einer Mulde zusammenbrechen. Ein Teil des Blutes wurde in kleinen Kesseln aufgefangen, dann schnitt ein Priester die Bauchhöhle des Bullen auf, bis dessen Organe herausquollen. Die Zuschauer blickten gespannt auf den Druiden. Anhand der Zuckungen und aus der Lage des Gedärms konnten die Gelehrten wichtige Ereignisse in der nahen Zukunft voraussagen. Nach einer Weile verkündete der Druide feierlich, dass die Götter dem Stamme wohlgesonnen waren und die Menschen den Himmel nicht zu fürchten brauchten! Das Volk atmete erleichtert auf. Das Blut wurde zu den Feldern geschleppt und mit Birkenruten auf die frisch eingesäten Äcker gespritzt. Die rituelle Befruchtung des Bodens würde Belisama gnädig stimmen, sie würde die Erde segnen und die Früchte des Feldes gedeihen lassen.

Meduana lief gerade mit einer Fackel in der Hand von den Feldern zurück in die Siedlung, da begegnete ihr ein junger Mann. Es war eine kalte Nacht, und er hatte außer einer schlichten Stoffhose nichts am Leibe. Seine dunklen Haare schimmerten wie schwarze Schlacke im Schein ihrer Fackel. Er trug noch keinen Bart. Offensichtlich war er jünger als sie. Ein hübscher Kerl, von kräftiger Statur. Der Unbekannte starrte sie unverhohlen an. Ihre Kleidung und ihr Torques verrieten ihm, dass sie eine Adelige war. Sie trug das Gewand einer geweihten Jägerin, das aber auffallend kurz geschnitten war. Es deutete alles darauf hin, dass dieses Weib noch nicht vergeben war.

Der junge Mann zögerte. Er war heute Nacht ebenfalls auf der Jagd. Doch er wollte sich nicht binden lassen und auch nichts erzwingen. Außerdem war er sich seines Standes wohl bewusst. Eine Nacht mit einer Adeligen konnte ihm den Kopf kosten. Daher musterte er die junge Frau ausgiebig und versuchte in ihren Augen ihre Absicht zu erkennen. Sie schien nicht abgeneigt zu sein.

Meduana bemerkte seine Unsicherheit, doch in seinen Augen funkelte bereits das Verlangen. Sie war ebenfalls angetan von ihm. Selbst wenn er ein Dämon aus der Anderwelt in verwandelter Gestalt gewesen wäre, hätte sie ihn jetzt nicht abgelehnt. Er strahlte trotz seiner Jugend eine starke, sinnliche Männlichkeit aus, von der sich die junge Kriegerin magisch angezogen fühlte. Zudem wirkte er nicht unerfahren. Ihre Blicke trafen sich mit der gleichen, aufrichtigen Begierde.

Der junge Mann lief voraus. Dann nahm er plötzlich ihre Hand und zog sie in eines der Häuser hinein. Sie war überrascht, ließ es dennoch geschehen. In dem Haus war es kühl und dunkel. Anscheinend hatte der Unbekannte etwas vorbereitet. Er zündete einige kleine Lampen an, die sich in kunstvoll gefärbten Gläsern befanden und ein angenehm warmes Licht spendeten. Der Lehmboden im hinteren Teil des kleinen Hauses war mit Decken und Fellen ausgelegt, und es duftete verführerisch nach Kräutern.

Es war nicht das erste Mal, dass sich Meduana mit einem Mann vereinigte. Doch mit der Zeit war sie achtsamer geworden, auf wen sie sich einließ. Zu oft hatte sie erlebt, dass sich Männer grob und eigennützig verhielten und nur eine Stute suchten, die sie bezwingen und besteigen konnten. Selten war sie dabei auf ihre Kosten gekommen, und selten hatte sie erlebt, dass das lustvolle Spiel der Eroberung der Liebe diente und nicht der Machtergreifung ihres Körpers.

Der junge Mann entzündete nun geschickt ein kleines Feuer in der Bodenmulde. Währenddessen blickte er sie immer wieder an. Er hatte das Ebenbild der Göttin Epona auf seiner Lagerstätte sitzen, und sie schien von seinen Vorbereitungen angetan zu sein.

Das Feuer loderte warm auf. Er hockte sich zu Meduana auf das Lager, berührte mit seiner rechten Hand ihren Hals, packte sie vorsichtig am Nacken und zog sie leidenschaftlich an sich heran. Meduana stieß ihn weg. Er rollte sich zur Seite, packte sie erneut und griff ihr beherzt unter das kurze Lederkleid. Sie versetzte ihm einen leichten Schlag ins Gesicht, dann maßen sie ihre Kräfte, bis ihnen warm geworden war. Meduana war erhitzt und sehr erregt. Sie riss sich ihr Kleid vom Körper, er entkleidete sich ebenso hastig. Dann knieten sie beide nackt voreinander auf den weichen Fellen. Mit geschlossenen Augen tasteten sie lustvoll atmend ihre Körper ab. Doch obwohl beide vor Erregung zitterten, ließen sie sich Zeit.

Meduana erwachte. Die Lampen waren bereits ausgebrannt und das Feuer fast erloschen. Sie fühlte eine angenehme Wärme in ihrem Unterleib und einen ungewohnten Frieden in ihrem Herzen. Eine Weile betrachtete sie das schöne, markante Gesicht des Unbekannten im Schein der Glut und strich ihm vorsichtig mit der Hand über seine schwarzen Haare. Einen Augenblick lang spielte sie mit dem Gedanken, ihn auf ihre Reise mitzunehmen. Doch sie wollte diese besondere Nacht und ihre Begegnung als schöne Erinnerung in ihrem Herzen bewahren. Sie kehrte zum Haus ihrer Freundin zurück, bevor er wach wurde.

Meduana verbrachte die Zeit zwischen den Feierlichkeiten mit ihrer Familie. Endlich lernte sie auch den kleinen Tasgetius kennen. Seine Eltern hatten ihm einen druidischen Namen gegeben, was für sein Alter ungewöhnlich war. Er würde erst mit sieben Jahren bereit für die Lehren sein. Außerdem musste er sich vorher als geeignet erweisen. Cratacus aber war der Meinung, dass sein Sohn aus einer fürstlichen Familie stamme und allein dadurch schon das Recht und die Eignung hatte, von einem Druiden ausgebildet zu werden. Una war davon wenig angetan: »Auch wir haben zuvor nach dem Willen der Götter gefragt, als es um die Ausbildung unserer Tochter ging, wie es der Brauch verlangt. Der Junge ist noch viel zu klein für einen rechten Namen. Wartet auf das dritte Jahr, so wie es üblich ist. Wir werden sehen, ob die Götter seiner Seele wohlgesonnen sind.« Es folgte eine lautstarke Auseinandersetzung. Meduana hatte ihren kleinen Vetter während des Streitgespräches auf dem Arm gehalten und ihm in sein winziges Ohr geflüstert, er solle doch lieber zu einem aufrechten Krieger werden. Aber als sie von den Frauen ihrer Familie auf ihre eigene Kinderlosigkeit angesprochen wurde, gab sie ihn schnell wieder ab und verließ das Haus.

Es dämmerte bereits, als sie sich auf den Weg zurück zu ihren Eltern machte. Langsam ritt sie durch die Siedlung und kam an einem Gebäude vorbei, über dessen Eingang ein Doppelhammer aus Bronze hing. Es musste das Haus eines Schmieds sein. An einem Pfosten neben der Tür hingen kleine, ungewöhnliche Lampen aus buntem Glas. Als sie die Gefäße erblickte, schlug ihr Herz auf einmal schneller. Sie gab ihrem Pferd einen Tritt in die Seite und galoppierte davon.

Der dritte Tag des Fruchtbarkeitsfestes brach heran. Trotz des regnerischen Wetters sollte der Maitanz der Jugend auf dem Festplatz nicht ausfallen. Das gemeinschaftliche Ereignis fand immer in den frühen Abendstunden statt, damit alle Dorfbewohner daran teilnehmen konnten. Tags zuvor hatte sich Meduana bereits von Eponaia und ihrer Familie verabschiedet und sich dann zurückgezogen, um im »Tempel der drei Gottheiten« zu beten. Ihr Vater hatte allen erzählt, dass sie noch heute nach Aremorica aufbrechen würde, um eine wertvolle Warenlieferung der Aulercer zu begleiten, und sie wollte unnötigen Fragen aus dem Weg gehen.

Die Tempelanlage lag am Rande des Waldes. Hunderte gebleichter Schädel hingen an den Palisadenwänden, die das Gelände umgaben. In der großen, flachen Opfermulde auf dem Vorplatz lagen noch die Klauen und Köpfe der Opfertiere der letzten Nacht. Das getrocknete Blut färbte den Boden schwarz.

Sie betrat das Hauptgebäude. In einem Tongefäß brannte das geweihte Feuer. Alle rituellen Brände wurden mit ihm entzündet, es durfte nie erlöschen. Hier bewahrten die Druiden die heiligen Reliquien auf, den vergoldeten Eichenstab, mit einer kleinen Rabenfigur an der Spitze, das Symbol des Gottes Lugus und der druidischen Weisheit. Rechts neben dem Altarfeuer stand ein großer, versilberter Bronzekessel mit dem Abbild des sitzenden und gehörnten Gottes Carnutus. In seinem Schoß lag eine Widderhornschlange, ein Wesen aus der Anderwelt, das seine Nähe zur Mondgöttin und seine Macht über die Seelen der Tiere symbolisierte. Der dritte Gott war Taranis. Er wachte über die Seelen der Menschen. Für ihn stand das Rad, das Symbol der Sonne und des Lebens. Die Druiden hatten für ihn einen kleinen Wagen aus Bronze anfertigen lassen mit vier vergoldeten Rädern. Auf dem Wagen stand eine nackte Priesterin aus

Bronze mit einem Wetterstab in der Hand. Denn Taranis war zugleich der Himmelsgott, der mit jedem Donnergrollen seine Anwesenheit bezeugte. An der östlichen Wand war ein kleiner Schrein aufgebaut, der den Göttinnen geweiht war. Viele Menschen verehrten Epona, die mit Taranis zusammen herrschte, und Rosmerta, die Gemahlin des Esus. Sie spendeten den Menschen Trost und Heilung.

Meduana schloss ihre Augen, verharrte einige Zeit in stiller Andacht vor dem Altar und ließ sich von der Kraft ihres Glaubens durchströmen. Nach dem Gebet erbat sie sich von einem Druiden die getrockneten Blätter und Wurzeln des heiligen Eisenkrauts, auch bekannt als »Schutzkraut des Sucellus«, das nur mit einem Eisenmesser geschnitten werden durfte. Kein anderes geweihtes Kraut besaß so viel Macht wie die Verbena. Es konnte unverwundbar, ja sogar unsichtbar machen!

Die junge Kriegerin stopfte die Pflanzenteile in einen Lederbeutel und verstaute ihn in ihren Felltaschen, zusammen mit einem schweren Kapuzenumhang aus Wolle. Una hatte ihr ein Säckchen mit Getreidekörnern und gesalzenes Fleisch eingepackt, ein Fläschchen mit Leinöl, einige Blätter und Wurzeln vom Beinwell sowie saubere Tücher zum Verbinden von Wunden. Ein Wasserbeutel aus Ziegenhaut mit einem Holzverschluss war auch dabei.

Bis nach Gergovia würden sie mit dem Pferd einen viertel Mondzyklus brauchen, also sechs bis sieben Tage, wenn sie sich von den Hauptrouten fernhielten.

Für die Reise kleidete Meduana sich in der Gewandung der Krieger mit einer wollenen Hose. Sie legte sich den warmen Brustpanzer aus Leder um und den breiten, metallverstärkten Gürtel, an dem sie ihren Dolch und eine Ledertasche mit ein paar Münzen befestigte. In ihrem rechten Stiefel verbarg sie ein weiteres Messer mit einer besonderen Klinge aus Eisen. Damit konnte man Knochen ohne weiteres durchtrennen oder aber einem Menschen eine tödliche Wunde zufügen.

Eile war geboten. Niemand sollte sehen, in welcher Richtung die Gruppe das Dorf verließ. Ambiacus hatte den frühen Abend für den Aufbruch gewählt, obwohl die Dunkelheit sie schon bald einholen würde. Hinter der »Halle der Krieger« befand sich ein kleiner Platz mit Unterstand, wo die Männer ihre präparierten Kopftrophäen zum Trocknen aufbewahrten. Diesen Platz mieden die meisten Dorfbewohner, sie fürchteten die Geister der Enthaupteten und den Zorn der eitlen Krieger. Dort sollte ihr Treffpunkt sein.

Auf dem Festplatz begann der Tanz. Meduana lief zu ihrer Unterkunft, holte ihre Waffen, schlich sich an den Pferdeställen vorbei und verschwand unbemerkt hinter der großen Halle. Ihre Begleiter warteten schon mit ihrem Pferd und dem Gepäck auf sie. Sieben beschlagene Krieger, die sie seit ihrer Jugendzeit kannte. Ihr Bogenlehrer war darunter und Luernios, der Schwertmeister. Auch Litavia, eine stolze Kriegerin, die Meduana in jungen Jahren sehr verehrt hat. Außerdem ein im Kampf geschulter Priester und zu guter Letzt ein erfahrener Jäger und Fährtenleser, der für die Zubereitung der Speisen und das nächtliche Lager zuständig war. Meduana wollte gleich aufbrechen, doch ihre Begleiter zögerten.

»Worauf warten wir, bald wird es dunkel. Dann können wir gleich hier unser Lager aufschlagen.«

»Geduld, liebe Schwester! Wir bekamen den Auftrag, zu warten«, erwiderte Litavia beschwichtigend. In diesem Moment erschien Ambiacus auf dem Platz und überreichte der jungen Kriegerin ein rechteckiges Kästchen aus dunklem Eichenholz. Neugierig hob sie den schmalen Deckel an. Eine Tafel kam zum Vorschein, versehen mit einer Schicht aus Bienenwachs. In die feste Masse waren feine Zeichen eingeritzt. »Was bedeutet das? Was steht da geschrieben?«, wollte Meduana wissen.

»Es ist eine Nachricht an Celtillus, den Arverner. Er kann dafür sorgen, dass dich jemand nach Vienna führen wird. Celtillus kennt deinen Namen nicht. Sein Stamm liegt im Krieg mit den Haeduern, und sein Geschlecht wurde einst von den Romanern besiegt. Er misstraut jedem Fremden und würde dir nicht helfen, wenn ich ihn nicht selbst darum bäte«, erklärte der Druide.

Meduana betrachtete die Schrift:»Es ist Graecisch, nicht wahr? Wie schön doch die Zeichen sind! Warum habt Ihr mich nicht auch das Schreiben gelehrt?«

»Du besitzt das Wissen einer Priesterin, es gibt nichts, was du niederschreiben müsstest. Aber wer weiß – vielleicht wirst du eines Tages das Schreiben auch noch lernen. Wenn es Lugus' Wille ist, wirst du es erfahren.« Auf einmal wurde Ambiacus sehr ernst:»Sei stets aufmerksam und folge den Zeichen der Götter. Höre auf dein Herz, denn dadurch sprechen sie zu dir. Zweifle nie an deinem Auftrag und hadere nicht mit deinem Schicksal. Du kannst Vergangenes nicht ändern, also füge dich dem Geschehen. Die Götter mögen dich beschützen, mein Kind!«

»Seid ohne Sorge, wir werden uns bald wiedersehen!«

Sie verstaute das Schriftzeug in ihren Taschen, und die Gruppe verließ unbemerkt das Dorf.

4. Die Mission

Luernios führte die Gruppe an. Er orientierte sich am Stand der Sonne und folgte dem Fluss Elave, der sie direkt zur Hauptstadt der Arverner führen würde.

Meduana genoss das Gefühl der Freiheit. Nie zuvor war sie von ihrer Heimat so weit entfernt gewesen. Die Reise verlief ohne Zwischenfälle. Die Nordmänner hielten sich fern, und auch die Wölfe und Luchse ließen sich nicht blicken. Vogelschwärme begleiteten ihren Weg. Je weiter sie nach Süden kamen, desto wärmer wurde es am Tag. Auch die Landschaft veränderte sich. Die Farbe des Himmels wandelte sich zu einem strahlend hellen Blau, wie sie es nur vom Hochsommer her kannte. Als würde sich das Firmament weiten und die Wolken höher als sonst über ihnen hinwegziehen. Die Wälder wurden lichter und änderten ihre Gestalt. Das Land wölbte sich auf, Hügel und Täler prägten bald sein Antlitz.

Am siebten Tag verließen sie das Flusstal und ritten gen Westen hinauf auf eine Anhöhe. Meduana und ihre Begleiter waren beeindruckt von dem Anblick, der sich ihnen offenbarte. Zum Greifen nahe überragte der heilige Berg der Arverner mit seiner weißen Kuppe das weite Land. Die bewachsenen Hügel und schattigen Schluchten der alten Vulkanlandschaft bildeten eine grandiose Kulisse. Dunst zeichnete die Konturen der Berge weich und tauchte die Region in ein mystisches Licht.

Sie ritten an den grünen Ausläufern der Berge und an den fruchtbaren Feldern der Ebene entlang, und erblickten bald die ersten Gehöfte Gergovias. Der Weg wurde breiter. Einzelne Reiter preschten an ihnen vorbei. Sie überholten mehrere Händler mit vollbeladenen Handkarren und erreichten endlich das Tor zur Stadt. Luernios wollte keine Zeit verlieren. Er schlug vor, die Gruppe aufzuteilen, während er selbst Celtillus, den Druiden aufsuchen würde, um ein Treffen zu arrangieren. Eine Horde fremder Krieger würde die Blicke auf sich ziehen. Ambiacus hatte sie ermahnt, nicht aufzufallen. Also trennten sie sich und wählten als Treffpunkt einen kleinen Tempel innerhalb der Stadtmauern. Dann gingen sie, ihre Pferde an den Zügeln führend, in zwei Gruppen zu Fuß durch die Siedlung. Die beiden Frauen zogen sich ihre Kapuzen über. Meduana wurde von einem Krieger und dem Priester begleitet.

Die Stadt war nicht so groß wie Bibracte, aber ebenfalls von einer massiven Mauer umgeben. Viele Häuser hatten bunt bemalte Wände, einige waren mit Vordächern und offenen, hölzernen Säulengängen ausgestattet. Das Zentrum bildete ein Platz mit einem sakralen Gebäude und großen Lagerhäusern. Die Unterkünfte und die Werkstätten reihten sich dicht an dicht längs der befestigten Wege, die alle in das Zentrum führten.

Als sie zum Markt kamen, ließ sich die junge Kriegerin nicht davon abhalten, die Waren zu bestaunen. Hier gab es alles, was in ihrer Heimat selten und begehrt war: griechische Töpferwaren, Schmuck aus farbigem Glas, Korallen, Bernstein und Silber, feinste, gallische Stoffe, exotische Früchte und Wein, zudem eine große Auswahl an Waffen und metallischen Geräten. Meduana blieb in der Nähe eines Glasmachers stehen. Er formte gerade einen Armreif aus einem Stück zähflüssiger Masse und bestrich die Innenseite mit einem pulvrigen Material. Immer wieder erhitzte er das Glas in seinem kleinen Ofen, aus dem sehr heiße Luft strömte. Er drehte den weichen Reif auf einen Metallring auf und ließ ihn anschließend ausglühen.

Auf der anderen Seite des Marktplatzes befanden sich gleich mehrere Schmieden. Einer der Metallmeister war auf hochwertige Eisenwaren und Waffen spezialisiert und bot diese lautstark direkt vor seiner Arbeitsstätte feil. Meduana fühlte sich von den Klängen der Eisenhämmer angezogen, wie ein Kind von süßem Honig, vergaß jegliche Vorsicht und lief zum Waffenstand. Sie nahm verschiedene Schwerter in die Hand und prüfte deren Qualität. Sie entdeckte ein keltisches Langschwert, das dem ihren an Schärfe und Härte überlegen war. Wegen seiner ausgefeilten Gewichtung lag es perfekt in ihrer Hand. Fasziniert ließ sie die Waffe kreisen und schlug damit mehrmals beherzt auf einen unsichtbaren Gegner ein. Der Schmied hatte sie lächelnd dabei beobachtet. Nun richtete er das Wort an sie: »Da habt Ihr eine feine Wahl getroffen, junger Herr! Ihr scheint wohl zu begreifen, was ein gutes Schwert ausmacht. Ein paar Denarien aus Aurum nur, und es gehört Euch ganz.«

Der drahtige Mann sprach mit einem eigenartigen Akzent, aber sein Angebot klang sehr verlockend. Meduana drehte noch ein paar Mal die Waffe in ihrer Hand und brachte ihre Begeisterung zum Ausdruck: »Meister des Feuers! Sucellus selbst hat dieses Schwert geformt! Wo hast du das Schmieden erlernt, dass du die hohe Kunst so gut beherrschst?« In diesem Augenblick rutschte ihre Kapuze nach hinten, und der Schmied blickte in das Gesicht einer jungen Frau. Er konnte sein Erstaunen nicht für sich behalten.

»Ihr seid eine Kriegerin aus dem hohen Norden, nicht wahr? Ich mache Euch zu Ehren ein lohnenswertes Angebot. Aus welchem Hause stammt Ihr? Dann kann ich Euer Schwert noch mit dem Zeichen Eurer Sippe schmücken.« Als Meduana zu verhandeln begann, drängten sich ihre beiden Begleiter dazwischen und lenkten den Schmied mit ein paar Fragen ab. Kurze Zeit später waren sie auf dem Weg zum verabredeten Treffpunkt. Der

Priester warf ihr einen bösen Blick zu. Meduana zog sich grollend ihre Stoffkapuze ins Gesicht. Wortlos folgte sie ihm zum Tempel. Die anderen warteten bereits. Luernios schien besorgt zu sein: »Fürstentochter, ich konnte in Erfahrung bringen, wo Celtillus wohnt, und auch, dass er schon bald verreisen wird. Wenn wir ihn treffen wollen, dann noch heute!«

»Dann soll es wohl so sein!«, antwortete sie, immer noch grollend, und wandte sich ihren Begleitern zu: »Habt Dank, dass ihr mir auf der Reise euren Schutz gewährt habt, ab jetzt bin ich auf mich allein gestellt. Ihr werdet morgen schon nach Autricon zurückkehren. Die Götter mögen euch begleiten!« Litavia war Meduana während der ganzen Reise nicht von der Seite gewichen: »So einfach wollt Ihr gehen? Warum werden wir nicht eingeweiht in Eure Pläne, und warum dürfen wir uns hier nicht offen zeigen? Wir sind doch keine Diebe!« Die alte Kriegerin wurde nun vertraulich: »Sag mir, Schwester, was hast du hier zu suchen und warum sollen wir nicht auf dich warten?«

»Der hohe Rat hat mich geschickt, um Verhandlungen zu führen. Nur die Götter wissen, wie lange ich noch hier verweile und wen ich treffen werde. Es wäre klug, wenn unsere Verbündeten wie auch unsere Feinde nichts davon erführen. Deshalb bitte ich euch, euer Wort zu halten und nicht auf mich zu warten.« Die Männer nahmen Meduanas Worte an, Litavia aber wirkte nicht überzeugt. Sie umarmte Meduana und küsste sie zum Abschied auf den Mund: »Pass auf dich auf, kleine Schwester. Ich sorge mich um dich. Mein Herz sagt mir, dass du für diesen Auftrag nicht bereit bist …«

»Mir wird ganz sicher nichts geschehen, Litavia. Wir haben schon so viel durchlebt. Sei unbesorgt.«

Luernios nahm die Zügel ihrer beiden Pferde in die Hand und verließ schnellen Schrittes die Stadt. Meduana folgte ihm. Am Fuße des Plateaus stiegen sie auf.

»Wohin reiten wir?«, fragte sie.

»Nach Corent. Dort finden die Zusammenkünfte des hohen Rates der Arverner statt. Celtillus muss ein Mann des Rates sein, wenn er dort wohnt.«

Sie gelangten schließlich auf ein weiteres Plateau. In der Mitte der Siedlung überragte ein imposanter, quadratischer Tempel mit einem Innenhof das Gelände, umgeben von Werkstätten und Wohnhäusern. Es herrschte ein reges, fast hektisches Treiben. Der Schwertmeister erkundigte sich bei einem Mann nach dem Wohnsitz von Celtillus. Der führte sie zu einem prächtigen Fachwerkhaus. Meduana legte ihr Stoffcape ab, nahm die Schachtel mit der Nachricht von Ambiacus aus ihren Felltaschen und übergab die Pferde einem Stallburschen. Sie betraten das Gebäude.

Celtillus war ein Mann in den besten Jahren, groß und kräftig aber ohne herrschaftlichen Glanz. Er trug die Kleidung eines Adeligen und seine feinen Schnabelschuhe. Wie die meisten gallischen Männer legte er Wert auf Reinlichkeit und sein äußeres Erscheinungsbild, und so hatte er seinen buschigen Schnauzbart frisch gekämmt und seine schulterlangen Haare zu einem Zopf geflochten. Er begrüßte sie mit höflicher Neugierde. Meduana übergab ihm das Dokument von Ambiacus. Der Arverner lud sie ein, sich zusammen mit ihm an einen hohen Tisch zu setzen, der in der Nähe eines Kamines stand. Eine Frau brachte ihnen Suppe und verdünnten Wein.

Während Celtillus die Nachricht las, betrachtete Meduana den Raum. Der Hausherr hatte sich im Stil der Südländer eingerichtet. Dort standen ein paar Liegen, mit weichem Tuch bezogen, und hölzerne Kästen mit Türen. Durch die großen Fensteröffnungen wurde der Raum am Tag hell beleuchtet. Den Fußboden zierte ein Mosaik aus Scherben zertrümmerter Weinamphoren. Was für ein Luxus!

Die Sonne ging unter. Es wurden Öllampen und ein Feuer in dem gemauerten Kamin entzündet, der seitlich in die Wand eingelassen war. Meduana kostete den Wein. Er schmeckte süßlich nach überreifen Früchten und etwas rauchig. Der Alkohol brannte ihr unangenehm in der Kehle. Celtillus wirkte nachdenklich, als er die Wachstafel beiseitelegte:»Ich kenne euren Vergobreten Ambiacus gut, ich schätze ihn wie einen Bruder. Wir teilten oft das Wort bei den Zusammenkünften. Doch ich verstehe nicht, was du in der romanischen Provinz verloren hast, mein Kind. Du wirkst auf mich sehr jung und unerfahren. Was weißt du schon von diesem Teil der Welt …? Nun, Ambiacus scheint dir zu vertrauen, so werde ich dir helfen. Ich kann dir einen Führer an die Seite stellen. Aber sei dir stets gewiss: Dieses Land gehört den Wölfen! Sie misstrauen uns, das lässt sie wachsam sein. Du wirst die Kleidung eines Weibes tragen müssen und dein Schwert ablegen – als Kriegerin kannst du nicht reisen!« Die junge Kriegerin nickte.

»So lasst uns speisen! Ich will hören, was sich seither im Norden zugetragen hat und wie es Ambiacus geht, meinem alten Freund.« Der Hausherr ließ gebratene Hühner und eine kleine Schale Olivenöl auftragen, dazu Brot, frische Feigen und getrocknete Trauben. Meduana kannte weder die Früchte noch hatte sie das Fleisch vom Huhn bisher auf diese Weise gegessen. Es schmeckte ihr sehr gut. Ein lautes Schmatzen drang in ihre Ohren. Luernios wusste die Köstlichkeiten auch zu schätzen und stopfte sich hemmungslos den Bauch voll.

Die junge Kriegerin berichtete Celtillus von den Kämpfen gegen die Sequaner und die Nordvölker und erzählte Geschichten von ihrem Lehrmeister aus der Vergangenheit. Der arvernische Druide stellte viele Fragen. Während sie sich unterhielten, schlich sich ein kleiner Junge von hinten an Luernios heran. Der Knirps wartete den richtigen Moment ab, dann stieß er mit seinem kleinen Holzwert zu:»Stirb, böser Mann!« Luernios erschrak so sehr, dass er mit einem lauten Schrei aufsprang und seinen Dolch zog. Das Kind wich eingeschüchtert zurück und begann zu weinen. Celtillus und Meduana, die den Jungen beobachtet hatten, mussten herzlich lachen.

»Komm her, kleiner Krieger!« Der Druide nahm seinen Jungen tröstend in die Arme. »Darf ich euch meinen Sohn vorstellen? Vercingetios, mein ganzer Stolz! Mein Ältester wurde mir genommen, aber die Götter schenkten mir einen zweiten Sohn. Er erhält bereits seine ersten Schulungen am Schwert. Noch in diesem Zyklus werde ich ihn in die Obhut unseres Vergobreten geben - und dafür sorgen, dass er in meiner Nähe bleibt.«

»Vercingetios, komm zu mir, lass dich ansehen!« Meduana forderte den Jungen mit offenen Armen auf, aber das Kind verbarg sich hinter seinem Vater. Celtillus lachte: »Er ist bald sieben Jahre alt und hadert immer noch mit fremden Leuten. Das hat er wohl von mir.« Meduana hob das Holzschwert des Kindes auf und hielt es ihm hin. Doch auf einmal verzerrte sich der Raum vor ihren Augen. Ein eigenartiger Schwindel erfasste sie. Sie hörte sich wie aus weiter Ferne sprechen: »Es ist gut, dass du ihn am Schwerte schulen lässt, denn seine Zeit als großer Fürst wird kommen, er wird im Zornesfeuer des Teutates seine göttliche Bestimmung finden …« Dann vernahm sie das Klirren von Schwertern und das Donnern von Pferdehufen. Im Dunstschleier des Nebels tauchten hunderte von Kriegern auf. Sie stürmten auf eine riesige Schlange zu. Das Maul des Tieres glühte. Die Leiber der Männer gingen einfach in Flammen auf, aber sie wichen nicht zurück. Der Strom wollte nicht enden. Meduana hörte, wie sie vor Schmerzen schrien. »Fürstentochter! Was ist mit Euch?« Luernios Stimme holte sie zurück.

»Mir war, als hätte ich eine Erinnerung an die letzte Schlacht gehabt, doch waren mir die Bilder fremd …«, flüsterte sie erschrocken. Celtillus tat, als sei nichts geschehen. Doch als Meduana und Luernios aufbrechen wollten, bot er ihnen an, die Nacht in seinem Hause zu verbringen. Als alle schliefen, begab sich Celtillus an

Meduanas Lager und weckte sie leise auf: »Fürstentochter, ich muss dich im Vertrauen sprechen.« Die junge Kriegerin schreckte aus ihren Träumen auf: »Was habt Ihr vor? Fasst mich nicht an!« Celtillus beruhigte sie: »Ich begehre nicht die Tochter im Herzen meines Freundes. Mich bewegt ein Anliegen ganz anderer Natur.« Meduana setzte sich aufrecht hin, mit einer Hand an ihrem Dolch. Argwöhnisch lauschte sie seinen Worten. »Ich bin mir ungewiss, doch ich vermute, dass du die Gabe in dir trägst. Was du gesehen hast, war nicht die Erinnerung an eine Schlacht, vielmehr die Zukunft meines Sohnes!« Er zögerte einen Moment. Sie schien ihm aufmerksam zuzuhören. »Auf dem Tempelberg befindet sich ein Heiligtum, das unserem Stammesgott gewidmet ist. Arvernus, den ihr Esus nennt, ist uns wohlgesonnen. Reite morgen früh mit mir zum Tempel. Wenn du die Gabe hast, dann werden wir es dort erfahren. Ich kann dir helfen, sie zu nutzen. Doch ich gab den Händlern vor Tagen schon mein Wort, nach Massalia zu reisen, um Geschäfte für sie aufzutun. Ich habe nicht viel Zeit. Wirst du mich begleiten?« Meduana war sprachlos. Ambiacus hätte doch längst die Gabe der Weissagung bei ihr erkannt! Sie zeigte sich für gewöhnlich schon in jungen Jahren. Doch was wäre, wenn Celtillus Recht hatte und die Götter ihr die Gabe erst jetzt offenbarten?

Am nächsten Morgen verabschiedete sich Meduana von ihrem Schwertmeister. Kurz nach Sonnenaufgang machte sie sich mit Celtillus auf den Weg zum Tempelberg. Am Fuße des Vulkans führte sie ein Pfad durch einen Wald aus Eschen, Birken und Tannen. Doch schon bald veränderte sich die Umgebung. Die Pflanzen am Wegesrand verströmten einen aromatischen Duft, Ginsterbüsche und Gräser bedeckten nun den Boden.

Der Weg zum Heiligtum wand sich einmal um den Berg herum. Im Glanz der frühen Sonnenstrahlen traten die zerfurchten Strukturen der Berge deutlich hervor. Meduana hatte das Gefühl, als wären sie in eine andere Welt gelangt, als ritten sie direkt durch die Tore Avallons. Was hatte wohl dieses Land geformt mit seinen kargen Bergen und den grünen Tälern, in dem die Quellen heißes Wasser führten und die Grenzen zu den Welten nicht erkennbar waren?

Auf der Kuppe lag eine feine Schicht Schnee. Dünne Wolken zogen in Fetzen über ihre Köpfe hinweg. Die Luft war ungewöhnlich klar, ein kalter Wind zerrte an ihrer Kleidung. Die junge Kriegerin hatte nicht mit dieser Kälte gerechnet und zog fröstelnd ihren Umhang zu. Dann erblickte sie im strahlenden Morgenlicht den Tempel. Ein beeindruckendes Haus aus hellen Steinen mit einer breiten Treppe, die zum Eingang führte. Aus dem gewölbten Dach stieg Rauch auf. Daneben befanden sich zwei weitere Gebäude und ein Unterstand für die Pferde. Meduana war sichtlich beeindruckt. Der arvernische Gelehrte lächelte stolz: »Es ist das Werk eines graecischen Meisters und wahrlich einzigartig im ganzen Reich!«

Sie führten ihre Pferde in die windgeschützte Stallanlage und betraten den Tempel. Das Dach wurde durch eine aufwändige Balkenkonstruktion gestützt. Durch eine Luke drang diffuses Sonnenlicht in den Raum. Auf der gegenüberliegenden Seite des Tores befand sich eine mannshohe Statue aus dunklem Holz mit drei Gesichtern. In der rechten Hand hielt sie eine große Axt, ein Zeichen des Gottes Esus und seine Macht über das hölzerne Element. Vor ihr lagen Votivgaben in Form von Wunschtäfelchen und metallenen Gegenständen. Seitlich brannte ein wärmendes Feuer. Zwei ältere Männer in hellen Gewändern saßen dort. Als sie Celtillus sahen, standen sie auf, entzündeten mehrere Fackeln im Raum und legten Felle auf eine hölzerne Sitzbank nahe dem Feuer. Meduana und Celtillus nahmen Platz und wärmten sich auf. »Merlius ist unser ältester Druide. Einst besaß er ebenfalls die Gabe, aber im Alter ließen seine Sinne nach. Seine Kenntnisse erlauben ihm, die Auserwählten zu erkennen. Bist du bereit, dich ihm zu stellen?« Meduana nickte.

Einer der beiden Geistlichen setzte einen Kessel auf und kochte Kräuter darin aus. Eine Schale wurde gereicht, mit einem Harzklumpen darin. Celtillus zündete ihn an. Ein aromatischer, schwerer Rauch breitete sich im Tempel aus. Meduana musste ihre Waffen ablegen und sich an einem Wasserbecken reinigen. Dann bildeten die Druiden einen Kreis um das Feuer. Die junge Kriegerin wurde aufgefordert, von dem Sud aus dem Kessel zu trinken. Die beiden Alten murmelten dabei unverständliche Worte, die sich bald zu einem Gesang erhoben. Nach kurzer Zeit versank Meduana in einen tiefen Rausch. Alles um sie herum schien sich aufzulösen. Ihr Geist wurde willenlos.

Sie kniete zusammengesunken vor dem Feuer. Die Druiden fuhren mit Besonnenheit fort. Sie fragten die junge Kriegerin, wer sie sei. Meduana antwortete mit fester Stimme: »Eine wiedergeborene Tochter des alten Volkes.«

»Und in welchem Körper hat deine Seele gewohnt, bevor du geboren wurdest?«

»Ein Weib, ich wurde gerichtet …«, flüsterte sie.

»Berichte uns von ihr!«, forderte Merlius sie auf.

Daraufhin erzählte Meduana erst stockend, dann wie aus einer Erinnerung heraus, welches Leid und welche Freuden ihr in ihrem vorherigen Leben bereitet wurden. All diese Erfahrungen seien mit ihrer jetzigen Existenz zu einer Einheit verschmolzen.

Die Druiden schienen mit ihren Antworten zufrieden zu sein. Ohne die Sicht auf ihr seelisches Erbe konnte die Gabe der Weissagung nicht entwickelt werden. Aber nicht jeder, der dafür in Frage kam, berichtete gleich zu Beginn so bereitwillig von seiner Wiedergeburt. Manchmal dauerte es mehrere Stunden oder sogar Tage.

Nachdem Meduana geendet hatte, legte Merlius eine Fibel in

ihre linke Hand, die er selbst an seinem Gewand getragen hatte.

»Was siehst du?«

Meduana stöhnte leise auf, ihre Hände begannen zu zittern. Merlius versuchte sie zu stützen, doch plötzlich sprang die junge Kriegerin auf und stieß den alten Mann zu Boden.

»Ich sehe nur den Tod!«, ihre Stimme klang verzweifelt, »dieser Tempel wird brennen, und auch Ihr werdet von diesem Feuer verschlungen werden!« Celtillus war aufgestanden und nahm Meduana fest in seine Arme. Sie versuchte, sich loszureißen, dann verlor sie das Bewusstsein.

Sie blieb drei Tage im Hause von Celtillus, die meiste Zeit schlief sie. Der arvernische Druide wurde ungeduldig. Er konnte seine Reise nach Massalia nicht länger hinauszögern. Am Morgen des vierten Tages begab er sich zu ihr: »Alexina, mein Weib, wird sich um dich kümmern. Ich werde noch heute Corent verlassen, und ich nehme an, dass auch du bald aufbrechen wirst. Aber in meinem Herzen wünschte ich mir, du würdest bleiben und mir mit deiner Gabe dienen.«

»Was denkt Ihr Euch? Ich gab mein Wort! Und selbst wenn es nicht so wäre, würde ich nicht bleiben. Ihr wolltet mir helfen, meine Gabe zu erkennen, doch was war das für ein böser Zauber, der mir meine Sinne raubte? Wenn das, was ich gesehen habe, wahrhaftig unser Schicksal ist – ich werde wohl die Götter bitten müssen, mich von der Gabe zu befreien.« Celtillus wirkte enttäuscht: »Merlius könnte dich lehren, deine Gabe zu beherrschen, und die Bilder, die du siehst, zu deuten.«

»Nein, mein Herr! Euer Anliegen wird nur vom Eigennutz bestimmt, ich werde Euch nicht dienen! Allein die Götter wissen, was geschehen wird. Aber ich danke Euch für Eure Mühen und möchte nicht in dieser Weise von Euch Abschied nehmen. Wer weiß, ob wir uns jemals wiedersehen …«

Celtillus packte sie zornig am Arm:»Ich muss erfahren, was du im Anblick meines Sohnes genau gesehen hast! So kannst du mir mein Wohlwollen entlohnen!« Die junge Kriegerin zuckte zusammen:»Ihr wollt Eure Seele mit einer Vision belasten, die vermutlich nur eine Erinnerung war? Ich sehe Furcht in Eurem Herzen. Wie wollt Ihr die Geschehnisse auf rechte Weise deuten, wenn Ihr dem Willen der Götter nicht vertraut?« Sie riss ihren Arm aus seinem Griff.»Fasst mich nicht an! Eure Hände mögen stark sein, aber Euer Glaube ist schwach, wie der eines Weibes, das sein Kind verloren hat.« Celtillus senkte seine Hand:»Was hast du gesehen, Fürstentochter?«, fragte er noch einmal. Seine Stimme klang bedrohlich.

»Ich sah, wie Krieger unseres Volkes gegen einen Drachen kämpften, sein Maul bestand aus Feuer. Euer Sohn führte die Krieger an«, gab sie zur Antwort.

»Das ist alles?«

»Ja, das ist alles, woran ich mich erinnern kann.«

Celtillus fühlte, dass er die junge Kriegerin mit seinen Worten nicht erreichen konnte:»Ich verstehe nun, warum Ambiacus dir vertraut. Du besitzt die reine Seele eines Kindes. Aber auch du wirst bald erkennen, dass die Menschen nicht wahrhaftig sind. Die Götter werden dir nicht helfen, wenn du selber machtlos bist. Möge Arvernus dich auf deinem Weg begleiten … Falls du zur Einsicht kommen solltest, und deine Gabe dir zur Last wird, bist du hier willkommen!«

Am nächsten Morgen übergab Alexina Meduana die Kleidung eines gewöhnlichen Weibes und packte ihr Proviant für mehrere Tage ein. Der Führer, den Celtillus für sie ausgesucht hatte, war schon viele Male in das Gebiet der Allobroger gereist. Er brachte die junge Kriegerin auf einem sicheren Weg über die Cebennen, die natürliche Grenze zur Provinz Narbonensis im Westen.

Zwei Tage dauerte der Ritt nach Vienna. In der Nähe der allobrogischen Hauptstadt hielt der Führer an. »Es ist nun an der Zeit, das Gewand der Kriegerin und die Waffen abzulegen«, erklärte er. Von einer Bergkuppe aus zeigte er ihr, wohin sie reiten musste. Etwas weiter südlich, in der Nähe des Flusses Rhodanos, befand sich das Castellum der Romaner. Ab jetzt musste sie alleine weiterreiten. Meduana bat ihren Führer, den Bogen aus Eibenholz, den Lederköcher und ihr Schwert für sie aufzubewahren und sechs Tage lang auf sie zu warten. Vor wenigen Stunden waren sie an einer Pferdestation vorbeigekommen, dort könne er verweilen.

»Was aber soll ich tun, wenn Ihr nicht kommt?«

»Wenn ich in dieser Zeit nicht wiederkehre, dann werde ich die Waffen nicht mehr brauchen. Doch denke nicht daran, sie in Münzen umzuwandeln! Sorge dafür, dass Celtillus sie erhält und lasse dich von ihm entlohnen.«

Sie trennten sich. Meduana legte sich den unauffälligen, braunen Peplos an, den die meisten Frauen bei ihrer täglichen Arbeit trugen, und verstaute die anderen Sachen in ihren Felltaschen. Die Stichwaffen, den Priesterarmreif und ihren Torques legte sie hinzu.

Da der arvernische Führer ihr erzählt hatte, dass Vienna eine der schönsten Städte in ganz Narbonensis sei, konnte Meduana ihre Neugierde nicht zügeln. Sie ritt in die Siedlung hinein und mischte sich unter die Leute. Es war gerade einmal eine Generation her, dass die Allobroger sich dem Imperium unterworfen hatten und die Provinz gegründet wurde. Doch auch die Götter waren unterworfen worden! Es gab Abbilder von ihnen auf den öffentlichen Plätzen, sie trugen menschliche Züge und fremde Namen. Was für ein Sakrileg! Allerdings schien die romanische Herrschaft auch ihre Vorzüge zu haben: Die Straßen waren mit Steinen gepflastert, die Häuser solide aus Ziegeln gebaut. Abwasserkanäle spülten den Dreck der Einwohner fort und hielten die Wege sauber. Einige Gebäude wiesen schattige Säulengänge und Überdächer mit kunstvollen Verzierungen auf, bepflanzte Innenhöfe luden zum Verweilen ein. Auf den Märkten gab es eine große Auswahl an Speisen und nützlichen Gegenständen, die Lagerhäuser und Marktstände wurden bewacht. Wer genügend Münzen besaß, konnte hier ein feines Leben führen. Aber Meduana sah auch Menschen, die ohne Besitz waren und auf den staubigen Straßen um Zuwendung baten. Verwahrloste Kinder bettelten um Nahrung. Der Umgangston war rau, die Händler feilschten um jede kleine Münze. Auf einem Podest auf dem Markt wurden Sklaven verkauft. Halbnackt und in Ketten gelegt, sahen sie hilflos einem unheilvollen Schicksal entgegen. Waren es nicht ihre Brüder und Schwestern, die dort standen? Selbst das Vieh, das man zum Schlachten führte, wurde würdiger behandelt. Sollte dies das Schicksal ihres ganzen Volkes sein? Die junge Kriegerin hatte genug gesehen. Sie war hier, um dieses Schicksal abzuwenden!

Bei einem Mann, der feine Webstoffe verkaufte, erkundigte sie sich nach dem Weg zum Castellum. »In südlicher Richtung den Fluss entlang. Nach der zweiten großen Biegung erscheint ein kleiner Wald, der sich weiterhin nach Osten erstreckt. Gleich dahinter befindet sich das Castellum. Die romanischen Krieger haben Schneisen in den Wald geschlagen und die Wege ausgebaut. Jeder, der von Vienna aus in den Süden will, kommt daran vorbei. Es ist nicht zu verfehlen!«

Meduana traf auf den Fluss Rhodanos, der mit seinem hellgrünen, klaren Wasser aus den nördlichen Bergen kam. Nach Aussage des arvernischen Führers mündete er im Südlichen Meer. Die Mittagssonne stand jetzt hoch und wärmte den Boden auf. An den Berghängen hatten sich bereits dunkle Wolken gebildet. Zum Abend hin würde es regnen.

Am Waldrand angekommen, sah sie schon das Kastell. Für römische Verhältnisse war es nicht groß, aber auf die junge Kriegerin wirkte es wie eine uneinnehmbare Festung. Meterhohe Holzpalisaden und Gräben umgaben das Quartier, an jeder Ecke stand ein gemauerter Wachturm mit je zwei bewaffneten Soldaten. Durch die baumfreien Schneisen am Fluss konnten die Wachen schon von weitem erkennen, wer sich dem Lager näherte. Die Einfahrt im Norden der Befestigungsanlage wurde zusätzlich bewacht.

Meduana suchte sich in dem nahegelegenen Wald einen geeigneten Platz, wo sie ihr Pferd zurücklassen und ihr Gepäck verstecken konnte. Am Abend wollte sie das Kastell beobachten. Es fing an zu regnen, als sie sich auf den Weg zurück zum römischen Lager machte. Sie zog sich den dunklen Wollmantel über. Im Dämmerlicht schlich sie am Waldrand entlang und umrundete die Befestigungsanlage. Im Süden befand sich ein weiteres Tor. Beide Zufahrten waren jetzt verschlossen. Nur noch einmal öffneten sich die Pforten an der Nordseite, um einen Wagen hineinzulassen.

Als die Nacht anbrach, musste sie sich beeilen, um ihr Versteck im Wald wiederzufinden. Die Wolken hingen dunkelgrau am Himmel. Ohne den Schein des Mondes und die Zeichen der Sterne konnte man sich leicht verirren. Bald hörte sie in der Dunkelheit ihr Pferd schnauben.

Am nächsten Morgen hatten sich die Wolken aufgelöst, die Sonnenstrahlen ließen das Wasser auf den Blättern und Wegen verdampfen. Meduana hatte nun Gewissheit, dass sie auch des Nachts nicht unbemerkt in das römische Lager eindringen konnte. Zwei weitere Tage beobachtete sie das Kastell. Es war ein geschäftiges Kommen und Gehen von Lieferanten und Soldaten. Jeder Händler, der hineinwollte, wurde kontrolliert. In regelmäßigen Abschnitten wurden die Wachen auf den Türmen ausgetauscht.

Am wenigsten würde es auffallen, wenn sie einfach hineinginge. Man würde sie nicht einmal durchsuchen, denn sie hatte kein Gepäck und keine Waren dabei. Und es kam ihr zugute, dass sie ein Weib war. Ihr war nicht entgangen, dass einzelne Frauen das Lager betreten und wieder verlassen hatten, ohne angehalten worden zu sein. Falls sie jemand auf Lateinisch ansprechen sollte, würde sie nicht antworten. Viele einfache Leute beherrschten nur das Keltische.

Am Abend des dritten Tages vollzog die junge Kriegerin in ihrem Versteck das Schutzritual. Während sie unbekleidet mit einem Gebet die Götter anrief, rieb sie ihre Haut mit den Blättern des Eisenkrautes ab, das sie vor Verletzungen schützen würde. Den Rest der getrockneten Pflanzenteile beließ sie in ihrem kleinen Lederbeutel am Gürtel. Dann kleidete sie sich wieder ein und legte sich unter ihrem Mantel verborgen zum Schlaf nieder. Gleich am nächsten Tag wollte sie es wagen.

Die Sonne ging gerade auf, als sie erwachte. Sie zog sich ihre Stiefel an, prüfte, ob das versteckte Messer noch an seinem Platz war, legte den Umhang an und verbarg ihren Dolch unter ihrem Kleid. Die Felltaschen bedeckte sie mit Erde und Zweigen. Auch das Pferd ließ sie angebunden im Wald zurück. Sie vertraute darauf, dass die Götter sie führen würden. Schon bald würde sie auf dem Weg zurück gen Norden sein.

Meduana durchquerte den Wald und folgte dem befestigten Weg. Nach kurzer Zeit hörte sie hinter sich die beschlagenen Räder eines Wagens auf dem Boden rumpeln. Sie machte einen Schritt zur Seite und wollte ihn vorbeilassen. Der Mann, der die Pferde führte, hielt den Wagen an. »Wo willst du denn hin, so früh am Morgen?« Er beugte sich zu ihr herunter.

Der dicke Mann hatte rote Äderchen auf seiner Nase und Schatten unter den Augen. Er blickte Meduana neugierig an.

»Ich bin auf dem Weg zum romanischen Lager, mein Herr.«

»Aha!« Er lachte freundlich. Ihr ungewöhnlicher Dialekt war ihm wohl aufgefallen, aber er schien sich nicht daran zu stören. »Komm nur, mein Kind, ich nehme dich mit, mein Weg führt mich ebenfalls dorthin.« Meduana kletterte auf den Wagen, doch ganz wohl war ihr dabei nicht.

»Was habt Ihr geladen, mein Herr?«

»Wein und Korma und andere Stoffe, die den Rausch erzeugen. Pilze sind gerade sehr begehrt. Doch die Romaner sind gewitzte Händler, und ihre Krieger trinken keinen Wein. Zu meinen besten Kunden gehören daher immer noch unsere gallischen Brüder. Ihre göttliche Trunksucht ist für mich ein wahrer Segen.«

»Ihr wisst, dass es ein Frevel ist, die heiligen Bräuche zu verhöhnen?«

»Ja, meine Liebe, wenn ich Unrecht hätte, wäre es ohne Zweifel ein rechter Frevel. Aber die Erfahrung zeigt, dass auch die Priester nur aus Fleisch und Blut bestehen. Und manchmal trinken sie auch nur, um sich den Göttern zu entziehen.« Er lachte. Meduana schluckte ihre Empörung herunter. Wie gerne hätte sie dem Händler ihren Dolch in seinen dicken Bauch gerammt und ihn zum Schweigen gebracht. Doch sie erkannte auch den Nutzen, den er für sie haben würde. Also fragte sie ihn höflich, wie sie sich erkenntlich zeigen könne.

»Oh, ich wüsste, was du für mich tun kannst, meine Hübsche. Bedauerlicherweise hat mir der Genuss des Korma meine Manneskraft geraubt, und ich hätte nichts davon, selbst wenn du zaubern könntest.« Wieder lachte er über seine eigenen Worte. Sein Bauch bewegte sich dabei auf und ab. Die junge Kriegerin hatte noch nie einen so gewaltigen Leib gesehen. Sie musterte den Händler argwöhnisch. »Nun sei doch nicht gleich missgelaunt, mein Kind! Ich rede doch nur so daher. Das Leben ist schon ernst genug, da muss doch Platz für eine kleine Frechheit sein. Wie du siehst, bin ich durch meinen großen Leib nicht gut zu Fuß. Du kannst mir helfen, die leeren Fässer aufzuladen, die ich aus dem Castellum holen will.« Meduana nickte und gab ihm einen wohlgemeinten Rat: »Versucht es mit den Wurzeln des Bockskrautes, mein Herr. Kocht sie bei jeder Speise mit und auch die Samen der großen Nessel. Beides wird Eurer Manneskraft zugute kommen, wenn Ihr zudem in Maßen trinkt.« Der Händler wirkte erst überrascht, schüttelte dann aber belustigt den Kopf.

Sie kamen zum Nordtor des Castellums. Am Eingang hielten drei bewaffnete Soldaten ihren Wagen an. Einer der Männer schaute kurz unter die abgewetzte Lederplane. Anscheinend war ihnen der Händler gut bekannt, denn die Kontrolle dauerte nicht lange. Am Ende lachten und scherzten sie mit ihm. Meduana verstand nur wenige Worte, aber sie bekam mit, dass eine der Wachen wissen wollte, wer sie sei. Der Soldat musterte sie. Sie kannte diesen Blick, der sie innerhalb von Sekunden zu einem begehrten, aber seelenlosen Behältnis werden ließ, von dem der Geist ihres Betrachters schon Besitz ergriffen hatte. Sie schaute demonstrativ zur Seite. Der dicke Händler erklärte Meduana kurzerhand zu seiner Nichte, die ihn begleitete. Der Soldat wandte sich enttäuscht ab.

Meduana achtete auf jedes Detail. Sie wusste nicht, wie ein Kastell organisiert war oder wo sie Titurius finden konnte, sie wusste noch nicht einmal, wie er aussah. Die Befestigungsanlage war in unterschiedliche Bereiche aufgeteilt: Wohn- und Warenzelte, Kochstellen und Lagerplätze. Für einen Ort, an dem mehrere hundert Krieger lebten, herrschte eine bemerkenswerte Ordnung. Offensichtlich wurde das Kastell gerade ausgebaut, denn am Eingang des Tores lagen große Stapel mit Holzstangen für den Gerüstbau und haufenweise gebrannte Ziegel. Am Südtor wurden innerhalb der Palisadenwände die ersten Mauern hochgezogen. Meduana richtete ihre Aufmerksamkeit auf die Bewaffnung der Soldaten. Viele trugen bei ihrer handwerklichen Arbeit nur eine Tunika und einen Dolch, aber die Wachen und die Patrouille-Krieger waren durch Hemden aus Metall geschützt und mit einem kurzen Schwert und einem Wurfspeer gut gerüstet.

Im hinteren Teil der Befestigungsanlage war ein Lagerhaus aus Holz errichtet worden, wo die Händler ihre Waren anliefern konnten. Dort machten sie Halt. Meduana half dem dicken Mann, ein paar Kisten in das Haus zu bringen und die leeren Holzfässer auf seinen Wagen aufzuladen. Als er mit dem Depotverwalter in dessen Quartier verschwand, um seine Waren abzurechnen, schlich sie sich davon. Zwischen den Körben mit Amphoren versteckte sie sich, bis es Abend wurde. Der allobrogische Händler würde sich schon etwas einfallen lassen, um ihr Verschwinden zu erklären.

Am Tag darauf versuchte die junge Kriegerin sich so unauffällig wie möglich im Kastell zurechtzufinden. Sie ging ein paar Frauen beim Wasser holen zur Hand. Dabei hielt sie immer wieder Ausschau nach dem Offizier, den sie töten sollte. Sie antwortete nicht, wenn ihr eine Frage gestellt wurde, und tat so, als ob ihr die Götter die Sprache geraubt hätten. Bis zum Abend hin tat sich nichts. Dann aber, kurz bevor die Sonne unterging und die Tore geschlossen wurden, tauchte eine Gruppe von Reitern auf. Unter lautem Getöse galoppierten sie durch das Nordtor und schreckten damit die Leute auf. Ein Horn erklang. Einige Krieger versammelten sich auf dem Vorplatz. Meduana, die sich ganz in der Nähe aufhielt, erblickte in dem Getümmel einen auffällig gekleideten Mann. Auf seinem glänzenden Helm prangte ein roter Haarkamm und sein Schutzleib aus Metall reflektierte das Licht der Abendsonne. Die Wachen begrüßten ihn und riefen seinen Namen. »Heil dir, Titurius!« Er schien nicht viel älter zu sein als sie selbst, aber er besaß den hochmütigen Blick eines Kriegers, der viel zu früh seine ersten Siege errungen hatte.

Die Männer stiegen von ihren Pferden ab. Meduana folgte ihnen bis zu den Unterkünften der Offiziere. Sie beobachtete, wie Titurius von seinen Untergebenen empfangen wurde. Dann betrat er ein großes Zelt. Einige Soldaten positionierten sich vor dem Eingang. Sie verdeckten die Sicht in das Innere.

Endlich war sie an ihrem Ziel angelangt! Titurius würde in dieser Nacht noch seinen Tod finden. Meduana hatte keine Zeit mehr zu verlieren. Ihr Pferd wartete im Wald auf sie, irgendwann würden die Soldaten es auf der Jagd oder auf ihren Streifzügen entdecken. Zudem bestand die Gefahr, dass es von hungrigen Wölfen gerissen oder gar verdursten würde.

Als sie sich auf den Weg zum Lagerhaus machen wollte, sprach einer der Männer aus Titurius Reitergruppe sie an. Er drückte ihr einen großen Krug in die Hand. Meduana erschrak zunächst, verstand dann aber, dass er nur Wasser haben wollte. Sie lief zum nächsten Brunnen und brachte ihm das volle Gefäß zurück. Ein Sklave nahm ihr den Krug ab. Die junge Kriegerin verschwand in der Dämmerung in ihrem Versteck im Lagerhaus und wartete auf die Dunkelheit.

Des Nachts schlich sie an den Palisadenwänden entlang zu den Unterkünften der Offiziere. Sie hatte gelernt, sich lautlos zu bewegen und auf den Wind zu achten, der Geräusche und Gerüche über weite Strecken mit sich tragen konnte. Mit dem verkohlten Holz einer Feuerstelle schwärzte sie sich ihr Gesicht, ebenso ihre Arme und Hände. Sie behielt ihr Stoffcape an, um ihre blonden Haare zu verbergen.

Die Bretterstapel und Steinhaufen der Baustellen gewährten ihr Schutz. Wolken verdeckten den Mond. So spät in der Nacht hielten sich nur noch wenige Menschen außerhalb ihrer Zelte auf, und die Wachen auf den Türmen konzentrierten sich auf das äußere Umfeld des Castellums. Die Romaner schienen sich innerhalb der Palisadenwände sicher zu fühlen. Dennoch musste Meduana vorsichtig sein. Vor den Zelten brannten noch Öllampen und kleinere Feuer.

Vor Titurius' Quartier hockten drei Soldaten an einer Kochstelle. Einer der Männer hatte eine Steinmühle vor sich stehen und verarbeitete seine Getreideration zu Mehl. Das gleichmäßige Knirschen der Mahlsteine übertönte ihre leisen Stimmen. Aus der Unterkunft des Offiziers drangen gedämpfte Geräusche nach außen. Im Innern brannte noch Licht. Meduana hatte sich etwas abseits hinter einem Stapel Bretter versteckt und wartete ab. Endlich verließen die Besucher das Zelt. Ruhe kehrte ein. Dann erlosch auch das Licht. Die drei Soldaten vor dem Quartier hatten gegessen und dämmerten vor sich hin.

Es war die nächtliche Zeit der umtriebigen Wesen. Zu dieser Stunde quälten Geister die schlaflosen Menschen oder brachten ihnen die Schwermut. Aber Meduana war hellwach. Ihr Amulett schützte sie. Ein guter Zeitpunkt für die Tat! Doch plötzlich stand einer der Soldaten auf und kam auf den Holzstapel zu, hinter dem sie sich verbarg. Sie duckte sich. Der Mann stellte sich nur wenige Meter von ihr entfernt vor eine kleine Grube und pinkelte hinein. Er hatte ihr den Rücken zugekehrt. Wenn er sich umdrehte, um an seinen Platz zurückzukehren, würde er sie im Schein des Feuers entdecken! Die junge Kriegerin musste schnell handeln. Sie schlich sich von hinten an den Soldaten heran und schnitt ihm mit ihrem Dolch lautlos die Kehle durch. Sein leises Röcheln ging im Knistern des Feuers unter. Meduana zog den Toten hinter den Bretterstapel. Dabei verlor sie die beiden anderen Soldaten nicht aus den Augen.

Sie entschied sich, auf der Rückseite des Zeltes ihr Glück zu versuchen. Die Offiziersquartiere lagen in der Nähe der südlichen Palisadenwand. Hier standen wegen der Baustelle keine Wachen. Die Plane des Zeltes war zugebunden. Mit ihrem Dolch konnte sie die Schnüre leicht durchtrennen. Immer wieder drehte sie sich um, vergewisserte sich, dass niemand sie beobachtete. Nach wenigen Minuten hatte sie die Plane geöffnet und konnte ungesehen hindurchschlüpfen. In der Unterkunft war es finster. Sie blieb stehen und wartete, bis sich ihre Augen an die Dunkelheit gewöhnt hatten. Durch einen Spalt am Eingang gegenüber fiel etwas Licht.

Meduana vernahm jetzt das leise Schnarchen des Offiziers. Er lag rechts von ihr auf einem kniehohen Lager. Direkt vor ihr stand ein kleiner Holztisch mit Essgeschirr. Beinahe hätte sie ihn umgestoßen. Neben dem Lagerbett hingen an einem kreuzförmigen Ständer die Kleidung, der Helm und das Schwert des römischen Offiziers. Als sich ihre Augen endlich angepasst hatten, stieg sie vorsichtig über den Tisch und näherte sich ruhig atmend dem schlafenden Mann. Einen Augenblick lang prüfte sie die Lage ihres Opfers. Um einen schnellen und sicheren Tod zu gewährleisten, musste der Dolch sehr genau geführt werden. Titurius lag auf der Seite, sein Hals lag offen und wartete darauf, durchtrennt zu werden.

Gerade als Meduana zustechen wollte, schlugen die Soldaten draußen Alarm. Ihr toter Kamerad war aufgefunden worden. Der Klang eines Horns schallte laut durch die Nacht. Die junge Kriegerin zuckte zusammen. Jetzt ging alles sehr schnell. Titurius wurde wach und drehte sich abrupt um. Dabei rollte er von seinem Lager und stieß an Meduanas Beine. Sie kam ins Wanken und fiel rücklings auf den Boden. Obwohl ihr der Schrecken in die Glieder gefahren war, reagierte sie blitzschnell und trat instinktiv zu. Sie traf ihn schmerzhaft am Kopf. Ein Stöhnen war zu hören. Dann kam sie wieder auf die Beine. Titurius lag noch vor ihr auf dem Boden. Er schien benommen zu sein. Sie stürzte sich mit einem lauten Schrei auf ihn und stach zu.

Der Offizier fühlte, wie ein spitzer Gegenstand in seinen Oberkörper eindrang. Der plötzliche Schmerz raubte ihm den Atem. Er drehte sich nach Luft ringend zur Seite. Meduana hatte sein Herz verfehlt, ihr Dolch steckte unterhalb seines Schulterblattes fest. Sie hatte keine Zeit mehr, ihn herauszuziehen und einen erneuten Angriff zu wagen, denn nun kamen mehrere Soldaten in das Zelt hineingestürmt. Rechts von ihr hing das Schwert des Offiziers. Sie riss den Gladius an sich, und schon im selben Moment stürzte ein Soldat mit erhobener Waffe auf sie zu. Im Nahkampf war sie ausgebildet worden. Was sie an Kraft nicht aufbringen konnte, machte sie durch Geschicklichkeit wett. Das kurze Schwert von Titurius lag gut in ihrer Hand, noch während sie sich herumdrehte führte sie den ersten Schlag aus. Der Römer brach tödlich getroffen zusammen. Mehrere Fackeln erhellten jetzt den Raum und blendeten sie. Die beiden Männer, die der jungen Kriegerin nun gegenüberstanden, waren von ihrem Anblick so überrascht, dass sie zögerten. Vor ihnen stand ein Weib, deren Haut vom Kohlenstaub geschwärzt war. Sie starrte die beiden mit dem durchdringenden Blick eines wilden Tieres an und hielt ihnen ein blutiges Schwert entgegen. Eine Schulterfibel war aufgesprungen und ihre Tunika verrutscht. Unter dem Stoffcape schimmerte eine blanke Brust hervor. Auf dem Boden krümmte sich der Praefectus. »Tötet sie!«, schrie er.

Einer der Soldaten besann sich und griff Meduana an. Sie machte einen Schritt zur Seite und rammte seinem Nebenmann das Schwert in den Bauch. Beim Herausziehen wirbelte sie herum und schlug es, mit beiden Händen den Schaft umklammernd, dem Angreifer von hinten in den Hals. Der Getroffene sackte sofort in die Knie, aus seinem Mund sprudelte das Blut. Die Klinge des Gladius war zwar kürzer als ihr Schwert, aber sehr scharf, und mit einem zweiten Hieb schlug die Kriegerin dem knienden Soldaten den Kopf ab. Sie spürte die Energie des Gegners in ihren Adern fließen, ihr Herz schlug schnell und stark. Wie im Rausch stürzte sie sich auf die anderen Männer, die mit ihren Fackeln und Schwertern nach ihr schlugen oder erschrocken zurückwichen. Sie kämpfte sich frei und lief aus dem Zelt hinaus. Schon glaubte sie an eine mögliche Flucht, da durchzuckte ein feuriger Schmerz ihr rechtes Bein. Kurz danach traf sie ein heftiger Schlag am Kopf. Ein allobrogischer Schütze hatte ihr einen Pfeil in den Oberschenkel geschossen, ein anderer Soldat streckte sie mit dem Schaft seines Speeres nieder. Meduana fiel zu Boden und verlor das Bewusstsein. Der junge Tribun Licinius gab eigenmächtig den Befehl, die Bestie nicht zu töten.

Als Meduana am Abend des nächsten Tages erwachte, kam es ihr vor, als würde in ihrem Kopf eine Schlacht stattfinden. Sie wusste nicht, wo sie sich befand. Nach einiger Zeit nahm sie die schmerzende Wunde an ihrem rechten Bein wahr. Sie versuchte, sich zu bewegen, doch sie war an Händen und Füßen gefesselt. Ein junger Mann behandelte ihre Verletzungen. Als sie ihre Augen öffnete, sprach er sie an: »Ihr seid eine Priesterin, nicht wahr? Ich habe es an Eurem Amulett erkannt, das Ihr getragen habt, und an dem Säckchen mit Verbena. Die Südvölker nennen es das »Herba sacra«, das heilige Kraut, sie reinigen damit ihre Altäre …, aber bei Teutates! Was habt Ihr Euch dabei gedacht, in ein Castellum einzudringen, um den Praefecten umzubringen?« Der Heiler bediente sich der keltischen Sprache. Meduana konnte nur flüstern. »Ist er denn tot?«, fragte sie.

»Nein, er lebt. Sein Arm wird ihn für lange Zeit an Eure Tat erinnern, und auch in seiner Ehre habt Ihr ihn zutiefst verletzt. Er wird erfahren wollen, warum ihn jemand in den Hades schicken wollte, und auch, wer Euch den Auftrag dazu gab. So, wie ich ihn kenne, wird Titurius nicht ruhen, bis er eine Antwort findet.«

»Und wer bist du?«, wollte Meduana wissen.

»Mein Name ist Congetiatos. Ich bin Salluvier.«

»Wie kommt einer wie du an diesen Ort?«

»Meine Besitzer bildeten mich aus zum Medicus, Titurius hat mich erworben. Meine Mutter wurde in die Sklaverei verkauft. Von meinem Vater weiß ich nichts …«

»Und warum hat er mich nicht töten lassen?«

»Ihr meint Licinius? Ein kluger Kopf! Titurius kann sich nun an Euch rächen, um seine Ehre wiederherzustellen und Licinius steht dafür umso mehr in seiner Gunst.« Die letzten Worte des Heilers erreichten Meduana nicht mehr. Sie schloss erschöpft ihre Augen und sank in einen dämmrigen Schlaf. Das Wundfieber brannte in ihrem Körper.

5. Das Treffen in Autricon

Die Nachricht von der Gefangennahme der carnutischen Kriegerin verbreitete sich schnell im Süden Galliens. Als er davon erfuhr, schickte Celtillus einen Boten nach Autricon. Gobannix und Ambiacus waren bestürzt. Sofort luden sie Dumnorix und seinen Bruder Diviciacus zur Zusammenkunft ein, und drei Tage später trafen sich die neun Männer des carnutischen Rates und die beiden haeduischen Adeligen im Hause von Gobannix. Man sah Meduanas Vater an, dass er die letzten Nächte schlecht geschlafen hatte, doch er begrüßte die Anwesenden mit der Haltung eines Fürsten: »Seid willkommen, Freunde, hoher Rat! Ihr wisst bereits, warum ich euch gerufen habe. Ich will euch nichts verschweigen, also sage ich frei heraus, was mich bedrückt. Diese bittere Wendung des Geschehens war nicht vorherzusehen, eher noch, dass meine Tochter dabei sterben würde. Wenn Titurius erfährt, wer sie geschickt hat, könnte es uns schlecht ergehen. Dann wäre dies der Grund für einen Krieg, den Krieg, den wir verhindern wollten!« Er senkte seinen Kopf: »Was mir zudem des Nachts den Schlaf raubt, ist die Frage, warum die Götter uns auf diese Weise strafen wollen …«

»Die Götter haben ihren Teil geleistet, Gobannix, es liegt wohl nahe, Eure Tochter hat versagt! Ambiacus hätte gut daran getan, ihrer Ausbildung mehr Zeit zu widmen«, entgegnete Diviciacus.

Gobannix verlor seine Haltung und brüllte den Geistlichen an: »Du wagst es, über meine Tochter so zu reden? Was hat sie denn zu diesem Ort geführt, war es nicht deine Offenbarung? Ich vertraue Ambiacus, mein Leben würde ich ihm übergeben. Pass also auf, was du sagst, Druide, sonst wird dein Bruder ohne dich nach Hause reiten!« Diviciacus hielt Gobannix mit erhobener Hand auf Abstand. Es wäre nicht das erste Mal gewesen, dass bei einem Ratstreffen ein Druide durch die Hand eines Stammesführers sein Leben verlor.

»Ich weiß, was ich gesehen habe! Die Begegnung war vorherbestimmt, da bin ich mir ganz sicher. Und ich war nicht der Einzige, der ihr den Auftrag gab …«, sagte er beschwichtigend.

Ambiacus mischte sich ein: »Wir wissen nicht, woher das Unheil kommen wird, mein Fürst. Wie sollen wir begreifen, was nicht in unseren Händen liegt?« Er deutete auf die Sitzbänke. »Lasst uns endlich setzen, meine alten Beine wollen mich nicht länger tragen …« Die Männer nahmen lebhaft schwatzend ihre Plätze an dem niedrigen Ratstisch ein. Als alle saßen, ließ sich Gobannix an der Stirnseite auf seinem Fürstenstuhl nieder. Dumnorix wurde als Fürst die Ehre zuteil, ihm gegenüber Platz zu nehmen. Ein Diener brachte Brotfladen, eine Schüssel mit kaltem Schweinefleisch und Schafskäse. Dazu wurde Wasser und der Wein gereicht, den die wohlhabenden Verbündeten aus Bibracte mitgebracht hatten.

Diviciacus meldete sich schmatzend zu Wort: »Auf keinen Fall dürft Ihr Euch jetzt zu erkennen geben. Oder hattet Ihr vor, Eure Tochter durch eine Geisel freizukaufen?« Ambiacus antwortete für Gobannix: »Wir haben es bereits erwogen, doch bisher keinen Mann gefunden, der für den Tausch geeignet wäre. Es wäre aber möglich …« Dumnorix unterbrach ihn: »Dummes Gerede! Schenkt ihr tatsächlich diesem Unsinn Glauben, den mein Bruder euch erzählt? Ich halte nichts von seinen Weissagungen, damit ihr's wisst! Schickt ein paar Krieger zu Titurius und befreit das Weib, bevor er sie zu Tode schändet oder in die Sklaverei verkauft. Wie konntet ihr nur adeliges Blut auf diese Weise opfern? Eine Schande vor den Göttern! So gewinnt man keine Schlacht. Es zeugt von Männern ohne Geist, dass ihr dem Weib das ganze Schicksal unseres Volkes in die Hände legt ... «

»Genug!«, rief Gobannix und ließ dabei seinen leeren Bronzebecher auf den Tisch krachen. »Ich lasse nicht zu, dass die Weissagungen des Druiden angezweifelt werden, wenn ich auch mit seiner Deutung hadere. Wir sollten mit Besonnenheit vorgehen. Meine Tochter zu befreien, wäre allzu töricht, wir dürfen diesen Krieg nicht durch falschen Mut heraufbeschwören. Lasst uns überlegen, wie wir handeln können, falls Titurius sein Recht einfordert!«

Dumnorix verschränkte demonstrativ die Arme vor seiner Brust und lachte höhnisch auf. Die Männer des Rates reagierten empört auf diese Geste und fingen an, ihn zu beschimpfen. Daraufhin stand Cratacus auf, um die Aufmerksamkeit auf sich zu lenken:

»So leid es mir um deine Tochter tut, die unserer Sippe so viel Ehre eingebracht und unserem Stamm so treu gedient hat, wir täten gut daran, zu schweigen. Sobald die eine Stimme laut wird, die uns wegen dieser Sache anklagt, müssen wir zum Ausgleich eine Geisel stellen. Es bleibt uns keine andere Wahl, so lautet das Gesetz. Ich werde meinen eigenen Sohn hergeben, wenn es sein muss, allein um diesen Frieden zu bewahren.« Die Männer klopften anerkennend auf den Tisch. Cratacus' Vorschlag wurde angenommen, Dumnorix enthielt sich.

Während die Gelehrten das Mahl dafür nutzten, sich über ihre Handelsbeziehungen auszutauschen, begab sich Gobannix mit Ambiacus nach draußen. Der Druide war gebrechlich geworden und ließ sich ächzend auf einem halben Fass nieder.

»Was habt Ihr mir zu sagen, mein Fürst?«

»Die Entschlossenheit war mir stets eine gute Gefährtin, nun aber fürchte ich, dass Carnutus' Hand mich nicht mehr führt. Zudem bin ich zutiefst besorgt, wenn ich mir vor Augen halte, was meiner Tochter alles widerfahren könnte. Ich bitte dich um deinen Rat, Ambiacus, alter Freund, denn du bist weise und siehst die Dinge meist in einem anderen Licht. Was kann ich tun, um meinen Stamm zu schützen, falls es zum Kriege kommt?«

Der alte Lehrmeister schwieg zunächst. Er schien mit seinen Gedanken abwesend zu sein. Seine dünnen, grauen Haare lagen offen auf seinen Schultern, sein faltiges Gesicht verzog sich plötzlich zu einem Lächeln:

»Sie war eine ungeduldige Schülerin, aber auch verbissen und klug. Sie hat mein Herz so oft erfreut … Ihr Schicksal wird sich nun erfüllen. Trauert nicht um Eure Tochter, Gobannix, mein Fürst, es ist ihr Weg. Und nun mein Rat. Viele Nächte lang verbrachte ich in stiller Andacht, und in der siebten haben mir die Götter ihre Weisheit offenbart: Zieht mit Eurer Sippe nach Cenabon am Liger und macht die Stadt der Händler zu Eurem Fürstensitz. Von dort aus könnt Ihr die Geschicke eures Landes besser lenken. Befestigt sie und lagert dort genügend Vorräte an Korn und Hülsenfrüchten ein. Vergrößert auch den Hafen und baut zur Abwehr eine Brücke. Cenabon lässt sich gut verteidigen, und es können viel mehr Menschen unseres Stammes in ihr Zuflucht finden.« Ambiacus machte eine Pause und fügte dann hinzu: »Außerdem hege ich die Hoffnung, dass Autricon verschont wird, wenn es als Zentrum unseres Stammes seine Bedeutung verliert.«

»Und was kann ich tun, um die Gunst der Götter wiederzuerlangen?«, fragte Gobannix. Ambiacus deutete mit seinem Stock auf das Ratsgebäude: »Macht aus diesem stolzen Haus einen Tempel der Epona! Dies ist ein Ort, an dem sich tiefe Ströme kreuzen, diese Kräfte solltet Ihr Euch nutzbar machen. Gebt dem Teutates, was er fordert, um den Frieden zu bewahren, indem Ihr die Schwerter der Gefallenen in den Fluten versenkt. Wenn es dennoch zum Krieg kommen sollte, dann veranlasst, dass die

heiligen Reliquien unseres Stammes unter dem geweihten Tempel
gut verborgen werden. Ihr solltet all dies noch in diesem Zyklus
zur Vollendung bringen!«

6. In den Händen des Feindes

»Wo ist es, das verdammte Weib, das versucht hat, mich zu töten?«
Mehrere Tage hatte Titurius mit starken Schmerzen auf seinem Lager verbracht. Seine linke Schulter war immer noch verbunden, den schmerzenden Arm hielt er eng an seinen Oberkörper gedrückt. Mit der rechten Hand riss er die Plane zur Seite und betrat auf unsicheren Beinen das Zelt, in dem sich die gallische Gefangene befand. Congetiatos sah ihn kommen und machte einen unterwürfigen Schritt zur Seite. Meduana lag immer noch im Fieber.

»Ist sie das?«, fragte Titurius gereizt.

»Ja, Herr, das ist sie. Doch Ihr werdet sie in diesem Zustand nicht zum Sprechen bringen, die Wundhitze hat sie erfasst. Es wird noch ein paar Tage brauchen, bis Ihr sie befragen könnt.« Der Offizier musterte die junge Kriegerin mit einem abfälligen Blick. Der Medicus hatte zwar dafür gesorgt, dass ihr das Gesicht und die Wunden gereinigt wurden, an ihren Armen klebte aber immer noch der Ruß und ihre Haare waren verfilzt.

»Beim Jupiter, das Weib stinkt! So würde ich sie nicht einmal mit meinem Schwert berühren. Sieh zu, dass sie gewaschen wird! Sobald sie wieder stehen kann, lässt du sie zu mir bringen!« Titurius verließ wütend das Zelt.

Zwei Wochen später war das Fieber aus Meduanas Körper gewichen. Der Medicus konnte dem Befehl von Titurius nicht länger ausweichen. Der Praefectus war über den Zustand der Gallierin informiert worden und hatte ihre Vorführung gleich am nächsten Tag veranlasst. Die Gefangene wurde hergerichtet und mit einer einfachen Tunika bekleidet. Zwei Soldaten banden ihr mit Eisenketten die Arme auf den Rücken. Dann brachten sie sie zur Unterkunft des Offiziers. Titurius hielt sich gerade mit seinen Tribunen beim Mittagsmahl in seiner Unterkunft auf, als die Wachen mit Meduana das Zelt betraten. Die linke Schulter schmerzte ihn noch immer.

Die Tribunen waren vom Anblick der jungen Kriegerin überrascht. Im Vergleich zu den südländischen Frauen war Meduana groß gewachsen und kräftig, doch das Fieber hatte sie sichtbar geschwächt. Ihre Erscheinung wirkte jetzt beinahe mädchenhaft, ja geradezu harmlos auf die Männer. Einer der Tribunen konnte sich eine Bemerkung nicht verkneifen: »Dieses Weib soll sechs Soldaten auf dem Gewissen und unseren hochverehrten Praefectus schwer verwundet haben? Es scheint mir eine peinliche Verwechslung vorzuliegen ...« Die anderen Unteroffiziere lachten. Titurius stieg der Zorn ins Gesicht:

»Du wagst es, dich darüber zu belustigen? Wo warst du, Bastard, als sie in mein Zelt eindrang und deine Waffenbrüder mordete? Lass dich nicht täuschen! Dieses Weib ist eine Bestie im Gewande eines Schafes, sie wird für ihre Taten büßen müssen!« Er gab den Wachen ein Zeichen. Ein Soldat trat Meduana schmerzhaft in die Kniekehlen. Sie atmete vor Schreck ein und sank unsanft zu Boden. Titurius bemühte sich, mit festen Schritten auf sie zuzugehen, griff mit seiner rechten Hand in ihre Haare und zog ihr den Kopf brutal nach hinten. Meduana bekam seine Wut mit voller Wucht zu spüren. Auf einmal fühlte sie Furcht in ihrem Herzen aufsteigen. Ihr Nacken verkrampfte sich, ein Stechen durchzuckte ihren Hals. Sie rang nach Luft.

»Wer bist du, woher kommst du und wer hat dich beauftragt?« Sie verstand seine Worte, antwortete aber nicht.

»Vielleicht spricht sie unsere Sprache nicht?«, gab der Tribun Licinius zu bedenken.

»Holt mir den Medicus, er kann das Keltische!«, rief Titurius. Dann herrschte er die Unteroffiziere an: »Lasst mich mit dem Weib allein!« Die Tribunen verließen murrend das Quartier. Congetiatos betrat das Zelt. Titurius, der ihn keines Blickes würdigte, forderte Congetiatos auf, die Gallierin in seiner Muttersprache anzusprechen: »Frag sie, woher sie stammt und wer sie geschickt hat! Sie wird diese Niedertracht nicht selbst ersonnen haben. Sag ihr, dass ich sie auspeitschen lasse, bis das Blut aus ihren Adern schießt, wenn sie mir keine Antwort gibt!« Der Medicus nickte verstohlen: »Geweihte Priesterin meines Volkes, Ihr müsst ihm sagen, wer Ihr seid und denjenigen benennen, der Euch zu dieser Tat verleitet hat.« Meduana schwieg. Der Offizier wurde ungeduldig. »Ich weiß, dass sie sprechen kann. Ich habe gehört, wie du dich mit ihr verständigt hast. Es reicht mir jetzt!« Er rief zwei Soldaten zu sich, die die Gefangene zum Tribunalplatz bringen sollten. Doch als die beiden Männer Meduana unter die Arme greifen wollten, stürmte ein weiterer Soldat ins Zelt. »Was willst du?«, herrschte Titurius ihn an. »Wir fanden einen verendeten Gaul mit einem gallischen Sattel im Wald. Das Tier war angebunden. Wir suchten die Umgebung ab und entdeckten diese Taschen, vergraben und mit Laub bedeckt.« Er ließ das verschmutzte Gepäck auf den Boden des Zeltes fallen.

Der Offizier nahm einen Anflug von Bestürzung in den Augen der Kriegerin wahr. Sogleich durchsuchte er den Inhalt der Taschen, holte einen Gegenstand nach dem anderen heraus und beobachtete ihre Reaktion. Eine eisige Kälte erfasste Meduanas Herz. »Was haben wir denn hier? Scheint mir das Zeug einer Diebin zu sein!« Er hielt Meduanas Messingarmreif in die Höhe.

»Nein, mein Herr, es ist die Insignie einer gallischen Priesterin, ein Zeichen ihres Status«, platzte es aus Congetiatos heraus. Er hoffte, dass Titurius eine Person höheren Standes nicht misshandeln würde.

»So, so, eine Priesterin? Woher willst du das wissen, Sohn einer gallischen Hure? Und was ist das hier?« Titurius zeigte seinem Medicus den Torques.

»Fass ihn nicht an!«, schrie Meduana. Sie konnte es nicht ertragen, dass der römische Offizier ihren Halsreif in den Händen hielt. Zornig versuchte sie, sich aus den Griffen der Soldaten zu befreien. Titurius lächelte überlegen. Seine Stimme klang voller Hohn: »Ach, sie kann sprechen! Und das hier gehört dir, ja?«, er hielt ihr den Torques demonstrativ vors Gesicht. »Du bist also ein adeliges Weib? Was für eine Ehre!« Er baute sich breitbeinig vor Meduana auf, holte aus und schlug ihr mit der Rückhand ins Gesicht. Ihr Kopf wurde jäh zur Seite geworfen. Der plötzliche Schmerz ließ sie zusammensinken, doch die Soldaten hielten sie fest. Frisches Blut rann aus ihrer Nase. Keuchend versuchte sie erneut, sich loszureißen. Die Ketten an ihren Handgelenken klirrten und spannten sich. Meduana schrie. Panik stieg in ihr auf. Die Empörung in ihrem schönen Gesicht und ihre Entschlossenheit beeindruckten Titurius. Es erregte ihn, dass er Macht über diese Frau hatte. Sie schien bei ihrem Volk ein hohes Ansehen zu genießen. Beides erweckte in ihm das starke Verlangen, sie zu besitzen. Man würde ihre Herkunft klären und einen hohen Preis für ihre Rückgabe verlangen. Titurius spekulierte darauf, dass die Angst der Barbaren vor einer Auseinandersetzung mit der römischen Armee sein Vorhaben unterstützen würde. Andererseits wollte er auf keinen Fall, dass der Senat in Rom von diesem Vorfall erfuhr. Er musste die Angelegenheit möglichst schnell und unauffällig beenden. Und so beauftragte er Congetiatos mit den Recherchen und bugsierte ihn dann zusammen mit den Taschen der Gefangenen und den Soldaten aus seinem Zelt.

Als sie allein waren, packte er sich Meduana, riss ihr wie im Rausch die Tunika hoch und drückte sie fest auf den Boden. Trotz seines schmerzenden Arms ging er mit aller Härte gegen sie vor.

Er benutzte sie auf eine so demütigende Art und Weise, dass es ihr den Atem verschlug. Der Offizier drang tief in ihren Leib ein und rächte sich mit jedem Stoß für seine verletzte Ehre.

In den nächsten Tagen blieb sie in seinem Quartier gefangen. Immer wieder verging Titurius sich an ihr. Er nahm ihr den Willen, bezwang ihren Stolz. Das erste Mal in ihrem Leben begann die junge Kriegerin an der Macht ihrer Götter zu zweifeln. Jeden Abend betete sie zu Epona, sie möge sie erlösen. Niemals hätte sie gedacht, dass ihre alte Seele so verletzlich sei und der körperliche Schmerz ihr so viel anhaben könnte. Wie ein böser Dämon aus der Anderwelt ergriff die Verzweiflung von ihr Besitz. Congetiatos besuchte sie, wann immer es ging, aber auch er konnte ihr keine Linderung verschaffen.

Eines Nachts, nachdem Titurius sie wieder einmal auf sein Lager gezerrt hatte, saß sie gefesselt und zitternd vor Hunger auf dem Boden seines Quartiers und erinnerte sich an das, was Ambiacus sie gelehrt hatte. Meduana versuchte angestrengt, ihren Körper zu beruhigen und sich zu konzentrieren.

O LUGUS, Herr der Weisheit und des Geistes!
Gib mir die Macht über meine Gedanken!
Ich reiche meinem Feind die Hand und
bitte dich um deine Gnade!
Kein böser Gedanke ist in mir, kein Unrecht
spricht aus meiner Seele!
In dieser Unschuld offenbare ich mich dir!
Ich will mich vereinen mit einem fremden Geist!
Gib mir die Macht über meine Gedanken!

Schweigend horchte sie in sich hinein. Sie wiederholte das Gebet und verharrte in absoluter Stille. Nichts! Ein lautes Schluchzen entwich ihrer Kehle. Erschrocken blickte sie zum Lagerbett des schlafenden Offiziers, aber der regte sich nicht. Lange Zeit blieb sie versunken in ihrer Einsamkeit. Doch dann hörte sie auf einmal eine vertraute Stimme in ihrem Kopf.

»Meduana?«

»Ambiacus! Ich lebe noch, aber ohne Hoffnung. Meine Seele schreit nach Erlösung! Ich habe Titurius nicht den Tod gebracht. Er wird bald wissen, woher ich stamme. Ihr müsst mich verleugnen! Hört Ihr? Ihr müsst mich verleugnen! Er sinnt auf Rache und darf niemals erfahren, wer mich geschickt hat ...« Sie musste erneut schluchzen. Der Kontakt wurde schwächer.

»Mein Kind, sei stark in deinem Glauben! Du stehst am Anfang deines Weges ...« Ambiacus Worte wurden immer leiser, dann herrschte eine gespenstische Ruhe in ihrem Kopf.

Nach wenigen Wochen wusste Titurius, wer die Gefangene war. Die Münzen mit dem Adlermotiv, die sich in ihren Taschen befanden, hatten die erste Spur gelegt. Letztendlich trugen die Gerüchte auf den Märkten dazu bei, dass ihre Identität bekannt wurde. Wer ihr den Auftrag gegeben hatte, konnten die Gefolgsleute von Titurius allerdings nicht in Erfahrung bringen. Auf einen Verdacht hin sandte er einen Boten zu dem carnutischen Fürsten Gobannix mit der Nachricht, er könne seine Tochter wiederhaben. Er, Titurius, würde von einem öffentlichen Prozess nach römischem Recht absehen, wenn der gallische Fürst ihm als Entschädigung eine ausreichende Menge an Gold und eine würdige Geisel aus seiner Sippe als Ausgleich für das geschehene Unrecht übersenden würde.

Gobannix war von Ambiacus gewarnt worden. Der Druide hatte ihm von dem Austausch mit Meduana erzählt, nicht aber, in welch erbarmungswürdigen Zustand sie sich befand. »Mein Fürst, Titurius scheut ganz offensichtlich das Gericht und auch den Kampf. Er weiß nicht, wer die Kriegerin beauftragt hat. Solange er im Ungewissen ist, besitzt er keine Macht. Das Wissen um die Herkunft Eurer Tochter reicht nicht aus, um uns eines Vergehens anzuklagen.« Gobannix schlug daraufhin das Angebot von Titurius aus.

»Was fällt diesem Barbarenfürsten ein? Ich dachte, die Gallier würden ihre Weiber schätzen!« Titurius war außer sich vor Wut. Mehrmals trat er mit seinen Füßen nach Meduana, die vor ihm gefesselt auf dem Boden saß. Sie zuckte zusammen, gab aber keinen Laut von sich. »Dein Vater will seine Schuld nicht offenbaren, der feige Hund! Womöglich werde ich ihm eines Tages begegnen, und dann gnade ihm Vediovis! Im Namen der Götter, ich werde ihn töten!«

Tags darauf ließ Tiurius eine Versammlung einberufen, bei der alle Tribunen und Centurionen des Lagers anwesend sein mussten. Er machte seinen Männern unmissverständlich klar, dass sie über den Vorfall mit der gallischen Kriegerin Stillschweigen zu bewahren hätten – ein eindeutiger Befehl. Außerdem würden alle Offiziere für das Schicksal der gefallenen Soldaten mitverantwortlich gemacht werden, sollte es zu einer offiziellen Untersuchung durch einen Vertreter des Senats kommen. Als Erklärung für den Tod der Männer erfand Titurius die Geschichte von einem Raubüberfall entlaufener, gallischer Sklaven, und um ganz sicher zu gehen, finanzierte er aus seiner eigenen Kasse die Überführung der Leichen in ihre Heimatstädte.

7. Die Fahrt nach Norden

Marseille im August 2012

Als Davina erwachte, verspürte sie ein heftiges Ziehen in ihrem Unterleib. Ihr rechter Oberschenkel hatte sich schmerzhaft verkrampft. Tränenflüssigkeit rann ihr aus den Augen. Angestrengt warf sie einen Blick auf den kleinen Funkwecker, der auf einem Tischchen am Ende ihres Bettes stand. Es war bereits 10 Uhr am Morgen. Nachdem sie sich mühsam aus dem Bett gequält hatte, machte sie sich einen Tee und rief den Professor an. Aus Sorge, sie könnte wegen einer Infektion längere Zeit ausfallen, riet er ihr, sich zwei Tage freizunehmen und zum Arzt zu gehen.

Davina war nicht danach zumute, ihr Appartement zu verlassen. Sie telefonierte mit Marc, dem Leiter der Konservierungsabteilung. Der Franzose war ihr von Anfang an sympathisch gewesen. Einmal war sie noch am späten Abend mit ihm zur Basilika Notre-Dame de la Garde gefahren. Von dem Aussichtspunkt hatte man einen fantastischen Blick über die Stadt und den alten Hafen. Wenn die Reisebusse mit den Touristen den Ort verlassen hatten, trafen sich auf dem Parkplatz vor der Basilika die jungen Paare von Marseille. Händchenhaltend warteten sie auf den Sonnenuntergang. Davina hatte neben Marc gestanden. Ihre nackten Arme berührten sich leicht. Er griff instinktiv nach ihrer Hand. In diesem Moment hatte sie das erste Mal eine tiefe Zuneigung zu ihm verspürt.

Er war ein wenig jünger als sie und besaß einen unaufdringlichen Charme. Zudem sprach er sehr gut Deutsch mit einem hinreißenden, französischen Akzent. In seinem kurzen, schwarzen Haarschopf schimmerte eine dekorative graue Strähne hervor. Davina wusste, dass er sich seine Haare färben ließ. Sie mochte seine kleinen Eitelkeiten und ganz besonders seinen Humor.

Marc leitete mehrere Projekte für verschiedene Einrichtungen der Stadt. Er konnte sich seine Zeit frei einteilen. Im Archäologischen Museum war an diesem Tag nicht viel zu tun. Bald nach dem Anruf von Davina machte er sich auf den Weg zu ihr. Als er gegen Mittag in der Charité eintraf, traute er seinen Augen nicht. Es war nicht das erste Mal, dass er sie besuchte, und ihr Hang zur Unordnung war ihm bereits aufgefallen. Doch das, was er nun zu Gesicht bekam, irritierte ihn doch sehr. Die Tür zum Appartement stand offen. Der Fußboden des Zimmers war übersät mit aufgeschlagenen Büchern, überall lagen handbeschriebene Zettel herum. Der alte Monitor des Computers, den er Davina für ihre privaten Zwecke besorgt hatte, war mit kleinen, gelben Zetteln vollgeklebt, auf dem Drucker daneben stapelten sich die Seiten.

»Qu'est-ce que – mon Dieu! Was ist los hier?«

»Ah, schön, dass du da bist, Marc! Komm rein und such dir einen freien Platz.« Davina vermied den direkten Blickkontakt. Sie schob mit dem Fuß ein paar Bücher zur Seite. »Möchtest du etwas trinken?«

»Gerne, hast du noch von deine thé vert?«

»Ja, grünen Tee hab ich noch da, einen Moment.« Sie verschwand in der kleinen Kochnische des Appartements.

»Du hast geweint«, bemerkte Marc nüchtern, als er sich auf einem freien Sessel niederließ. Nach einigen Minuten kam sie mit dem aufgebrühten Tee um die Ecke. »Ja, stimmt …«

Davina stellte die volle Teekanne und einen sauberen Kaffeebecher auf den mit Landkarten und Papieren ausgelegten kleinen Abstelltisch. Da der Schreibtischstuhl ebenfalls belegt war, setzte sie sich auf den Rand ihres Bettes. Der Franzose nahm einen

Schluck und lächelte: »Eh, bien! Ich mag deine thé! Aber nicht, wenn die théière auf die Dokumente steht ...« Er hob die Kanne an und schob die Papiere darunter vorsichtig zur Seite. Dabei entdeckte er eine Karte. »Was ist das? Oh, je vois! – Eine carte von Nordfrankreich.« Er klappte sie auf und sah, dass Davina die Stadt Chartres rot umrandet hatte. Ein zusammengefaltetes Papier rutschte heraus und fiel zu Boden. Marc hob es auf: »Darf ich?« Sie nickte. Es war der Ausdruck eines Satellitenbildes von der Umgebung Chartres. »Was hast du vor?« Er sah sie überrascht an. Es war an der Zeit, sich ihm anzuvertrauen. Vielleicht würde Marc es ja verstehen.

»Ich weiß nicht, wie ich anfangen soll«, begann sie zögerlich, »ich habe die Befürchtung, dass du mich für verrückt halten könntest.«

»Ferukt?«

»Ja, être fou ...«

»Warum sollte ich?«

»Also, es ist so: Seitdem ich das alte Pergament übersetze, träume ich fast jede Nacht von Meduana, der keltischen Frau, die den Text geschrieben hat. Ich habe immer schon viel geträumt, aber das, was ich zurzeit im Schlaf erlebe, sind keine normalen Träume! Glaub mir, ich bilde mir das nicht ein. Die Frau spricht zu mir, es ist, als wenn wir uns kennen würden. Morgens spreche ich meine Erinnerungen aufs Band und mache mir Notizen, damit ich über den Tag nicht alles wieder vergesse. Und nach der Arbeit sitze ich hier oft bis spät in die Nacht und tippe meine Aufzeichnungen in den Computer ...« Sie holte tief Luft und ließ sich in das weiche Bett sinken.

»Warum machst du das?«, fragte er. Davina musste ihren ganzen Mut zusammennehmen:

»Es kommt mir so vor, als wenn zwischen mir und der keltischen Frau irgendeine Verbindung bestehen würde. In meinen

Träumen darf ich sie begleiten. Es begann mit ihrer Frauenweihe, dann wurde sie zur Priesterin ernannt, und letzte Nacht, da …« Sie konnte auf einmal nicht weitersprechen. Davina erinnerte sich wieder an die Schmerzen, die sie beim Aufwachen verspürt hatte. »Marc, ich musste letzte Nacht miterleben, wie Meduana von einem römischen Präfekten brutal vergewaltigt wurde, und ich war dabei, als sie mehrere Soldaten dahingemetzelt hat. Da war so viel Blut! Entsetzlich!« Sie starrte einen Augenblick lang ins Leere und sagte dann leise: »Erst war ich nur eine unbeteiligte Zuschauerin, aber seit dem Rückführungsritual auf dem Tempelberg fühlt es sich so an, als wenn ich das alles wirklich miterleben würde …« Marc verzog keine Miene.

»Ma chère, ich glaube, du brauchst Hilfe.«

Das hatte Davina befürchtet: »Ich bin nicht krank! Nur ziemlich verwirrt, gebe ich zu. Deshalb will ich ja nach Chartres. In einem meiner Träume hat die keltische Frau vor meinen Augen eine kleine Statue aus Bronze in einem Quelltümpel im Wald versenkt, nahe dem antiken Oppidum Autricum, dem heutigen Chartres. Ich weiß, dass das komisch klingt, aber wenn ich die Statue tatsächlich finde, dann habe ich die Bestätigung, dass meine nächtlichen Erlebnisse nicht nur Hirngespinste sind. Warum sonst hat sie mir gezeigt, wo sie das Ding versenkt hat?«

»Quelltumpél? Hirngequoi? Ich verstehe nicht!«

Davina stand auf und zog eilig ein Wörterbuch aus dem Regal. »Quelltümpel; mare de source. Hirngespinste? Egal, ich möchte nach einer Statue suchen, die ich im Traum gesehen habe, um sicherzugehen, dass ich nicht nur wildes Zeug träume, verstehst du?«

»Aha!« Marc spürte, dass sie es ernst meinte. Er sah sie für ein paar Sekunden lang nachdenklich an. »Eh, bien«, sagte er mit einem Schmunzeln, »maintenant, ich komme mir vor wie der capitaine von eine Raumschiff, mit eine erste officier ohne

Verstand. Der capitaine muss sich entscheiden, ob er ihr glauben kann, oder nicht, tu comprends? Es braucht viel Vertrauen und Imagination, um das ernst zu nehmen …«

Davina huschte ein Lächeln über das Gesicht: »Ja, so ist es. Mir fällt es auch schwer, das alles zu glauben …« Sie fand den Mut, ihn zu fragen, ob er nicht mitkommen wolle. Marc überlegte einen Moment.

»Oui, in zwei Wochen habe ich Urlaub.«

»Echt jetzt? Dann hältst du mich nicht für verrückt?«

»Non!«

»Toll! Dann frage ich den Professor, ob ich frei bekommen kann. Alles Weitere können wir später besprechen.«

Am Montag, den 20. August, holte Marc Davina mit seinem Wagen von der Charité ab. Als sie ihr Gepäck im Kofferraum des alten Citroëns verstauen wollte, bemerkte sie eine längliche, schwarze Tasche. »Spielst du etwa Golf?«, fragte sie Marc erstaunt. Sie zeigte auf die Tasche. Der Franzose sah sie verwundert an: »Das ist ein détecteur aus dem Musée d'Histoire.« »Ach, ein Metalldetektor! Daran habe ich gar nicht gedacht.« Davina musste zugeben, dass sie noch keine Idee hatte, wie sie das Artefakt ausfindig machen oder bergen sollte. Ihr fehlte die praktische Erfahrung. Entgegen ihrer sonstigen Art, möglichst nichts dem Zufall zu überlassen, musste sie jetzt darauf hoffen.

Marcs Navigationsgerät zeigte an, dass sie fast acht Stunden bis nach Chartres bräuchten, wenn sie den schnellsten Weg über die gebührenpflichtigen Schnellstraßen nehmen würden. Doch Davina bat ihn, möglichst auf den Nebenstraßen zu bleiben und den Umweg über Clermont-Ferrand zu nehmen. Es war fast derselbe Weg in die andere Richtung, den die keltische Kriegerin laut ihrer Aufzeichnungen mit dem Pferd zurückgelegt haben musste, um von Autricum nach Vienna zu gelangen. Es reizte die Wissenschaftlerin, eine ähnliche Route zu wählen wie Meduana vor über 2000 Jahren. Marc schlug vor, in Vienne zu übernachten und am nächsten Tag nach Clermont-Ferrand weiterzufahren.

Als sie losfuhren, fiel Davina noch ein, dass sie vor einigen Wochen Kontakt zu einem französischen Archäologen hatte, der eine Ausgrabung in der Nähe von Clermont leitete: »Sie sind gerade dabei, ein Gehöft aus der späten Latènezeit freizulegen. Der Kollege hat mir gesagt, dass ich ihn jederzeit anrufen kann, wenn ich mal in der Nähe sein sollte. Ich würde mir die Fundstelle gerne noch ansehen, wenn wir dort sind – wäre das okay für dich?« Marc nickte: »Oui, warum nicht?«

Auf der Fahrt erzählte der Franzose ihr von seiner geschiedenen Frau, mit der er eine gemeinsame Tochter hatte. Davina wollte wissen, warum er nicht mehr mit ihr zusammenlebte, aber Marc zögerte so lange mit einer Antwort, dass sie das Thema wechselte und ihn über seinen Werdegang ausfragte. Er hatte eine Ausbildung als Möbelrestaurator an der »Ecole des Beaux« in Tours gemacht und einige Jahre in seinem Lehrberuf gearbeitet. Danach war er für einige Zeit in Deutschland gewesen und hatte mehrere Monate lang in der Dombauhütte der Kölner Kathedrale gearbeitet. Seitdem liebte er die gotische Architektur und die deutsche Sprache. Später studierte er »Conservation« am Nationalen Institut für Kulturerbe in Paris. Er wurde schließlich zum »Konservator der Archäologie« und bekam in Marseille eine Anstellung im öffentlichen Dienst.

Auch Davina erzählte ihm von ihrer beruflichen Karriere und von ihrem Lebensgefährten, den sie schon seit ihrer Studienzeit kannte. Sie erwähnte, dass sie nicht mehr viel Zeit miteinander verbrachten, weil sie beruflich ständig unterwegs waren.

»Ein Gefährte, der nicht an deine Leben teilnimmt …«, stellte Marc fest, »das kenne ich.«

Nach einer kurzen Pause suchte Davina erneut das Gespräch. »Sag mal, wo kommst du eigentlich gebürtig her?«

»Bordeaux. Meine Familie hat schon immer da gelebt.« Davina beneidete ihn. Ihre Eltern waren Flüchtlingskinder gewesen. Sie hatte keine Heimat, wusste nur, dass ein Teil der Familie aus Ostpreußen kam und von den französischen Hugenotten abstammte. »Meine Vorfahren kamen auch aus Frankreich«, sagte sie, »ich glaube, mein Nachname stammt von dem berühmten Bischof ab, dem Schutzheiligen der Franken.«

»Ich kenne Saint Martin de Tours«, bemerkte Marc.

Sie fuhren über die Route Nationale an der Rhône entlang, bis nach Vienne. Dort lenkte Marc seinen Wagen durch die historische Innenstadt und hielt im Zentrum an der St.-Maurice-Kathedrale an. Gegenüber der romanisch-gotischen Kirche lag ein großer Platz. Es fand gerade ein Markt statt. Sie schlenderten an den Ständen vorbei, aßen eine Kleinigkeit und besichtigten danach die Stadt. Nachmittags suchten sich die beiden Wissenschaftler außerhalb des Zentrums eine Unterkunft.

Am nächsten Morgen brachen sie früh auf, überquerten erneut den großen Fluss und folgten der Schnellstraße nach Westen. Ihr Weg führte sie durch die Täler der Voralpen, über malerische Pässe, vorbei an den kleinen Dörfern der Auvergne. Nach zwei Stunden Fahrt und einer langen Zeit des Schweigens, begann Marc das Gespräch. Er schien mit seinen Gedanken ebenso abwesend gewesen zu sein wie Davina.

»Erzählst du mir über deine Träume?« Er hörte ihr aufmerksam zu, nickte mit dem Kopf, wenn er alles verstanden hatte, oder runzelte die Stirn, wenn ihm etwas unklar geblieben war. Davina war sich am Ende nicht sicher, ob Marc begriffen hatte, wie außergewöhnlich das Ganze war. Doch dann fragte er: »Warum nimmt eine personne du passé in diese Weise Kontakt mit dir auf? Ist es nicht ein komischer Unfall, non, wie sagt man?«

»Komischer Zufall?«, half Davina aus. »Oui!«, fuhr Marc fort, »dass die Amphoren gerade in dieses Jahr gefunden wurden?«

»Keine Ahnung, was ist denn an diesem Jahr so besonders?«

Marc ignorierte ihre Frage. »Es ist sicher kein Zufall, meine ich«, sagte er ernst.

»Was soll es denn sonst sein?«, erwiderte Davina.

»Destination?«

»Ich glaube nicht an Vorsehung«, erwiderte sie nüchtern.

»Mais, c'est fascinant!« Marc hob elegant eine Augenbraue und grinste dabei. Davina hatte die Anspielung auf Mr. Spock nicht wahrgenommen, doch sein Versuch, sie aufzumuntern, zeigte Wirkung. Sie lächelte zurück und musterte ihn, während er weitersprach: »Ich glaube an die Kontakt mit die Vorfahren, und ich kenne Geschichten über Rückföderungen.«

»Rückführungen«, korrigierte Davina.

»Ah, oui! Wer weiß, peut-être es ist wahr, und wir können es nur nicht glauben?«

»Ich weiß nicht. Für mich klingt das alles zu esoterisch. Ich verlasse mich da lieber auf meinen Verstand. Und ich frage mich, ganz konkret, warum ich überhaupt von dieser Frau träume. Ich kann mir das Ganze ja auch nicht erklären … Es ist doch ziemlich unwahrscheinlich, dass eine Frau, die vor 2000 Jahren gestorben ist, ganz bewusst mit mir Kontakt aufnimmt, oder nicht? Andererseits kommt sie mir irgendwie vertraut vor, so wie du …« Marc sah sie überrascht an.

»Ja, ich habe von Anfang an das Gefühl gehabt, als wären wir uns schon einmal begegnet, als würden wir uns kennen. Das ist doch eigenartig, nicht wahr?« Marc erwiderte nichts. Es machte auf sie den Eindruck, als wenn er ihr etwas verschweigen würde.

Es war Mittag, als sie Clermont-Ferrand erreichten. Marc fuhr zielstrebig in die Stadt hinein und folgte den Hinweisschildern zum Puy de Dôme. »Wo fährst du denn hin?«, wollte Davina wissen. »Nous sommes sur les traces de la femme celtique, n'est-ce pas? Wir folgen den Weg von Meduana, also müssen wir auch hoch zum Tempel, nicht wahr?«

»Kann man da einfach so mit dem Auto hochfahren?«, fragte Davina erstaunt, und in ihrer Stimme schwang Begeisterung mit. »Non, nicht mehr, aber es fährt seit dieses Jahr eine Zug nach oben, auf der alten Straße. Wir können auch gehen, wenn du willst, es gibt einen Weg pour la marche.«

In der Regel vermied Davina es, in Bergbahnen oder Gondeln zu steigen, doch manchmal ließ es sich nicht vermeiden. Besonders dann nicht, wenn man sich nicht die Mühe machen wollte, zu Fuß zu gehen.

Sie kauften sich ein Ticket und reihten sich in die wartende Schlange der Besucher ein. Bald darauf setzte sich die Bahn in Bewegung. Was wohl die keltische Kriegerin empfunden hatte, als sie das erste Mal die ganze Schönheit der Vulkanlandschaft von oben erblickte? Wie unwirklich musste Meduana der Anblick vorgekommen sein. Allein die Sicht aus der Zahnradbahn wäre schon die Reise wert gewesen, trotz der vielen tiefstehenden Wolken an diesem Tag. An der Bergstation angekommen, machten Davina und Marc sich gleich auf den Weg zur Tempelruine des Merkur. Die Sonne schien warm durch die Wolken hindurch, aber es wehte ein kühler Wind über die offene Fläche. Davina zog sich ihre Jacke über. Wanderer mit Rucksäcken saßen an einer windgeschützten Stelle auf den Steinen der Ruine. Etwas abseits breiteten zwei Gleitschirmflieger ihre Fluggeräte auf dem Boden aus und sortierten die Leinen.

Von der antiken Tempelanlage waren nur noch die Grundmauern vorhanden. Der graue Vulkanstein, aus dem sie erbaut wurde, wies starke Verwitterungserscheinungen auf. Insgesamt war der Anblick der alten Ruine nicht sehr spektakulär. Daher freute sich

Davina, dass in einem Gebäude oberhalb der Ausgrabung eine kleine Ausstellung vorhanden war, in der die Anlage in ihrem ursprünglichen Zustand gezeigt wurde.

»Warst du noch nie in die Auvergne?«, wollte Marc wissen, nachdem sie einmal durch die Exposition gelaufen waren.

»Nein, aber seit einigen Jahren verfolge ich online die archäologischen Ausgrabungen rund um Gergovie.«

»Mais, der Puy …?«, warf Marc ein.

»Du meinst, warum ich noch nie hier oben war?« Er nickte. »Mich hat die Zeit nach der Romanisierung nie so sehr interessiert wie die Epoche davor, und bisher gab es keinen Beleg dafür, dass hier mal ein keltisches Heiligtum gestanden hätte. Jetzt aber weiß ich, dass es ein solches gegeben haben muss, denn Meduana erwähnt den ›Tempel des Arvernus‹ in ihren Aufzeichnungen. Nach der Veröffentlichung des Pergamenttextes wird hier oben sicherlich der Bär los sein. Wer weiß, was unter der römischen Ruine alles zum Vorschein kommen wird …« Marc sah Davina fragend an. Das mit dem »Bair« hatte er nicht verstanden.

Gemeinsam umrundeten sie die Tempelanlage und ließen sich dann auf den verwitterten Treppenstufen nieder. Davina berührte die Steine mit ihren Händen. »Die Ruine stammt aus dem ersten Jahrhundert nach Christi Geburt und war dem römischen Gott Merkur gewidmet. Wenn ich meinen Träumen Glauben schenken darf, dann stand hier schon zwei Jahrhunderte früher ein kleineres Heiligtum aus demselben Stein. Es war dem keltischen Lokalgott gewidmet. Wie du weißt, ist sein Name in der Regionsbezeichnung Auvergne bis heute erhalten geblieben.« Sie sprach weiter: »Ich erinnere mich daran, wie ich in diesem Tempel gewesen bin, ist das nicht verrückt? In meinem Traum sah ich eine große, hölzerne Figur mit drei Gesichtern, und ich wusste, dass es der Gott Arvernus war. Zu Meduanas Lebzeiten existierten bei den Kelten noch keine Darstellungen, die einen Gott in rein menschlicher

Gestalt zeigten, das kam erst mit den Römern auf. Vermutlich hatten die drei Gesichter einen symbolischen Charakter, wie die Abbildungen auf dem Kessel von Gundestrup. Schade, dass Meduana im Text nicht näher darauf eingeht …« Sie hielt inne und blickte den Weg hinunter, der von der Bahnstation bis zur Ruine führte. »Marc, stell dir vor, die keltische Frau war hier! Vermutlich hat sie genau hier gestanden, wo wir jetzt sitzen. Sie hat den gleichen Boden berührt, bevor sie das Gebäude betrat, das damals eines der bedeutendsten Heiligtümer der keltischen Welt gewesen sein muss.«

»Hast du gehört, was bei der Ritual gesagt wurde?«, fragte Marc neugierig.

»Du meinst die Rückführung?« Er nickte.

»Nein, die Sprache verstehe ich nicht, nur wenn sie direkt mit mir spricht. Und ich muss mir meine Fragen ja leider alle verkneifen, sonst verliere ich den Traum. Dabei hätte ich so viele Fragen an sie.«

Die Sonne verschwand hinter den dichten Wolken, es wurde kalt. Der Franzose legte seinen rechten Arm um Davinas Schulter und gab ihr mit einem kleinen Schubs zu verstehen, dass er aufstehen und gehen wollte. Auf dem Weg nach unten versuchte Davina mit ihrem Handy den Archäologen zu erreichen, der für die Ausgrabungen in der Region zuständig war.

Die meisten Wissenschaftler waren davon überzeugt, dass die antike Hauptstadt der Arverner, die von Caesar erwähnt wurde, oberhalb des kleinen Dorfes Gergovie auf einem Plateau gelegen war, nicht weit entfernt von Clermont und in Sichtweite des Puy de Dôme. Dort wurden im Laufe der Jahre Erdwälle, Knochen und Gegenstände freigelegt, die auf eine dichte Besiedlung und auf eine Schlacht hindeuteten. Ein kleines Museum wurde errichtet und ein Denkmal für den Nationalhelden Vercingetorix, der Julius Caesar an diesem Ort seine größte Niederlage beschert haben soll. Doch es wurden auch immer wieder Zweifel an dem Standort geäußert. Denn auf das Dorf Corent, das ganz in der Nähe lag, trafen die Beschreibungen Caesars ebenfalls zu. Davina sah in dieser Diskussion eine Parallele zu der Geschichte um die legendäre »Varusschlacht« der Germanen am Teutoburger Wald, die die Gemüter der Archäologen lange Zeit erhitzt hatte.

Der Projektleiter der Ausgrabungen ging tatsächlich ans Telefon. Eine Stunde später trafen sie sich mit ihren Autos am Fuße des Plateaus bei Gergovie. Nach einer herzlichen Begrüßung bat er die beiden Kollegen, seinem Wagen zu folgen. Sie fuhren in südöstlicher Richtung und erreichten kurze Zeit später Corent. Auf Davinas Nachfrage hin erklärte der Projektleiter, dass die ursprüngliche Siedlung der Arverner offensichtlich aus mehreren großen Oppida bestanden habe. Das belegten die aktuellen Funde in Corent, Gergovie und Gondole, die größtenteils aus derselben Epoche stammten.

Auf dem Plateau führte er die beiden zu einem großen Platz, auf dem gerade ein gallisches Gehöft freigelegt wurde. Die Ausgrabung fand auf einer brachliegenden Ackerfläche statt. An der Stelle, wo das Gebäude lokalisiert worden war, hatten seine Mitarbeiter die oberste Schicht des Bodens bereits vollständig abgetragen. Nun stach eine scharf abgegrenzte rechteckige Fläche aus hellem Lehm aus der verwilderten Brache hervor. Die Größe des antiken Hauses war beeindruckend. Anhand der schwarzen Löcher im Boden, die auf die längst verrotteten Holzpfeiler des Gebäudes hinwiesen, konnte man die Ausmaße der Räumlichkeiten erkennen. Zwei Männer waren gerade dabei, die dunklen Vertiefungen zu vermessen und die Koordinaten in einen Laptop einzugeben.

Innerhalb des Hauses wurden bei ersten Grabungen unzählige Scherben von römischen Weinamphoren gefunden, die als Mosaike den Fußboden geziert haben müssen, außerdem eine ungewöhnliche Feuerstelle aus Tonziegeln, die sich nicht wie üblich in einer befestigten Mulde inmitten der Unterkunft befand, sondern am Rande der östlichen Wand. Eine genaue Rekonstruktion war nicht mehr möglich, doch Davina wusste genau, wie dieses Haus einmal von innen ausgesehen hatte.

Der Projektleiter erhielt einen Anruf auf seinem Mobiltelefon, entschuldigte sich höflich und verließ eilig die Fundstelle. Als Davina die rötlichen Bruchstücke der Amphoren aus dem hellen Lehmboden herausragen sah, bekam sie eine Gänsehaut: »Marc, ich kenne dieses Haus! Ich habe es in einem meiner Träume gesehen. Dies ist kein Gehöft. Es war das Haus von Celtillus, einem wohlhabenden, arvernischen Druiden. Ich erinnere mich an die Einrichtung, an den Fußboden mit den Scherben, den ungewöhnlichen Kamin an der Wand, … und an ein Kind, mit einem Holzschwert in der Hand!«

»Certaine?«

»Ja, ganz sicher! Meduana hat diesen Mann besucht und mit ihm und einem anderen Mann zusammen am Tisch gesessen. Sie wollte etwas von dem kleinen Jungen, doch als sie sein Spielzeug-schwert berührte, veränderte sich auf einmal ihr Blick. Dann sagte sie etwas, das den Mann, den sie Celtillus nannte, sehr überraschte. Er sah sie ganz seltsam an.«

»Aha?« Marc war ganz Ohr.

»Jetzt, wo ich hier stehe, erinnere ich mich ganz genau an diese Szene. Kurz danach fand ich mich auf dem Tempelberg wieder. Meduana erklärte mir, dass sie an einer Art Seelenrückführung teil-nehmen würde. Celtillus habe ihr geraten, dieser Zeremonie bei-zuwohnen. Ich glaube, er wollte mit ihr zusammen in die Zukunft sehen … Aber das klingt jetzt wieder so verrückt, nicht wahr?«

Marc lächelte: »Je ne suis pas surpris!«

Auf dem Rückweg zum Auto liefen sie an einer rekonstruierten Tempelanlage vorbei. Zwei hölzerne Säulen markierten den Eingang, der nach Osten ausgerichtet war. Davina warf einen kurzen Blick in den Innenhof. Sie erinnerte sich an ein digitales Modell, das den vollständigen Tempel am Ende der Latènezeit zeigte, mit seinen Nebengebäuden, den Säulengängen und dem Opferplatz, auf dem ebenfalls Unmengen von zerbrochenen Wein-Amphoren entdeckt worden waren. Die Ausgrabung hatte vor einigen Jahren viel Aufmerksamkeit erregt und auch ihr Interesse geweckt.

Noch am selben Tag fuhren sie weiter Richtung Norden. Irgendwo auf dem Weg nach Orléans suchten sie sich eine Unterkunft zum Übernachten. Dieses Mal nahmen sie sich ein Zimmer mit Doppelbett. Als sie eingeschlafen war, fand Davina sich in einem Gebäude aus Holz mit dunkelroten Wänden wieder. Durch ein offenes Tor konnte sie auf einen überdachten Vorplatz blicken. Draußen lagen vor einer Mulde zertrümmerte Amphoren, Knochen von Tieren stapelten sich auf dem Feuerplatz. Die Tempelanlage von Corent! Ein brennender Kessel erhellte den düsteren Raum. Ein alter Mann im weißen Gewand schritt langsam auf sie zu. Seine Augen funkelten im Feuerschein: »Höre! Alles ist eins und dennoch ist jedes für sich von Wert und einzigartig. Die Drei erscheint in jedem Detail als Ausdruck göttlicher Macht. Sie ist die magische Zahl. Es gibt keinen Anfang und kein Ende: Geburt, Leben und Tod sind eins. Du erinnerst dich nicht mehr, das Vermächtnis blieb dir bisher verborgen. Doch du kannst Lugus gerecht werden, indem du dich erinnerst!«

8. Der schöne Schmied

Titurius ließ seinen Unmut freien Lauf. »Sie ist so gar nichts wert! Nicht zierlich und nicht schön genug, und auch zu alt, um sie als Sklavin zu verkaufen. Auch ist sie gänzlich ohne Anmut, ein Gaul in meinen Augen, und selbst ihr Vater will sie nicht zurück. Sie muss weg! Noch bevor der Legat zurückkehrt. Er wird mir sicher Fragen stellen, dann kommt die Wahrheit bald ans Licht. Das kann mich meinen Kopf kosten!« Titurius war bereits im Begriff, das Zelt zu verlassen, da drehte er sich noch einmal um: »Congetiatos, mir kam da ein Gedanke. Ich hörte, dass sich der rühmliche Lanista Fabritius Bellus in Vienna aufhalten soll. Vielleicht kann ich ihm dieses elende Weib noch schmackhaft machen. Ich werde ihm gleich einen Boten schicken. Sieh zu, dass du sie herrichten lässt!«

An dem Tag, als sich der Gladiatorenmeister anschickte, Titurius' Einladung zu folgen, wurde Meduana befohlen, die Kleidung anzuziehen, die sich in den Satteltaschen ihres Pferdes befunden hatte. Ihre Wertsachen und die Stichwaffen hatte Titurius einbehalten und in seiner persönlichen Truhe verwahrt. Den keltischen Sattel, der in seinen Augen noch von Wert gewesen war, schenkte er Licinius für seine treuen Dienste. Congetiatos hingegen erhielt in diesem Monat statt der üblichen Auszahlung nur das vergoldete Priesteramulett aus Horn, womit der Offizier seinem Medicus unabsichtlich eine große Freude bereitete.

Meduana trug nun wieder ihre vertraute Kleidung; die gallische Hose mit Gürtel, eine kurze Tunika und ihre Stiefel. Zwei

Soldaten brachten sie am frühen Morgen mit gefesselten Händen zum Übungsplatz und banden ein Seil um ihren rechten Knöchel, das an der anderen Seite an einem Pflock befestigt war. Die Bewohner des Kastells standen im Kreis um die Gefangene herum und verhöhnten sie. Sie begafften die ungewöhnliche Frau mit der eigenartigen Kleidung, als wäre sie ein wildes Tier. Einige ahmten das Meckern von Ziegen nach. Die Männer sahen in ihr eine Mörderin! Sie konnten es kaum erwarten, sie endlich tot zu sehen. Doch ihr Offizier hatte bloß einen Schaukampf befohlen. Die Gefangene sollte nicht gerichtet, sondern dem Lanista vorgeführt werden.

Titurius, geschmückt mit seiner schönsten Rüstung, bestieg ein Podest mit einem prunkvollen Stuhl, ausgekleidet mit einem roten Tuch. Er gab ein Handzeichen, worauf ein Tribun Meduana ein hölzernes Übungsschwert in der Größe eines Gladius vor ihre Füße warf und provozierend in die Runde rief: »Horcht auf! Wer von euch Männern traut sich, mit dieser Bestie zu kämpfen? Wer ist mutig genug, sich mit ihr zu messen?« Die Menge verstummte. Der Tribun trat selbstsicher auf Meduana zu, schnitt ihr mit einem scharfen Messer die Fesseln von den Handgelenken und gab ihr von hinten einen groben Stoß, sodass sie mit ihren Knien und Händen auf dem sandigen Boden landete. Instinktiv griff sie nach dem hölzernen Schwert und umklammerte es krampfhaft. Ihr offenes Haar verdeckte ihr Gesicht. Niemand konnte die Furcht in ihren Augen sehen. In ihr regte sich der Kampfgeist, ein Windhauch des Widerstandes, der als Vorbote den Sturm ankündigt. Mit gesenktem Kopf, wie ein lauerndes Tier, verharrte sie auf allen Vieren und wartete.

Niemand rührte sich. Die höheren Offiziere hielten sich vornehm zurück und beobachteten das Geschehen. »Wer misst sich schon mit einem Weib, das obendrein durch die Gefangenschaft gezeichnet ist?«, raunzte einer von ihnen abfällig. Ein Soldat hielt dagegen: »Ich sah sie kämpfen. Unterschätze die verletzte Wölfin nicht!«

»Es riecht nach Feigheit hier!«, scherzte einer aus der Menge heraus. Die Männer stachelten sich nun gegenseitig an, bis ein junger Soldat aus der Gruppe heraustrat und sich auf den freien Kampfplatz begab. Er war unbewaffnet und trug nur seine kurze, weiße Tunika mit Gürtel. Um die Aufmerksamkeit der Zuschauer zu gewinnen, hob er die Hände hoch. Er drehte sich im Kreis der aufjohlenden Menge zu und grinste siegessicher. Der Tribun bot ihm einen Helm und einen leichten Schild aus Holz an, doch der junge Soldat lehnte die Ausrüstung mit einer Geste der Gering-schätzung ab. Stattdessen riss er ihm im Vorbeigehen mit einem höhnischen Lachen den hölzernen Gladius aus der Hand. Dann ging er geradewegs auf Meduana zu.

Sie hatte die Szene aus dem Augenwinkel heraus genau beob-achtet und ihren Gegner bereits abgeschätzt. Auch wenn es nur ein Schaukampf war, sie wollte sich kein Leid mehr zufügen, sich nicht abermals demütigen lassen. »Ich bin eine geweihte Kriegerin meines Volkes, eine Tochter des Teutates, niemals werde ich mich kampflos meinem Feind ergeben. Lieber sterbe ich, als durch die Hände des Feindes meine Würde zu verlieren!«

Immer wieder hielt Titurius Ausschau nach dem Lanista, konnte ihn aber nicht ausmachen. Die Menge wurde unruhig. Nach einigem Zögern gab er endlich das Zeichen zum Kampf.

In Ausgangsstellung wandte sich der junge Soldat nun seiner Gegnerin zu, die immer noch auf dem Boden kniete. Meduana war langsam in die Nähe des Pflockes gerutscht, um die ganze Seillänge nutzen zu können. Als ihr rechter Fuß an das Holz stieß, spannte sie ihre Muskeln an. Dann hob sie den Kopf, wie ein Läufer kurz vor dem Startschuss. Sie sah ihrem Gegner in die Augen, bewegte sich aber nicht. Der junge Soldat schien einen Moment verunsichert zu sein. »Los, steh auf!«, forderte er sie auf. Doch Meduana verharrte weiterhin in der Hocke. Sie war nicht kräftig genug für einen gerechten Kampf, sie hatte in ihrem Zustand keine Chance gegen den jungen Krieger. Er würde sie nicht schonen. Nach seinem stolzen Auftritt musste er sich jetzt bewähren. Während sie seine Körperhaltung beobachtete, schritt der Soldat provozierend um sie herum. Sie drehte sich um ihre eigene Achse, ließ ihn nicht aus den Augen. Dann machte er plötzlich einen schnellen Schritt auf sie zu und hieb kräftig auf sie ein. Der Schlag hätte sie schmerzhaft am Kopf treffen können, aber Meduana konnte mit einer schnellen Bewegung ihres Schwertes seinen Gladius ablenken. Die Menge begleitete die Szene mit einem überraschten Raunen. Der Soldat strauchelte kurz, fand aber sofort seine Balance wieder. Er versuchte sie mit einem beherzten Tritt zum Aufstehen zu bewegen. Doch die Kriegerin wich ihm aus. Noch einmal trat er nach ihr. Doch bevor er sein ganzes Gleichgewicht wiederfand, drückte Meduana sich plötzlich mit ihrer ganzen Kraft aus der Hocke heraus vom Boden ab und rammte ihre rechte Schulter mit voller Wucht in seinen Unterleib. Der junge Soldat stöhnte laut auf und fiel rücklings zu Boden. Dann stürzte sie sich auf ihn und schlug mit dem Griff ihres Holzschwertes so hart wie möglich auf seinen Brustkorb ein. Der Mann rang verzweifelt nach Luft. In letzter Sekunde schaffte er es, sich keuchend von ihr wegzudrehen. Zwei Soldaten eilten ihm zu Hilfe und zogen ihn aus dem Kreis. Die Menge johlte. Meduana kroch auf ihren Platz zurück. Schwer atmend und mit klopfendem Herzen beobachtete sie das weitere Geschehen.

Niemand wusste, was Titurius in diesem Moment tatsächlich durch den Kopf ging, aber als er den Befehl gab, Centurio Decimus auf den Kampfplatz zu schicken, war den Umstehenden klar, dass er für die gallische Gefangene das Todesurteil ausgesprochen hatte. Der Lanista war nicht erschienen, und Titurius wollte der peinlichen Situation endlich ein Ende bereiten. »Wenn die Götter es so wollen, dann stirbt sie eben jetzt und hier und durch die Hand eines gemeinen Hundes«, raunzte er wütend und rückte ungeduldig seine Rüstung zurecht.

Centurio Decimus war ein großer und kräftiger Mann. Er hatte freiwillig als Gladiator gedient, um sich von seinen Schulden zu befreien. Das brachte ihm den heimlichen Respekt seiner Kameraden ein. Doch alle mieden ihn, weil er brutal und skrupellos war. Er ließ sich regelmäßig seinen Kopf rasieren, um sich auch äußerlich von den »langhaarigen Barbaren« abzugrenzen.

Decimus freute sich sichtlich über den Befehl. In seiner Position als Primus Pilus hätte er sich für den Schaukampf nicht freiwillig melden dürfen. Nun aber durfte er der Vollstrecker sein, und es würde ihm auch noch zur Ehre gereichen, die erbärmliche Gallierin zu töten. Ohne zu zögern betrat er den Kreis. Er entledigte sich seiner Kleidung und seiner Sandalen. Zu guter Letzt behielt er nur einen einfachen Lendenschurz aus Stoff an, der von einem breiten Ledergürtel gehalten wurde, wie ihn die Gladiatoren in der Arena trugen. Dann ließ er seine Muskeln spielen. Die Menge jubelte und rief ihm Ehrbekundungen zu. Das Holzschwert, das ihm gereicht wurde, brach er demonstrativ in der Mitte des Schaftes über seinem Knie entzwei. Meduana kauerte auf dem Boden und zwang ihren Körper, nicht zu zittern. Sie mobilisierte ihre verbliebenen Kräfte, stand langsam auf, strich sich die Haare aus dem Gesicht und blickte Decimus trotzig in die Augen.

Der erste Schlag traf sie mitten ins Gesicht und hatte eine solche Wucht, dass sie augenblicklich zu Boden stürzte. Blut tropfte ihr aus der Nase und den Mundwinkeln. Sie fühlte sich benommen, ihre linke Gesichtshälfte brannte wie Feuer. Nur mit Mühe schaffte sie es, wieder auf die Beine zu kommen. Zitternd wischte sie sich mit dem Ärmel das Blut aus dem Gesicht. Dem nächsten Schlag konnte sie noch einmal ausweichen, dann aber ergriff der Centurio mit einer schnellen Bewegung ihren Hals, drückte ihr fest die Kehle zu und schlug mit seiner Rechten kraftvoll in ihren Unterleib. Meduana bekam plötzlich keine Luft mehr. Mit ihren kraftlosen Händen versuchte sie verzweifelt seinen festen Griff zu lösen. Doch sie erreichte nichts. Ihr Körper wollte atmen! Aber es strömte keine Luft in ihre Lungen. Langsam ließ sie die Arme sinken und gab den Widerstand auf. Das Leben schien aus ihrem Körper zu entweichen. Sie blickte in Decimus lustverzerrtes Gesicht.

»O Taranis, nimm dich meiner Seele an!« Dann wurde sie bewusstlos.

»Haltet ein und lasst sie los! Ich habe jetzt genug gesehen!« Fabritius betrat den Kampfplatz und stellte sich direkt neben Decimus. Der ließ von der Gallierin ab und schaute Titurius irritiert an. »Der schöne Schmied«, wie er von den Römern genannt wurde, hatte sich das Spektakel unbemerkt aus der Menge heraus angesehen. Für gewöhnlich versuchte er solche Auftritte zu vermeiden und überließ lieber seinen »Darstellern« die Bühne. Doch er wusste um seinen Ruf und seine äußere Erscheinung und nutzte beides geschickt für seine Zwecke, wenn es notwendig war. Er wandte sich nun direkt an Titurius: »Ihr habt diesen kleinen Schaukampf doch eigens für mich austragen lassen, nicht wahr, geschätzter Legatus Castrorum? Ich hoffe, es missfällt Euch nicht zu sehr, dass ich mich jetzt erst zu erkennen gebe.«

Titurius war sichtlich überrascht und fühlte sich durch die übertrieben höfliche Anrede und seine Aufwertung zum Legaten sehr geschmeichelt, obwohl die Bezeichnung »Castrorum« für den Dienstgrad des Legaten nicht korrekt war. In seiner Eitelkeit aber überhörte er die fehlerhafte Anrede. Das selbstbewusste Auftreten des Gladiatorenmeisters lenkte seine Aufmerksamkeit ganz und gar auf dessen Anliegen. Titurius gab Decimus den Befehl, sich zu entfernen und forderte Congetiatos dazu auf, die Gefangene vor dem nahenden Tod zu bewahren. Der Medicus lief sofort zu ihr, drückte mehrmals auf ihren Brustkorb und beatmete sie dann mit dem Mund, was bei den Soldaten Erstaunen hervorrief und zu Gelächter führte. Titurius beobachtete einen Moment lang amüsiert die zweifelhaften Bemühungen seines Medicus, dann ließ er die Menge mit einer Geste verstummen. Die Gefangene atmete wieder.

»Gut! Damit wäre dem Wunsch unseres späten Gastes wohl Genüge getan.« Er lächelte zufrieden und beugte sich in seinem Prunksessel leicht nach vorne: »Was ist nun mit dir, Fabritius Bellus, freier Bürger des Imperiums und Meister des Gladiatorenkampfes? Willst du mir nun ebenfalls die Ehre erweisen?« Der Lanista hatte sich längst an das Gerede und die unüberhörbaren Anspielungen auf seine Zeit als rechtloser Mann gewöhnt. Er ignorierte sie einfach: »Ich danke Euch für Eure Einladung, verehrter Herr! Ich möchte nun die Sklavin aus der Nähe sehen.«

»Nur zu!«

Als Meduana wach wurde, sah sie in das Gesicht eines attraktiven Mannes mit kurzen, schwarzen Haaren. Sie richtete ihren Oberkörper unbeholfen auf, stützte sich mit einer Hand auf dem Boden ab und betrachtete verwirrt den vor ihr hockenden Lanista. Der Mann war unrasiert und ungewöhnlich gekleidet. Er trug die lederne Hose eines Schmiedes, eine keltische Hemdtunika aus hellem Stoff, einen breiten Gürtel und darüber eine speckige Lederweste. Ihr fielen seine sanftmütigen Augen auf. Sein Blick war aufmerksam und klar. Seine Statur aber war die eines in die Jahre gekommenen Kriegers, der zu viel Korma getrunken hatte. Der Mann lächelte sie an und sprach in einem unerwartet freundlichen Ton mit ihr: »Ich heiße dich willkommen unter den Lebenden!« Zu ihrer Überraschung sprach er das Keltische mit einem ihr vertrauten, nordischen Akzent.

»Na, dann lass mal sehen …« Er richtete seinen Blick auf ihren hageren Oberkörper, der sich durch ihre Tunika hindurch abzeichnete. Dann griff er vorsichtig, aber ungeniert in ihren Mund, drückte ihre Lippen auseinander und besah sich ihre Zähne. Was für eine Frechheit! Meduana versuchte zornig seine Hand beiseite zu schlagen und nach ihm zu treten, doch ihre kraftlosen Bewegungen beeindruckten ihn nicht im Geringsten. Die junge Kriegerin bekam es mit der Angst zu tun. Was, wenn er sie erwerben wollte? Was, wenn Titurius sie tatsächlich verkaufen würde? Aufgebracht wandte sie sich dem Praefecten zu. Sie versuchte zu schreien, aber aus ihrer Kehle drang nur ein heiseres Flüstern: »Du Elender! Du kannst mich nicht verkaufen, ich bin eine Fürstentochter, keine Sklavin!«

Der Gladiatorenmeister lachte.

»Was? Was hat sie gesagt?« Titurius lachte unweigerlich mit.

»Ach«, antwortete Fabritius grinsend, »sie sagte, dass sie erbost darüber sei, dass ihr Euch so eilig und auf diese Weise von ihr trennen wollt. Es macht den Anschein, als wenn sie Euch zur Last geworden wäre …«

»Das hat sie gesagt?« Titurius wirkte erstaunt. Er begriff erst einige Sekunden später, dass der Lanista bereits am Verhandeln war. »So, so! Du meinst also, ich wolle sie loswerden? So einfach ist das nicht. Wenn du sie haben willst, Fabritius, dann nenne mir einen würdigen Preis. Sie ist eine Adelige und eine Kriegerin, außerdem recht ansehnlich, wenn auch gerade etwas abgemagert. Zudem ist sie bereits von mir bezwungen worden!«

»Das nennt Ihr bezwungen? Wenn Ihr Euren Gaul genauso abgerichtet habt wie dieses Weib hier, dann wird er Euch bei passender Gelegenheit aus Eurem feinen Sattel werfen wie ein Stier in der Arena!«

Wieder fingen einige Soldaten an zu lachen. Titurius bestrafte den Lanista mit einem finsteren Blick, und brachte die Männer mit einer herrischen Geste zum Schweigen.

»Wage es nicht noch einmal, über mich zu scherzen, Gallier!

Du hast dir die Privilegien eines freien Bürgers hart erkämpfen müssen, setze diese Freiheit nicht leichtfertig aufs Spiel. Ein falsches Wort, und du findest dich erneut in der Arena wieder! Selbst dein guter Ruf wird dich dann nicht mehr bewahren. Also, nenne mir den Preis, den du für angemessen hältst, und vergeude nicht länger meine Zeit!«

Fabritius verbeugte sich unterwürfig, gab dann aber einen deutlich zu niedrigen Preis an.

»Was soll das?«, herrschte Titurius ihn an.

»Nun, verehrter Herr, Nahrung und Wasser sind auch in Roma nicht umsonst, selbst für den Stuhlgang muss man dort bezahlen. Zudem sind Gladiatorenweiber nicht begehrt. Das Spiel wird allzu schnell entschieden, und ich verliere meinen Einsatz. Sie wird mich also mehr Denare kosten, als sie mir einbringt. Und für das leibliche Vergnügen ist sie mir schon zu alt. Außerdem schuldet Ihr mir den Beweis, dass sie von adeliger Herkunft ist.«

»Nun, gut«, brummte Titurius. Er rief Congetiatos zu sich, flüsterte ihm etwas ins Ohr und schickte ihn dann fort.

»Komm zu mir, Fabritius!« Der Gladiatorenmeister bahnte sich einen Weg durch die Menge zum Podest. Der Praefectus stand auf, verließ seinen Prunksessel und wartete auf ihn. Hinter dem Podest konnten sie ungestört reden. Titurius hielt ihm einen schön geformten, bronzenen Torques und einen meisterhaft verarbeiteten Messingarmreif vor die Nase: »Hör zu, du schlauer Hund! Ich will das Weib tatsächlich loswerden, frag mich nicht nach meinen Gründen! Sie ist die Tochter eines Fürsten aus dem hohen Norden, eine Priesterin und eine Kriegerin, vielleicht auch eine Zauberin, was auch immer, sie hat dir gefallen! Ich habe dich beobachtet. Biete einen anständigen Preis in den Ohren meiner Untergebenen, damit mein Ansehen keinen weitren Schaden nimmt, ich gebe dir ihre Insignien dazu, nachdem du mir die Münzen ausgehändigt hast.« Er knurrte leise vor sich hin und fragte dann ungeduldig nach: »Nun? Was zögerst du noch? Schließen wir den Handel endlich ab!«

Fabritius lächelte, obwohl er Titurius in diesem Moment zutiefst verachtete. Er willigte ein und bot öffentlich 3000 Sesterzen für die Sklavin. Ein stolzer Preis!

Nachdem sich die Menge am späten Nachmittag aufgelöst hatte, wartete der Gladiatorenmeister in Titurius' Unterkunft auf die Übergabe der Gefangenen. Da Fabritius auf dem Sklavenmarkt in Vienna nicht fündig geworden war, konnte er Titurius die vereinbarte Summe auszahlen und erhielt damit die Insignien der Gallierin.

Meduana wurde gewaschen, neu eingekleidet und an den Händen angekettet. Als sie von zwei Soldaten in das Zelt von Titurius geführt wurde, unterhielten sich die beiden Männer gerade über eine Nachricht aus Roma. Cornelius Sulla lag im Sterben. Nach der Neuordnung des Staates hatte er sich aus der Öffentlichkeit zurückgezogen, wohl aus einer Vorsehung heraus. Der Lanista war sich sicher, dass Sulla sein Amt nur niedergelegt hatte, um einem gewaltsamen Ende aus dem Weg zu gehen. Sie sprachen dennoch mit Hochachtung von ihm. Dann erwähnte Titurius einen jungen, aufstrebenden Offizier mit Namen Gaius Iulius Caesar. Der hatte sich öffentlich gegen Sullas Reformen ausgesprochen und seine Befehle missachtet. Deshalb musste er aus Roma fliehen und einige Zeit im Verborgenen leben. Nun war er zurück und verfolgte ehrgeizig den Plan, in den Senat gewählt zu werden.

Die Soldaten verließen das Zelt. Die beiden Männer waren noch in ihr Gespräch vertieft. Meduana stand einen Moment lang unbeobachtet da. Sie war vollkommen erschöpft. Neben ihr lag auf einer hölzernen Truhe der glänzende Helm von Titurius mit seinem auffallend roten Haarkamm. Sie betrachtete ihn abwesend. Doch irgendetwas drängte sie dazu, ihn zu berühren. Als ihre Finger über das kalte Metall strichen, verschwand ihre

Umgebung plötzlich im Nebel. Sie taumelte. Unscharfe Bilder erschienen vor ihren Augen. Dann hörte sie zwei Schwerter aufeinandertreffen. Das Geschehen wurde klarer, der Nebel lichtete sich. Voller Entsetzen sah sie auf einmal ihrem ergrauten Vater in die schmerzerfüllten Augen. Ein Schwert bohrte sich mit großer Kraft in seinen Unterleib. Das Geräusch der Klinge, wie sie sein Fleisch durchtrennte, drang quälend laut in ihr Bewusstsein. Gobannix streckte verzweifelt eine Hand nach ihr aus, aus seinem Mund quoll frisches Blut. Meduana schrie bestürzt auf, wollte ihrem Vater zu Hilfe eilen, da verstellte ihr der Angreifer den Weg. Die Bewegungen wurden langsamer. Die Nebel zogen sich wieder zu. Doch im letzten Augenblick konnte sie noch das Gesicht des Mörders erkennen! Dann wurde ihr schwindelig. Sie versuchte sich an der Truhe festzuhalten. Dabei riss sie das Tuch herunter, auf dem der Helm gelegen hatte. Er fiel scheppernd zu Boden. Titurius drehte sich aufgeschreckt um. Er sah, wie Meduana langsam in sich zusammensackte.

Der Treck des Gladiatorenmeisters bestand aus drei geschlossenen Fuhrwerken, die von den mitreisenden Männern nicht aus den Augen gelassen wurden. Fabritius war wohlhabend genug, um sie von Pferden ziehen zu lassen. Allein die Ausrüstung der Männer war ein Vermögen wert. Die fünf Gladiatoren, die ihn auf seiner Reise begleiteten, staunten nicht schlecht, als ihnen zwei römische Soldaten eine bewusstlose Frau brachten. Erst nach Rücksprache mit Fabritius nahmen sie die Ware an. Sie betteten die gefesselte Sklavin im ersten Wagen auf ein Lager aus Fellen, dann brachen sie auf.

Gegen Abend erwachte Meduana aus einem tiefen, wohltuenden Schlaf. Sie lag, immer noch gefesselt, auf einem weichen Untergrund. Durch die Lederplane des Wagens nahm sie das Flackern eines Feuers wahr. Draußen hörte sie brennendes

Holz knistern und Männerstimmen, die sprachen und lachten. Neugierig versuchte sie sich aufzusetzen und durch einen Spalt in der Plane einen Blick zu werfen. Der Geruch von gebratenem Fleisch stieg ihr in die Nase. Ein beißendes Hungergefühl überkam sie. Da erschien auf einmal der Kopf von Fabritius an der Vorderseite des Wagens. Durch die Plane hindurch lächelte er sie an. Dann kletterte er in den Innenraum und ließ sich von außen einen Holzteller und einen Krug anreichen. Meduana wurde unruhig. Sie begann zu zittern und trat instinktiv nach ihm. Fabritius zögerte nicht, sie mit sanfter Gewalt auf den Rücken zu legen und halb auf ihr sitzend, die Ketten zu lösen. Meduana schrie auf und strampelte wild mit den Beinen. Der Gladiatorenmeister blieb ungerührt. Nachdem er sie von den Ketten befreit hatte, hob er ihre Hände über ihren Kopf und hielt sie fest. Er neigte seinen Kopf in Richtung ihres Gesichtes, als wenn er sie küssen wollte. Wieder schrie sie auf und warf ihm einen vernichtenden Blick zu.

Doch Frabitius küsste sie nicht. Er wartete, bis sie entkräftet aufgab. Dann drückte er sie sanft an sich. Meduana nahm eine eigenartige Wärme wahr, die sich in ihrem Körper auszubreiten schien. Ihre Panik verflüchtigte sich, ihr Atem wurde ruhiger.

Ein lautes Knurren unterbrach die Stille. Ihr leerer Magen meldete sich zu Wort. Fabritius ließ lachend von ihr ab. Er reichte ihr das Wasser und den Holzteller mit Essen. Sie griff gierig danach und trank den halben Krug leer, bevor sie sich wie ein Tier über das Fleischgericht hermachte.

Während der Nacht kettete Fabritius sie wieder an. Er legte sich neben sie, ohne sie zu berühren. Am darauffolgenden Morgen weckte er sie mit einer warmen Brühe.

»Ich sollte dich von Congetiatos grüßen, er wünscht dir alles Gute. Wie konntest du ihn nur ertragen? Er redet ja wie Wasser, das den Berg herunterfällt.«

»Er hat mich geheilt, als ich verletzt war und mir beigestanden, als ich glaubte, die Götter hätten mich verlassen. Er war mir stets ergeben, wie es sich für seinen Stand gehört«, antwortete sie schroff.

»Aha!« Der Gladiatorenmeister lachte.

»Wer bist du, dass du es wagst, mich zu berühren, mich in Besitz zu nehmen und deinesgleichen über mich zu stellen? Du warst ein Schmied, nicht wahr?«

»Ich war ein Schmied, jetzt bin ich dein Besitzer. Wie schnell sich die Verhältnisse doch ändern können ...« Meduana war außer sich: »Wie kann das sein? Der Schmied ist ein Berufener! Die Götter gaben dir die Gabe – es ist deine Bestimmung, das Metall zu formen, nicht freie Menschen zu versklaven! Von welchem Stamme bist du und wie lautete dein Name?«

»Wahrlich, du sprichst wie eine Fürstentochter, doch aussehen tust du wie ein Gerberweib«, sagte er lachend.

»Du hast nicht über mich zu lachen!«

Er setzte sich breitbeinig vor sie hin und sah ihr direkt in die Augen: »Ich lache über wen und was ich will! Für diese Freiheit opferte ich viel ... Mit meinem Blut habe ich dafür bezahlen müssen! Nun bist du hier, als Sklavin unter vielen. Niemand wird dich nach deiner Herkunft fragen. Was also glaubst du, bist du wert?« Meduana nippte nur schweigend an ihrem Holzschälchen.

»Hast du verstanden, was ich sagen will? Du kannst den Göttern dafür danken, dass ich es war, der dich erworben hat!«

»Du bist mir eine Antwort schuldig, Schmied«, erwiderte sie trocken. Wortlos verließ er den Wagen.

Meduana hatte damit gerechnet, dass Fabritius sie bestrafen würde, aber am Abend brachte er ihr eigenhändig das Essen. Er schien nicht verärgert zu sein. Während sie aß, begann er zu erzählen: »Mein gallischer Name lautet Bellovesos. Ich war ein guter Schmied, wahrlich, ein Berufener. Dann aber starb mein geliebtes

Weib, die Mutter meines Sohnes. Nach ihrem Tode konnte ich nicht in Avaricon verbleiben, obwohl sie sicherlich die schönste aller Städte ist. Ihr Anblick schmerzte mich, mit jedem Tage mehr. Die Romaner schätzen unser Handwerk, und sie bezahlen gut. Also verließ ich meine Heimat für ein neues Leben.«

»Und wie wurdest du zum Händler?«

»Nun, die Götter waren mir nicht wohlgesonnen … Eines Tages stand ich selbst in der Arena.« Er schwieg eine Weile. Dann erhob er sich mit einem Ruck: »Doch ich überlebte jede Schlacht. Und es blieb mir keine Wahl, denn selbst mit eigenem Land wäre ich verhungert. Meine Hände waren durch das Schwert gezeichnet, kraftlos und geschunden. Ich war nur ein Gladiator, doch mit Vermögen und Erfahrung, was lag da näher als die Gründung einer Schule? Ich handle nicht mit Sklaven, ich erwerbe Männer, um sie auszubilden.«

»Du schulst sie also im Kampfe?«

»Ich mache aus ihnen ruhmreiche Gladiatoren!«

»Und was bedeutet es, ein Gladiator zu sein?«

»Sie kämpfen wie gallische Krieger, Mann gegen Mann, aber nach den Regeln der Arena. Ihre Verachtung vor dem Tod ist eine hohe Tugend, nach der jeder männliche Romaner strebt, der etwas auf sich hält. Der Gönner, der den Kampf bezahlt hat, kann sich des Ruhmes sicher sein. In den alten Zeiten trugen die Romaner diese Kämpfe für die Toten aus, um sie ein letztes Mal zu ehren.«

Meduana hörte gespannt zu: »Welch eigenartiger Brauch! Nur für die Ehre wird gestorben?«

»Was machen unsere Brüder nicht alles für die Ehre?«, entgegnete Fabritius verächtlich.

»Und warum opfern sie die Sklaven nicht den Göttern? Fühlen sie sich nicht auch ihnen gegenüber in der Pflicht?«

»Oh doch, ja! Sie beten alles an, was ihnen nutzbringend erscheint, und sei es auch ein Weib mit hundert Brüsten!« Fabritius lachte laut auf: »Sie opfern ihre Sklaven und Geächtete zu jedem Anlass, in den Arenen und auf den Foren ihrer Städte. Sie werfen sie den wilden Tieren vor und lassen sie sich gegenseitig niedermetzeln.«

»Es ist nicht der Glaube an die Götter, sondern Vergeltung, von der du sprichst«, bemerkte Meduana.

»Ach, kluges Weib«, spöttelte Fabritius, »glaube mir, ein Mann mit Verstand schenkt den Göttern ohnehin nicht allzu viel Beachtung, denn meist dient das Opfer nur dem Ansehen des Fürsten oder seines Priesters. Von welchem Volke wir auch sprechen, es ist die Macht über die Menschen, die einen Mann zum Priester werden lässt, nicht das Wohlwollen der Götter. Ich diene auch nur ihrer Hoffnung, und ich lebe gut davon.«

Meduana fügte sich den Umständen. Fabritius rührte sie nicht an und kümmerte sich täglich um ihr Wohlergehen. Sie begann, ihn zu mögen. Seine sanfte Bestimmtheit ließ mit der Zeit ihren inneren Widerstand schwinden. Ihr gefiel seine Aufrichtigkeit, obwohl sie seine Missachtung den Göttern gegenüber nur schwer ertragen konnte.

Doch die Bilder ihrer letzten Vision ließen sie nicht mehr los. Der Mörder ihres Vaters erschien ihr in den Nächten. War ihre Mission nun gescheitert oder Teil der Vorsehung? Was hatte Diviciacus in seiner Vision tatsächlich gesehen, und was erwarteten die Götter jetzt von ihr? »Höre auf dein Herz!«, hatte Ambiacus ihr geraten. Doch die Botschaft ihres Herzens war nicht eindeutig.

Viele Abende versuchte sie mit ihrem Lehrmeister Kontakt aufzunehmen, aber sie konnte seine Nähe nicht mehr spüren. Mit jeder Stunde wurden der Abstand zu ihrer Heimat größer und die Chance zurückzukehren kleiner. Und doch würde der Tag kommen, an dem sie zurückkehren musste, um den Mörder ihres Vaters aufzuhalten.

9. Auf der Suche

Marc und Davina brachen früh auf. Drei Stunden Fahrt lagen noch vor ihnen. Gegen Mittag würden sie in Chartres sein. Nach dem letzten Traum fühlte Davina sich mehr denn je getrieben, den Geschehnissen auf den Grund zu gehen. Der Druide hatte sie in der alten Sprache angesprochen, und seine Worte waren ihr nicht fremd gewesen! Als sie Marc davon erzählte, schwieg er, aber sie bemerkte, dass es ihn beschäftigte.

Kurz vor ihrer Ankunft fragte Marc, was Davina geplant habe, wenn sie in Chartres angekommen seien. Sie konnte es ihm nicht sagen. Vergeblich hatte sie bei ihren Recherchen nach einer Erhebung gesucht und nach einer Quelle oder einem kleinen Bachlauf im Wald. Auch mit Hilfe von Luftaufnahmen und Satellitenbildern waren keine auffälligen Strukturen oder gar Felsen in der näheren Umgebung der Stadt zu finden gewesen. Die Landschaft war weitläufig eben und wurde überwiegend ackerbaulich genutzt. Nur die Anhöhe, auf der im 12. Jahrhundert die Kathedrale erbaut worden war, ragte aus der Ebene hinaus. Sie würden die Leute vor Ort fragen müssen, um die Stelle zu finden, wo einst die Quelle entsprungen war. Ihr Wasser könnte längst versiegt sein, aber der Felsen mit der Grotte konnte sich ja nicht innerhalb der letzten 2000 Jahre vollkommen in Luft aufgelöst haben. Wenn er denn existierte …

»Fahren wir doch erst einmal zur Kathedrale hoch und dann sehen wir weiter, ja?«, meinte Davina verlegen.

»Das ist also deine Plan? Eh bien, du bist die chef!«

Um kurz nach 11 Uhr kamen sie in Chartres an. Der Himmel war bewölkt, aber es regnete nicht. Marc stellte sein Auto auf einem öffentlichen Parkplatz ab und sie liefen zu Fuß weiter. Ihr Weg führte sie durch die kleinen Gassen der mittelalterlichen Altstadt, an alten Fachwerkhäusern und an einer Kirche vorbei, zu einem kleinen Marktplatz. Von dort aus war es nicht mehr weit bis zum Plateau, auf dem die berühmte Kathedrale stand. Als sie den Vorplatz erreichten, brachen für Sekunden einige Sonnenstrahlen durch die dichte Wolkendecke und ließen die Türme der gotischen Kirche erstrahlen.

Davina betrachtete staunend das riesige Gebäude. Ihr Blick fiel auf das Westportal mit der großen Steinrosette und den säulenartigen Figuren, die die drei Eingänge flankierten. Obwohl die Sonne gerade wieder hinter einer dichten Wolke verschwunden war, schien das Portal ebenfalls zu leuchten. Und auf einmal tauchte das Bild eines mächtigen Holztores vor ihrem inneren Auge auf. »Das keltische Fürstenhaus! Es hat genau hier gestanden.« Die Bilder überlagerten sich. Einen Moment lang wusste Davina nicht, wo sie sich befand. In Gedanken wanderte sie den Hang hinunter in die Ebene. Im Traum war sie mit Meduana vom Fuße der Erhebung aus durch die Siedlung gelaufen, über einen Fluss und dann in den Wald hinein, bis zum druidischen Heiligtum. Der Weg war ihr sehr lang und verschlungen vorgekommen. Jetzt aber erinnerte sie sich plötzlich wieder an seinen Verlauf! Wie ein Lied, das eine Erinnerung wach ruft, aktivierte der Anblick des Portals ihr Gedächtnis.

»Qu'est-ce qui ne va pas? Was ist denn mit dir?«

»Marc, es ist unglaublich! Ich erinnere mich plötzlich wieder an den Weg! Aber ich habe keine Ahnung, wie lange diese erstaunliche Eingebung noch anhalten wird. Komm einfach mit! Es ist, als würde mich jemand führen.«

»Aber es sieht doch hier nicht aus wie in deine Traum, oder?«

»Nein, natürlich nicht«, Davina lief schnellen Schrittes los. »Der Verlauf des Weges hat sich mir eingeprägt – es ist ganz seltsam, aber ich weiß, wie lange wir in welche Richtung gelaufen sind!« Marc verstand nur die Hälfte, aber er folgte ihr.

Davina lief in südlicher Richtung die Gassen hinunter. Sie ließen den alten Ortskern hinter sich, durchquerten die Stadt, kamen an einem Park und an Wohngebieten vorbei, und gelangten schließlich über eine Bahnbrücke in den Außenbereich von Chartres. Sie folgten dem Fluss. Nachdem sie schon über eine Stunde gelaufen waren, kamen sie zu einer kleinen Brücke, die über den Eure führte. Vor ihnen lag ein heckenumsäumtes Feld. Davina war ganz außer Atem. Sie brauchte eine Pause.

»Hier in der Nähe musste einst der Rand des Waldes gewesen sein. Genau an dieser Stelle befand sich in meinem Traum ebenfalls eine Brücke aus Holz«, erklärte sie tief Luft holend. Dann rümpfte sie spontan ihre Nase: »Ich erinnere mich an eine Opferstätte. Meduana und ich kamen an einem Platz vorbei, auf dem Leichen ohne Köpfe aufgebahrt waren. Sie waren der Verwesung preisgegeben, und es stank ganz fürchterlich nach faulem Fleisch! Ich hätte mich beinahe übergeben … Dann erklärte sie mir, dass sie ihre Angehörigen in der Regel verbrannten. Man kann sich das heute gar nicht mehr vorstellen, aber damals glaubten die Menschen tatsächlich daran, dass die Götter die Körper der Verstorbenen zu sich nehmen und die Seelen der Toten wiedergeboren wurden.«

»Es gibt auch heute noch Menschen, die das glauben«, erwiderte Marc trocken.

»Echt jetzt?« Davina sah ihn irritiert an.

»Oui, ich glaube auch an die transmigration der Seele.«

Davina wusste nicht, wie sie sich verhalten sollte. »Es tut mir leid, Marc, mir war nicht klar, dass du auch an sowas glaubst.«

»Das war ein Grund für die Probleme mit meine Frau. Sie konnte meine Glauben nicht akzeptieren … Ich glaube auch an deine Geschichte, weil ich sicher bin, dass es mehr gibt, als wir sehen können.«

Marc griff nach Davinas rechter Hand und zog sie behutsam weiter: »Komm, ma chère, wir haben eine Geheimnis zu lösen!«

Eine weitere Stunde lang schienen sie endlosen Feldwegen zu folgen. Rechts und links nur wenige Sträucher, kein Wald zu sehen, nicht einmal die kleinste Erhebung am Horizont. Das einzig Herausragende waren die riesigen Strommasten, die sich auf den abgeernteten Getreidefeldern entlang reihten. Sie überquerten eine größere Straße und sahen in der Nähe ein kleines Wäldchen, auf das sich Davina zielstrebig zubewegte. Schließlich schwenkte sie in eine kleine Seitenstraße ein. Am Ende des Weges war eine Siedlung zu erkennen. Am Ortseingang blieb Davina auf einmal stehen. »Wo sind wir denn hier gelandet?« Sie mussten dem Ziel sehr nahe sein. Marcs Blick fiel zuerst auf das rotumrandete Ortsschild und dann auf ein Plakat, das nur wenige Schritte entfernt an einer alten Natursteinmauer befestigt war. Darauf wurde zu einem Fest eingeladen, zu Ehren der Heiligen Maria und zum Gedenken an die Handwerker, die damals beim Bau der Kathedrale von Chartres ums Leben gekommen waren. »Wir sind in Berchères-les-Pierres! Hier war la carrière, von der die Steine für die cathédrale kamen. Pierres bedeutet Stein«, antwortete er aufgeregt.

»Ja, echt? Ich wäre niemals darauf gekommen, nach einem Steinbruch zu suchen!«

»Hast du denn bei deine recherche nichts über die cathédrale gelesen und über den Stein, aus dem sie gemacht ist?«

»Natürlich habe ich auch etwas über die Kathedrale gelesen. Sie steht schließlich dort, wo einst das keltische Fürstenhaus stand. Aber auf meiner Suche nach einem möglichen Ort für die Quelle im Wald hat das keine Rolle gespielt. Mich interessiert doch nicht, woher die Steine kommen! Auf der geologischen Karte waren

Kalksteinablagerungen im Boden verzeichnet gewesen, aber kein Hinweis auf einen Felsen oder gar einen Steinbruch.«

Marc war sich sicher, dass er es herausgefunden hätte, wenn er frühzeitig in ihre Pläne eingeweiht gewesen wäre. Er befürchtete, dass sie ihre Eingebung verlieren könnte. »Wie geht es weiter?«

Sie versuchte, sich zu konzentrieren. Vor ihnen lag eine Kreuzung. Davina entschied sich, geradeaus zu gehen. Sie befanden sich auf der »rue des carrières«. Der Weg führte sie direkt zum alten Steinbruch.

Die asphaltierte Straße wandelte sich bald zu einem Schotterweg, der in einem jungen Eschenwald endete. Hecken aus Holunder-, Weißdorn-, und Haselnusssträuchern säumten den Weg. Durch das Dickicht konnten sie die Hügel eines Motocross-Parcours erkennen. Nach wenigen Minuten entdeckten sie eine Hinweistafel mit einer Karte, auf der ein Rundgang um den Steinbruch »La Carrière de la cathédrale« eingezeichnet war.

»Hier ist es, Marc, wir sind da!«, rief Davina voller Begeisterung. Doch wo war der Eingang zum Steinbruch? Sie liefen noch ein Stück weiter und gelangten zu einem Forstweg, der in den Wald hinein führte. In der Einfahrt lag ein verrostetes Stahlseil, der Boden war teilweise von Brombeeren überwuchert. Hinter ein paar Blättern lugte ein verblichenes Schild hervor. Es war von einer Waldrebe eingenommen worden und kaum zu entziffern. »Was steht da? Kannst du es lesen?«, fragte Davina aufgeregt.

»Ja, da steht übersetzt ›Restauration historischer Monumente‹, und der Name einer Firma.«

»Dann könnte das der richtige Weg sein.«

Bald standen sie vor einem hohen Bauzaun, dessen Tor mit einer Kette fest verschlossen war. Hinweisschilder warnten: Der Steinbruch sei gefährlich, das Betreten des Privatgeländes ohne Genehmigung verboten. Durch das Gitter konnten sie Blöcke aus hellem Kalkstein erkennen. Aber wie hineinkommen? Marc ließ sich nicht beirren. Auf beiden Seiten der Einfahrt führte ein alter Zaun aus Maschendraht in den Wald hinein. Der Franzose folgte seinem Verlauf. Zu Davinas Überraschung fand er einige Meter weiter ein Loch im Drahtgeflecht und sie gelangten mühelos auf die andere Seite. »Das nenne ich aber Glück!«, sagte sie erleichtert.

»Non«, erwiderte Marc stolz, »Erfahrung! Es gibt immer eine Eingang! Jeder kleine Junge weiß das.«

Vor ihnen lag eine mit Gräsern bewachsene Senke, umrahmt von niedrigen, gelblich-grauen Felsbändern. Das Gestein war stark verwittert, es wirkte porös. In den Nischen wucherten kleine Farne und Gräser, junge Birken trieben auf den Felsdächern ihre Wurzeln in die Spalten. Dahinter schien das Wäldchen dichter zu werden, üppiges Grün versperrte ihnen die Sicht und tauchte den Steinbruch in ein diffuses Dämmerlicht. Das Areal war viel größer als erwartet, mit vielen kleinen Wegen durchzogen und von Buchen, Eichen und Eschen überschattet.

Als würden sie über einen alten, verlassenen Friedhof laufen und die Ruhe der Toten stören, so kam es Davina vor. Doch Marc war begeistert von diesem spirituellen Ort, wie er sich ausdrückte. Er streichelte sanft die Steine, kletterte behutsam auf ihnen herum und ließ sich schließlich auf einem flachen Felsstumpf nieder. Dort verweilte er einige Zeit mit geschlossenen Augen und einem merkwürdig seligen Lächeln.

Davina musste sich neu orientieren. Sie positionierte sich am Rande der Senke, blickte zurück und wieder in Richtung des Steinbruchs. Dann lief sie mehrere Schritte in das Wäldchen hinein. »Irgendwo hier müsste sich das keltische Heiligtum mit der Eiche in der Mitte befunden haben. Davor lag ein Kreis aus neun flachen Steinen. Sie waren wie Sitzplätze angeordnet und glatt poliert.« Sie machte eine kleine Pause, sah sich noch einmal um. »Ich hätte nie gedacht, dass wir hier so einen bezaubernden Ort vorfinden würden. An dieser Stelle dort sieht es fast so aus wie in meinem Traum.« Davina zeigte auf einen mit Efeu überwucherten, verwitterten Felsenstumpf, der bizarr aus der Senke herausragte. Natürlich war ihr bewusst, dass die jetzigen Höhenunterschiede innerhalb des Steinbruches erst durch den Abbau der Steine entstanden waren. Vor 2000 Jahren ragten die massiven Felsen tatsächlich noch einige Meter mehr über den Boden hinaus.

Für Marc waren es nicht nur die Steine, die diesen Platz zu etwas Besonderem machten, sondern auch die kosmischen Energien, die an diesem Ort zu spüren waren.

»Es ist für mich eine mystère, warum Meduana gerade dich ausgesucht hat«, sagte er leise.

»Wie meinst du das?«

»Du siehst den Ort, aber du fühlst nicht seine magie!«

»Jetzt fängst du auch schon damit an!« Sie erinnerte sich an die Worte des Druiden in ihrem Traum: »Das Vermächtnis ist dir bisher verborgen geblieben!«

»Vielleicht bin ich ja einfach nur zu blöd, um das Ganze zu verstehen. Was muss ich denn tun, um diese besondere Magiiiie zu spüren?«

»Denke nicht, fühle es!« So eindringlich, wie Marc es aussprach, berührte es sie auf eine unangenehme Weise. Sie schauderte. Sein tiefsinniger Blick verunsicherte sie.

»Es ist schon spät. Ich möchte heute noch die Stelle finden, wo der Tümpel gewesen sein könnte«, lenkte sie ab und lief in das Wäldchen hinein. Aber sie konnte sich auf einmal nicht mehr erinnern. So sehr sie sich auch anstrengte, ihre Eingebung war erloschen. Marc versuchte sie zu beruhigen: »Wir finden die figure, c'est sûr. Lass uns aufhören! Morgen ist auch ein Tag. Du hast keine – wie sagt man – Übung? mit solche Sachen surnaturelles.«

»Du meinst, ich habe nicht genug Erfahrung mit übernatürlichen Dingen?« Marc nickte und sah sie entschuldigend an. Davina musste schmunzeln: »Woher denn auch? Ich bin ja nicht so ein Auserwählter wie du.«

Gerade als sie zurück auf dem Schotterweg waren, kam ihnen ein alter Mann auf dem Fahrrad entgegen. Sein Cordanzug und seine speckige Mütze rochen muffig nach Pfeifentabak. Doch anstatt einfach an ihnen vorbeizufahren, hielt er schlingernd an und musterte die beiden argwöhnisch. Auf seine Frage, was sie hier zu suchen hätten, erklärte Marc freundlich, sie seien Pilger und hätten den Steinbruch gesucht, aus dem das Baumaterial für die Kathedrale stammte. Zu ihrem Bedauern wäre das Gelände nicht zugänglich gewesen. Der alte Franzose sah ihn verwundert an. Mürrisch gab er ihm zu verstehen, dass es doch schon reiche, wenn sich die Verrückten mit ihren Motorrädern hier träfen. Außerdem sei der verlassene Steinbruch in Privatbesitz und das Betreten nur mit Anmeldung und Führung möglich. Warum denn die Pilger neuerdings immer die alte Baustelle sehen wollten, als wäre die Kathedrale allein nicht interessant genug? Davina, die ihn teilweise verstanden hatte, bat Marc darum, ihm zu sagen, dass sie eine alte Quelle suchen würden.

Der Alte blickte Davina daraufhin eigenartig an. Er musterte sie noch einmal gründlich, dann lehnte er sich nachdenklich auf seinen abgewetzten Fahrradsattel, murmelte etwas Unverständliches in seinen Stoppelbart, holte eine Pfeife und ein wenig Tabak aus der rechten Jackentasche und fing an, sie zu stopfen. Davina drängte Marc zum Weitergehen. Doch der wollte warten und hören, was der Mann zu sagen hatte. Der alte Franzose zündete in Ruhe seine Pfeife an. Erst als er dreimal daran gezogen und sich vergewissert hatte, dass der Tabak auch ordentlich glühte, fing er an zu reden: »Es ist nur so eine Geschichte, aber mein Großvater hat sie mir erzählt, als ich noch sehr klein war … Seltsam, dass jetzt jemand danach fragt.« Nach einem weiteren Zug aus der Pfeife fuhr er fort: »Mein Großvater hat behauptet, dass seine

Großmutter ihm bereits davon erzählt hat, dass es hier eine Quelle gegeben haben soll. Schon zu der Zeit, als die Kathedrale gebaut wurde. Da alles heilig war, was mit dem Kirchbau zu tun hatte, wurde auch die Quelle der heiligen Jungfrau Maria gewidmet. Sie versorgte die Steinhauer vor Ort mit frischem Wasser. Es gibt viele Geschichten aus der Zeit, die in Vergessenheit geraten sind, aber an eine kann ich mich noch erinnern: Ein junger Steinmetz aus Orléans betete heimlich die alten Götter an. Aus diesem Grund suchte er wohl auch die Quelle regelmäßig auf. Als die Leute erfuhren, dass ein Mann auf ihrer Baustelle arbeitete, der den heidnischen Göttern ergeben war, zeigten sie ihn an. Als die Kirchenleute ihn gefangen nehmen wollten, soll er sich angeblich in einen Hirsch verwandelt haben und vor ihnen geflohen sein! Lustig, nicht wahr?«

Marc übersetzte Davina alles. Die starrte ihn ungläubig an: »Das hat er dir gerade erzählt? Dann frag ihn doch bitte auch noch nach dem Ort der Quelle.« Und er bekam eine Antwort: »Dort, wo das geweihte Wasser floss, durften sie den Stein nicht brechen, zumal sie ja auch auf die Quelle angewiesen waren. Also blieb sie wohl unberührt. Dann wurde dieser Teil des Steinbruchs verlassen, weil die besten Steine abgebaut waren. Die zweite Baustelle befand sich dort, wo sich jetzt die Verrückten mit ihren Motorrädern austoben. Die Quelle selbst ist in Vergessenheit geraten und irgendwann wohl ausgetrocknet … Aber mein Großvater, der alte Narr, glaubte fest daran, dass das Wasser heilende Kräfte besitzt. Er hat nach der Quelle gesucht und eine Stelle gefunden, an der sich ein Tümpel befunden haben könnte. Einmal führte er mich dorthin. Er wollte, dass ich dort grabe, aber da war nichts zu sehen, also ließ ich es bleiben. Ach, das ist jetzt schon so lange her … und nun auf einmal fragt sie danach!« Er zeigte auf Davina.

»Ich? Ja, wo?«, fragte sie jetzt ganz begeistert, »wo war die Stelle?« Der alte Franzose beschrieb ihnen den Ort im Steinbruch.

Nachdem sie sich von ihm verabschiedet hatten, kletterte der Mann auf sein Fahrrad, murmelte etwas vor sich hin und fuhr kopfschüttelnd davon. »Siehst du?«, sagte Marc auf ihrem Weg zurück ins Dorf, »tout s'arrange!« »Alles fügt sich«, übersetzte Davina heiter. Der Alte wusste nicht nur von der Quelle. Was er erzählt hatte, stammte aus einer Zeit, in der die alten Bräuche der Antike noch nicht vergessen waren. »Erstaunlich, dass sich diese Geschichte über so viele Generationen bis heute gehalten hat.«

In Berchères-les-Pierres konnten sie noch einen Bus erwischen, der sie wieder in die Altstadt von Chartres brachte. Es war bereits gegen halb fünf, als sie ankamen. Nachdem sie in einem nahegelegenen Bistro eine Kleinigkeit gegessen hatten, schlug Marc vor, zur Abwechslung noch die Kathedrale zu besichtigen.

10. Der Weg nach Rom

Fabritius' Männer stammten aus verschiedenen Provinzen des Imperiums, doch alle bedienten sich der lateinischen Sprache. Unter ihnen war auch der junge Diocles aus dem griechischen Thessaloniki, der sich ab und zu in seine Muttersprache verirrte. Dem Gladiatorenmeister war in den letzten Wochen aufgefallen, dass Meduana das Lateinische und die Sprache des Griechen verstand, sie hörte den Männern aufmerksam zu, wenn sie sich unterhielten. Ihre Augen offenbarten ihre Betroffenheit, wenn einer der Gladiatoren vom Tod eines Freundes erzählte, und manchmal lachte sie spontan mit, wenn die Darsteller derbe Späße miteinander trieben. Doch sie selber sprach nur das Keltische. Eines Abends, als er zu ihr in den Wagen stieg, stellte er sie zur Rede: »Ich habe dich beobachtet, Fürstentochter, du verstehst die Sprachen der Romaner. Woher hast du diese Kenntnis, und warum wendest du sie nicht an? Was verschweigst du mir?«

»Mein Lehrmeister hat mich die Worte verstehen gelehrt, nicht aber das Schreiben. Warum sollte ich sie sprechen? Schmerzlich genug waren die Worte von Titurius! Zudem fehlt es mir gänzlich an Erfahrung.«

»Steter Tropfen höhlt den Stein«, munterte Fabritius sie auf: »Die Worte zu lernen ist eine Sache, aber die Sprache des Volkes zu sprechen eine andere. Wir reden ein Latinisch, das einem gelehrten Romaner nur schwerlich gefallen und in den Ohren deines Meisters seltsam klingen würde. Ein bekanntes Wort an einer anderen Stelle, womöglich noch mit einer falschen Endung, und aus dem Händler wird ein Mörder.« Meduana sah im Schein der Öllampe Fabritius' stolzen Blick.

»Du scheinst sehr privilegiert zu sein, wenn ich höre, was du alles weißt«, sagte er mit leiser Stimme, so als ob er seine Bewunderung für sie nicht offen zeigen wollte. »Selbst für ein adeliges Weib aus Gallien ist das sehr ungewöhnlich. Du bist aufgewachsen wie ein junger Fürst, wie kann das sein?«

»Der Sohn meines Vaters starb in frühen Jahren. Mir wurden all seine Privilegien zuteil. Es gab deswegen Streit unter den Druiden, aber ich wurde meinen Aufgaben gerecht, und niemand konnte die Entscheidung mehr infrage stellen. Dann riet ein junger Vates vom Stamme der Haeduer meinem Lehrmeister, mich die Sprachen der Romaner zu lehren. Und er tat es, weil er daran glaubte, dass ich dieses Wissen eines Tages brauchen würde. Ich bin nicht nur eine adelige Fürstentochter, Fabritius, ich habe einen Auftrag zu erfüllen, zum Wohle unseres Volkes!«

Ihre letzten Worte erreichten den Gladiatorenmeister nicht mehr. Der sah sie wie verzaubert an. Er sehnte sich nach einem Weib, das ihr Leben mit ihm teilen wollte. Die romanischen Weiber sahen in ihm nur den Gladiator und nicht den Mann, der er in Wirklichkeit war. »So viele Tugenden, vereint in einem schönen Weib!«

Enttäuscht gab die junge Kriegerin ihm einen Stoß in die Seite. Er setzte sich zur Wehr. Dann balgten sie sich wie die Kinder. In ihrer Ausgelassenheit fragte sie ihn, warum er sie erworben habe. Fabritius hörte auf einmal auf zu lachen, sein Gesichtsausdruck wurde ernst, sein Griff fester. »Lass mich los!«, zischte sie erschrocken. Doch er hielt sie fest. »Was ist denn, bei den Göttern?« Er antwortete nicht.

Meduana hielt den Schmerz aus und sah durch seine Augen tief in sein Herz. Sie begriff in diesem Moment, dass er begonnen hatte, sie zu lieben. Sie flüsterte ihm beschwichtigend »lass gut sein, es ist nicht von Bedeutung« ins Ohr. Daraufhin ließ Fabritius ihre Handgelenke los und drückte sie fest an sich. Seine Stimme bebte: »Oh doch, Fürstentochter, es ist von Bedeutung! Vielleicht haben die alten Götter dich zu mir geführt, um das Unrecht an mir wieder gut zu machen.«

Sie lagen beisammen, und Meduana vergaß in diesem Moment ihren Vater, Ambiacus und ihre vielen Fragen. Sie gab sich dem Gefühl der Geborgenheit hin, dass sie nie zuvor so deutlich wahrgenommen hatte. Fabritius verzichtete von diesem Tage an, sie anzuketten. »Was«, fragte er sich, »wäre diese Liebe wert, wenn er sie nur durch Ketten an sich binden konnte?«

Die Straßen auf dem Weg nach Rom befanden sich in einem guten Zustand. Über weite Strecken waren sie mit großen, flachen Steinen ausgelegt, schlanke Zypressen reihten sich entlang des Weges. Immer wieder tauchten kleinere Dörfer oder Höfe auf, wo man für wenige Sesterzen eine Unterkunft oder Nahrung bekommen konnte. Doch Fabritius und seine Darsteller kehrten nie ein, tranken keinen Wein und bevorzugten den Schlaf unter freiem Himmel, als hätten sie nichts zu befürchten. Der Gladiatorenmeister bereitete jeden Tag eigenhändig das Essen zu. Fleisch gab es keines mehr. Auch Meduana musste mit Bohnen, Linsen und Gerstenbrei, Apium und einem süßlich schmecken- den Wurzelgemüse vorlieb nehmen, das die Männer Pastinaca nannten. Fabritius kochte aber sehr gut, und die junge Kriegerin war überrascht, wie viel er doch über die Würzkraft der Kräuter wusste. Er nutzte die aromatischen Blätter eines Gehölzes mit Namen Laurus und sehr sparsam das kostbare Öl vom Oleabaum, das seine Männer auch zur Reinigung ihrer Haut verwendeten.

Die Räder des Wagens rumpelten hart über die steinigen Stra- ßen, und Meduana zog es vor zu laufen. Aufmerksam verfolgte sie den Verlauf ihres Weges. Anfangs führte er über den südlichen

Ausläufer des Himmelgebirges und dann hinunter in eine grüne Ebene. Nach den Bergen prägten malerische Gehöfte und große Gutshöfe mit weitläufigen Feldern und Plantagen aus Olivenbäumen, Obstgehölzen und Wein die offene Landschaft. Die Region schien von der wärmenden Sonne verwöhnt zu werden und mit fruchtbaren Böden gesegnet zu sein, denn die Bäume trugen schwer an ihrer jungen Frucht. Die Gehöfte und Villen jenseits des Weges zeugten vom Wohlstand, und Meduana konnte sich des Gedankens nicht erwehren, dass dies ein Ausdruck des Wohlwollens der Götter sein musste. Doch was waren das für Götter?

Priscos, der aus dem Süden Galliens stammte, gesellte sich an diesem Tag das erste Mal zu ihr. Wie die anderen Gladiatoren war er sehr kräftig und ziemlich fett, und trug seine graublonden Haare kurz. Nun kämen sie bald an das Südliche Meer, erzählte er, und in das alte Land Etruria, das einst von den Menschen des mythischen Volkes Rasenna urbar gemacht worden war, bis es von den Romanern erobert wurde. »Sie haben viel von diesem alten Volk gelernt. Bis heute genießen die Kinder Etruriens großes Ansehen im Reich. Ihr handwerkliches Können, die Bearbeitung des Bodens und die Baukunst mit caementicium - all das haben die Romaner den Rasenna zu verdanken. Doch die Wölfe brachten es zur Meisterschaft! Ihre Schwerter sind scharf, ihr Ehrgefühl groß und auch ihre Leidenschaft fürs Leben. Sie fürchten sich wohl vor dem Tod, denn sie bauen stets für die Ewigkeit. Auch schreiben sie alles nieder und sie sammeln ihre Werke. So sehr misstrauen sie den Göttern!« Er lachte. Priscos hatte ihre Neugierde geweckt. Gespannt erwartete sie den Anblick des Südlichen Meeres, das ganz anders sein musste, als das große Wasser vor den Küsten Aremoricas.

»Und wo befinden wir uns jetzt?«, wollte Meduana wissen.

»Wir durchqueren nun Liguria, ein Land, das einst von unseren Brüdern in Besitz genommen war. Sie teilten sich den Boden mit dem Volke der Liguren, bis die Romaner das Land zu ihrem machten. Bald kommen wir nach Taurin. Dann ist es nicht mehr weit bis nach Genua am Südlichen Meer. Von dort aus ziehen wir an der Küste entlang und über die Via Aurelia nach Roma.«

»Und wem gehören die prächtigen Höfe, die auf unserem Weg zu sehen sind?« Priscos wurde plötzlich wütend: »Es sind die Söhne der Männer, die das Imperium regieren, die sich nicht schämen, das fruchtbare Land unter sich und ihren Sippen aufzuteilen! Die Knechte Sullas haben sich die Latifundien ergaunert. Sklaven bearbeiten nun ihr Land. Und die, denen der Boden einst gehörte und die von Geburt an Bauern waren, verdingen sich als Tagelöhner in den Städten und auf ihren Feldern. Sie sind auf die Patronen angewiesen, niemand sonst steht für sie ein.«

»Der schöne Schein ist also trügerisch?«

»Sieht es denn in unserer Heimat anders aus?«, fragte der Gladiator zurück. »Unsere Fürsten haben das Land unter sich aufgeteilt, sie allein bestimmen, was darauf geschieht. Nur wenige Dörfer sind frei von Abgaben, doch sie haben kein Anrecht auf den Schutz der Krieger.« Doch das wollte Meduana nicht hören. Priscos war ein Sklave des Imperiums, sein Urteil war für sie nichts wert. Sie wollte sich nicht soweit herablassen, mit ihm die göttliche Ordnung zu diskutieren und lenkte vom Thema ab. Seit Stunden liefen sie bereits an endlosen Plantagen entlang, auf denen in geraden Reihen hüfthohe Rebstöcke wuchsen, gestützt von Stäben aus Holz. Sie wollte ihn schon die ganze Zeit danach fragen: »Was ist das für eine Frucht?«

»Du kennst sie nicht? Das ist die Vitis! Aus ihren Trauben wird der Wein gemacht. Vinum ist begehrt, die Romaner verehren ihn. Ihr Gott Bacchus wacht über die Rebstöcke, seine Priester bestimmen den Tag des Schnittes und den der Ernte. Doch trinken sie ihn stets verdünnt, weil sie die Gärung nicht vertragen.« Er lachte wieder. »Die Nachfrage ist groß, die Landbesitzer vernachlässigen den Anbau von Getreide, denn der Handel mit Vinum bringt mehr ein. Dadurch steigt der Preis für das alltägliche Korn, und die Aegyptii profitieren davon.«

Jetzt konnte Meduana ihr Erstaunen nicht mehr für sich behalten: »Priscos, sage mir, woher hast du all diese Kenntnisse? Du sprichst wie ein gelehrter Mann, nicht wie ein Krieger. Wie bist du in die Unfreiheit geraten und warum bleibst du bei Fabritius - musst du doch irgendwann für ihn und diese fremden Götter sterben.«

Der Gladiator sah sie verdutzt an. »Du stellst aber seltsame Fragen ... ich werde dir berichten, wenn du danach von dir erzählst.« Meduana war einverstanden und Priscos offenbarte ihr sein Schicksal. Als erfolgreicher Händler war er schon weit gereist, hatte das Meer befahren und an der Küste ein Haus gebaut. Aber der Handel über das Gewässer barg viele Risiken. Eines Tages wurde sein Schiff von kilikischen Piraten überfallen, die ihn gefangennahmen und an der griechischen Küste als Sklaven verkauften. Niemand wollte hören, dass er ein freier Bürger des Imperiums war, die Nachfrage nach Sklaven war groß im romanischen Reich, und die Händler verschlossen ihre Augen vor dem Unrecht. »Doch ich bin Fabritius dankbar«, betonte Priscos. »Er hat mich vor drei Jahren ausgelöst, bei einem Händler in Aquileia. Es hätte weitaus schlimmer kommen können! Er war selbst ein Gladiator, ruhm- und siegreich vor den Göttern. Der Lanista ist ein ehrenwerter Mann, der uns gut behandelt. Und weil unsere Ausbildung ebenso gut ist, stehen die Sterne nicht schlecht, dass wir eines Tages frei sein werden.«

»Und wenn es dein Schicksal ist, dass du für die fremden Götter sterben musst?«

»Ach, Weib, so lass mir doch die Hoffnung! Für welche Götter ich dann sterben werde, ist mir gleich. Meine Seele wird sich nicht verirren, sie weiß ja, wo sie hingehört.«

»Aber du könntest doch auch dein altes Leben weiterführen.«

»Glaubst du, dass ich nach all den Jahren so einfach in mein Haus zurückkehren und meinen Platz einnehmen kann? Ich besitze gar nichts mehr! Nun stehe ich in des Lanista Schuld, er will an mir verdienen. Wenn ich jetzt fliehen würde, könnte er mich töten – er hat das Recht auf seiner Seite und er würde es auch tun.«

Nach einigen Minuten des Schweigens erinnerte Priscos Meduana an ihre Abmachung und forderte sie auf, von sich zu erzählen. Sie verriet ihm, dass sie eine carnutische Priesterin sei und dass sie zu kämpfen gelernt habe. Ihren Auftrag verschwieg sie und erklärte nur, dass sie durch einen Verrat in romanische Gefangenschaft geraten sei. Erleichtert stellte sie fest, dass er sich damit zufrieden gab.

Einen Tag später erreichten sie am frühen Nachmittag die felsige Küste des Meeres. Meduana nahm den Duft des salzigen Seewindes wahr. Von der Klippe aus sah sie aufs Meer hinunter. Himmel und Wasser waren von einem ungewöhnlich intensiven Blau, nur ein transparenter weißer Streifen am Horizont trennte die beiden Elemente voneinander. Vor ihnen breitete sich das Himmelreich von Taranis aus, in seiner unendlichen Weite und Schönheit!

Bald konnten sie die Hafenstadt erkennen. Sie lag am Fuße der Hügelkette, die nun zum Meer hin immer flacher wurde. Genua war eine alte Kolonie der Graecer. Nach der Eroberung durch die Romaner hatte sie zwar ihre Eigenständigkeit verloren, nicht aber ihre typische Lebensart.

Fabritius wollte nicht lange an dem Ort verweilen, und Meduana nutzte die kurze Zeit, um in eine neue Welt einzutauchen. Die zweistöckigen Häuser leuchteten im Blau des Himmels, im reinen Weiß der Wolken und in den Ockertönen der Erde. Auch hier waren die meisten Gebäude mit tönernen Ziegeln gedeckt, aber einige der quadratischen Bauten waren flach und besaßen eine Dachterrasse. Fische und Früchte wurden hier auf hölzernen Gerüsten getrocknet und bunte, Schatten spendende Tücher flatterten im Wind. Auch standen auf einigen Dächern Krüge mit kleinen Bäumen und manche trugen Früchte.

Die Tempel glichen Monumenten, von den Göttern selbst erschaffen. Faszinierend waren auch die Fischerboote mit ihren reichen Fängen. Meduana begutachtete jeden einzelnen Stand. Die Auslagen befanden sich direkt vor dem Anleger, an dem die Fänge des Morgens mit kleinen Booten an Land gebracht und verladen wurden. Kräftige Männer, nur mit einem Lendenschurz bekleidet, luden die schweren Körbe auf die bereitstehenden Karren auf. Der Duft von Möwenkot und Meerwasser vermischte sich mit dem Schweiß der Arbeiter und dem Geruch der Fische, die zum Trocknen in der Sonne lagen. Als ein Händler Meduana plötzlich einen frischen Octopus entgegenhielt, erschrak sie so sehr, dass sie ihr Messer zücken wollte. Der Griff führte ins Leere, die Leute neben ihr lachten sie aus. Doch der Fischer hatte Mitleid und schenkte ihr einen kleinen Barsch, den er aus einem Behältnis mit Wasser holte. Der kleine Fisch zappelte noch einige Zeit in ihrer Hand, bis er an der Luft erstickt war. Was waren das doch für seltsame Tiere, die dieses Meer bewohnten! Große Fische mit spitzen Dolchen am Haupt, mehrarmige Ungeheuer und stachelige Kugelwesen, eigenartige Kreaturen, die gewölbte Schilder auf ihren Rücken trugen und kaum laufen konnten.

Die Sonne brannte auf ihrer Haut. Meduana hatte die Ärmel ihrer Tunika hochgekrempelt, sie wunderte sich über den stechenden Schmerz auf ihren roten Armen. Wie konnte es sein, dass sie innerhalb der letzten Stunden einen Sonnenbrand bekommen hatte? Sie erbat sich einige Münzen von Fabritius, um heilende Kräuter zu besorgen. Priscos, der von den Gladiatoren die besten Sprachkenntnisse hatte und gut im Verhandeln war, begleitete sie.

Sie kauften Blüten, Blätter und Wurzelteile und etwas tierisches Fett. Daraus stellte Meduana eine kühlende Salbe her, die auch von den Männern sehr geschätzt wurde.

Auch wenn ihr die Kraft der Sonne zunächst unheimlich war, genoss sie ihre durchdringende Wärme. Fasziniert nahm sie das flimmernde Licht über dem Boden wahr, die bizarren Spiegelungen auf dem Wasser und die aromatischen Gerüche, die die Pflanzen bei der Hitze bis in die Nacht hinein verströmten. Am Abend wurde es schnell dunkel, aber das Leben kannte keinen Schlaf. Nachdem die Sonne im Meer versunken war, entzündeten die Bewohner Feuer und Öllampen und nutzten die kühle Zeit, um ihrer Arbeit nachzugehen und gemeinsam zu speisen.

Meduana spürte eine ungewöhnliche Energie in ihrem Körper. Wie leicht ihr doch plötzlich das Dasein fiel. Ihre Stiefel wurden ihr zu schwer. Seit Genua lief sie darum barfuß. Sie war jetzt dankbar für die leichte Tunika, die zwar nicht ihrem Stand entsprach, aber bei der Hitze sehr angenehm zu tragen war. Ab und zu fuhr sie mit dem Wagen mit und betrachtete während der Fahrt verträumt das Meer. Sie hatte nichts mehr zu verlieren!

Manchmal vermisste sie allerdings ihr Schwert, und hin und wieder flammten auch schmerzhaft die Erinnerungen an Titurius auf. Dann brannten die inneren Wunden. Sie erinnerte sich jeden Tag an die letzten Worte von Ambiacus: »Zweifle nie an deinem Auftrag und hadere nicht mit dem Schicksal. Du kannst Vergangenes nicht ändern, also füge dich deiner Bestimmung!«

Und dann, nachdem ein ganzer Mondzyklus vergangen war, erreichten sie endlich Roma! Die Sonne glühte hoch am Himmel, die aufsteigende Luft wirbelte den feinen, glitzernden Staub auf den steinigen Straßen umher. Wären die ausladenden Bäume am Wegesrand nicht gewesen, sie wären vor Hitze umgekommen. Meduana döste im vorderen Wagen vor sich hin. Ihre Füße schmerzten mehr denn je, die Haut brannte, und ihr Mund fühlte sich trocken an. Unter der Lederplane war es stickig und heiß, doch sie konnte keinen Schritt mehr laufen. Da hielt der Wagen plötzlich an. Sie hörte Fabritius rufen: »Seht nur! Wir sind da!« Auf einmal war auch Meduana hellwach. Sie lugte neugierig durch die Plane hindurch. Vor ihnen führte eine imposante Brücke auf steinernen Bögen über einen breiten Fluss. »Was ist das? Sind wir schon in Roma?«, fragte sie aufgeregt.

»Pons Milvius«, antwortete Fabritius feierlich, »die Brücke über den heiligen Fluss, den die Romaner nach ihrem Gott Tiberinus benennen. Der Tiberis nährt Roma, und diese Brücke ist das eigentliche Tor zur Stadt. Hinein in das Herz des romanischen Imperiums.«

Bei Vetulonia hatten sie die Via Aurelia Richtung Norden verlassen und einen Bogen um Roma gemacht. Die Gladiatorenschule und der Wohnsitz von Fabritius lagen östlich des Zentrums, und der Lanista wollte mit den drei Planwagen nicht quer durch die Stadt ziehen. Zum einen war der nördliche Zugang über die Via Flaminia besser ausgebaut, und man musste nicht erst durch das Armenviertel hindurch. Zum anderen war es ganz besonders tagsüber ein großes Problem, mit den Wagen durch die Stadt zu fahren. Die Straßen waren voll mit Händlern, Trägern und Götzenanbetern, die in Festumzügen zu ihren Tempeln marschierten. Schwerfällige Ochsenwagen versperrten häufig die Durchfahrten. In den regenreichen Wochen konnte man zudem im aufgeweichten Erdreich steckenbleiben. Daher war es an einigen Tagen nicht erlaubt, vor Sonnenuntergang in die Stadt hineinzufahren.

Sie hatten Glück. An diesem Tag waren die Straßen nicht gesperrt, und es fanden keine Feierlichkeiten statt. Fabritius hatte noch einiges zu erledigen. Er führte Waren bei sich, die er zu Geld machen wollte, und er brauchte neue Vorräte. Man wollte sich trennen. Vier der Gladiatoren sollten mit zwei der drei

Wagen und der persönlichen Ausrüstung direkt zum Anwesen des Lanista weiterziehen, Fabritius würde mit Priscos zu seinem Händler fahren. Kurzerhand wurden die Wagen umgepackt und zusätzlich Platz für den Einkauf geschaffen.

Der Lanista befahl Meduana im Fuhrwerk zu bleiben. Er drückte ihr einen Dolch in die Hand und warnte sie: »Sei dir gewiss, dass du hier keine Nacht allein überleben wirst. Und falls jemand versuchen sollte, etwas zu stehlen, dann sei wehrhaft! Verletze den Dieb, aber töte ihn nicht.« Die junge Kriegerin war etwas verwundert über den barschen Tonfall des Gladiatorenmeisters, doch sie verstand, dass er kein Risiko eingehen wollte.

»Ich werde dein Eigentum verteidigen, mit meinem Leben, wenn es sein muss!« Meduana sprach den Satz mit so viel Inbrunst, dass Fabritius besorgt aufsah. »Auf keinen Fall! Nichts in diesem Wagen ist so wertvoll, dass jemand dafür sein Leben lassen sollte. Und schon gar nicht du!« Meduana nickte lächelnd, legte den Dolch beiseite und machte es sich hinter der aufgeschlagenen Plane im vorderen Teil des Wagens bequem. Fabritius ging voraus, Priscos führte das Pferd. Der Wagen bewegte sich langsam und leicht schwankend über den hölzernen Brückenboden. Anfangs versperrte noch eine mit Gräsern bewachsene Erhebung die Sicht, dann öffnete sich der Weg. Vor ihnen breitete sich eine Ebene aus, durchzogen von grünen Hügeln. Meduana krabbelte aus dem Wagen. Sie stellte sich aufrecht auf den Führersitz und hielt sich mit einer Hand am Gestänge der Plane fest.

»Bei den Göttern!«

Die Stadt erstrahlte unwirklich hell im Licht der Mittagssonne, die ockerfarbenen Ziegeldächer schienen wie von Zauberhand zu leuchten. Auf Meduana wirkte sie wie eine gigantische Tempelanlage. Brückenähnliche Bauwerke überragten die majestätischen Gebäude im Zentrum, Gärten und hohe Bäume begrünten die Monumente. Der schimmernde, grüne Strom, den sie überquert hatten, schmiegte sich harmonisch an die Stadt. Das sagenhafte Labyrinth, ein Meer aus Säulen und Dächern, der Wohnsitz mächtiger Götter!

In diesem Moment stieg ein riesiger Schwarm Stare wie eine dunkle Wolke über den Dächern empor und begrüßte sie mit eindrucksvollen Formationen. Blitzartig wechselten die Vögel ihre Richtung. Dann löste sich die Wolke plötzlich wieder auf und verschwand aus ihrem Blickfeld. Meduana konnte kaum atmen. Hatte sie sich womöglich geirrt? Waren die fremden Götter mächtiger als gedacht? Oder waren es gar dieselben Götter, zu denen die Druiden sprachen? Dann wurde ihr Volk den Göttern nicht annähernd gerecht!

Priscos hielt grinsend den Wagen an, und auch Fabritius musste schmunzeln, als er die junge Kriegerin mit offenem Mund auf die Stadt starren sah. Damals, als er das erste Mal hier stand, war er ebenso beeindruckt gewesen, obwohl er bereits einige Städte des Südens gesehen hatte. Er liebte und hasste diese Stadt, die ihm ein neues Leben schenkte, die aber trotz der vielen Tempel von den Göttern verlassen war, so wie er selbst. Frieden konnte man hier nicht finden, aber wahre Demut erfahren.

Fabritius wartete einige Minuten. Dann schlug er mit der flachen Hand auf den hölzernen Führersitz des Wagens und riss Meduana unsanft aus ihrem Staunen. Sie zuckte erschrocken zusammen und setzte sich hastig hin. Die Fahrt ging weiter. Wie gerne hätte die junge Kriegerin dem Fluss noch ein Geschenk gereicht, sich in ihm gereinigt und ein Gebet gesprochen, bevor sie den Boden der geweihten Stadt berührten. Aber sie wusste, dass ihr der Lanista dafür keine Zeit geben würde.

11. Die Kathedrale von Chartres

Auf dem Vorplatz der Kathedrale klärte Marc Davina über die Besonderheiten der gotischen Bauweise auf, dann betraten sie das Gebäude durch das Südportal mit der Darstellung des Jüngsten Gerichts. Im Innern des Kirchenschiffes zogen die hohen, bunten Fenster Davinas Aufmerksamkeit auf sich, sie bewunderte das Farbspiel des einfallenden Lichts in dem riesigen Steingewölbe. Kreuzrippen, äußeres Strebewerk, Spitzbogenarchitektur, und viel Glas – Marc hatte recht, dieses Bauwerk war außergewöhnlich schön! Man konnte gar nicht anders, als ehrfürchtig nach oben zu blicken und zu staunen.

Im Hintergrund hörten sie die hallenden Schritte einzelner Besucher und die gedämpfte Stimme eines Touristenführers, der sich mit einer Gruppe in der Nähe des Altars aufgestellt hatte. Marc deutete auf die Steine zu ihren Füßen. »Regarde! Hier stehen immer viele Stühle und viele Leute, aber heute ist es frei, und wir können es laufen.« Unter ihnen breitete sich ein riesiges, kreisförmiges Labyrinth aus. Es war ebenerdig in den Boden eingelassen und bestand aus braunen und schwarzen Natursteinen. »Das ist wirklich schön«, bemerkte Davina, »aber warum sollte man es ablaufen? Der Weg ist doch offensichtlich.«

»Ah, oui, aber es hat auch eine Bedeutung.« Er erklärte ihr, dass es zwei verschiedene Varianten des Labyrinths gebe: das »echte« Labyrinth, in dem man sich tatsächlich verirren könne, und das stilisierte. Letzteres sei wie eine geordnete Spirale aufgebaut und führe automatisch ins Zentrum.

»Und wozu soll das gut sein?«, fragte Davina.

»Es ist der Weg, den man in seine Leben gehen muss, um den wahren Glauben oder sich selbst zu finden.« Der Kreis, so Marc weiter, sei das Symbol für die göttliche Einheit, die Vollkommenheit oder auch für die Unsterblichkeit der Seele. Die Umgänge des Labyrinthes stünden für die Irrwege, die man beschreiten müsse, um zur Weisheit zu gelangen. Sie zu laufen sei eine Art Meditation, denn es dauere einige Zeit, bis man das Ziel erreicht habe. Im Mittelalter seien die Menschen den Weg auf ihren Knien gerutscht. Dadurch sei die Oberfläche der Steine so glatt geworden.

Davina erinnerte das Labyrinth an das Amulett von Meduana mit der goldenen Triskele. In einem ihrer Träume hatte die Kriegerin es um den Hals getragen. Obwohl ihr das Ganze etwas albern vorkam, begann sie den hellen Steinen zu folgen. Langsam lief sie den schmalen, langwierigen Pfad bis zu seinem Ende, blieb in der Mitte des Kreises stehen und wartete, ob sich irgendetwas in ihr regen würde. Ein besonderes Gefühl vielleicht oder eine Art spirituelle Eingebung. Doch sie spürte nur ihre erschöpften Beine. Davina blickte nach oben, in das hohe Gewölbe hinein und wieder auf ihre Füße. Dabei erfasste sie ein leichter Schwindel. Sie schwankte. In diesem Moment trat eine schlanke Frau mit auffallend roten Haaren auf sie zu. Freundlich und ungeniert sprach sie Davina auf Deutsch an und reichte ihr die Hand. Intuitiv griff Davina danach.

»Verzeihen Sie bitte, falls ich Sie in Ihrer Andacht störe, ich habe Sie vorhin ein wenig belauscht, als Sie draußen vor dem Königsportal gestanden und sich über das Bauwerk unterhalten haben. Ihr gutaussehender französischer Freund scheint in die Mysterien der Kathedrale eingeweiht zu sein, aber Sie machen auf mich den Eindruck, als würden Sie die Bedeutung dieses Ortes noch nicht so ganz verstehen.« Davina schaute die Frau verdutzt an. Ihre Distanzlosigkeit irritierte die Wissenschaftlerin ein wenig, doch die Kraft ihrer haltenden Hand und ihre warmherzige Stimme waren angenehm.

»Sie haben übrigens gerade symbolisch die Einweihungsstufen zur höchsten Bewusstwerdung durchschritten!« Da Davina nichts erwiderte, fuhr die Frau einfach fort:

»Wissen Sie, die gotischen Kathedralen in Frankreich beherbergen viele Mysterien, die auf dem alten Wissen der Templer beruhen. Sie haben sicher schon von den ›septem artes liberales‹ und den Lehren von Platon und seinem Schüler Aristoteles gehört, nicht wahr?« Davina nickte, obwohl sie nicht verstand, was ihr die rote Frau damit sagen wollte. »Wussten Sie zum Beispiel, dass die Altäre der Kathedralen immer annähernd nach Osten zeigen und meist der heiligen Maria oder ihrer Mutter Anna gewidmet sind? Es heißt, die im Osten aufgehende Sonne symbolisiere die Auferstehung Christi, aber seit der frühen Antike wird diese Himmelsrichtung auch dem Element der Luft zugeordnet, welches für den Geist und für die Weisheit steht. Hier in Chartres gibt es eine Besonderheit: Im Gegensatz zu allen anderen Kathedralen ist das Kirchenschiff exakt nach dem Sonnenaufgang am Tag des Äquinoktiums, also der Tag- und Nachtgleiche im März, ausgerichtet. Es heißt, wo heute die Kathedralen stehen, standen einst heidnische Tempel. Die Menschen damals wussten von den besonderen Energien dieser Orte. Auch hier in Chartres soll ein druidisches Heiligtum gestanden haben, das einer ›Jungfrau, die gebären wird‹ gewidmet war. Christliche Historiker interpretieren dies als druidische Weissagung der Geburt Jesu durch die Jungfrau Maria, aber der Marienkult hat noch einen sehr viel älteren Ursprung. Das Bildnis der Maria mit ihrem Kind entstammt nachweislich dem altägyptischen Isis-Kult. Abbildungen der Isis zeigen die jungfräuliche Göttin mit ihrem Sohn Horus auf dem Arm oder auf einem Thron sitzend mit ihrem Kind auf dem Schoß. Vieles, was in der Bibel steht, entspringt der uralten Glaubensmythologie der Ägypter. Und die Templer wussten darüber Bescheid. War Ihnen das bekannt?«

Davina starrte die eigenartige Frau verwirrt an. Was sollte das? Marc, der sich zu ihnen gesellt hatte, nickte pausenlos und lächelte sie eigenartig an. »Entschuldigen Sie bitte, aber ich verstehe nicht, warum Sie mir das alles erzählen.« Davinas Stimme klang abweisend. Sie ließ die Hand der Frau los und trat einen Schritt zurück.

»Man muss die Dinge in ihrem Zusammenhang sehen. Die Templer haben diese Kathedralen gebaut, um ihr Vermächtnis zu bewahren. Der gotische Stil ist nicht nur Ausdruck kirchlicher Macht, in diesen Bauwerken stecken auch eine Menge Informationen über das spirituelle Wissen der Menschheit. Und es hat einen Grund, warum sie beide jetzt hier sind, um das alles zu erfahren.«

»Ach ja?«, fragte Davina leicht genervt. »Und was für Informationen sollten das sein?«

»Na, das Wissen um die Existenz des Göttlichen. In der Logik der Mathematik und den Gesetzmäßigkeiten der Gestirne steckt der Beweis für die Präsenz der Götter. ›Alles ist Zahl‹, sagte schon Pythagoras. Jede Darstellung in dieser Kathedrale hat eine Bedeutung, jeder Stein seinen Platz. Dieses Gebäude hier ist das besterhaltene Bauwerk seiner Art. Hier sind die spirituellen Energien der alten Zeit noch spürbar, und viele Menschen kommen nicht nur nach Chartres, um die Architektur der Kathedrale zu bewundern.«

»Aha!« Auch wenn die Ausführungen der Unbekannten ihre Neugierde geweckt hatten, Davina blieb skeptisch.

»Vielleicht solltest du sie fragen nach die Sache mit der Isis?«, flüsterte Marc ihr aufmunternd ins Ohr.

»Sag mal, kennst du sie etwa?«

»Non, aber ich weiß, was sie meint. Peut-être sie kann uns helfen.«

»Findest du das denn nicht seltsam? Ich meine, dass sie uns das alles einfach so erzählt?«

»Non, pourquoi?«

Davina wandte sich wieder der Frau zu. »Ich glaube, wir sollten uns erst mal vorstellen«, sagte Davina freundlich, aber distanziert. »Ich bin Davina Martin, und dies ist Herr Forgeron, ein Kollege von mir.« Marc nickte der Fremden höflich zu. Die rothaarige Frau erwiderte seinen Gruß mit einem hinreißenden Lächeln: »Theresa! Je suis heureuse!« »Marc«, sagte er und gab ihr die Hand. Dann küssten sie sich andeutungsweise auf beide Wangen, wie es in Frankreich unter guten Freunden üblich ist. Davina verspürte einen leichten Anflug von Eifersucht und ärgerte sich darüber. »Ich bin Archäologin. Mein Spezialgebiet ist die Keltologie. Herr Forgeron ist studierter Konservator und arbeitet für die Marseiller Kulturbehörde. Wir haben uns bei der Arbeit kennengelernt. Und wer sind Sie?«

»Verzeihen Sie, dass ich mich Ihnen nicht gleich vorgestellt habe: Theresa. Ich leite hier in der Nähe das Yogazentrum. Gebürtig stamme ich aus Köln. Ich habe in Deutschland Geschichte studiert und auch einige Jahre unterrichtet. Vor sechs Jahren zog ich dann mit meiner Lebensgefährtin nach Chartres. Seit ich hier lebe, begegne ich vielen Menschen, die auf der Suche sind. Einige kommen mit der Hoffnung auf Erleuchtung. – Ach, Keltologie? Das ist ja interessant! Und Sie sind wirklich nur Kollegen? Das hatte ich ganz anders wahrgenommen …«

Davina ignorierte die letzte Bemerkung. Dass Theresa eine Lebensgefährtin erwähnt hatte, beruhigte sie irgendwie.

»Tatsächlich sagten Sie ein paar Dinge, die für uns von Interesse sein könnten … Aber es macht mich auch ein wenig stutzig, das müssen Sie verstehen, weil Sie doch gar nicht wissen können, warum wir hier sind. Außerdem strebe ich nicht nach Erleuchtung, sondern nach Erkenntnissen.«

»Nun, meine Liebe, zum einen habe ich Sie beobachtet und einen Teil Ihrer Gespräche mitbekommen. Und dann sagt mir meine Intuition, dass Sie beide auf der Suche nach etwas sind. Ich gehöre nun mal zu den Menschen, die Schwingungen wahrnehmen, die anderen verborgen bleiben …«

»Ach was?« Davina versuchte, nicht herablassend zu klingen.

Marc nickte zustimmend: »Das ist, was ich glaube. Vielleicht bist du auch eine Media und die Frau spricht mit dir durch deine Träume.«

»Du meinst, ich sei so eine Art Empfänger für jemanden aus dem Jenseits?« Davina sah ihn ungläubig an. »Glaubst du das wirklich?«

»Wer spricht denn zu Ihnen?«, fragte Theresa neugierig.

»Ach, das ist alles ganz furchtbar kompliziert. Das kann und will ich jetzt nicht erklären. Nehmen Sie mir das bitte nicht übel … Aber vielleicht können Sie uns etwas über die Göttin Isis erzählen. Es ist schon so lange her, dass ich mich mit Ägyptologie beschäftigt habe. Sie sprachen von einer ›jungfräulichen‹ Göttin, nicht wahr? So viel ich weiß, setzte Isis ihren ermordeten und zerstückelten Gatten Osiris wieder zusammen und ließ sich dann von ihm schwängern.«

»Nicht ganz. In den frühen Abbildungen wird Isis tatsächlich als jungfräuliche Göttin dargestellt. Sie empfing ihren Sohn nicht durch den Samen des Osiris, sondern durch seinen Atem. Die Jungfräulichkeit hatte damals nämlich auch noch eine andere Bedeutung, sie stand für die Reinheit der Seele. Wegen ihrer unerschütterlichen Treue galt Isis auch als ›Göttin der Liebe‹. Osiris wurde zum Wächter des Jenseits und Isis zur ›Göttin der Wiedergeburt‹, die den Sonnengott Horus und das Leben gebar. Sie hatte viele Namen und stand zeitweise über allen anderen Göttern in der antiken Welt.«

Das Bild der Statue tauchte vor Davinas innerem Auge auf.

»Fällt Ihnen auch noch etwas zur Bedeutung der Schlange ein, zum Anch-Symbol und der Scheibe, die Isis auf ihrem Kopf trägt?«

»Klar! Die Mythologie der Ägypter hat mich immer schon sehr fasziniert!« Theresas Augen blitzten auf. »Fange ich mal mit der Schlange an. Im Positiven versinnbildlicht sie die Fruchtbarkeit und die Wiedergeburt. Die Häutung wurde nicht nur als Akt der Verjüngung wahrgenommen, sondern auch als eine Art Geburt. Damit stellt sie den Kontakt zum Totenreich und zur lebendigen Welt her. Häufig wird sie mit Göttinnen in Verbindung gebracht, auch wegen ihrer schöpferischen Kraft. Schlangen hatten außerdem im indogermanischen Raum dieselbe Bedeutung wie Drachen. Sie sind Hüter der Tempel und von geheimen Informationen. Häufig bewachen sie einen Schatz. In der indischen Chakren-Lehre kann die Kundalini-Schlange durch Yoga erweckt werden und zur Erleuchtung führen.« Theresa hielt einen Augenblick inne: »Moment! Was hat denn die Schlange mit der Isis zu tun? Ich habe noch nie eine Isis-Darstellung gesehen mit einer Schlange in der Hand. In der Regel ist es ein Papyrus-Zepter oder ein Sistrum …«

»Stimmt. Das ist wirklich ungewöhnlich«, musste Davina zugeben.

»Was ist ungewöhnlich?«, wollte Theresa wissen.

»Ach, das erkläre ich Ihnen später – mich würde viel mehr interessieren, was das ägyptische Kreuz zu bedeuten hat«, hakte Davina nach.

»Okay. Der Anch. Soweit ich weiß, ist er der Vorläufer des christlichen Kreuzes. Er ist das Symbol für das ägyptische Wort ›Leben‹. Manchmal wird er auch als eine Art Schlüssel interpretiert, aber in erster Linie steht er für das ewige Leben. Viele ägyptische Götter tragen es als Zeichen ihrer Unsterblichkeit.« Theresa kam auf die Scheibe zu sprechen, die Isis auf ihrem Kopf trägt: »Die runde Platte zwischen den zwei Hörnern hatte ursprünglich die Bedeutung der Sonnenscheibe. Ein Bezug zur Göttin Hathor, die als Muttergöttin in Kuhgestalt auftrat und später auch als ›Mutter der Isis‹ bezeichnet wurde. Die Sonne war Sinnbild der Wiederauferstehung und der Allmacht. Die Griechen stellten Isis der Göttin Demeter gleich und machten daraus eine Mondscheibe. Demeter war die Göttin der Fruchtbarkeit und der Landwirtschaft und hatte einen Bezug zum weiblichen Mond. Das heißt, die beiden Göttinnen verschmolzen im Laufe der Zeit miteinander.«

»Das ist ja echt interessant!«, bemerkte Davina erfreut. »Auch die Kelten richteten sich in erster Linie nach dem Mond. Caesar berichtete, dass sie diese Eigenart von ihrer Abstammung aus der Unterwelt herleiteten. Ich bin mir aber sicher, dass das nicht stimmt …« Ihr kamen die Worte Meduanas in den Sinn: »… auf dass meine Seele eines Tages frei von irdischer Last im Heiligen Land der geweihten Frucht Avall ihren Frieden finden möge!« Einige Sekunden lang stand Davina regungslos da und blickte ins Leere. Marc stupste sie vorsichtig an: »Und?« Sie zuckte zusammen: »Ja, äh, wo war ich stehengeblieben? Ach ja, der Mond. Nach ihm wurden die Monate benannt, der Jahreszyklus eingeteilt und die religiösen Feste ausgerichtet. Der Mondkalender diente vor allem der Bestimmung des richtigen Zeitpunktes für den Anbau und die Ernte der unterschiedlichen Feldfrüchte …« Und mehr zu sich selbst: »Ich frage mich gerade, ob die Kelten den Isis-Kult schon vor der Romanisierung gekannt haben könnten …«

»Warum nicht?«, warf Theresa ein.

»Na ja, soviel ich weiß, hat man bisher im keltischen Raum keine einzige Abbildung aus vorrömischer Zeit gefunden, die mit dem Isis-Kult in Verbindung gebracht werden könnte. Erst nach der Romanisierung tauchten Darstellungen von ihr auf.«

»Das bedeutet aber nicht, dass die Kelten nichts von ihr wussten, oder?«, gab Theresa zu bedenken.

»Ja, da ist was dran. Ich glaube es aber erst, wenn ich den endgültigen Beweis dafür gefunden habe.«

»Welchen Beweis?«, fragte Theresa neugierig nach, aber Davina war bereits mit ihren Gedanken woanders. Sie schritt langsam durch den Kirchenraum, murmelte leise etwas vor sich hin und ließ sich dann auf einer Bank nieder. Ihre Füße schmerzten. »Wie sieht's aus, wollen wir etwas trinken gehen?«, schlug die Yogalehrerin vor.

Sie setzten sich an einen Tisch vor einer kleinen Brasserie, mit Blick auf die Kathedrale. Buschige Sommerwolken zogen über ihnen hinweg. Im Lokal duftete es nach Kaffee und frischem Gebäck. Über den Dächern der Altstadt flogen ein paar Mauersegler kreischend ihre Bahnen. Davina bestellte sich ein großes Bier und machte sich auf einem Zettel Notizen. Theresa und Marc unterhielten sich währenddessen auf Französisch und scherzten miteinander. Es war, als säße sie mit alten Freunden zusammen. Das Gespräch mit Theresa hatte sie inspiriert, obwohl ihr das Verhalten der Yogalehrerin immer noch sehr befremdlich vorkam. Marc prostete Davina zu. Seine Augen lächelten sie an.

»Wissen Sie, Theresa, ich habe über den Satz ›Alles ist Zahl‹ nachgedacht. Es wird vermutet, dass die keltische Ornamentik nicht nur der Zierde diente, sondern einen religiösen Hintergrund hatte. Es gibt Kollegen, die behaupten, dass die Kelten von den Skythen, Griechen und Etruskern beeinflusst worden waren, die zu Zahlen ein besonderes Verhältnis hatten. Die Grundlagen der Geometrie und der Arithmetik waren in der Antike bereits bekannt, die Menschen konnten mit Zirkel und Längenmaßen den Goldenen Schnitt und den rechten Winkel konstruieren, sie konnten den Ablauf der Gestirne berechnen, statisch sinnvoll bauen und schwere Objekte heben und transportieren. Sie richteten schon damals ihre Bauwerke exakt nach bestimmten

Himmelsrichtungen aus. Im Grunde hat diese Kathedrale die gleiche Bedeutung wie damals ein antiker Tempel. Sie hat die Funktion eines Kalenders, ist ein spirituelles Zentrum und so präzise konstruiert wie ein religiöses Ornament.«

»Genau das wollte ich Ihnen damit sagen! Es wird sogar vermutet, dass die Templer hier in Chartres den salomonischen Tempel in seinen ursprünglichen Ausmaßen wieder aufgebaut haben.« Theresa freute sich, dass ihre Worte bei der Keltologin auf fruchtbaren Boden gefallen waren. »Die Kelten waren doch auch die Baumeister der Dolmen und Megalithen, nicht wahr?«

»Nein, definitiv nicht, auch wenn es immer wieder behauptet wird. Die meisten dieser Monumente sind viel älter«, klärte Davina sie auf. »Die Dolmen in der Bretagne und die Steinkreise in weiten Teilen Europas stammen überwiegend aus der Jungsteinzeit, einige auch noch aus der Bronzezeit. Mit den ›Kelten‹ wird aber eine Kultur der späteren Eisenzeit beschrieben. Sehr wahrscheinlich haben sie aber noch einige dieser Orte für ihre heidnischen Rituale genutzt.«

»Aber man sagt doch, dass hier in Chartres, wo jetzt die Kathedrale steht, ein druidischer Dolmen gestanden haben soll«, warf Theresa ein.

»Sagt man das, ja? Das bezweifle ich. Hier stand mal ein großes Herrschaftsgebäude, ein Fürstenhaus vielleicht ... Aber wenn ich mich recht erinnere, befand sich so ein Dolmen vor einer kleinen Höhle im Wald, da, wo heute der Steinbruch liegt, in Beresch-le-Pier, oder wie der Ort hieß ...« Theresa sah Davina auf einmal seltsam an. Marc musste lachen.

»Woher wollen Sie das denn wissen? In Berchères-les-Pierres steht kein Dolmen, und es gibt auch keinen Hinweis darauf, dass da irgendwann mal einer gestanden hätte. Auch das mit dem Fürstenhaus habe ich noch nie gehört, und ich kenne die meisten Geschichten rund um Chartres.«

»Das stimmt, da steht jetzt auch kein Dolmen mehr. Vermutlich war er beim Abbau der Steine im Weg oder er wurde zerstört, weil er heidnischen Ursprungs war. Vielleicht wurde er sogar verarbeitet und ist nun Bestandteil der Kathedrale, wer weiß?« Davina fand diesen Gedanken amüsant, Theresa aber wirkte irritiert: »Woher wollen Sie denn so genau wissen, was hier mal gestanden hat und ob es einen Dolmen gegeben hat, oder nicht?«

Erst jetzt bemerkte Davina, dass sie etwas von ihrem geheimen Wissen preisgegeben hatte. Vielleicht wäre es sinnvoll, Theresa in die Geschichte einzuweihen. Doch das würde bedeuten, dass sie über den unveröffentlichten Text des Pergaments sprechen müsste und auch über ihre ungewöhnlichen Träume.

Theresa versuchte, die Keltologin zu provozieren: »Es ist doch belegt, dass hier auf der Anhöhe vor der ersten christlichen Kirche ein keltisches Heiligtum aus der Römerzeit gestanden haben soll, oder nicht? Der Brunnenschacht in der Krypta der Kathedrale ist doch ein Beweis dafür. Aber Sie sind ja hier die Expertin!«

»Das mit dem Brunnenschacht ist richtig, davon habe ich auch gehört, von einem Heiligtum weiß ich nichts …«

»Irgendwas stimmt hier doch nicht!« Theresa lehnte sich mit verschränkten Armen zurück. Sichtlich verärgert hob sie die höfliche Distanz wieder auf, die sie aufgrund der ablehnenden Haltung Davinas eingenommen hatte: »Na, dann weiß ich auch nicht. Wenn ihr mich nicht einweihen wollt, ist das eure Sache, aber ich lasse mich nicht gerne zum Narren halten!« Sie stand auf und wollte gehen.

»Gehen Sie nicht, bitte«, sagte Davina versöhnlich. Nach einigem Zögern erzählte sie Theresa die ganze Geschichte, von ihrer Arbeit als Übersetzerin, ihren Träumen, und auch, warum es ihr so schwer fiel, sich jemandem anzuvertrauen: »Weißt du, über meine Arbeit darf ich noch gar nicht sprechen. Ich musste dem Professor schriftlich geben, dass ich ohne seine Zustimmung nichts über den Inhalt des Pergaments verlautbaren lasse. Das ist ja auch verständlich, er ist schließlich der Leiter des Projekts. Es wäre sehr peinlich für mich, wenn vorher etwas darüber bekannt werden würde. Außerdem bin ich mir nicht sicher, wie ich mit diesen Träumen umgehen soll. Deshalb suche ich hier nach Antworten.« Auf welche Weise sie danach suchte, verschwieg sie.

Theresa hatte Davina ohne Unterbrechung zugehört. Sie schien nicht im Geringsten überrascht. »Welche Antworten suchst du denn?«, fragte sie. »Hoffst du, hier in Chartres einen Hinweis auf die keltische Frau zu finden? Das ist doch schon so lange her. Vielleicht wäre es sinnvoller, selbst an einer hypnotischen Rückführung teilzunehmen, um deinen Träumen auf den Grund zu gehen?« Davina verschlug es beinahe die Sprache. Dass sie sich auf einmal duzten, bemerkte sie nicht. »Ist das dein Ernst? Sowas gibt es tatsächlich, ich meine, auch heute noch?«

»Ja klar, es gibt sogar hier in Chartres einen Mann, der sich darauf spezialisiert hat. Allerdings ist er kein Psychologe, und ich würde mich an deiner Stelle nur einem Menschen anvertrauen, der dich danach auch professionell begleiten kann.«

»Ach ja?«, sagte Davina.

»Ja, unbedingt! Wenn's gut läuft, wirst du mit einem deiner vorherigen Leben konfrontiert, aber auch mit einem gewaltsamen Tod womöglich oder anderen, einschneidenden Erlebnissen. Ich habe zum Beispiel erfahren, dass ich mal erhängt worden bin. Meine Stimme war früher sehr leise. Ich war oft heiser und spürte ein unangenehmes Kratzen im Hals. Nach der Rückführung konnte ich wieder klar sprechen, aber das Erlebnis selber war ziemlich krass …«

Es entstand eine Pause. Die Konfrontation mit Theresas Gedankenwelt strapazierten Davinas Verstand. Das alles war ihr viel zu esoterisch. »Eine Frage hätte ich noch, bevor wir dann vielleicht mal etwas essen sollten.« Davina war die Erschöpfung anzusehen. »Wenn die Isis für die Wiedergeburt steht und auch die Jungfrau Maria, die aus ihr hervorgegangen sein soll, und die Templer davon wussten und dieses Wissen bewahren wollten – warum ist dann ausgerechnet an einer Kathedrale der Templer das Jüngste Gericht so aufwendig dargestellt? Die Christen glauben doch nicht an die Seelenwanderung.«

»Nun ja, die Templer mussten die christliche Lehre anerkennen, auch wenn der Ordensvorstand zur damaligen Bildungselite gehörte. Der Orden war ja direkt dem Papst unterstellt und durfte die Macht der Kirche nicht infrage stellen. Auf die Darstellung des Jüngsten Gerichts konnte man nicht verzichten. Es war und ist ein elementarer Bestandteil der christlichen Lehre. Man muss diese Szene nur anders interpretieren: Jesus stellt Horus, den Sonnengott, dar. Er richtet nicht über die Seelen, sondern er entscheidet, welche Seelen in das ewige Reich eingehen und welche wiedergeboren werden«, antwortete Theresa.

Davina nickte nur und lehnte sich zurück. »Wisst ihr was? Ich lade euch zu mir ein. Wir können gemeinsam essen, und ihr könnt auch gerne bei uns übernachten!«

Eine halbe Stunde später erreichten sie das Yogazentrum. Die Wohnung von Theresa und ihrer Lebensgefährtin befand sich im Obergeschoss. In einem Nebenzimmer standen zwei bequeme Liegen, auf denen Davina und Marc schlafen konnten. Während Theresa das Essen zubereitete, begutachteten ihre Gäste die Wohnung. Davina warf einen flüchtigen Blick in Theresas Arbeitszimmer. Ein auffällig bunter Bilderrahmen stand auf ihrem Schreibtisch. In dem Rahmen befand sich ein handbeschriebener Zettel:

»In dem Augenblick, in dem man sich endgültig einer Sache verschreibt, bewegt sich die Vorsehung! Alle möglichen Dinge, die sonst nie geschehen wären, geschehen, um einem zu helfen. Ein ganzer Strom von Ereignissen wird durch die Entscheidung in Gang gesetzt und

sorgt für zahlreiche, unvorhergesehene Zufälle, Begegnungen und materielle Hilfen. Was immer du kannst, beginne es!«

Davina bekam eine Gänsehaut. Hatte sie sich nicht auch einer »Sache« verschrieben? Passierten nicht gerade lauter merkwürdige Dinge, mit denen sie niemals gerechnet hätte?

Später saßen sie zusammen mit Theresas Lebensgefährtin Sarah in der Küche und sprachen bei einem köstlichen vegetarischen Abendbrot über Gott und die Welt. Davina fragte die beiden nach dem Autor des Textes im Büro. Er stamme wohl von Goethe, meinte Theresa, war sich aber nicht sicher. Ihr sei dieser Text in die Hände gefallen, als sie noch sehr damit haderte, ihr Leben in Köln aufzugeben, um zu ihrer Freundin nach Frankreich zu ziehen.

»Et ensuite?«, fragte Marc.

»Na, wie ihr seht, bin ich hier. Es hat sich alles sehr schön entwickelt. Ich bereue die Entscheidung nicht.«

Nach dem Essen forderte Sarah die beiden Wissenschaftler auf, mit ihr zu kommen. Marc übersetzte: »Sie will mit uns in die cathédrale, das centre d'énergie aufsuchen.«

»Was denn, jetzt noch?«, fragte Davina überrascht, »es ist doch schon bald neun!«

»Ja, aber heute ist eine méditation in der cathédrale, sie hat dafür länger auf.«

Das Energiezentrum sollte sich laut Sarah in der Nähe des Altares befinden, dort, wo sich irgendwelche Kreise schnitten. Um das freigeräumte Labyrinth waren Kerzen aufgestellt worden, einige Menschen standen im Kreis und meditierten. Leise Musik war im Hintergrund zu hören. Sarah flatterte durch den großen Raum, wie ein Schmetterling, der sich in der alten Kathedrale wie Zuhause fühlte. Am Altar bestaunte Davina noch einmal die hohen Glasfenster und das gotische Gewölbe, als sie plötzlich eine innere Kälte wahrnahm. »Jetzt steht ihr mitten im Energiezentrum«, rief Sarah auf Französisch und erhob ihre Hände, wie eine Priesterin zum Gebet. Davina und Marc streckten ebenfalls ihre Hände in die Luft. Der Franzose hatte bereits seine Augen geschlossen und schien sich der »Energie« hinzugeben. Davina kam das alles sehr albern vor. Dennoch schloss sie ihre Augen. Ein unangenehmer Schmerz durchzuckte ihren Körper. Wie ein Blitz durchdrang er ihren Kopf, schoss durch ihre Beine und entlud sich dann spürbar durch ihre Füße. Sie musste sich setzen. Es war, als hätte sie seit Tagen nicht geschlafen.

Marc hockte sich hinter sie und stützte ihren Oberkörper. Warm und wohltuend lagen seine Hände auf ihren Schultern. Endlich brachte er sie zum Auto und fuhr sie zurück zu ihrer Unterkunft.

Nachts überkam Davina ein seltsamer Traum. Sie befand sich erneut auf der Anhöhe und blickte auf die mit Feldern und Wald bedeckte Ebene hinunter. Der Eure schlängelte sich sanft durch das Land, und die Sonne zeigte ihr frühes Antlitz am Horizont. Ein diesiger Morgen, kein Laut war zu hören, die Zeit schien stehengeblieben zu sein. Kein Vogel flog über sie hinweg, kein Windhauch war zu spüren. Das große Fürstenhaus stand an seinem Platz. Es hatte sich kaum verändert, aber diesmal stieg kein Rauch aus dem Giebel hervor. Das mächtige Holztor war geschlossen. Zwei längliche Steinfiguren bewachten nun den Eingang – einfache Darstellungen von Kriegern mit Schwertern und Schilden. Schädel säumten den Zaun. Menschliche Schädel! Der Opferstein vor dem Gebäude war überzogen mit verkrustetem Blut. Als Davina sich dem Haus näherte, öffneten sich wie von Geisterhand die Pforten. Schwerfällig, aber geräuschlos schwangen sie langsam zur Seite. Im Innern war es hell, aber es brannte kein Feuer. Im hinteren Teil des Gebäudes sah sie das Licht einer kleinen Flamme. Sie züngelte nicht. Der Innenraum mit seinen mächtigen Säulen war leer. Davina lief auf das Licht zu. Eine ummauerte Öffnung versperrte ihr den Weg. Ein Brunnen. Sie sah hinein. Ein schwarzes Loch. Sie vernahm ein unheimliches Flüstern. Kam es aus dem Brunnen? Ein Schauer lief ihr über den Rücken. Ein kleiner Kessel hing an einer Kette neben dem Schacht. In ihm schimmerte klares Wasser. Sie berührte den Kessel, aber das Wasser bewegte sich nicht. Im hinteren Gebäude entdeckte sie einen Altar aus Stein. Auf ihm saß eine weibliche Figur aus dunklem Holz auf einem Thron. Im Dämmerlicht waren ihre Gesichtszüge kaum erkennbar. Davina war sich sicher, dass dies Absicht war. Die Figur wurde von zwei dünnbeinigen Pferden aus Metall flankiert, etwas lag in ihrem Schoß. Eine Schale? Es sah aus wie ein Bündel. War es ein Kind? Vor der Figur lagen Tontäfelchen, bunte Bänder und Figuren aus Holz. Davina wusste, wer sie war: die Muttergottheit Epona.

Plötzlich schlich etwas an ihr vorbei. Ein Luftzug streifte ihren rechten Arm. Sie drehte sich um und suchte mit ihren Blicken den Raum ab. Da war niemand. Oder doch? Wieder dieses Flüstern! Eine Gestalt erschien im Türrahmen. Wie aus hellem Rauch, durchsichtig und ohne Konturen. Sie konnte die Umrisse eines Menschen erkennen. »Wer bist du?«, fragte Davina. Die Gestalt kam auf sie zu und hüllte sie ein. Starr vor Schreck stand sie da und ließ sich von dem Rauch einnehmen. Er duftete angenehm nach Harz. Der Rauch fühlte sich warm und weich an, wie eine innige Umarmung. Ihre Angst verflog. Ein Gefühl der Liebe überkam sie. Sie war Zuhause! Dann verlor sie das Bewusstsein.

Als sie erwachte, schossen ihr ungewöhnlich viele Bilder und Gedanken durch den Kopf. Ihr Schädel schmerzte. »Das Fürstenhaus war zum Tempel geworden. Aber wann und warum wurde das Fürstenhaus als Wohnsitz aufgegeben? In welcher Zeit habe ich mich befunden? Wer war die Gestalt, die mich umarmt hat, und warum habe ich mich wie Zuhause gefühlt?« Davina atmete mehrmals tief durch. Ihre Gedanken beruhigten sich. Dann erschien ihr auf einmal ein Bild aus dem Steinbruch. Wie eine grüne Zunge ragte etwas zwischen den Baumwurzeln hervor. Sie wusste, wo sich diese Stelle befand, und sie passte zu der Beschreibung des alten Mannes auf dem Fahrrad!

Nach dem Frühstück machten sie sich sofort auf den Weg. Davina befand sich wie in einer Trance. Sie bat Marc, zum nächsten Baumarkt zu fahren. Dort kaufte sie einen Spaten, eine Rundschaufel, eine weiche Malerdecke und Folie. Marc ahnte etwas. Als sie wieder im Auto saßen, fragte er: »Du hast geträumt?«

»Ja!« Davina nickte.

»Ich bin mit dir!«

Es war, als hätten sie schon ein ganzes Leben miteinander verbracht. Es brannte ihr auf der Zunge: »Vertraust du mir?«

»Oui, bien sûr!«

»Da ist noch mehr«, stammelte Davina.

»Ich mag dich auch, sehr!«, antwortete Marc unbefangen und blickte sie liebevoll an. Sie brachte kein Wort heraus. Verlegen wandte Davina sich ab.

»Nicht denken! Weiter!« Auf einmal war sie wieder bei vollem Bewusstsein: »Wir werden tief graben müssen, Marc. Die Statue wird im Laufe der Jahrhunderte von Sedimenten und Erde bedeckt worden sein. Vielleicht wurde die Senke auch mit Schuttresten aufgefüllt …« Marc startete den Motor.

»Das werden wir sehen. Holen wir uns den Grund!«

»Du meinst, den Beweis?«

»Oui!«

Die Luft roch nach Heu und den feuchten Strohresten der abgeernteten Felder. Kein menschlicher Laut war zu hören. Marc stellte das Auto in der Nähe des Tores am Eingang zum Steinbruch ab. Mit ihrer Ausrüstung schlüpften sie durch das Loch im Maschendrahtzaun. Marc hatte den Metalldetektor dabei, den er wie ein Gewehr geschultert bei sich trug. Zielstrebig lief

Davina in den Wald hinein. Spaten und Schaufel schlugen bei jedem Schritt aufeinander und schepperten laut. Endlich erreichten sie eine flache, von Efeu und anderen Schattengewächsen überwucherte Mulde. Auf der gegenüberliegenden Seite wurde die Senke von mehreren Felsstümpfen flankiert, die wie Zähne aus der Erde ragten.

»Hier ist es, Marc! Hier!«, rief Davina atemlos.

»Schscht!«, zischte der Franzose: »Bist du sicher?«

»Ja!«

Davina begann zu graben. Die Pflanzendecke war so dicht, dass sie erst die durchwurzelte Schicht mit dem Spaten abtragen musste, um an das lose Erdreich zu gelangen. Nach kurzer Zeit lief ihr bereits der Schweiß den Nacken herunter. Marc nahm die Schaufel zur Hand und transportierte das aufgelockerte Material zur Seite. Schicht für Schicht entfernten sie die Erde, stießen auf Gesteinsbrocken, Wurzelreste und vermodertes Holz.

»Ich glaube, wir müssen weiter vorne bleiben, am Rand der Mulde«, bemerkte Davina schnaufend.

»Aber wer weiß, wo der Rand ist?« Marc wischte sich den Schweiß von der Stirn.

»Das sieht doch hier nach einer natürlichen Begrenzung aus, oder nicht?« Sie wies auf eine kleine Stufe im Gelände hin, die weniger dicht bewachsen war. »Die Vegetation ist ein sichtbarer Hinweis auf die Bodenverhältnisse und das einzige, woran wir uns jetzt orientieren können. Außerdem scheint hier eine Bruchlinie im Gestein zu sein.«

Sie gruben weiter und schaufelten mühsam das steinige Erdreich beiseite. Hin und wieder schwenkte Marc den Detektor über die Ausgrabungsstelle und wartete gespannt auf ein Signal. Nach einiger Zeit stießen sie auf ein paar verbogene Hufnägel, eine Gürtelschnalle und verrostete Münzen. Davina machte eine Pause. Sie setzte sich auf einen der Felsstümpfe und beobachtete, wie Marc den Spaten mehrmals beherzt in den Boden rammte. Plötzlich vernahm sie ein eigenartiges Geräusch. »Halt! Warte mal! Da ist was!«

Marc hatte den Widerstand beim Graben gespürt. Er versuchte, den Gegenstand anzuheben, vergebens. Sie gruben von beiden Seiten weiter, bis er sich schließlich herausheben ließ. Zum Vorschein kam ein fußballgroßer, birnenförmiger Klumpen aus Erde und Steinen. Grünliche Einlagerungen zeugten von oxidiertem Kupfer. Marc hielt den Detektor über den Gegenstand. Der Apparat gab einen lauten, langgezogenen Ton von sich.

»Marc, mein Schatz, wir haben tatsächlich was gefunden! Es ist auf alle Fälle aus Metall, und es sieht vielversprechend aus.«

Sie hievten den Klumpen aus dem Loch. Davina holte ihre Wasserflasche und begann, den Gegenstand zu reinigen. Marc half ihr mit seiner Zahnbürste aus. Behutsam entfernten sie die oberste Erdkruste und einige Steinchen, die in dem Material eingeschlossen waren. Dann kratzte Davina vorsichtig an einer Stelle an der darunterliegenden Schicht und beseitigte einige grünlich schimmernde Ablagerungen. Plötzlich löste sich ein Brocken und fiel dumpf zu Boden. Aus der verkrusteten Birne ragte eine leicht deformierte, zierliche Hand hervor, die einen rundlichen Gegenstand hielt. Vorsichtig strich Davina mit ihren Fingern darüber und untersuchte das Objekt. Mit der Zahnbürste konnte sie einen weiteren Teil vom Schmutz befreien. »Was ist das?«, fragte Marc neugierig. Davina stockte der Atem: »Es ist ein Anch-Symbol!«

12. Das Herz des Imperiums

Meduana saß vorne auf dem Wagen und konnte vor Aufregung kaum atmen. Sie waren schon fast am Stadttor angelangt, da stoppte Priscos mit einem Ruck das Pferd. Begeisterung lag in seiner Stimme: »Sieh doch, der Campus Martius! Ein Platz für alle Bürger Romas. Er trägt den Namen ihres Stammesgottes.«

»Wer ist ihr Stammesgott?«, wollte Meduana wissen.

»Mars, der Gott des Krieges.«

»Sind alle Tempel dort dem einen Gott gewidmet?«

»Nein. Sie geben jedem Gott eine Gestalt und einen eigenen Altar. Schau!« Priscos zeigte mit dem Finger auf verschiedene Gebäude. »Dort steht der Tempel nur für Mars, der wie Teutates für den Frieden steht, und da für Jupiter, der wie Taranis über den Himmel herrscht. Da hinten für Minerva, die wie Nemetona verehrt wird – aber sie beten auch fremde Götzen an, für die Romaner ist das kein Vergehen.«

»Und was sind das für Bauten? Welchen Göttern sind sie geweiht?« Meduana blickte in Richtung eines Neubaugebietes.

»Den Götzen der Gier! Seit Sullas Herrschaft errichten dort die Adeligen Häuser. Sie lassen nur die Bürger darin wohnen, die gut dafür bezahlen. Die Stadt zieht viele Menschen an, auch solche, die sich nur in ihr vergnügen wollen. Zu gerne würde ich die Wucherer in der Arena wiedertreffen und dabei zusehen, wie sich die wilden Tiere an ihren fetten Leibern sättigen.«

»Aber diese Häuser stehen außerhalb der Mauer.«

»Ja, die Stadt wächst schneller, als sie planen können. Sieh sie dir an! Die alte Mauer stammt aus längst vergangenen Tagen. Im Anblick ihrer Größe vergessen die Romaner, dass unsere Brüder diesen Ort vor langer Zeit geplündert haben.«

Eine laute Stimme unterbrach sie. »Wo bleibt ihr denn? Priscos!« Fabritius, der einige Schritte vorausgelaufen war, hatte sich umgedreht und war nun sichtlich verärgert.

Als sie ihn eingeholt hatten, befahl er Meduana, sich in den Wagen zurückzuziehen und die Plane zu schließen. Ein Blick von ihm genügte.

Während der Fahrt durch Rom beobachtete Meduana durch einen Spalt auf der Rückseite des Wagens neugierig das Geschehen auf den Straßen. Noch nie hatte sie so viele verschiedene Menschen an einem Ort gesehen. Die Höhe der mehrstöckigen Wohnhäuser war beängstigend, als würden sie durch enge Schluchten fahren. Die Stadt erstickte beinahe an ihren Händlern, die jeden verfügbaren Platz für den Aufbau ihrer Warenstände nutzten. Bettelnde Kinder verfolgten sie. Ochsenkarren transportierten auf abenteuerliche Weise Baumaterial und Amphoren über die unebenen Straßen, im vollen Galopp preschten Reiter an ihnen vorbei. Doch sie nahm auch die Pracht und Vielfalt wahr: Menschen mit fremdländischen Zügen, seltsamer Kleidung und dunkler Haut. Gläsernes Geschirr wurde feilgeboten und Felle von unbekannten Tieren. Neue Gerüche erreichten ihre Nase. Eine Wolke aus aromatischen Harzen, würzigen Kräutern und wohlriechenden Ölen. Und diese riesigen Gebäude! Wie bei den griechischen Tempeln passte jeder Block und jeder Säulenstein wie durch Zauberkraft perfekt aufeinander.

Einige Portale wiesen bunte Reliefs auf, die so real erschienen, dass Meduana glaubte, die abgebildeten Figuren darauf würden sich bewegen. Dann fiel ihr Blick auf übergroße, menschliche Statuen, die sich vor einem tempelartigen Gebäude befanden. Die

Details ihrer Darstellung, ihre Ausdruckskraft, die eingefrorenen Bewegungen – allein ihre Größe beeindruckten die junge Kriegerin zutiefst. »Wer auch immer dort verewigt ist, es gereicht ihm wohl zur Ehre!« Eine männliche Statue erregte ganz besonders ihre Aufmerksamkeit. Sie zeigte ihre Nacktheit in so vollkommener Schönheit, wie sie es noch nie zuvor gesehen hatte. Wenngleich das Geschlecht des Mannes ein wenig verkümmert aussah.

In der Nähe des Forum Romanums, einem großen Marktplatz mit Tempeln und öffentlichen Gebäuden, hielten sie an. Fabritius verschwand in einem Geschäft mit offenen Holztüren, das bis auf die Straße hin mit Waren vollgestellt war. Über dem Eingang spendeten Tücher Schatten, an den Wänden hingen Bündel von Körben, Seilen und Lampen. Säcke und Amphoren mit Lebensmitteln im Durchgang versperrten die Sicht in das Innere des Ladens. Priscos tränkte derweil das Pferd an einem öffentlichen Brunnen, während Meduana schwitzend im stickigen Wagen saß, abgeschnitten von dem bunten Treiben draußen auf dem Platz. Ungeduldig wartete sie auf die Rückkehr des Gladiatorenmeisters, da versuchte tatsächlich jemand die hintere Plane auseinanderzuziehen, um heimlich einen Blick in das Wageninnere zu werfen. Als plötzlich eine Hand vor Meduanas Augen auftauchte, stach sie mit dem Dolch zu. Schmerzhaft getroffen zog sich die Hand zurück. Meduana hörte, wie jemand fluchend und schimpfend davonlief. Ein vertrautes Lachen war zu vernehmen, dann Priscos Stimme: »Gut gemacht!«

Endlich kam Fabritius mit dem Händler zurück und ließ die Waren aufladen. Ein paar Gegenstände hatte er verkaufen können, aber sein Einkauf machte den größeren Teil aus. Es wurde eng im Wagen. Meduana durfte ihr Gefängnis verlassen, und Priscos hatte große Mühe, sie im Auge zu behalten. Sie hätte sich so gerne in das Marktgetümmel gestürzt. Immer wieder erklärte er ihr, wie gefährlich es sei, in dieser Stadt allein unterwegs zu sein, und wie wütend Fabritius sein würde, wenn sie nicht in der Nähe des Wagens bliebe. Meduana hatte keine Angst vor der fremden Stadt und ihren Menschen, aber sie fürchtete Fabritius' Zorn.

Am frühen Nachmittag erreichten sie die Gladiatorenschule. Drei Männer traten aus einer hölzernen Baracke heraus, die neben einem zweistöckigen Wohnhaus stand, und halfen Priscos beim Entladen. Auch sie waren sehr muskulös und fett. Einer klopfte dem Gallier zur Begrüßung freundschaftlich auf die Schulter. Fabritius deutete mit einer Handbewegung an, dass Meduana ihm folgen sollte. Er wandte sich von den Männern ab und lief auf das große Wohngebäude zu. Wilder Wein berankte die Wände, die filigranen Sprossenfenster und die Ziegeldächer der beiden Etagen ließen das Haus von außen herrschaftlich erscheinen.

Innen war es angenehm kühl. Meduana wurde schweigend von einer beleibten älteren Frau begrüßt. Sie trug eine schlichte, weiße Tunika, die unter ihren Brüsten abgebunden war. Ihre Haut war hell, doch ihre Arme waren mit dunklen Härchen übersät. Ohne Worte führte sie die junge Kriegerin durch einen begrünten Innenhof in einen Raum, dessen Wände mit Abbildungen von wilden Tieren verziert waren. In dem Zimmer standen drei Liegen, bestückt mit bunten Kissen. Die Frau stellte einen Krug mit kaltem Wasser, gekühlte Trinkbecher aus Ton und eine Schale mit Früchten auf ein kleines Tischchen.

Fabritius hatte sich bereits hingesetzt und die Sandalen ausgezogen. Nach einem Wink von ihm holte die ältere Frau eine Schüssel mit Wasser und ein sauberes Tuch. Er stellte seine Füße in das Behältnis, und die Frau wusch ihm kniend seine staubigen Waden ab. Alles lief wie ein festgelegtes Ritual ab. Meduana kannte dieses Vorgehen als formelle Zeremonie, doch nur von ihrem Vater und anderen Adeligen ihres Stammes. Fabritius aber war kein adeliger Mann. Verunsichert hockte sie sich auf die gegenüberstehende Liege und sah zu, wie die Frau mit dem freundlichen Gesicht Fabritius umsorgte. Wer war sie? Für eine Unfreie war sie gut gekleidet, ihre langen, grauen Haare waren kunstvoll hochgesteckt. Als hätte er ihre Gedanken gehört, stellte Fabritius sie vor: »Argiope ist ihr Name. Sie ist Graecerin. Vor drei Jahren erwarb ich sie auf einem Markt in Roma. Sie hat keine Zunge, aber sie kann schreiben, und sie versteht jedes Wort. Wenn es dich nach etwas dürstet, wende dich an sie. Sie kennt sich im Hause besser aus als ich, und ich möchte, dass du dich bald Zuhause fühlst.«

Meduana bewunderte die kunstvollen Malereien auf den Wänden: »Was sind das für Tiere?«

Fabritius gähnte: »Nubische Katzen. Gegen eine dieser Bestien habe ich gekämpft – ein Löwenweibchen wie dieses dort, das ohne Mähne.« Er deutete auf die Abbildung einer großen Katze mit riesigen Pranken, die keine Zeichnung in ihrem braunen Fell aufwies, weit größer als ein Luchs. Fabritius gähnte noch einmal. Meduana spürte, dass der Gladiatorenmeister nicht länger reden wollte. »Darf ich dein Anwesen erkunden?«

»Geh nur und schau dich um, aber bleibe hier im Haus.«

Langsam lief die junge Kriegerin durch die einzelnen Räume der unteren Etage. Mit ihren Fingern strich sie über die Gegenstände, die ihr begegneten, und prägte sich alles ein. Wie eine Jägerin, die ihr neues Revier bei Tage in Augenschein nimmt, um auch in der Nacht nicht orientierungslos zu sein. Um die Treppe zum oberen Stockwerk zu erreichen, musste sie erneut durch den Innenhof hindurch. Das Atrium hatte einen Mosaikfußboden mit wunderschönen Knotenmustern. In der Mitte befand sich ein kniehohes Becken, gefüllt mit grünlichem Wasser. Ein paar blühende Gewächse in großen Tongefäßen schmückten den Hof.

Das Gebäude besaß den Luxus eines kühlen Vorratskellers, einen Raum mit Backofen und ein Zimmer, das nur dem Schlaf diente. Das Anwesen schien sehr alt zu sein. Wo sie mit dem Licht der Sonne in Berührung kamen, waren die Farben an den Wänden verblichen, und einige Darstellungen im Mosaikfußboden wiesen Risse auf. Doch alles war sehr sauber. Die Möbel glänzten vom Öl, und vor den offenen Fenstern bewegten sich frische, weiße Tücher im Hauch des Windes. Im oberen Teil des Anwesens war ein Raum verschlossen, eine hölzerne Tür versperrte den Weg.

Als sie die Treppe wieder herunterkam, fiel Meduana plötzlich eine niedrige Säule aus hellem Stein ins Auge. Sie stand etwas versteckt hinter einem Vorhang und war auf dem Weg nach oben nicht zu sehen gewesen. Auf der Säule prangte der lebensechte Kopf eines jungen Mannes aus demselben Stein. Unterhalb seiner Schultern sah er wie abgeschnitten aus. Meduana konnte ihre Neugierde nicht zügeln. Sie lief zu Fabritius, der es sich bereits auf der Liege bequem gemacht hatte. Seine Augen waren geschlossen. Argiope verließ gerade den Raum.

»Wer war dieser Mann, auf der Säule an der Treppe? War er ein Gegner, dessen Andenken du auf diese Weise ehrst?«

Fabritius öffnete seine Augen. Er verschränkte die Arme hinter seinem Kopf und schmunzelte: »Nein, dieser Mann lebt noch, aber in der Tat, ich ehre ihn mit diesem Abbild.«

»Was hat er getan?«

»Er bewirkte einen Freispruch.«

»Was bedeutet das?«

»Ich hatte mir nach ihrem Recht etwas zuschulden kommen lassen. Er hielt eine Rede vor dem Richter und bewahrte mich auf diese Weise vor der Schuld.«

»Das verstehe ich nicht.«

»Es war sonst niemand da, der für mich eingestanden wäre. Bei den Romanern kann ein Mann, der als freier Bürger gilt, von einem Advocatus vor Gericht vertreten werden. Ich hatte gerade erst den Ehrenstab erhalten, der mich zu einem freien Manne machte, aber in ihren Augen war ich immer noch ein Gladiator.

Deshalb waren meine Worte vor Gericht nichts wert. Dieser junge Advocatus konnte sie mit seinen Worten glauben lassen, dass in der Nacht die Sonne scheint.«

»Hast du denn Unrecht getan?«

»Das liegt im Auge des Betrachters.«

»Erzähl es mir!«

Fabritius war müde: »Du kannst so viel fragen, wie du willst, ich werde es dir nicht sagen.«

»Warum nicht?«, platzte es aus ihr heraus.

»Weil es der Vergangenheit angehört. Ich war nicht der, der ich jetzt bin, und ich will nicht über die Person sprechen, die ich einst war. Und nun sei still!« Seine Stimme klang verärgert.

»Gut, aber sage mir, wie dieser Mann heißt, der für dich eingestanden war.«

»Warum?«

»Ich möchte seinen Namen wissen!«

»Warum nur ist dir das so wichtig?« Fabritius schüttelte verständnislos den Kopf.

»Weil ich nun einmal wissbegierig bin«, antwortete sie trotzig.

»Ja, das bist du, Fürstentochter! Du wirst noch deine Zunge daran verlieren. Kannst du nicht einmal sein wie ein gewöhnliches Weib und dich zufrieden geben, mit dem, was du weißt?«

»Wie lautet er?«

Fabritius gab entnervt auf: »Bei den Göttern, du bist wie ein hungriges Tier! Er heißt Marcus Tullius Cicero. Aber in Wirklichkeit ist sein Antlitz nicht so schön, der Steinhauer war nur sehr begabt.«

»Cicero? Was für ein seltsamer Name! Er passt nicht recht zu einem würdigen Mann«, stellte sie fest.

»Das ist wohl war«, gab Fabritius zu, »der Name stammt von einer fremdländischen Erbse. Dabei stünde es ihm frei, seinen dritten Namen selbst zu wählen.«

Argiope brachte ihnen das Abendessen und frisches Wasser. Es gab Brot in Form eines dünnen Fladens, gewürzten Dinkelbrei mit dicken Bohnen und gekochtem Ei. Dazu einen harten, aromatischen Käse. Die junge Kriegerin hatte Hunger und ließ sich die Speisen schmecken. Sie nutzte das ausgiebige Abendmahl mit Fabritius, um weitere Antworten zu bekommen. Sie fragte ihn nach der verschlossenen Tür im oberen Stockwerk und nach dem Gebäude, das neben seinem Anwesen stand.

»Hah, jetzt geht das schon wieder los!« Er schmatzte laut beim Kauen und nahm einen großen Schluck aus seinem tönernen Becher. Dann wischte er sich den Mund nicht am Ärmel, sondern mit einem kleinen Tuch ab, das neben ihm auf der Liege lag.

»Nun gut. Ich verstehe, dass du Fragen hast. Und bevor du mir die Tür mit Gewalt aufbrichst, weil deine Neugierde dich dazu treibt, gebe ich dir lieber eine Antwort.« Er lachte kurz auf, doch seine Stimme klang ernst: »In diesem Raum bewahre ich meine Verträge auf und mein Vermögen in Münzen. Auch die Rüstungen und Waffen meiner Gladiatoren sind dort sicher. Niemand hat darin etwas zu suchen, außer mir. Es ist mein Reich.« Meduana nickte anerkennend. »In der Baracke nebenan leben die Darsteller und Sklaven, die sie versorgen. Zu den Unterkünften gehört ein kleines Badehaus. Morgen werde ich dir alles zeigen - morgen, heute nicht!«

»Gut, morgen dann!« Meduana sah Fabritius eine Zeit lang schweigend an. Ihm fiel ihr nachdenklicher Blick auf. »Was hast du nun?«, wollte er wissen.

»Würdest du mich töten, wenn ich dir entlaufen würde?«

»Wie kommst du denn darauf?« Er stopfte sich ein Stück Brot in den Mund und sah sie verwundert an.

»Priscos hat gesagt, du würdest ihn töten, wenn er versuchen würde, zu fliehen.«

Fabritius hörte auf zu kauen und verschluckte sich fast.

»Das hat er dir erzählt? Was redet er für dummes Zeug! Wenn einer fliehen will, dann soll er das nur tun. Ich gebe ihnen Nahrung, Unterkunft und eine gute Schule. Hier ist ihr Zuhause. Es würde ihnen schlecht ergehen, wenn sie versuchen würden, ihrem Schicksal zu entfliehen.« Er schnitt sich mit einem scharfen Messer ein Stück vom Käse ab und schüttelte mit dem Kopf: »Hah, ich werde Priscos eines Tages noch die Zunge aus dem Rachen schneiden!«

»Würdest du mich töten?« Meduana ließ nicht locker.

»Nein!« Fabritius sah sie beinahe entrüstet an.

»Warum nicht?«

»Weil ich will, dass du aus freien Stücken bei mir bleibst, dass du ein gutes Leben führen kannst, und dass du für mich einstehst, wenn es an der Zeit ist. Dafür biete ich dir ein Zuhause und …« Seine Stimme klang auf einmal brüchig, er wandte sich ab.

»Und was?«, hakte sie nach.

»Meine Fürsorge«, antwortete Fabritius. »Ich möchte dich zu meinem Weibe machen.« Er stand auf und holte etwas aus dem Nebenzimmer. Wortlos legte er ihren Torques und ihren Armreif auf den Tisch.

Meduana starrte ihn ungläubig an. Er hatte ihre Insignien erworben und für sie aufbewahrt! Eine Woge der Dankbarkeit erfasste die junge Kriegerin. Er legte ihr den bronzenen Ring um den Hals, sie streifte sich mit zitternder Hand ihren Messingreif über. Wusste Fabritius, welche Bedeutung diese Gegenstände für sie hatten? Meduana war so gerührt, dass sie plötzlich weinen musste. Er nahm sie fest in den Arm und sie wehrte sich nicht.

13. Die Gladiatorenschule

Am nächsten Morgen stand Meduana mit den ersten Sonnenstrahlen auf. Fabritius' Schweißgeruch haftete sinnlich an ihrem Körper. Er schlief noch tief und fest. Durch ein Fenster im oberen Stockwerk konnte man auf das Nebengebäude sehen. Es war viel größer, als es bei ihrer Ankunft gewirkt hatte. Hinter der Baracke war eine helle Fläche zu sehen, umgeben von einem Zaun. Meduana horchte auf. Aus der Baracke erklang jetzt das Geräusch aufeinander geschlagener Hölzer. Sie rannte die Treppe hinunter, wusch sich notdürftig im Wasserbecken des Atriums den Schambereich und das Gesicht und bemerkte nicht einmal, dass Argiope ihr kopfschüttelnd dabei zusah. Ihre Tunika hätte auch eine Wäsche nötig gehabt, aber dafür war jetzt keine Zeit. Sie band sich schnell noch ihre zerzausten Haare mit einem Lederband im Nacken zusammen und verließ das Haus.

Die junge Kriegerin folgte dem Geräusch und lief an dem hohen Zaun entlang. Durch ein angelehntes Tor gelangte sie in den Innenbereich. Vor ihr lag ein überdachter Säulengang. Er führte direkt zum Übungsplatz der Gladiatoren. Sie versteckte sich im Schatten des Ganges.

Die Darsteller hatten sich auf der sandigen Fläche versammelt. Sie nutzten die kühlen Morgenstunden für ihre ersten Übungen. Es waren zehn Männer, nur mit einem Lendenschurz bekleidet und barfuß. Einige wärmten sich bereits beim Schwertkampf auf, andere hoben schwere Rundhölzer auf ihre Schultern. Einer der

Gladiatoren stand abseits des Geschehens, ebenfalls im Schatten des Säulenganges, und beobachtete die Szene. Als einziger trug er ein echtes Schwert.

Meduana erkannte Priscos, der keuchend seine Runden lief. Lange musste sie nicht warten, da teilte der Aufseher die Waffen aus. Es waren überwiegend kurze Holzschwerter, Modelle des römischen Gladius. Das Kurzschwert war eine reine Stichwaffe und anders zu führen als ein keltisches Langschwert, für das man mehr Kraft und Schwung brauchte. Sie hatte bei ihrem misslungenen Attentat die Erfahrung gemacht, dass es im Nahkampf seinen Zweck erfüllte und seine Schärfe nicht minder gefährlich war. Die junge Kriegerin konnte es kaum erwarten, den Zweikampf der Gladiatoren mit eigenen Augen zu sehen.

»Hey, Priscos, ist sie das?«, rief jemand auf Lateinisch. Alle Männer blickten auf einmal gespannt zum Säulengang. Meduana war aus seinem Schatten herausgetreten. Sie stellte sich zu dem Aufseher. »Ich möchte bei den Übungen dabei sein und sehen, wie sie kämpfen«, sagte sie selbstbewusst.

»So, so, möchte sie das«, antwortete der Aufseher spöttisch. Er war groß und nicht so fett wie die anderen. Seine braune Haut hatte einen olivgrünen Schimmer. In seinem Nacken hing ein dickes Bündel schwarzer Haare. Er beäugte sie neugierig mit seinen ungewöhnlich dunklen Augen.

»Bist du die neue Errungenschaft des Lanista?«

Meduana verstand nicht, was er damit sagen wollte.

»Na, die gallische Sklavin, die angeblich auch mit dem Schwert vertraut ist …«

»Nein, ich bin keine Sklavin, wie du siehst. Aber ich bin sehr wohl eine Kriegerin, die das Schwert zu führen weiß.«

Die Männer lachten. Ihre Erscheinung zeugte davon, dass sie eine Sklavin war. Priscos gesellte sich zu ihr. Er bemerkte als einziger ihren Torques und den priesterlichen Armreif.

»Er will dich zu seinem Weibe machen, nicht wahr?«, fragte er sie in seiner Sprache. Meduana nickte.

»Er gab mir meine Freiheit und achtet meine Herkunft. Ob ich ihm mein Wort gebe, muss erst noch entschieden werden.« Priscos übersetzte dem Aufseher, was sie gesagt hatte.

Daraufhin trat der einen respektvollen Schritt zurück und nickte Meduana ergeben zu: »Verzeiht meine Unwissenheit! Ich bin mit Euren Traditionen nicht vertraut.«

»Sag mir, wer du bist!«, forderte Meduana ihn auf.

»Mein Name ist Bahram, ich bin ein Sohn Parthias. Ich leite die Gladiatoren an, im Namen des Lanista, meines Herrn.«

»Es sei dir verziehen, Bahram, und nun lass sie kämpfen!«

Auf ein Zeichen hin stellten sich die Gladiatoren zum Zwei-kampf auf. Bahram erklärte ihr, dass die Gegner gleichwertig sein müssen, obwohl jeder Kämpfer seine individuelle Ausrüstung besaß. Dann beschrieb er die einzelnen Krieger, die unterschied-liche Tugenden symbolisierten. Auch musste das Verhältnis von Schutzbekleidung und Bewaffnung ausgewogen sein, damit der Kampf nicht zu früh entschieden wurde. Der Oberkörper blieb ungeschützt, denn ihn galt es zu treffen.

Das war also der Grund, warum die Männer so fett waren! Es bot ihrem Fleisch und ihren Eingeweiden zusätzlichen Schutz. Meduana musste vorerst mit den Beschreibungen Bahrams vor-liebnehmen, denn im täglichen Training trugen die Männer keine Schutzausrüstung.

Diocles trat als Thraex auf, mit dem gebogenen Schwert eines thrakischen Kriegers und einem kleinen, gewölbten, rechteckigen Schild. Ihm gegenüber stand ein Gladiator, dessen Figur sich Murmillo nannte. Er trug einen Gladius und einen großen Recht-eckschild bei sich, wie die Krieger der römischen Legion. Priscos trat als Gallus auf, als gallischer Krieger mit einem großen, ovalen Schild. Zwei der Gladiatoren wurden als Equites ausgebildet. Sie kämpften in der gleichen Gattung gegeneinander und besaßen neben dem Gladius ein flaches Rundschild und eine Lanze, mit der sie anfangs noch zu Pferde kämpften.

Der Aufseher hob seine Hand zum Gruß, und die Paare begannen aufeinander zuzugehen. Sie brachten sich in Position, tänzelten im Kreis herum und beschnupperten sich, wie Wölfe vor dem Sprung. In dieser kurzen Zeit der Annäherung versuchten die Kämpfer die Behändigkeit des Kontrahenten einzuschätzen. Dann wagte einer nach dem anderen den ersten Zug. Schnell, wendig und mit ungeheurer Kraft führten die Männer ihre Schläge aus. Sie setzten die Fülle ihrer Leiber ein und jeden Muskel ihres Körpers. Jeder Schritt, jeder Stoß, jede Bewegung mit dem Schild war gut trainiert, kein Schlag ging unnötig ins Leere. Meduana verstand, dass es sich um einen rituellen Kampf handelte, der nicht zwangsläufig einen tödlichen Ausgang haben musste. Irgendwann aber könnte ein Hieb die ungeschützte Brust des Gegners treffen, der, mit einem scharfen Schwert geführt, eine schwere Verletzung hervorrufen würde. Die dynamischen Bewegungen und die Kraft der Körper beeindruckten die junge Kriegerin sehr. Dieser Kampf stand ohne Zweifel im Einklang mit der göttlichen Ordnung, und der Tod eines jeden dieser Männer würde ihr gerecht werden.

Spontan nahm Meduana ein Holzschwert und einen kleinen Schild auf, die auf dem Boden des Säulenganges lagen, und klopfte anerkennend mit dem Schwertgriff auf die Schildoberseite. So, wie es in ihrer Heimat üblich war. Augenblicklich hörten die Männer auf zu kämpfen und blickten sie erstaunt an. Für sie bedeutete diese Geste eine Provokation und eine Aufforderung zum Kampf. Ein Gladiator trat sogleich aus der Gruppe heraus und ging zielstrebig auf die junge Kriegerin zu. Er nahm ihre Herausforderung an, indem er ebenfalls auf seinen Schild klopfte. Im Gegensatz zu den anderen war er noch recht jung und hatte einen ausgesprochen athletischen Körper. Priscos nickte Meduana aufmunternd zu. Erst jetzt begriff die junge Kriegerin, was diese Geste zu bedeuten hatte, und bereute im ersten Moment ihre Tat. Da sie aber nicht feige war, nahm sie die Gelegenheit wahr. Sie konnte von den Gladiatoren noch einiges lernen. Jetzt war sie keine Gefangene mehr, sie konnte ihr Schicksal wieder selbst bestimmen …

Sie raffte ihre Tunika hoch bis über die Knie und band sich den Stoff mit einem Hanfseil um die Taille. Barfuß war sie ohnehin. Es hatte einen Grund, warum die Gladiatoren nicht in Sandalen kämpften. Schon das kleinste Steinchen im Schuh würde den Kämpfer schwächen, und im Sand ließ es sich damit nicht gut laufen.

Meduana behielt das Schwert und den kleinen Rundschild, der sich ungewöhnlich leicht anfühlte, und betrat den Übungsplatz. Bahram gab ein Zeichen, der Kampf konnte beginnen. Meduana orientierte sich bei der Aufstellung an ihrem Gegner und versuchte ihn nachzuahmen. Sie kannte die Regeln nicht, und auf dem Schlachtfeld gab es keine. Die Stämme des Nordens waren wild und unbarmherzig, es wurde mit allen Mitteln gekämpft. Sie vollzogen das Ritual des anfänglichen Umkreisens, doch schon nach kurzer Zeit griff der junge Gladiator an, um ihre Reaktion zu testen. Sofort erinnerte sich Meduanas Körper daran, was er gelernt hatte. Sie hob blitzschnell ihren Schild und schmetterte den harten Schlag des Holzschwertes ab. Ein respektvolles Raunen war zu vernehmen. Die Männer beobachteten jeden einzelnen ihrer Schritte. Es folgten weitere Angriffe. Die junge Kriegerin musste sich hüten, ihren Schild nicht zu verlieren. Zweimal warf die Wucht des Schlages sie zu Boden, doch sie konnte sich schnell wieder aufrappeln. Dann glaubte sie den Ablauf des Angriffes verstanden zu haben und versuchte sich in ihrem ersten Schlag. Sie war nicht trainiert, aber ihre Kraft reichte aus, um den Schild des Gladiators zum Vibrieren zu bringen. Wieder und wieder stach sie zu und drängte ihren Gegner zurück. Dann folgten wieder Gegenangriffe, denen sie ausweichen musste. Es war wie ein geordneter Tanz.

Der Gladiator war wesentlich stärker und ausdauernder als sie. Es war nur eine Frage der Zeit, bis er ihr das Schwert aus der Hand schlagen oder sie schmerzlich am Körper treffen würde. Meduana hielt sich recht lange auf den Beinen und führte geschickt ihre Waffe, doch dann obsiegten die Technik und die Stärke des jungen Gladiators. Bei einem Schlagabtausch mit dem Schwert kam er ihr sehr nah, wich ihrem Hieb mit einer geschickten Drehung aus und stieß sie mit der Masse seines Körpers zu Boden. Sie schlug mit dem Kopf auf. Ein paar Sekunden lang lag sie wie benommen da und konnte nicht aus eigener Kraft aufstehen. Damit war der Kampf beendet. Ihr Gegner richtete die Schwertspitze auf ihre Brust und wartete auf das Urteil des Schiedsrichters. Meduana lag schwer atmend mit dem Rücken auf dem staubigen Boden und blickte auf die hölzerne Klinge. Dann sah sie dem jungen Gladiator in die Augen, doch der erwiderte ihren Blick nicht.

Die Männer klatschten in ihre Hände, mit der Oberseite der rechten Handfläche in die Unterseite der anderen. Verwundert über dieses seltsame Verhalten richtete sich Meduana an den Aufseher und fragte ihn, was denn jetzt mit ihr geschehen würde, wenn es ein »echter« Kampf gewesen wäre. »Ihr müsstet nun vor dem Sieger knien und euer Haupt senken«, antwortete Bahram.

Meduana tat es und sah Bahram schräg aus den Augenwinkeln an, während er weitersprach: »Wenn der Richter den Kampf für gültig erklärt, wird der Herr, der den Kampf ausrichten ließ, das Publikum befragen. Wenn die Zuschauer mit der Darbietung zufrieden waren, kann der Unterlegene um Gnade bitten. Wenn ihnen der Kampf nicht angemessen erschien oder der Herr selbst einen solchen Abschluss wünscht, werden sie den Tod des Gladiators fordern. In der Regel richtet sich der Herr nach den Wünschen seines Publikums, denn es mehrt seine Beliebtheit - wenn er nicht geizig ist. Es kostet ihn der Tod des Darstellers mehr Münzen als ein verletzter Gladiator, und das weiß das Publikum. Der Todgeweihte aber wird sich ohne Furcht dem finalen Stoß hingeben, um ehrenvoll zu sterben. Wenn er klagen oder um sein Leben betteln würde, wäre das ein peinliches Vergehen, das ebenso schwer wiegt wie ein missglücktes Opfer. Der Tod des Gladiators und die Opfertiere sind beides Gaben an die Götter. Diese sind geweiht und können nicht zurückgenommen werden. Es würde allen Unheil bringen, die diese Regel brechen.«

Die junge Kriegerin neigte ihren Kopf tief nach unten, um symbolisch den Todesstoß zu empfangen. Die Geste brachte ihr den Respekt der Männer ein und ein zufriedenes Lächeln des Gladiators, der sie besiegt hatte. Er stellte sich hinter sie und hielt das Schwert mit beiden Händen an ihren Hals. Die Spitze berührte dabei fühlbar ihre Pulsader. Es wäre ein präziser und tödlicher Stoß gewesen, der sie augenblicklich von ihrem Körper getrennt hätte! Eigenartigerweise fühlte sie sich einen Moment lang wirklich dem Tod geweiht. Ihr Geist befand sich in friedlicher Ruhe, ein Gefühl der Freude erfüllte sie.

»Bei den verdammten Göttern der Unterwelt! Was ist hier los? Was müssen meine Augen sehen? Mein Weib empfängt den Todesstoß! Wer hat sich dieses Schauspiel der Erniedrigung erdacht? … Sergio! Du wagst es, das Schwert auf sie zu richten? Damit hast du dich entehrt! Für diese Frechheit sollst du büßen!«

Meduana zuckte augenblicklich zusammen, als sie Fabritius' zornige Stimme vernahm, die wie ein lautes Donnergrollen über den Platz fegte. Breitbeinig stand er im Säulengang, eine lederne Peitsche in der Hand und vor Wut schnaubend. Dann rannte er auf den jungen Gladiator zu, der eben noch das Schwert gegen

Meduana gerichtet hatte. Der ging in die Knie und hob seine Arme schützend über seinen Kopf, als Fabritius mit der Peitsche unbarmherzig auf ihn einschlug. Sergios Schmerzensschreie hallten über den Hof, aber niemand wagte es einzugreifen.

»Ich bat um diesen Kampf aus freien Stücken«, rief Meduana Fabritius zu. »Lasst von ihm ab, mein Herr, es war für beide Seiten ehrenvoll!«, meldete sich Bahram zu Wort.

Noch einmal klatschte die Peitsche auf den nackten Rücken des Gladiators, dann ließ Fabritius von ihm ab. Die Ungerechtigkeit war ihm selbst schon oft genug begegnet. Er half dem jungen Gladiator wortlos auf und gab dem Medicus den Befehl, sich um ihn zu kümmern. Nun wandte sich Fabritius an Meduana, und er sprach Keltisch mit ihr: »Ich wusste nicht, dass es dich so zum Kampfe treibt, dass du dich nach dem Schwerte sehnst, so wie ein Mann. Doch fließt in dir das Blut des alten Volkes – das ist der Grund für deinen Durst. Wenn ich auch nicht zu deinem Stand gehöre, so bin ich doch von gleicher Herkunft, und ich kenne diesen Durst: Im Angesicht des Todes wird die Seele sehr lebendig, und man spürt für einen Augenblick die Ewigkeit. Doch möchte ich dich nicht auf diese Weise sterben sehen, und niemals werde ich erlauben, dass du dich diesen Göttern opferst!« Er nahm sie bei der Hand und zog sie vom Platz.

Meduana wurde von Argiope neu eingekleidet. Die Haushälterin gab ihr eine feine Tunika aus weißem Wollstoff, Sandalen und ein langes Tuch, das über die Schultern drapiert und in der Taille mit einem Gürtel gehalten wurde. Sie kämmte ihr die Haare durch, was ziemlich lange dauerte, und zeigte ihr, wie man sie kunstvoll hochsteckt. Meduana wollte sich Fabritius gleich in ihrer neuen Gewandung zeigen. Die Tür zu seinem Arbeitszimmer war nur angelehnt. Der Gladiatorenmeister saß an einem breiten, hohen Tisch am Fenster. Er kritzelte gerade etwas auf ein Stück Papyrus. Lautlos betrachtete Meduana die

Ausrüstung der Gladiatoren: die Schwerter, die bunten Schilde und die prachtvollen Helme. Sie waren an einem Gestell befestigt und mit Ketten gesichert. Auf der anderen Seite stand ein hohes Regal, in dem Unmengen an Papyrusrollen lagen, daneben eine große Truhe, vor der ein Schloss aus Metall hing. Erst als Meduana einen neugierigen Blick über seine Schultern warf und er ihren Atem in seinem Nacken spürte, bemerkte Fabritius ihre Anwesenheit.

»Was machst du hier?«, fragte er überrascht.

»Was schreibst du da?«, fragte sie zurück.

Fabritius wandte sich ihr zu, um ihr zu antworten, da vergaß er bei ihrem Anblick prompt, was er sagen wollte.

»Bei den Göttern! Welch eine Freude für meine Augen! Bist du dasselbe Weib, das eben noch mit einem Schwert in der Arena stand? Argiope ist eine wahre Zauberin, und du bist wunderschön, Fürstentochter!«

Beim Abendessen sprachen sie darüber, was es für Meduana bedeuten würde, sein Weib zu sein. Sie wollte wissen, wie die Romaner ihre Ehe vollzogen, und Fabritius erklärte es ihr: »Durch eine Vogelschau oder ein Opfer wird der Tag bestimmt. Die Romaner sind da kleinlich, ebenso wie unsere Brüder. Es gibt den Brauch, bei dem das Weib als Zeichen ihrer Unschuld ein flammendes Gewand trägt. Sie wird durch ihren Vater in die Obhut ihres Ehemanns gegeben. Doch bleibt die Tochter Eigentum des Oberhauptes ihrer leiblichen Familie, auch wenn sie schon im Hause ihres Mannes lebt. Sie muss sich ihren Status erst gebären ... Ach, was erzähle ich! Es wäre zwischen uns gar keine anerkannte Ehe. Ich bin nicht von adeliger Herkunft und du kein romanisches Weib – und auch keine Jungfrau mehr. Für die Romaner bist du eine Fremde ohne Rechte, und ich erwarte nicht von dir, mir drei Söhne zu gebären, ein Sohn wäre schon genug.«

Meduana schwieg. Auch bei ihrem Volke war es üblich, dass der Vater die Tochter ihrem Ehemann übergab, dann aber gehörte sie der Sippe ihres Mannes an, und sie hatte Rechte. Sie erinnerte sich wieder an ihre Vision, in der sie ihren Vater sterben sah. Wenn sie bei Fabritius blieb, würde sie seinen Mörder nicht aufhalten können. Auch hatte sie nie den Wunsch gehegt, die Mutter eines Kindes zu sein. Zudem trug sie eine Gewissheit in sich, die bis zu diesem Tage eher von Vorteil für sie gewesen war. Sie wollte Fabritius nicht belügen und erzählte ihm davon: »Es betrübt mich, dir zu sagen, dass ich dir keinen Sohn gebären kann. Es wäre längst ein Kind in mir herangewachsen, wenn es die Götter nicht verhindern würden. Ich weiß, dass es den unfruchtbaren Weibern sehr schlecht ergehen kann, weil alle glauben, Rosmerta würde sie für ein Vergehen strafen. Doch in meinen Augen ist es ein Geschenk.«

Fabritius sah sie eine Weile schweigend an. Die Freude war aus seinem Gesicht gewichen. Er wollte und konnte seine Enttäuschung nicht verbergen: »Was, um Lugus Willen, hat meine Seele sich zuschulden kommen lassen, dass mich die Götter so verhöhnen? Nein, ich kann dich nicht verdammen, bist du doch mehr für mich als nur ein Weib, das seine Pflicht erfüllen muss. Doch es erfüllt mein Herz mit Trauer, wenn ich das höre.« Damit Meduana das Zittern in seiner Stimme nicht hören konnte, flüsterte er: »Ich hatte einen Sohn, den ich sehr liebte – als seine Mutter starb, verließ er mich. Er war so jung, doch war es an der Zeit, sein eignes Leben in die Hand zu nehmen … Auch ich war viel zu jung, ich konnte ihn nicht halten. Er zog wohl in den Norden, um Schmied zu werden, so wie ich. Ich war so stolz auf ihn! Doch ich weiß nicht einmal, ob er noch lebt – nun schmerzt mich der Gedanke, dass ich vielleicht nie wieder der Vater eines Sohnes werden kann.«

Er stand auf und holte etwas aus einer Truhe heraus. Es war ein kleines, buntes Glasgefäß. »Hier«, sagte er und zeigte Meduana das Objekt. »Diese kleine Lampe aus Etrurien ist alles, was mich noch mit ihm verbindet.«

Meduana wurde auf einmal ganz still. Sie kannte diese ungewöhnlichen Glaslämpchen! Sie hatte sie schon einmal gesehen, in der Nacht des Belisama-Festes, zwei Tage vor ihrer Abreise, als sie dem jungen Mann mit den dunklen Haaren begegnet war. Ihr Liebhaber für eine Nacht … War er womöglich Fabritius' Sohn?

14. Davinas Bestimmung

Davina hielt den verdreckten Metallklumpen in ihren Händen und rührte sich nicht. Nach der ersten Euphorie war sie plötzlich verstummt. »Es ist die Figur, von der du geträumt hast, nicht wahr? Davina, meine Liebe, du weißt, was das bedeutet?« Marc jubelte auf Französisch, sein Gesicht strahlte. Dann fügte er auf Deutsch hinzu: »Das bedeutet auch, dass du hast jetzt eine Verantwortung!«

»Genau das habe ich befürchtet«, erwiderte Davina bekümmert. Sollte sie sich nun darüber freuen oder nicht? Jetzt musste sie die ganze Geschichte zwangsläufig ernst nehmen. Und wenn sich das alles nie erklären ließ? Vielleicht hatte ein Geist zu ihr gesprochen oder sie war tatsächlich in der Lage, in die Vergangenheit zu reisen. All das behagte ihr nicht. »Du hilfst mir doch dabei, oder?«, fragte sie leise. »Mais bien sûr! Ich bin doch bei dir.« Marc fing an, das Loch wieder zuzuschaufeln.

Vorsichtig wickelte Davina die Statue in die Malerdecke ein, umwickelte das Päckchen mit der Folie und verstaute es in ihrem Rucksack. Mit letzter Kraft füllten sie die Bodenmulde auf. Marc trat die Erde fest und verteilte Laub und Zweige über der ungenehmigten Ausgrabungsstelle. Es war nur eine Frage der Zeit, dann würde der Efeu alles überwuchern und das Geheimnis der alten Quelle für immer bewahren. Sie packten ihre Sachen zusammen und liefen am Rande des Steinbruches zurück zu der Stelle, wo sich das Loch im Maschendraht befand.

Im Auto hielt Davina den Rucksack wie ein Findelkind auf

ihrem Schoß fest umschlungen. Die Statue war nicht nur für sie sehr wertvoll, auch aus archäologischer Sicht war es ein sensationeller Fund: eine gallische Isis-Statue aus der Zeit vor dem Gallischen Krieg mit eindeutig ägyptischer Symbolik. Sie wäre von unschätzbarem Wert, falls sie nach der Restauration in einem guten Zustand sein sollte. Da sie aber illegal geborgen wurde, konnten sie die Statue der Wissenschaft nicht zur Verfügung stellen, ohne ihren guten Ruf aufs Spiel zu setzen. Sie waren zu Dieben geworden!

Sie fuhren zurück zur Yogaschule, um sich von Theresa und Sarah zu verabschieden. Gleich danach wollten sie nach Marseille aufbrechen. Davina brannte darauf, an ihrer Übersetzung weiterzuarbeiten, und Marc wollte sich so bald wie möglich um die Restauration der Statue kümmern.

»Na, habt ihr die keltische Frau gefunden?«, witzelte Theresa zur Begrüßung.

»Nicht ganz«, antwortete Davina vorsichtig.

»Oui«, sagte Marc gut gelaunt.

»Was denn jetzt?«, fragte Theresa irritiert.

»Sagen wir mal so: Wir haben etwas gefunden, das mir in der Sache weiterhilft. Dass die keltische Frau tatsächlich gelebt hat, wissen wir ja bereits durch das Pergament«, erklärte Davina schnell.

»Na, das ist doch toll! Und, geht es dir jetzt besser?«, wollte Theresa wissen.

»Jedenfalls besser als gestern Abend.«

Nach einem kleinen Imbiss verstauten sie ihr Gepäck im Auto und verabschiedeten sich herzlich von den beiden Yogalehrerinnen. Theresa gab Davina ihre Karte: »Falls du mal reden willst, oder Fragen hast … Auf der Rückseite habe ich dir noch die Adresse von einer Freundin aufgeschrieben, die ich dir sehr empfehlen kann, solltest du Interesse an einer Rückführung haben. Sie lebt zwar jetzt in Tübingen, aber vielleicht kann sie dir ja weiterhelfen.«

Auf dem Weg nach Marseille kam Davina nicht zur Ruhe. In ihrem Kopf rumorte es. »Sag mal, Marc, warum hat es dich eigentlich nicht gewundert, dass Theresa uns einfach so angesprochen hat? Und, mal ehrlich, findest du es nicht auch komisch, was mir gestern Abend in der Kathedrale passiert ist? Und auch die Sache mit der Statue scheint dich nicht wirklich zu irritieren. Irgendwie kommt mir das alles sehr seltsam vor. Ich hatte den Eindruck, du würdest Theresa kennen, ich habe sogar einen Moment lang gedacht, ihr würdet vielleicht einer esoterischen Sekte angehören …«

»Ich habe mich schon gewundert, dass du nie Fragen stellst über meine spiritualité.«

»Na, dann erzähl doch mal, und bitte auf Englisch …!«

»Wie du weißt, gibt es auch heute noch eine Vielzahl an unterschiedlichen Glaubensgemeinschaften«, begann er. Davina nickte. »Doch es finden sich immer mehr Menschen, die unabhängig von allen religiösen und kulturellen Unterschieden gemeinsam auf der Suche nach einer übergeordneten Wahrheit sind. Wir erkennen uns durch unsere Wortwahl – meist reichen ein paar Sätze aus, und man weiß, dass der andere auch zu diesen Menschen gehört. So kommt sehr schnell ein Kontakt zustande, wie zum Beispiel mit Theresa. Es ist, als ob man viele anonyme Freunde hätte, die sich bei Bedarf outen.«

»Und was ist das für eine ›Wahrheit‹, an die ihr glaubt?«

»Wir gehen davon aus, dass die Menschen einen göttlichen Ursprung haben und auch so etwas wie eine Seele oder ein höheres Bewusstsein besitzen. Zudem glauben wir zu wissen, dass alle Dinge miteinander verknüpft sind, in der Vergangenheit, der Gegenwart und der Zukunft. Wir Menschen sind miteinander verbunden. Alles, was uns als Gemeinschaft und auch jedem Einzelnen passiert, haben wir alle mit zu verantworten. Wir senden ständig Gedanken aus, bewusst und unbewusst, die, immer wieder gedacht, eines Tages real werden. Wir sagen, sie ›manifestieren‹ sich. Manche glauben, dass es einen Gott gibt, der uns nach seinem Ebenbild erschaffen hat, andere glauben an eine universelle Macht, mit der wir in Verbindung stehen, und manche Wissenschaftler glauben, dass die Quantentheorie den Beweis für ein höheres Bewusstsein liefert. Es ist die Kraft, die das Universum erschaffen hat.«

»Aha! Und worauf begründen sich diese Annahmen?«

»Belege dafür finden sich schon in den uralten Traumzeitlegenden der Aborigines, in den Lehren der Hindu-Religionen und des Buddhismus, der jüdischen Kabbala und des Corpus Hermeticum, das auf der antiken Glaubensmythologie der Ägypter beruht. Letztendlich ist es aber die eigene Erfahrung, die einem dann die Augen öffnet. Ich bin mit dem frühen Tod meines Vaters konfrontiert worden, das hat mich zum Nachdenken gebracht.«

»Oh, das tut mir leid!«

»Nach seinem Tod lernte ich Menschen kennen, die mir die Angst vor der Sterblichkeit nahmen, allein dadurch, dass sie aufrichtig lebten.«

»Ich dachte immer, dass die menschliche Spiritualität evolutionär bedingt sei, weil der Mensch sich seiner Endlichkeit bewusst wurde …«, warf Davina ein.

»Dann betrachte das Ganze mit den Augen eines Psychologen: Der Mensch möchte Leid und Schmerz vermeiden. Er strebt zum Glück. Das haben alle Menschen grundsätzlich gemeinsam, wenn auch der Weg zum Glück sehr individuell und bei manchen Menschen schwer nachvollziehbar ist … Wenn alle davon überzeugt wären, dass wir eine unsterbliche Seele besitzen und jeder von uns eine Bestimmung im Leben hat, würden wir keine Angst mehr vor dem Leid, dem Sterben oder unserem Unvermögen haben.

Jede Erfahrung wäre dann einfach nur Teil unserer Bestimmung. Wenn wir aber annehmen, wir hätten nur dieses eine Leben und dass nach unserem Tod über uns gerichtet wird, dann werden wir zu Sklaven unserer Angst. Für mich ist es daher umgekehrt: Nicht die Angst vor dem Tod macht uns spirituell - ohne das spirituelle Fundament fehlt uns die Kraft und der Mut, zu dem zu werden, was wir sind.«

»Aber es gibt doch genügend Menschen, die sich sehr erfolgreich in ihrem Leben verwirklichen, ohne an sowas zu glauben. Sie schöpfen ihre Kraft auch aus dem Bewusstsein, dass sie nur ein Leben zur Verfügung haben«, erwiderte Davina skeptisch. »Mir geht es jedenfalls so.«

»Ja, das stimmt, diese Menschen besitzen eine alte Seele, die sie von Geburt an und ohne Umwege zu ihrer ureigenen Bestimmung führt. Spiritualität hat nichts mit Glauben zu tun, Davina, Spiritualität bedeutet Selbstverwirklichung! Es ist die Hingabe an das Leben, die Fähigkeit, anzunehmen, was ist.«

»Aha! Na, dann erzähl mir doch mal, wie ich das Ganze jetzt auf mich beziehen kann.«

»Alors …«, überlegte Marc, »jeder Mensch hat etwas, das er sich wünscht. Ich rede jetzt nicht nur von materiellem Reichtum, sondern von den Dingen, die das Herz berühren, die einen Menschen zum Weinen bringen, wenn er daran denkt. Was ist es bei dir?«, fragte er Davina. Sie brauchte nicht lange zu überlegen:

»Ich würde gerne wissen, wie und wo meine Vorfahren gelebt haben, wo unser kultureller Ursprung ist. Nicht ohne Grund beschäftige ich mich mit der Vergangenheit … Mir kommen manchmal die Tränen, wenn ich mir bewusst mache, wie viele alte Bräuche und wie viel Wissen im Laufe der Jahrhunderte verloren gegangen sind, und dass ich nicht einmal weiß, wer meine Urgroßeltern waren …« Davina musste erst den kleinen Kloß herunterschlucken, der sich in ihrem Hals gebildet hatte, bevor sie weitersprechen konnte. »Insgeheim hoffte ich, dass die Träume mit Meduana wahr wären … Ich stellte mir vor, dass es tatsächlich so etwas wie ein Wurmloch gibt, das uns mit der Vergangenheit und der Zukunft verbinden kann und mir die Möglichkeit bietet, alle Fragen über meine Herkunft und unsere Geschichte zu beantworten.« Ein Schauer lief ihr über den Rücken. »Marc, ich habe gerade wieder dieses komische Gefühl, als wenn mich alles, was ich bisher getan habe, automatisch zu diesem Moment geführt hätte – ich meine hierhin, zu dir, zu diesem Gespräch, zu dieser eisenzeitlichen Statue im Kofferraum, für die ich meinen guten Ruf als Wissenschaftlerin aufs Spiel setze.«

»Und jetzt hast du auch noch den Beweis in der Hand, dass es keine gewöhnlichen Träume sind, und dass sie etwas mit dir zu tun haben … Hast du Angst vor dem, was da noch kommen könnte?«

»Ja, etwas schon, wenn ich ehrlich bin.«

»Warum?«

»Na ja, ich habe bisher immer geglaubt, dass die Leute, die solche Geschichten für real halten, Spinner sein müssen. Das alles ist doch ziemlich ungewöhnlich, findest du nicht?«

»Ja, aber du müsstest doch längst bemerkt haben, dass ich kein Problem damit habe. Ich finde das alles sehr spannend, und meine Tochter fände es auch cool, da bin ich mir ziemlich sicher«, erwiderte Marc schmunzelnd. »Ich bin davon überzeugt, dass es einen Grund und eine Bedeutung hat, dass die Amphoren mit dem Pergament in diesem Jahr gefunden wurden, und dass du diesen Job bekommen hast, und auch, dass wir uns begegnet sind …«

»Ehrlich? Für dich gehört das alles zum großen Plan?«

Marc nickte.

»Und was ist jetzt an diesem Jahr so besonders?« Davina sah ihn neugierig an.

»Es heißt, 2012 beginnt die Zeitenwende, eine neue Ära bricht an, die Menschheit wird erwachen.« Marc grinste und seine

Stimme klang plötzlich viel tiefer: »Und es geschehen auf einmal merkwürdige Dinge …«

»Das ist jetzt Quatsch, oder?«, wollte Davina wissen.

»Nein, das mit der Zeitenwende stimmt …«, antwortete er ernst.

»So, und woher weiß ich jetzt, was meine Bestimmung ist?«

»Was sagt dir denn dein Gefühl? Wo möchtest du jetzt, in diesem Moment, am liebsten sein, und was bedeutet dir mehr als alles andere auf der Welt?«, fragte Marc gerade heraus.

»Wenn ich ganz ehrlich bin, möchte ich jetzt genau hier sein. Außerdem kann ich es kaum erwarten, an der Übersetzung weiterzuarbeiten, und ja, ich bin auch neugierig auf meine nächsten Träume.«

»Dann hast du deinen Weg gefunden. Es muss von dir ausgehen. Nichts ist schlimmer, als einen Weg zu gehen, den andere dir aufgezwungen haben. Wichtig ist, dass du in deinem Herzen davon überzeugt bist.«

Davina musterte Marc eine ganze Weile. »Warum hast du mir das nicht schon früher gesagt? Ich meine, dass du glaubst, es hätte einen Grund, warum wir uns begegnet sind?«

»Warum hätte ich das tun sollen?«

»Vielleicht, um es mir leichter zu machen?«

»Du hast es doch selbst gespürt und mir auch schon mitgeteilt, aber du bist nicht sicher, was du davon halten sollst, nicht wahr? Du wirkst so souverän, wenn du von deiner Arbeit sprichst, aber wenn es um die Liebe geht, versagt dir die Stimme.« Marc sah sie dabei nicht an und konzentrierte sich auf die Straße.

»Was?« Davina verschlug es tatsächlich die Sprache.

»Ist es nicht so? Ich habe jedenfalls den Eindruck, dass du dich nicht traust, mir zu sagen, was du für mich empfindest. Vielleicht liegt es auch an mir. Würde es dir helfen, wenn ich dir noch einmal sage, dass ich dich sehr gern habe?«

Der Franzose fuhr jetzt langsamer. Sie kamen an eine Mautstation. Er reihte sich in die kurze Schlange am Ticketautomat ein und blickte sie fragend an.

»Ich weiß nicht, was ich jetzt sagen soll«, stammelte Davina.

»Dann nimm es als Kompliment und vertraue darauf, dass ich es ernst meine.« Marc zog ein Ticket aus dem Kasten. Die Schranke öffnete sich. Sie fuhren weiter.

Davina brauchte einen Moment, um ihre Gefühle zu sortieren. In diesem Moment klingelte ihr Handy. Da sie es selten benutzte, hatte sie es im Handschuhfach von Marcs Auto verstaut, und es brauchte einige Sekunden, bis sie es zwischen den Straßenkarten, Taschentüchern und ihrem Notizblock zu fassen bekam. Etwas unbeholfen drückte sie die grüne Taste, ohne einen Blick auf das Display zu werfen.

»Davina Martin, mit wem spreche ich?«, fragte sie auf Englisch.

»Hallo, hier ist Jan. Seit wann so förmlich?«

»Ach, Jan … Schön, dass du anrufst«, sagte Davina leicht verlegen. Marc kicherte wie ein kleiner Junge und flüsterte: »Wenn man von der Liebe spricht …« Davina blickte ihn strafend an und drehte ihm den Rücken zu. »Was gibt's?«, fragte sie.

»Sag mal, ist alles klar bei dir? Wo bist du denn gerade? Ich konnte dich gestern Nachmittag nicht erreichen, und die Sekretärin des Professors hat mir am Telefon gesagt, du seist im Urlaub.« Jans Stimme klang besorgt.

»Ach, du kennst mich doch, ich hab das Handy wieder nicht griffbereit gehabt. Und ja, ich habe mir eine Woche frei genommen. Wir sind nach …«

»Wir?«

»Ja, ein Kollege und ich.«

»Salut!«, grüßte Marc so laut, dass Jan es hören konnte.

»Wer war denn das jetzt, dein Kollege?«, fragte Jan.

»Ja, Marc Forgeron. Er hat mich begleitet, was für mich sehr praktisch ist, weil er ein Auto besitzt und fließend Französisch spricht, im Gegensatz zu mir.«

»Und wo wart ihr?«

»Wir sind bis nach Chartres hoch und haben auf dem Weg in der Auvergne noch eine Ausgrabung besichtigt. Wir waren auch auf dem Puy de Dôme.«

»Den kenne ich, da bin ich mal zum Gleitschirmfliegen gewesen. Schöne Landschaft, aber leider keine aktiven Vulkane mehr.«

»Und? Wie geht's deinem Vulkan?«

»Alles gut! War wohl doch nur ein Hustenanfall, er scheint sich gerade wieder zu beruhigen.«

Das Gespräch zog sich unangenehm in die Länge und Davina spürte, dass Jan ebenfalls etwas befangen war. »Was wolltest du denn?«, fragte sie.

»Ja, also, ich wollte dir eigentlich sagen, dass ich hier bald abgelöst werde, dann könnte ich dich tatsächlich in Marseille besuchen kommen …«

»Ja echt? Wann denn genau? Ach, du, ich sehe gerade, mein Akku ist gleich leer. Kann ich dich heute Abend noch mal anrufen?«

Davina hatte aufgelegt und spielte gedankenverloren an ihrem Handy herum. Marc registrierte das. Hatte sie das Gespräch wegen ihm abgebrochen?

»Verzeih mir, ma chère Davina, das habe ich nicht gewollt. Für mich war es Spaß.«

»Ist schon gut, Marc. Ich bin dir nicht böse, es liegt ja an mir. Jan ist so weit weg, und wir leben im Grunde schon lange getrennt voneinander jeder sein eigenes Leben. Jetzt, da ich dich kennengelernt habe, wird mir klar, was mir die ganze Zeit gefehlt hat. Ich möchte Jan aber auch nicht vor den Kopf stoßen, ich habe ihn sehr gern … Es wäre mir jetzt aber auch nicht recht, wenn er nach Marseille kommen würde, weil ich mich wieder in die

Arbeit stürzen möchte. Also, was soll ich machen? Ich kann ihm doch nicht einfach eine Absage erteilen, ich hatte ihn vor wenigen Wochen noch darum gebeten, mich zu besuchen.«

»Ja, das ist in der Tat eine schwierige Situation. Das ist es immer, wenn man sich nicht entscheiden kann …«, sinnierte Marc.

»Was soll das jetzt?«, fragte Davina gereizt.

»Warum sagst du ihm nicht einfach, wie es ist?«

»Wie ist es denn?«

»Alors, du hast viel Arbeit vor dir und eine wichtige Aufgabe zu erledigen, und dann gibt es auch noch mich.«

»Dich?«

»Ja! Es ist dein Leben, Davina, du hast die Wahl. Und dein Gefährte Jan hat es verdient, dass du ehrlich zu ihm bist.«

Am nächsten Rastplatz hielt Marc an und gab Davina sein Handy. Sie lief ein paar Schritte, dann rief sie Jan an und erklärte ihm ziemlich umständlich, dass sie die nächsten Wochen viel Arbeit vor sich habe und sein Besuch gerade nicht in ihren Terminplan passen würde.

»Hat das auch etwas mit deinem Kollegen zu tun?«, fragte Jan skeptisch.

»Na ja, er unterstützt mich sehr in der Angelegenheit.«

»Welche Angelegenheit? Du meinst das Pergament, oder?«

»Ja. Aber da ist noch etwas anderes. Ich habe dir doch von meinen Träumen erzählt …«

»Ist das immer noch ein Thema? Warst du mal beim Psychodoc deswegen?«

»Nein, wieso denn?«

»Ich dachte, wenn du unter Schlafstörungen und Albträumen leidest, könnte das vielleicht eine psychische Ursache haben, ist doch heute nichts Ungewöhnliches mehr, zum Therapeuten zu gehen.«

»Hey, ich bin nicht krank, und ich leide auch nicht unter Schlafstörungen«, motzte Davina ihn an.

»Ist schon okay, Davina, ich hab verstanden. Du hast jetzt keine Zeit. Punkt. Damit kann ich leben. Ich bin nicht sauer, auch wenn ich deine Reaktion etwas seltsam finde … Ich werde mich schon nicht langweilen. Kann ich denn in die Wohnung?«

»Ja, klar, ich hab sie ja nicht vermietet. Die Nachbarin hat den Schlüssel …«

»Gut, dann melde ich mich, wenn ich wieder in Berlin bin. Wäre schön, wenn wir uns Ende September mal sehen könnten.«

Am Abend erreichten sie Clermont-Ferrand. Davina und Marc suchten sich eine Übernachtungsmöglichkeit in der Nähe der Stadt. Noch einmal sahen sie in der Ferne die Konturen des Puy de Dôme, der sich majestätisch über die anderen Vulkankegel erhob. Dunkle Wolken türmten sich am Horizont auf, ein stummer Blitz erhellte kurz den Abendhimmel. Obwohl das Gewitter bedrohlich wirkte, übte der Berg eine ungewöhnliche Anziehungskraft auf Davina aus. Sie wäre am liebsten noch einmal hinaufgefahren, um erneut den Boden des alten Tempelberges zu betreten.

Sie fanden eine kleine Pension und nahmen sich gemeinsam ein Zimmer. Nach dem Abendessen in einem Restaurant ganz in der Nähe, spazierten sie im Nieselregen zurück zu ihrer Unterkunft. Marc verschwand unter der Dusche, Davina machte es sich auf dem Bett gemütlich. Sie las sich noch einmal in Ruhe ihre Notizen durch. Nach kurzer Zeit fielen ihr die Augen zu. Sie schlief mit dem Notizblock auf ihrem Schoß im Sitzen ein. Als sie wieder aufwachte, lag sie in den Armen eines Mannes, der ihr den Rücken wärmte. Sie spürte seinen Atem in ihrem Nacken, der Geruch seines Schweißes drang in ihre Nase. Im Halbschlaf genoss sie seine Nähe. Während sie auf den Herzschlag des anderen Körpers achtete, schlummerte sie langsam wieder ein.

Nach einiger Zeit erwachte sie erneut. Ihre Blase machte sich mit einem leichten Druck bemerkbar. Davina versuchte sich vorsichtig aus den Armen des Mannes herauszuwinden, ohne ihn dabei aufzuwecken. Doch als sie sich langsam zu ihm umdrehte, kam ihr die ganze Situation irgendwie seltsam vor. Marc hatte doch vorhin noch geduscht, warum roch er jetzt so eindringlich nach Schweiß? Obwohl ihr der Geruch nicht unangenehm war, war er ihr doch fremd. In der Dunkelheit verschwammen die Konturen, doch der Körper des Mannes neben ihr schien sehr muskulös zu sein. Das Bett duftete auf einmal eigentümlich nach Heu, durch das offene Fenster hörte sie die Grillen zirpen. Nein, das waren keine Grillen, es klang vielmehr nach – Zikaden?

Waren sie denn schon in Marseille? Nein, das konnte nicht sein! Draußen krähte ein Hahn, der Mann neben ihr fing leise an zu schnarchen. Davina fühlte eine leichte Übelkeit in ihrer Magengegend aufsteigen. Sie traute sich nicht aufzustehen, doch sie musste dringend zur Toilette. Wer war dieser Mann neben ihr? Eine warme Hand legte sich plötzlich auf ihren nackten Oberschenkel. War sie nicht eben noch angezogen gewesen? »Wo willst du denn hin, Fürstentochter?«, nuschelte der Mann schlaftrunken. Davina zuckte zusammen. Die tiefe Stimme sprach Latein! Sie spürte ihren beschleunigten Herzschlag und wie das Blut in ihren Kopf gepumpt wurde. Sie traute sich kaum noch zu atmen … Dann drehte sich der Mann von ihr weg. Sie nutzte den Moment, gab sich einen Ruck, löste sich aus der Starre und sprang aus dem Bett.

Als sie ihre Augen öffnete, drang das Licht der Morgendämmerung bereits durch das Fenster. Ein paar Sekunden später realisierte sie, wo sie sich befand: Sie lag angezogen im Bett der französischen Pension. Marc lag neben ihr und schlief. Sie lief eilig ins Bad und gab in jeder Hinsicht erleichtert ihrem Harndrang nach. Was für ein seltsamer Traum!

Am nächsten Morgen brachen sie nach dem Frühstück auf und fuhren auf der Route Nationale Richtung Süden. Am frühen Nachmittag erreichten sie dann endlich Marseille. Marc begleitete

Davina noch zu ihrem Appartement in der Charité. Sie übergab ihm beim Abschied den Rucksack mit der Statue.

»Pass gut auf sie auf, Marc. Ich hoffe, deine Mitarbeiter im Historischen Museum können sie wiederherstellen.«

»Pour sûr! Ich weiß nur nicht, was ich ihnen erzählen soll, woher wir sie haben.«

»Kannst du nicht sagen, dass sie zu den Altbeständen gehört? Jedes Museum hat doch genug davon im Keller liegen.«

»Aber sie ist ganz frisch!«

»Ja, das stimmt allerdings. Alles deutet darauf hin, dass sie erst kürzlich geborgen wurde … Was würde denn deiner Erfahrung nach am wenigsten auffallen?«

»Ich sage einfach, dass Monsieur Dupont sie mir gab …«, antwortete Marc, und Davina ergänzte: »Und dass es nicht so eilig ist, dann werden die Mitarbeiter keine Fragen stellen.«

»Aber es ist eilig, n'est-ce pas?«

Sie umarmten sich minutenlang, schweigend.

»Bis bald«, sagte Davina.

»À bientôt!« Marc lächelte sie an und ging.

Auf dem Weg zu ihrer Wohnung traf Davina den Professor, der gerade die Außentreppe der Arkadengalerie herunterkam und auf dem Weg zu seinem Auto war. »Ach, Frau Doktor Martin! Was für eine Überraschung! Sie sind frühzeitig und wohlbehalten zurückgekehrt, wie schön. Wie war Ihre Reise?«

»Danke, Herr Professor, sehr interessant.«

Dupont wirkte gehetzt: »Ich habe leider keine Zeit. Bin gerade auf dem Weg zu meiner Unterkunft, Koffer packen – ich muss dringend für ein paar Wochen zurück nach Paris. Sie kommen ja auch ohne mich zurecht, nicht wahr? Spätestens Ende September bin ich wieder hier. Sie können mich jederzeit auf meinem Handy erreichen, wenn etwas sein sollte. Die Nummer wird ihnen meine Sekretärin geben, die habe ich leider nicht im Kopf.«

»Alles klar, kein Problem.« Davina hatte keine Lust, ihn zu fragen, was er in Paris so dringend zu erledigen hatte. »Eine Bitte hätte ich aber noch, Herr Professor.«

»Ja?« Dupont wurde sichtlich nervös.

»Wäre es wohl möglich, dass ich dieses Wochenende schon an der Übersetzung weiterarbeiten könnte?«

Der Professor sah sie erstaunt an, konnte seine Freude über ihre Bitte aber nicht verbergen. Er überlegte kurz:

»Ja, natürlich, das lässt sich einrichten. Dann müsste nur der Mitarbeiter noch einmal vorbeikommen, der den Schlüssel für das Lager hat. Oder Sie fragen in der Restaurationsabteilung nach, ob Sie eine analoge Kopie oder eine CD mit den Daten bekommen könnten, das wäre ja auch noch eine Möglichkeit.«

»Gute Idee! Ich gehe gleich mal hoch zu den Jungs und frage nach. Vielen Dank und eine gute Reise, Herr Professor!«

»Ich habe zu danken, Frau Doktor Martin.«

15. Die Übersetzung: Teil 2

Die Restauratoren hatten ganze Arbeit geleistet. Der Pergamenttext lag inzwischen vollständig digitalisiert vor. Da es keine Überschreibungen gab und die digitale Version viel besser zu lesen war als das Original, konnte Davina jetzt jederzeit in ihrem Appartement am Computer weiterarbeiten. Es war schon spät. Die Techniker verabschiedeten sich ins Wochenende. Die Wissenschaftlerin bekam die DVDs mit dem Pergamenttext ausgehändigt und zog sich in ihre Wohnung zurück. Am nächsten Morgen machte sie sich nach einer traumlosen Nacht voller Eifer an die Arbeit.

25. August 2012, Fragment 15
So blieb ich bei Fabritius, dem Schmied, der ebenso ein Krieger war und ein gerechter Mann. Sie nannten ihn Lanista, und die Gladiatoren respektierten ihn als ihren Herrn. In seinem Hause lebte ich wie eine Fürstentochter. Von seinen Männern lernte ich den tugendhaften Kampf und von Diocles, dem Gladiator, die schöne Schrift (Griechisch) zu lesen.

Fabritius drängte mich, sein Weib zu werden. Ich aber erzählte ihm von meinem Auftrag, wie er misslungen war, und von meiner Sorge um das Leben meines Vaters. Nachdem er bei seiner Ehre dann gelobte, mir zu helfen, denn bei den Göttern schwor er nicht, gab ich ihm ebenfalls mein Wort. Ich sandte einen Boten aus zu meinem Vater und warnte ihn vor seinem Mörder. Ich schrieb ihm auch, was mir im Guten widerfahren war, damit er und Una sich nicht sorgten.

Dann bat ich meinen Vater um sein Einverständnis und meine Mutter um den Segen ...

Lange wollte ich nicht glauben, dass ich die Gabe habe, in die Zeit zu sehen. Aber ich konnte! Dennoch vermied ich, die Dinge zu berühren, die von Bedeutung waren. Sie besaßen eine fremdartige Kraft, sie riefen mich mit stummen Worten. Ich wollte nichts mehr sehen, was mir den Tod eines geliebten Menschen offenbaren könnte, doch war die Gabe ein Geschenk der Götter. Ich konnte es nicht länger leugnen.

Eines Tages blickte mich das steinerne Haupt (Büste?) des Mannes an, der sich den Namen Cicero gegeben hatte. Ich fühlte mich von seinem Bilde magisch angezogen. Als meine Finger seinen Mund berührten, überkam mich die Vision:

Ich sah den Advocatus Cicero mit einem anderen Manne streiten. Der trug einen Ring aus Lorbeer auf dem Haupt und einen Schutzleib, der sehr prächtig war. Cicero griff den Fürsten an. Aus seinem Munde loderte das Feuer! Doch der Gegner stieß ihn mehrmals nieder. Der Advocatus konnte sich bald nicht mehr wehren, mit kalten Worten nur, die mehr und mehr verblassten. Der Fürst stach ihm das Schwert direkt ins Herz. Sein Blut floss wie ein Bach über den Boden, und in ein Becken, das mit Wein gefüllt war. Später erkannte ich, wer der Fürst gewesen war, den ich im Dunst der Zeit gesehen hatte. Er war der Mann, den ich hätte töten sollen und nicht Titurius! Der Mann, der uns das Unheil bringen würde. Doch hatte ich die Bilder nicht verstanden, die mir die Götter damals offenbarten. Bald konnte ich dem Advocatus und auch dem dunklen Fürsten ins wahre Antlitz schauen.

*

26. August 2012, Fragment 16
Der Bote kehrte zurück, nach langem Warten, und brachte meines Vaters Antwort und ein Geschenk von ihm. Er sandte mir eine Epistula mit diesen Worten: Meine Tochter! Den Göttern sei Dank für deine Rettung! Una lächelt wieder, und auch ich bin frohen Herzens. Der

Mann, der auserwählt war, dich zu retten, scheint mir würdig, dich als Weib zu nehmen. Ein wahrer Krieger, wie du ihn beschreibst. Wenn auch nicht vom rechten Stande, so doch ein ehrenvoller Mann. Den Segen hast du, meine Tochter, und auch mein Einverständnis. Ich sende dir die Güter (Ausstattung) zu, die nach deiner Herkunft einem Eheweib gebühren. Mögen die Götter deinen neuen Herrn und dich beschützen. Vor meinem Mörder nehm ich mich in Acht, hab Dank für deine Warnung. Ich hege keinen Zweifel an der Drohung, doch muss ich ihn nicht fürchten. In Cenabon sind wir in Sicherheit. Es schmerzt mich sehr, dir noch zum Ende hin zu schreiben, dass Ambiacus, dein Lehrmeister und unser Vergobret, das Weltliche verlassen hat. Sein Werk ist nun vollendet.«

*

Mein Vater schenkte mir ein neues Schwert, schärfer noch und schöner als das erste, dazu die feine Kleidung für ein Weib von Adel und die (Kleidung) eines Kriegers mit einem neuen Leib zum Schutz, Tücher und Decken, ein paar Münzen, die sehr wertvoll waren, und Kräuter aus der Heimat. Der Duft der Kindheit haftete an all den schönen Dingen. In meinem Dankesschreiben bat ich Una noch um die Herkunft und den Namen eines jungen Schmieds aus Autricon.

Ich besaß nun meine eigenen Denare, und ich fühlte mich von einer Last befreit. Auch, da ich meinen Vater warnen konnte. Ich verlor auch keine Träne mehr über Ambiacus' Tod. Hatte ich doch längst gespürt, dass er gegangen war. Auf dem Weg nach Genua war es gewesen, da fühlte ich, wie die Verbindung gänzlich starb. Nun hatte er das Leid für immer überwunden!

Und eines Tages endlich, da erreichte mich die Antwort: Der junge Schmied hieß Segamar. Er war vom Stamm der Bituriger, und er gab an, er komme aus dem Oppidum Avaricon. Fabritius' Sohn, er war gefunden! Welch wunderliche Fügung, dass es der Junge war, mit dem ich mich vor meiner Reise noch vereinigt hatte...

Nach dem Tod des Fürsten Sulla, ordnete sich der Senat in Roma neu. Es waren viele Männer unter ihnen, die durch ihn Gold und Macht erworben hatten und nun das große Reich alleine führen wollten. Sie glaubten, von den Göttern selbst gezeugt (worden) zu sein und damit auch das Recht zu haben. Doch gab es auch die weisen Männer, die den Bürgern des Imperiums eine laute Stimme gaben. Und dennoch hatten die Comitia, so hießen diese Bünde aus dem Volke, keinen großen Einfluss auf das Geschehen im Senat.

Es waren drei, die sich am Ende einig wurden und dann die Macht in Gänze an sich rissen: der fette Crassus, der sehr reich war, der Krieger Magnus, den sie Pompeius nannten, und der junge Iulius Caesar. Es hieß, er sei ein Nachfahr eines Fürstensohns aus Troja, dessen Mutter eine Göttin war. Der Name Iulius sollte dies bezeugen, doch er war arm und ohne Einfluss.

*

27. August 2012, Fragment 17
Fabritius selbst hatte die Hochzeit vorbereitet, sie war halb keltisch, halb romanisch und ohne Ordnung, dieses Fest, das nicht einmal dem alten Recht geschuldet war. Doch der Lanista freute sich so sehr auf diesen Tag, dass ich ihm nichts verwehren konnte. Er hatte lange warten müssen, bis uns die Götter wohlgesonnen waren. Wir fanden einen Priester der alten Göttin Juno. Er traute uns, obwohl es keine rechte Hochzeit war, aber mit den nötigen Denaren lässt sich in Roma alles regeln.

Am Vortag unseres Festes brachten wir das Opfer dar. Ich trug ein weißes Kleid mit einer bunten Stola aus einem Tuch aus meiner Heimat. Sehr schön sah alles aus! Die Darsteller und Sklaven kamen fein herausgeputzt, drei Freunde des Lanista trafen ein, als Zeugen für den Schwur, und eine Priesterin, die einer fremden Göttin diente.

Fabritius schenkte mir die Nacht mit ihr, was für mich ungewöhnlich war, doch sie verführte mich mit ihrer Zauberkraft und bot mir ihren Körper dar.

Wir tauschten Ringe aus, vor seinen Freunden, so wie es üblich ist bei den Romanern, und steckten sie an unsere Finger, als Zeichen für den Treueschwur. Wir nahmen es als Spiel und hatten unseren Spaß damit, was war das für ein Fest!

*

Eines Tages fuhren wir zum Markt am Forum. Das Forum ist das Herz von Roma, das Zentrum ihres Reiches und ein geweihter Ort. Dort wird für alle Bürger Recht gesprochen und das Volk erhört. Die Oberpriester legen, wie bei uns, die Tage fest, wann welcher Gott sein Opfer zu empfangen hat und welche Feste auszurichten sind. Deshalb sind dort die vielen Tempel.

Und endlich konnte ich dem Cicero ins Antlitz schauen! Es begab sich an dem Ort, der Jupiter geweiht war. Der Advocatus sprach zur Menge, die nur gekommen war, um ihn zu hören. Er berichtete von einem weisen Graecer, mit Namen Poseidonios, den er auf seiner letzten Reise angetroffen hatte. Viele Männer, die zur Weisheit strebten, gingen bei ihm (Poseidonios) in die Lehre. An diesem Tage hörte ich das erste Mal von ihm. Und dann sprach Cicero von der Gerechtigkeit. Ich werde nie vergessen, was er sagte. Er berichtete von einem Mann, der großen Hunger litt und auf dem Markt einen Brotlaib stahl. Zur Strafe wurde ihm die rechte Hand genommen. Für ihn ein Unrecht, denn er hatte Hunger. Wer will es ihm verübeln? Und nun ist er bestraft und kann sein Brot nicht mehr verdienen. Auch für den Bäcker war es Unrecht, denn er verlor ein Brot und damit einen Teil seines Vermögens. Jetzt muss vielleicht des Nachts eines seiner Kinder hungern. Wer ist in diesem Gleichnis mehr im Recht und wer erlitt den größren Schaden? Der Mann, der eine Hand verlor, oder der Bäcker, dessen Kind für eine Nacht nicht schlafen kann?

Ich rief ihm aus der Menge zu, dass nur die Götter richten können, und nur die Priester, die auch Richter seien, sind in der Lage und ermächtigt, in ihrem Namen Recht zu sprechen. Dass der Mann Hunger hatte, war sein Schicksal, das Urteil einer höheren Macht.

Er wies mich dann zurecht: Dann sind die Götter wohl verantwortlich dafür, dass wenige sehr viel besitzen und viele nur sehr wenig? Ist das Gerechtigkeit? Wenn ja, dann würden wir das Unrecht nicht verhandeln müssen, dann wäre alles richtig und gesegnet, was jenen Menschen widerfährt. Doch gaben uns die Götter auch den Geist und das Gefühl dafür, was Recht ist und was nicht. So ist es unsre Menschenpflicht, nicht alles hinzunehmen, auch nicht, was die Gelehrten für das Volk entscheiden. Jedes Gesetz und jeder Schwur muss auch dem Volke dienen, sagte er. Das sei der Wille *seiner* Götter und auch der Wunsch des freien Mannes.

Ich war von seinen Worten tief beeindruckt, sie brachten meinen Geist in Aufruhr. Gerechtigkeit war nicht alleine Göttersache, wir müssen uns darum bemühen!

*

Davinas Rücken schmerzte, ihr Nacken war verspannt. Sie hatte viel zu lange vor dem Computer gesessen. Das Dämmerlicht im Raum ermüdete sie. Obwohl es noch nicht Abend war, legte sie sich hin und schloss die Augen. Bald darauf schlief sie ein.

Sie erwachte in einem anderen Raum. Ein fremder Mann saß neben ihr auf einer Liege. Blütenmuster und Tiermotive schmückten die Wände des Zimmers. Ein Flötenspieler war zu hören. In ihrer Hand hielt sie einen Henkelbecher. Eine ältere Frau in einer weißen Tunika schenkte ihr gerade aus einem Krug etwas ein und lächelte sie dabei freundlich an. Davina nahm einen Schluck. Der Alkohol stieg ihr bereits zu Kopf. Vor ihr hockte eine junge Frau auf einem Kissen. Sie sprach mit ihr, aber ihre Worte verhallten im Stimmgewirr der vielen Leute. Wie gebannt starrte Davina die junge Frau an. Sie war eine wahre Schönheit. Ihre dunkelbraune Haut schimmerte seidig durch das dünne weiße Gewand, das wie von Zauberhand gehalten wurde und ihre zarten Brüste nur halb bedeckte. Ihre langen schwarzen Haare umflossen glänzend ihre Schultern, ihre Augen waren so klar und schwarz wie die Nacht. Geschmeidig und grazil wie ein Puma bewegte sie ihren schlanken Körper, und wenn sie lächelte, blitzten ihre weißen Zähne durch ihre vollen Lippen auf. Die goldenen Armreife an ihrem Handgelenkt klirrten leise und verführerisch, wenn sie mit abgespreizten Fingern den Becher hob und kleine Schlucke trank. Davina war sich bewusst, dass sie es war, der die junge Frau ihre volle Aufmerksamkeit schenkte.

Dann stellte sie ihren Becher zur Seite und nahm Davinas Hand. Sie zog sie sanft zu sich auf den Boden und flüsterte ihr etwas ins Ohr.

»Wo liegt das Schlafgemach Eures neuen Herrn?«

»Oben«, hörte sich Davina sagen.

»Dann kommt! Dort sind wir ungestört.«

Davina erhob sich und fühlte, wie eine Hand sie am Bein berührte. Sie drehte sich um. Der Mann, der neben ihr auf der Liege gesessen hatte, grinste sie an: »Geh nur! Sie gehört dir! Deine Unschuld hast du längst verloren …, jetzt kannst du machen, was du willst!« Die Männer im Raum lachten und prosteten ihr zu.

Der Alkohol brachte Davina ins Wanken. Sie stieg mit der Fremden eine Treppe hoch. Dann standen sie auf einmal vor einer Tür. Die schöne Frau öffnete sie und zog Davina lachend in das Zimmer hinein.

Sie ließen sich auf ein weiches Bett fallen, das nach Heu und Öl duftete. Die junge Frau kniete sich über Davina und zog ihr die bunte Stola über den Kopf. Dann schob sie ihr langsam die Tunika hoch und entblößte ihre Schenkel. Dabei strich sie ihr zärtlich über die Haut. Ihre sinnlichen Berührungen erregten Davina. Mit einem Mal nahm sie ihren Körper wahr, spürte seine Kraft, das schlagende Herz, und den schweren Schmuck um ihren Hals. Sie fühlte sich plötzlich sehr lebendig und ungeheuer begehrenswert. Die junge Frau liebkoste ihre Brüste, schmiegte sich mit ihrem warmen Körper an und begann dann vorsichtig ihre Klitoris zu lecken. Davina schloss die Augen und gab sich im Traum ihrer Lust hin. Doch gerade als sie zum Höhepunkt kam, wachte sie auf.

28. August 2012, Fragment 18
Ich möchte von der Isis-Priesterin berichten, die mich verzaubert hatte. Ich traf sie wieder. Nicht, um mich lustvoll meinen Trieben hinzugeben, ich wollte vielmehr wissen, wo sie herkam. Sie hieß Aseth. Ihre Heimat war das Reich Aegypten. Dort wurde sie bereits als Kind geweiht, seither diente sie der Isis. In der Zeit des Fürsten Sulla fand der Kult in Roma eine neue Heimat. Einsame Herzen fühlten sich zu ihrem Tempel hingezogen. Aseth erzählte mir die Wahrheit über ihre Göttin, denn die Romaner ließen sich von fremden Priestern allzu gern mit falschem Zauber locken.

Isis ist die große Mutter, die über allen Göttern steht, auch über Re, dem Sonnengott. Am Morgen kehrt der Sonnengott als Horus wieder. Horus, der Falke, ist ihr Sohn. Osiris gleicht dem Taranis. Er ist ihr göttlicher Gemahl, der über alle Seelen wacht. Sie ist Epona ähnlich, doch schien sie mächtiger zu sein. Ich zweifelte erneut daran, ob wir die alten Götter angemessen würdigten. So viele Tugenden der fremden Götzen waren unsren Göttern gleich, so viele Rituale ähnelten den unsrigen. Doch die Romaner hatten keine Kenntnis von der Wiederkehr der Seele, sie fürchteten den Hades, das war ihr Totenreich. Als könnte jeder Tag der letzte sein in ihrem Leben und dann auch für die Ewigkeit! Ich weiß, dass unsere Seele nach dem Tode nicht verdammt ist, auch die Aegypter wissen um die Kraft (?).

Ihre Priester sind sehr weise, sie stellen ihre Götter dar wie wir. Nicht als dem Menschen gleich, in einer Form, sondern dem Wesen nach, in unterschiedlicher Gestalt. Die Isis war mir fremd, und doch verfiel ich ihr. Mir ging es einzig und allein um ihre Macht! Die Göttin trägt ein Kreuz, das wie das Rad mit seinen Speichen das Werden und Vergehen in sich trägt, das ewig Wiederkehrende, die Macht des Taranis. Es verbindet auch die Reiche miteinander, das Diesseits mit der Anderwelt und auch mit Avallon, dem Reich der Ewigkeit. Und auf dem Kopfe trägt die Göttin meist das Antlitz des Gestirns, das für das neue Leben steht. Es ist der Mond! Er wacht wie eine Mutter über das, was lebt, die Sonne aber gibt dem Leben seine Kraft. Die Sonne dient dem Mond, das ist ein höheres Gesetz, so lehrte es mich Ambiacus. Die göttlichen Symbole vereinten sich in meinen Augen zur Vollkommenheit, und dann vertraute ich der Isis meine Seele an.

*

Im siebten Jahr verließ ich Roma, weil mich das Heimweh trieb. Ich sehnte mich danach, die Menschen und die Erde zu berühren, die mich geboren hatten.

Nachdem der Gladiator Spartacus dem Unrecht seines Sklaventums den Kampf ansagte, kam es zum Krieg. Doch er und seine Krieger konnten nicht bestehen. Pompeius trat ihnen entgegen und siegte durch die Macht der Götter über die Gerechtigkeit. Bald verschärften sich auch die Gesetze Romas. Fabritius musste fortan sicherstellen, dass seine Männer nicht entfliehen konnten. Es herrschte Unruhe im Reich, und ihn beschlich die Sorge, dass unser Eheschwur mich nicht beschützen konnte. Nach ihrem Recht war ich nicht frei. Er ließ mich deshalb gehen. Was er nicht wusste, war, dass ich auch diese Reise antrat, um seinen Sohn zu finden.

*

Davina arbeitete jeden Tag, bis sie vor Erschöpfung am Schreibtisch einschlief. Sie hatte jegliches Gefühl für die Zeit verloren und verließ ihr Appartement nur, wenn sie etwas zu essen brauchte. Es kam ihr vor, als wäre es schon eine Ewigkeit her, dass sie mit Marc unterwegs gewesen war. Er würde sich wohl melden, sobald er wieder Zeit hatte. Die Restauration der Statue aber würde erfahrungsgemäß einige Wochen, wenn nicht sogar Monate in Anspruch nehmen.

Nach dem letzten Abschnitt unterbrach sie an diesem Tag ihre Arbeit, überflog noch einmal den gesamten Text und hielt danach ihre Gedanken auf dem Diktiergerät fest:

»Ich hätte mir die Notizen sparen können. Meduana beschreibt in ihrem Text die Bedeutung der Isis-Statue, als wenn sie mir eine Erklärung nachliefern wollte. Für mich hört sich das so an, als würde sie die ›Macht der Göttin‹ für ihre Zwecke nutzen wollen. Doch wofür? Das erschließt sich mir nicht. Meduanas Schreibstil verändert sich, und die Schrift wird gleichmäßiger. Als hätte sie während des Schreibens ihren eigenen Stil entwickelt, der nun eine Kombination aus der altgriechischen Sprache und einer Art Versform darstellt, die vermutlich ihrer Muttersprache entstammt. In historischen Aufzeichnungen wird immer wieder davon berichtet, dass die Gallier in ihrem Ausdruck lyrisch und zuweilen sehr pathetisch waren … Vieles, was wir über die damalige Zeit wissen, bestätigt sich und bettet das Pergament perfekt in seinen historischen Kontext ein. Spannend finde ich auch, wie sie ihre Götter vergleicht und ihre Zweifel äußert. Ganz besonders interessant finde ich aber den Teil mit Cicero und seinem Gleichnis über die Gerechtigkeit. Es muss sich hierbei um den jungen Cicero handeln, der kurz vorher von seiner Studienreise zurückgekehrt war und noch recht rebellisch auftrat, bis er selbst in den Senat berufen wurde. Anhand dieser Information kann ich den Vorfall auf dem Forum Romanum auf das Jahr 76/75 vor unserer Zeitrechnung datieren. Das Triumvirat erwähnt Meduana auch, datiert es aber in die Zukunft. Das heißt, dass sie um das Jahr 70 vor unserer Zeitrechnung in ihre Heimat zurückgekehrt sein muss oder zurückkehren wollte. Was mich aber wirklich stutzig gemacht hat, ist ihre Behauptung, in die Zukunft sehen zu können. Da Meduana ihre Aufzeichnungen erst viel später begonnen hat, kann es natürlich sein, dass es ihr im Nachhinein nur so vorgekommen ist. Andererseits, wenn ich es recht bedenke – wer weiß, was noch alles möglich ist. Jedenfalls verstehe ich jetzt auch den Vorfall mit dem arvernischen Druiden auf dem Tempelberg. Anscheinend hat er ihr geglaubt und ihre Gabe für sich nutzen wollen. Der kleine Junge in meinem Traum muss Vercingetorix gewesen sein, der sich im Gallischen Krieg gegen Caesar erhoben hat. Wenn ich jetzt darüber nachdenke, bekommt das Ganze plötzlich einen sehr bitteren Beigeschmack, eben weil ich weiß, wie der Krieg ausgegangen ist, und was er bewirkte: den Untergang der keltischen Kultur! Wer weiß, vielleicht hat auch Meduana in diesem Krieg ihr Ende gefunden?«

Davina starrte minutenlang auf den Monitor ihres Computers, der ein Blatt des Pergaments zeigte. Je länger sie die alten Schriftzeichen betrachtete, desto vertrauter kam ihr die Handschrift Meduanas vor. Unwillkürlich zog sie mit ihrer rechten Hand die Buchstaben nach.

»Was hast du nur vor mit mir, Meduana? Warum gerade ich? Warum fühle ich mich dir so nah? Bin ich vielleicht eine Nachfahrin von dir? Hat Marc etwas damit zu tun? Ich beginne es tatsächlich zu glauben … Wir haben die Statue gefunden. Was mache ich jetzt damit? Du wolltest doch, dass ich sie finde, oder nicht? Sag mir doch bitte in meinem nächsten Traum, was ich damit machen soll.« Sie schüttelte ungläubig den Kopf. »Was mache ich denn da? Jetzt rede ich schon mit ihr …«

16. Das Wiedersehen

Es war ein warmer Nachmittag im Spätsommer, als Meduana nach vielen Wochen endlich Cenabon erreichte. Auf den Wiesen und Feldern am Fluss fanden sich bereits die ersten Kraniche ein, an den Gehölzen hingen schwer die überreifen Früchte. Seidene Fäden schwebten wie feines graues Haar in der Luft und kündigten den baldigen Herbst an. Immer wieder hatte die Frau des Lanista versucht, sich den fahrenden Händlern anzuschließen, doch meist wurde sie mit Argwohn abgewiesen. Dann musste sie alleine weiterreiten. Bald wurde es zur Gewohnheit. Mit der Hand am Schwert fühlte sie sich sicher.

Obwohl es viele Jahre her war, konnte sie sich noch gut an die Stadt der Händler erinnern. Sie war damals sehr jung und noch in der Ausbildung gewesen, als sie mit ihrem Vater Cenabon besuchte. Die Siedlung hatte sich inzwischen sehr verändert: Hohe Mauern und Palisadenwände schützte sie nun vor Eindringlingen, eine neue Brücke führte über den Fluss. Viele Gebäude waren hinzugekommen. Cenabon war zum Wohnsitz des Fürsten geworden. Auch die Adeligen hatten sich hier angesiedelt. Durch ihre günstige Lage war die Stadt zur Metropole herangewachsen. Sie lag auf dem Weg zur Westküste und besaß einen schiffbaren Fluss.

Ein großer Marktplatz direkt am Hafen und die neuen Lagerhäuser zeugten von einem blühenden Handel. Auf den Straßen waren viele fremdländische Händler unterwegs. Es entstanden neue Wohnviertel und Werkstätten: Werkzeugschmiede und

Münzpräger, Fassbauer und Töpfer, Holzhandwerker und Wagenbauer, Färber und Tuchnäher. Die Salzsieder hatten ihr eigenes Viertel, die Köhlereien und Gerbereien lagen außerhalb der Stadt. In einem Wohngebiet in der Nähe des Hafens hatten sich romanische und galatische Händler mit ihren Familien niedergelassen, und die haeduischen Kaufleute nahmen einen ganzen Bezirk in Anspruch.

Meduana ritt langsam durch die Stadt. Durch das Leben bei Fabritius hatte sich ihr Blick auf die Dinge verändert. Was sie vorher mit Skepsis betrachtet hatte, war für sie nun erstrebenswert geworden. Die Anpassung ihres Volkes an andere Lebensweisen, die vielen fremdländischen Zuwanderer und den Ausbau der Siedlungen hätte sie noch vor wenigen Jahren als Bedrohung empfunden. Nun aber war sie positiv überrascht von der Entwicklung der Stadt, und sie war stolz darauf, dass Cenabon unter der Herrschaft ihres Vaters erblühte.

Je näher Meduana dem Zentrum kam, desto aufgeregter wurde sie. In einer Biegung des breiten Flusses trennte sich ein schmaler Seitenarm ab, der noch dem alten Verlauf des Gewässers folgte. Dadurch hatte sich eine natürliche Insel zwischen dem Hauptstrom und dem Seitenarm gebildet. Er führte zwar noch Wasser, war aber nicht mehr schiffbar. Auf dieser Insel stand leicht erhöht und von weitem sichtbar das neue Fürstenhaus mit seinen Nebengebäuden. Dort lebte ihre Sippe. Sie würde ihren Vater wiedersehen und ihre Mutter und all die Menschen, die sich in ihrer Kindheit um sie gesorgt hatten, bevor sie in die Obhut des Druiden kam. Ihr Vater wusste, dass sie kommen würde, sie hatte ihm eine Nachricht geschickt. Doch als sie am Hauptgebäude eintraf, waren die Tore verschlossen. Sie übergab ihr erschöpftes Pferd einem Burschen und fragte einen der beiden Wächter am Eingang, warum der Einlass versperrt sei.

»Wie immer sind die Tore zu, wenn der Rat zusammenkommt«, lautete die lapidare Antwort des Kriegers.

»Ich möchte dennoch hinein. Öffnet mir die Tür!«

»Mach dich vom Felde, Weib! Du hast hier nichts zu suchen!«

»Oh doch, das habe ich! Bei meinem Fürsten, du wirst gehorchen, wenn ich dir sage, wer ich bin.«

Der Wächter starrte sie ein paar Sekunden lang irritiert an. Es war offensichtlich, dass sie dem Kriegerstand angehörte. Sie trug ein Schwert bei sich und einen Torques. Doch sie war ein Weib, und er hatte den Befehl, niemandem Einlass zu gewähren.

»Es ist mir egal, wer Ihr seid und was Ihr wollt, ich lasse Euch nicht hinein!«

»Sobald der Rat davon erfährt, dass du dich mir verweigert hast, wird er mir wohl das Recht erteilen, dich eigenhändig zu bestrafen.« Sie lachte, doch ihr Blick verriet, dass sie sehr verärgert war.

»Wer seid Ihr denn, dass Ihr die Nase so hoch tragt?«

»Meduana, Tochter des Fürsten Gobannix und geweihte Kriegerin des Stammes. Ich war sieben Zyklen fort. Die Reise war sehr lang, und ich bin müde. Der Rat wird mich empfangen. Öffnet mir das Tor!«

»Ich habe von Euch gehört, Fürstentochter«, sagte der andere Wächter und glotzte sie neugierig an.

»Wie schön, dann wisst ihr ja, mit wem ihr es zu tun habt.« Sie zog ihr Schwert und hielt es dem glotzenden Krieger unter die Nase. »Tor auf, sonst richte ich euch auf der Stelle!«

Mit einem Mal wurden die beiden Wachen lebendig. Zusammen drückten sie die rechte Seite des Tores auf. Meduana betrat das Gebäude, und die Wächter zogen die Tür hinter ihr zu. Das neue Fürstenhaus war dem alten in Aufbau und Größe sehr ähnlich, doch das Holz der geschälten Säulenstämme war noch hell. Im Mittelgang war der Boden mit Tüchern bedeckt und an den Seiten hingen die bunten Flaggen mit den Wappentieren der adeligen Sippen ihres Stammes. Ein Feuer und mehrere Fackeln wärmten und beleuchteten den Raum.

»Wer zum Donnergott wagt es, die Ratssitzung zu stören?«, bellte eine Stimme durch den Saal. Die Kriegerin schritt durch den Mittelgang an den Säulen vorbei auf den hinteren Teil des Hauses zu. In gebührendem Abstand blieb sie stehen.

»Seid gegrüßt, Ihr hohen Herren, Ihr weisen Druiden, mein geliebter Fürst.« Meduana verbeugte sich respektvoll vor den Männern des Rates, die um einen niedrigen Tisch herum im Kreis saßen. Sie wurde kritisch beäugt. Ihr Herz klopfte vor Aufregung.

»Meduana, meine Tochter!« Ihr Vater kam mit offenen Armen auf sie zu, umarmte sie aber nicht. Er blieb vor ihr stehen und legte zur Begrüßung seine Hände auf ihre Schultern. Eine Weile betrachtete er sie, als wenn er sich vergewissern wollte, ob sie es auch tatsächlich war. Dann lächelte er zufrieden. Grau waren seine Haare geworden, und in seinem Gesicht hatten sich Falten gebildet. »Vater!«

»Setz dich zu uns«, sagte er mit einer einladenden Geste. Einige Männer schienen empört zu sein und tuschelten miteinander. »Was soll das bedeuten, Gobannix, mein Fürst? Sie ist nicht Mitglied dieses Rates! Auch wenn sie Eure Tochter ist und eine Kriegerin des Stammes, so hat sie während der Zusammenkunft nicht hier zu sein. Sie bringt die Ordnung in Gefahr und schadet Eurem Ansehen.«

Gobannix sah den Mann nicht an, der gerade gesprochen hatte. »Da hat er recht, der gute Gotuatus. Er ist der neue Wächter des Heiligtums in Autricon. Ich bin erfreut, dich hier zu sehen, doch musst du dich gedulden. Warte am Tor, ich werde dich dann rufen, wenn es an der Zeit ist.«

Meduana war müde und durstig, aber sie wartete geduldig in der Nähe des Eingangs. Sie hörte die Männer reden, konnte aber ihre Worte nicht verstehen. Nach einer halben Stunde wurden die Stimmen lauter, die Sitzung schien sich ihrem Ende zuzuneigen.

»Komm her, Meduana!«, hörte sie ihren Vater rufen.

Sie trat erneut auf die Gruppe zu. Ihr wurde ein Sitzplatz auf der Bank gegenüber ihrem Vater zugewiesen. Sie bekam einen Becher und einen Krug mit Wasser hingestellt und einen Teller mit Rauchfleisch und Brot. Die Männer blieben sitzen und musterten sie. Cratacus, der Bruder ihres Vaters, und Luernios, der Schwertmeister, der nun im Rat für die Krieger sprach, nickten ihr freundlich zu. Rechts von ihr saß Gotuatus, der etwas jünger war als sie. Er soll der letzte Schüler von Ambiacus gewesen sein und auch seine rechte Hand. Ihm schien es zu missfallen, dass die Tochter des Fürsten zurückgekehrt war. In seinen Augen spiegelte sich unverhohlen Missgunst wider.

Ihr Vater stellte nun die Männer der Reihe nach vor. Unter ihnen war ein haeduischer Gesandter, der auf Wunsch des Druiden Diviciacus als festes Mitglied des Rates geduldet wurde. Schließlich waren sie Verbündete im Kampf gegen die Nordstämme und aufeinander angewiesen. Als neuer Vergobret war Conetodus gewählt worden, ein alter Druide, der schon viele Jahre dem Rat angehörte. Er war Gobannix treu ergeben. Zusammen mit Ambiacus war er für die offiziellen Zeremonien verantwortlich gewesen. Oftmals war er Meduana wie ein verirrter Geist vorgekommen. Dennoch hatte er sich den Ruf erworben, ein gerechter Mann zu sein. Drei weitere Druiden aus den Adelsgeschlechtern ihres Stammes saßen am Tisch. Einer war Diplomat, ein anderer diente dem Handwerk. Der Dritte hatte sich der Aufsicht des Handels verschrieben. Es waren neun ausgewählte Männer, die dem obersten Rat angehörten. Sie trafen alle wichtigen Entscheidungen allein in dieser Runde.

»Was kannst du uns aus dem Imperium berichten?«, wollte einer der Druiden wissen. Meduana erzählte vom Tod des Diktators

Sulla, der Neuordnung des Senates, dem Sklavenaufstand unter Spartacus und dem großen Feldherrn Pompeius, der den Aufstand niederschlug. Auf die Frage hin, wer dieser Pompeius sei, antwortete sie: »Der Mann, der aus den freien Ländern dieser Welt Provinzen Romas macht.« Sie berichtete auch von den Gladiatorenkämpfen, was sie über den Handel erfahren und über die fremden Götter und Gebräuche gelernt hatte. Auch von Cicero sprach sie, was den haeduischen Gesandten sehr zu interessieren schien. Sie verlor kein Wort über ihre Gefangenschaft bei Titurius und erzählte auch nichts von ihren Visionen.

»Das Herz der Fürstentochter scheint für das Imperium zu schlagen«, bemerkte Gotuatus am Ende ihrer Ausführungen nüchtern. Meduana wusste, dass sie ihm jetzt die Stirn bieten musste. Sie stand auf, stellte sich breitbeinig vor den Tisch und verschränkte ihre Arme vor der Brust, so, wie es die Männer taten, wenn sie sich in ihrer Ehre verletzt fühlten und den Streit nicht fürchteten: »Nein, mein Herr, das tut es nicht! Hier wurde ich geboren. Das Blut meiner Sippe fließt durch meine Adern – es durchströmt auch immer noch mein Herz. Ich werde stets dem alten Volke angehören, den alten Göttern treu ergeben sein und meinem Stamm mit meinem Schwerte dienen, wenn es sein muss!« Die anderen Männer klopften mit ihren Fingerknöcheln auf den Holztisch und nickten ihr anerkennend zu. Gotuatus gab sich offenbar geschlagen, aber die Missgunst in seinen Augen blieb: »Verzeih, Fürstentochter, ich hätte deine Ehre nicht infrage stellen dürfen!«

»Genug jetzt, wir sitzen hier nicht zu Gericht. Wir sollten bei den Fragen bleiben, die höheren Interessen dienen: dem Schutz der Händler, der Verteidigung, der Einschätzung des Feindes. Eine weitere Zusammenkunft wäre geboten, ich lasse es euch wissen.« Gobannix löste die Versammlung auf. Die Ratsherren verabschiedeten sich respektvoll von ihrem Fürsten und verließen das Haus. Zurück blieben Cratacus, Conetodus und Meduanas Vater.

»Aber nun zu euch! Ich bin neugierig, was sich in der Heimat zugetragen hat«, sagte Meduana.

»Ah«, ihr Vater winkte ab.

»Die Sequaner haben sich mit dem Pack der Sueber gegen die Haeduer verbündet. Ariovist, der Anführer des Nordvolkes, versucht mit aller Macht, das Land mit seinen Hurensöhnen zu besetzen. Dumnorix konnte sich nicht halten, er musste sich mit Geiseln und Verträgen die Waffenruhe erst erkaufen. Doch wir konnten in Erfahrung bringen, dass eine Bruderschaft besteht, zwischen Bibracte und dem Senat in Roma. Dumnorix könnte die Romaner darum bitten, ihm zu helfen. Ariovist weiß das, dennoch scheut er nicht den Kampf«, berichtete Cratacus.

Meduana traute ihren Ohren nicht: »Was höre ich da? Die Haeduer haben eine Bruderschaft mit Roma ausgehandelt?«

»Wohl schon vor langer Zeit, Dumnorix war es nicht. Du weißt, er verabscheut die Romaner, er trinkt nur gerne ihren Wein. Warum so aufgebracht?«, antwortete Cratacus ruhig.

»Warum ich aufgebracht bin? Cratacus! Ihr schicktet mich, den Mann zu morden, der unserem Volke Unheil bringen soll. Er ist ein Sohn des Romulus! Was sollte dieser Auftrag, wenn die Haeduer mit dem Wolf bereits verbrüdert sind?«

Ihr Vater sah sie erstaunt an: »Das sind doch zwei verschiedene Schwerter, liebes Kind! Man gibt dem Raubtier Nahrung und bleibt dennoch auf der Hut. Solange der Vertrag den Händlern und dem Frieden dienlich ist, wird es so gemacht. Das entbindet aber nicht davon, der Weissagung zu folgen.«

»Und nun?« Die Antwort ihres Vaters konnte Meduana nicht beruhigen. Sie hatte den Eindruck, dass ihr Auftrag der Vergangenheit angehörte und keiner mehr darüber reden wollte.

»Ariovist macht sich mit seinen Leuten im Lande der Sequaner breit. Es wird nicht lange dauern, bis der nächste Sturm losbricht …«, lenkte Cratacus ab. »Was gibt es sonst noch zu berichten? Ach ja, Celtillus, der Arverner hat sich gegen seinen Fürst erhoben und fordert nun die Herrschaft für sich ein. Er schimpft seinen Bruder einen Sklaven Romas und beleidigt damit auch den Hohen Rat. Angeblich soll eine Vates ihm geweissagt haben, dass er der Auserwählte sei, der mit seinem Sohn zusammen das Volk zur Einheit führen wird. Er weigert sich beharrlich, den Namen dieser Seherin zu nennen. Wenn er nicht bald sein großes Maul hält, wird man ihn mit Gewalt zum Schweigen bringen.«

Meduana war das Entsetzen anzusehen. Sie blickte zu Boden. Nicht auszudenken, wenn ihr Vater und die anderen erfahren würden, dass sie die Seherin gewesen war! Wie sollte sie ihnen glaubhaft machen, was sie in Wirklichkeit gesehen hat? »Wenn Celtillus sich tatsächlich zum Fürsten ernennt und die Haeduer sich nicht mit den Sequanern einigen, gar den romanischen Wolf zu Hilfe rufen …«, Meduana klang verzweifelt, »dann wird sich die Weissagung des Diviciacus bald erfüllen, und der Tod von Titurius hätte daran nichts geändert.«

»Beruhige dich, mein Kind, es wird sich alles fügen! Besonnenheit ist nun gefragt. Es ist doch offensichtlich – Ariovist bringt das besagte Unheil, nicht Titurius! Wer weiß, was uns geschehen wäre, wärst du nicht gegangen. Es wird schon alles seine Ordnung haben …«, erwiderte Gobannix.

»Ihr wisst nicht, wie sie sind! Pompeius und auch Crassus, sie werden bald schon im Senat das Sagen haben. Es dürstet sie nach Macht und Ruhm. Gallien ist reich an Schätzen, Pompeius' Krieger warten nur auf den Befehl. Auch Titurius wird keine Ruhe geben, bis er sich gerächt hat. Glaubt ihr wahrhaftig, Diviciacus habe sich geirrt?«

Nach ihren letzten Worten herrschte nachdenkliche Stille im Fürstenhaus. Meduana konnte das Schweigen der Männer nicht ertragen. Sie bat ihren Vater darum, sich entfernen zu dürfen und suchte ihre Mutter auf. Ihre Sorgen verflogen, als Una sie in ihre Arme nahm. Die Frau des Lanista musste ihrer Mutter viele Fragen beantworten. Una wollte wissen, wie die Hochzeit abgelaufen sei, ob sie die Opferrituale eingehalten und was sie bei der Feier getragen habe, wie Fabritius sie behandele, wie sie jetzt lebe und ob sie den alten Göttern stets treu ergeben sei. Schließlich fragte sie, ob sie denn auch ein Kind von Fabritius erwartete. Ihre Mutter hatte sich überhaupt nicht verändert, dennoch war es nicht wie früher. Meduana fühlte sich nicht mehr als Teil ihrer Gemeinschaft. Ihr Vater war sehr still geworden und distanziert, so als würde er vermeiden, mit ihr allein zu sein. Sie fragte Una, was mit ihm geschehen sei.

»Wir litten beide sehr, als wir erfuhren, dass die Mission gescheitert war. Ich bat die Götter um Vergebung, Nacht für Nacht. Wir dachten, dass wir dich nie wiedersehen würden. Dein Vater grämte sich, weil er dich fortgeschickt hat. Sein Haar wurde auf einmal grau. Er zweifelte an sich und an den Worten des Druiden. Die neuen Herren unseres Rates, auch Dumnorix und sein Bruder, sie alle hielten es für eine Schwäche, dass er sich so um seine Tochter sorgte … Seitdem hält Gobannix sich sehr zurück. Auch ich kann ihn an manchen Tagen kaum erreichen, sein Herz ist wie aus Stein. Ich weiß, es quält ihn der Gedanke, dass er als Fürst versagen könnte und auch als Vater einst versagt hat …«

Meduana spürte, dass der Drache bald erwachen würde. Es herrschte immer Ruhe vor dem Sturm. Noch vor dem Winter wollte sie Fabritius' Sohn ausfindig machen und ihre einstigen Gefährten wiedersehen, und natürlich auch den neuen Tempel in ihrem Heimatdorf besuchen. Im Frühjahr wollte sie zurück nach Roma.

An einem diesigen Herbsttag ritt sie schließlich nach Autricon, auf der Suche nach Segamar, dem Schmied. Meduana suchte das Haus, an dem sie am zweiten Tag des Belisama-Festes bei Tageslicht vorbeigeritten war. Sie erinnerte sich an die bunten Lämpchen vor dem Eingang und an das Zeichen der Schmiedeleute über der Tür.

Die Hufe ihres Pferdes drückten sich tief in den aufgeweichten Boden hinein. Jeder Atemzug wurde durch kleine Nebel sichtbar, die aus Mund und Nase strömten. Als Meduana die vermeintliche Unterkunft des Schmiedes gefunden hatte, hingen dort keine Hämmer mehr über dem Eingang und auch keine bunten Gläschen. Sie klopfte dennoch an die Tür des Hauses, von dem sie glaubte, dass es seins gewesen war. Eine ältere Frau öffnete zaghaft, steckte ihren Kopf durch den Spalt und sah die Besucherin misstrauisch an. »Wer ist denn da?«, fragte sie. Meduana erkundigte sich höflich nach dem jungen Schmied, der in diesem Haus gelebt hatte. Die Frau bemerkte das Schwert, das die Besucherin bei sich trug. Sie wirkte eingeschüchtert.

»Du brauchst dich nicht zu fürchten, Weib! Ich suche einen Freund. Wenn du mir dabei behilflich bist, gebe ich dir ein paar Münzen.« Die Kriegerin erfuhr, dass der Mann, dem das Haus gehört hatte, in das neue Viertel der Schmiede gezogen sei, in die Nähe der neuen Werkstätten.

Noch zweimal musste Meduana an fremde Türen klopfen, dann hatte sie das Haus von Segamar gefunden. Ein eingezäunter Garten umgab das kleine Häuschen. Aus dem Giebel stieg dunkler Rauch auf. Sie band ihr Pferd an einem Zaunpfahl fest und hämmerte mit der Faust gegen die Tür. Dann stand er auf einmal vor ihr.

Segamar schien gewachsen zu sein. Er trug jetzt einen Bart. Doch Meduana erkannte ihn sofort wieder. Sein Oberkörper war unbekleidet und wie sein Gesicht von feinem Rußstaub bedeckt. Er war wohl gerade erst von seiner Arbeit heimgekehrt.

»Sei gegrüßt! Was kann ich für dich tun?«, fragte er freundlich und wischte sich seine schwarzen Hände an einem Tuch ab. Dann stockte er. Ein Staunen erschien auf seinem Gesicht: »Aber dich kenn ich doch! Oder nicht? Ah, doch! Es fällt mir wieder ein. Eponas Angesicht zu Belisamas Fest! Bei Taranis, ist das schon lange her. Hast du mich die ganze Zeit gesucht? Ich war nicht schwer zu finden …!« Er grinste.

Meduana lächelte zurück.

»Was führt Euch zu mir, edles Weib?«

»Das sage ich dir gleich.«

»Und vorher?«

»Vorher bittest du mich in dein Haus!«

Wortlos ließ er sie hinein. Sie stellte sich zu ihm an das wärmende Feuer, über dem ein Kessel mit Wasser hing.

»Weißt du, wer ich bin?«, fragte Meduana.

»Nein, woher denn? Ihr habt mir damals Euren Namen nicht genannt. Es war ja auch nicht von Belang …«

»Ja, das ist wahr, es war nicht von Belang in dieser Nacht. Doch jetzt sollst du es wissen. Ich bin die Tochter des Gobannix, dem Fürsten unseres Stammes.«

»Oha! Ich hoffe sehr, Ihr seid nicht hier, um mich wegen dieser Sache vor Gericht zu bringen.«

»Nein«, erwiderte Meduana ernst, »mein Anliegen ist anderer Natur.«

»Warum seid Ihr dann hier?«

»Ich war sehr lange fort. Nun bin ich zurückgekehrt, um meine Heimat zu besuchen, und auch, um dich zu holen, Segamar.«

»Ach, ja? Und woher kennt Ihr meinen Namen?«

»Ich möchte dich zu deinem Vater bringen, sein Herz sehnt sich nach dir!«

»Mein Vater ist längst tot!« Er drehte sich jäh von ihr weg und legte Holz nach. Dann stocherte er wild in der Glut herum. Die Funken sprühten hoch.

»Wie kommst du darauf?«, fragte Meduana.

»Das letzte, was ich hörte, von einem Neffen meiner Mutter, die früh von uns gegangen war – ich hörte, dass mein Vater in den Süden ging, um seine Dienste anzubieten. Doch seit dem Tod der Mutter war sein Herz besessen. Er legte sich mit jedem an, der seinen Schmerz nicht teilte, war schnell in Aufruhr, wenn jemand etwas Ungerechtes tat. Auch mich hat er geschlagen! Dann fing er an zu trinken ... Ich kann mir denken, wie das ausging. Er wird wohl längst gerichtet sein ...«

»Ja, sie haben ihn gerichtet. Er wurde Gladiator und nahm sein Schicksal an, die Götter schenkten ihm ein neues Leben. Das alles hat ihn wohl verändert, denn nun ist er ein guter Mensch, ein Mann von Ehre, mit Vermögen, und nur eines fehlt ihm noch zu seinem Glück - es ist der Sohn, den er so früh verloren hat.«

Segamar wandte sich ihr wieder zu: »Ach ja? Er lebt? Ihr kennt ihn? Er soll ein guter Mensch geworden sein? Woher wollt Ihr das wissen? Ein adeliges Weib seid Ihr, Ihr werdet doch nicht lügen?«

Meduana wollte ihre Hände auf Segamars Schultern legen, aber er wich ihr aus. »Segamar, Sohn des Bellovesos! Ich belüge dich nicht. Bei meiner Ehre, du hast mein Wort! Ich verstehe dein Misstrauen. Du bist verlassen worden, als du noch ein Junge warst, und musstest dich so früh allein bewähren ... Aber ich kenne deinen Vater gut, seit über sieben Jahren schon. Er ist mein Herr, ich bin ihm treu ergeben, die Götter haben uns vereint. Er hat mich vor dem Tod bewahrt ... Ich würde vieles dafür tun, um euch im Glück vereint zu sehen.«

Der junge Schmied war sprachlos. Meduana betrachtete ihn im Schein des Feuers. Er musste jetzt Mitte zwanzig sein. Fabritius in jungen Jahren. Die Ähnlichkeit war nicht zu leugnen. Segamar war ein schöner Mann, mit sanften, dunklen Augen und einem muskulösen Körper, der sich so geschmeidig und zielstrebig bewegte wie ein Luchs.

»Ihr seid sein Eheweib? Das kann ich Euch nicht glauben! Und Euer Vater gab Euch seinen Segen? Ein Schmied und eine Fürstentochter? Das kann doch niemals sein!«

»Dein Vater hat dir damals ein Geschenk gemacht, als du Avaricon verlassen hast und in den Norden gingst. Es waren Gläschen aus Etruria, sieben an der Zahl, kannst du dich erinnern?«

»Woher wisst Ihr das?« Sein skeptischer Blick durchbohrte sie.

»Fabritius hat es mir erzählt. Eines hat er aufbewahrt, in Erinnerung an seinen Sohn.« Meduana lächelte.

»Fabritius? So nennt er sich? Er war ein Gladiator? Ist das die Wahrheit?« Sie nickte.

»Er lebt also …« Segamar wandte sich wieder ab und starrte zu Boden. »Ein guter Mensch soll er geworden sein …«, murmelte er. Seine Augen wurden feucht. Seine Stimme bebte: »Ich weiß nicht, was ich sagen soll!« Dann rannen auf einmal Tränen über sein verrußtes Gesicht, tropften auf seine nackte Brust und hinterließen hellgraue Spuren auf seinem Körper. Meduana nahm ihn in den Arm. Der junge Schmied weinte sich an ihrer Schulter die Verbitterung aus seiner Seele und hörte erst auf, als seine Kräfte schwanden. Er setzte sich. »Erzähle mir alles, Götterbotin und einstige Geliebte«, flüsterte er schluchzend.

»Das mit der Götterbotin ist wohl wahr, doch die Geliebte solltest du vergessen. Versprich mir, es deinem Vater niemals zu erzählen! Ich selber hadere nicht damit, aber ich weiß, dass seine Seele sehr empfindsam ist. Ich bin nicht nur sein Eheweib, er sieht in mir auch eine Tochter. Sobald du mich als deine Schwester anerkennst, kann er dich nehmen, wie du bist - als seinen Sohn.«

Während Segamar sich mit dem warmen Wasser aus dem Kessel die Tränen und den Ruß vom Körper wusch, begann Meduana, ihm die ganze Geschichte zu erzählen. Sie saßen am Feuer und redeten bis spät in die Nacht hinein. Die Frau des Lanista schlief in seinem Haus, aber nicht auf seinem Lager.

Am nächsten Morgen fragte sie Segamar nach den bunten Lampen: »Was hast du mit ihnen gemacht, ich kann sie hier nirgends sehen?«

»Ich habe sie verkauft, um in die große Schmiede einzusteigen, die jetzt auch mir gehört, zu einem kleinen Teil. Ich war so dumm und wusste nicht, wieviel sie wert sind. Ich hätte sie wohl nicht an meine Tür gehängt. Ein Händler fragte mich danach – er war ein guter Mensch, der Handel schien gerecht zu sein. Er gab mir einen Beutel voll Denarien, das reicht für einen Amboss.«

Meduana musste lächeln. Nein, ein guter Geschäftsmann war er nicht, aber er hatte Talent, was sein Handwerk betraf. In seinem Haus bewahrte Segamar einige Objekte auf, die er eigenhändig geschmiedet hatte. Darunter kunstvoll verzierte Äxte, zwei Helme mit Tierfiguren und die Federung eines Streitwagens, die höchsten Belastungen standhalten muss. Auf einmal hatte Meduana eine Idee. »Ist das hier alles dein Werk?«, fragte sie den jungen Schmied.

»Ja, das ist mein Werk«, antwortete er stolz, »ich bewahre es hier sicher auf – bis die Kunden in die Werkstatt kommen, um sie gegen Münzen einzutauschen.«

»Bist du auch mit dem Formen eines weiblichen Körpers vertraut?«

»Wie Ihr einst erfahren durftet, kenne ich mich mit dem Körper eines Weibes recht gut aus ...«

»Das meinte ich nicht, Schelm! Ich möchte wissen, ob du auch eine Göttin als Statue formen kannst, nach Vorgabe und möglichst im Verborgenen.«

»Und ob ich kann! Mein letztes Werk galt der Epona, für den Altar im neuen Heiligtum. Zwei Pferde waren es, aus einem Stück gegossen.«

»Tatsächlich? Dann bist du auch vertraut mit den Regeln der Druiden, die beim Schmieden eines heiligen Objektes zu beachten sind?«

»Ja, das bin ich!«

»Vortrefflich! Dann habe ich einen Auftrag für dich.«

Eine Woche später klopfte Meduana erneut an die Tür des jungen Schmiedes. Er hatte sie bereits erwartet. Die Kriegerin kam gleich zur Sache. »Segamar! Alles, was ich dir nun zeige und erzähle, musst du ganz allein für dich behalten. Die meisten Leute wissen nichts, meinen aber, alles zu verstehen. Sie deuten vieles falsch. Was ich von dir will, könnte dich in Schwierigkeiten bringen, es könnte dich sogar das Leben kosten. Du musst mir dein Vertrauen schenken und schwören, dass du, auch zu meinem Schutz, darüber schweigen wirst!« Er nickte.

Meduana rollte vor seinen Augen ein Papyrusblatt aus, auf dem eine Frau mit schwarzen Haaren abgebildet war. Sie trug eine Scheibe auf dem Kopf und hielt eine Art Kreuz in der Hand. Die fremdartige Darstellung beeindruckte Segamar. Eine solche Zeichnung hatte er noch nie gesehen. Die Intensität der Farben war außergewöhnlich, sie schienen aus sich selbst heraus zu leuchten. Während Meduana ihm erklärte, woher der Papyrus stammte und wie sie sich die Figur vorstellte, sah er sie immer wieder verstohlen von der Seite an. Es machte den Eindruck, als wenn die fremde Göttin ihn ebenso faszinierte wie sie. Am Ende konnte er sich seine Fragen nicht verkneifen: »Was sind das für Zeichen da am Rande?«

»Das ist ihre Schrift.«

»Und was bedeuten sie?«

»Da steht, dass dies die Göttin Isis ist, woher sie ihren Namen hat, und ein Gebet.«

»Ein Gebet?«

»Es dient der Wiederkehr der Seele … Mehr musst du nicht wissen.«

»Die Schlange, die sie tragen soll, ist mir vertraut, sie ist eine Gefährtin des Carnutus. Doch was ist das?« Er zeigte auf die Darstellung des Kreuzes.

»Ein Ankh! Es hat eine ähnliche Bedeutung wie das Rad des Lebens, das den Kreis mit dem Symbol der Ewigkeit vereint, wie in der Triskele – doch dieses Kreuz verbindet auch die Reiche miteinander: das Diesseits mit der Anderwelt, das Erdreich mit dem Himmel, und in der Mitte findest du das ewige Reich Avallon. Spürst du die Macht, die von ihm ausgeht?« Segamar begriff, dass Meduana auch Priesterin war und fühlte sich geehrt, von ihr den Auftrag zu bekommen.

Sie besprachen die Details. Die Größe der Statue, ihr Ausdruck und ihre Statur. Der junge Schmied machte sich Notizen und fertigte vor Meduanas Augen aus Ton eine getreue Vorlage an. Erfreut stellte sie fest, dass Segamar ihre Vorstellungen schon beim ersten Versuch treffend umzusetzen wusste. Sie korrigierte nur die Haltung der Arme, mahnte ihn erneut zur Verschwiegenheit, und überließ ihm dann vertrauensvoll die Ausführung. Das wertvolle Papyrusblatt mit der Zeichnung hätte er gerne behalten, doch Meduana reagierte ungehalten, als er danach fragte.

»Segamar, ich lasse dir genügend Zeit, die Figur für mich zu formen, und auch für die Entscheidung, ob du mit mir gehen willst. Im Frühjahr breche ich nach Roma auf. Wenn du deinen Vater wiedersehen willst, halte dich bereit.«

»Wo kann ich Euch finden?«, fragte er.

»Auf der Fürsteninsel.«

»Ach ja! Ich kann es immer noch nicht glauben: meine Geliebte – eine Fürstentochter, die Götterbotin – eine Kriegerin, mein Auftraggeber – eine Priesterin, und nun auch meine Schwester im Herzen.« Er grinste.

»Kein Wort, du hast es mir geschworen!«, herrschte sie ihn an.

»Ja doch!«

»Warum hast du eigentlich kein Weib an deiner Seite?«, fragte Meduana noch, als sie das Haus verließ. Erst als sie schon auf ihrem Pferd saß und losreiten wollte, gab ihr Segamar eine Antwort: »Alles, was man liebt, kann einem auch genommen werden. Die Götter geben es, die Götter nehmen es, so ist es wohl im Leben. Ich biete ihnen nicht mehr die Gelegenheit, mir etwas zu entreißen, das von Bedeutung für mich ist …«

17. Geweihte Nächte – Die Übersetzung: Teil 3

29. August 2012, Fragment 19
Die dunkle Zeit brach an und mit ihr ihre Feste. Es war das letzte Mal, dass ich mit meiner Sippe diese Zeit verbrachte, und auch, dass wir den alten Göttern so verbunden waren.

Die Menschen meines Volkes kamen nun zusammen, um in den letzten Sonnentagen der Göttin Dank zu sagen, die uns durch ihre Gaben reich beschenkte. Rosmerta hatte uns gesegnet. Im zehnten Monat wurde dann das Erntefest gefeiert. Wir dankten auch den Schöpfern dieser Welt für ihre Gunst und brachten ihnen ihren Anteil durch die Opfertiere dar. Neun Tage aßen wir dann nur, was in und auf der Erde für unser Wohl gewachsen war, das Fleisch der Tiere fassten wir nicht an.

Im elften Monat folgten die geweihten Neumondnächte und damit auch die Zeit, in der die Seelen unserer Ahnen bei uns waren. Die Sippen blieben unter sich. Wir ließen die Verstorbenen in den Geschichten wiederkehren und baten sie um ihren Beistand und um ihren Schutz. Durch die Gebete fanden wir den Frieden wieder.

Carnutus legte sich nun schlafen und mit ihm viele Tiere. Der große Jäger hatte den geweihten Hirsch erlegt. Er würde fort sein, bis zu seiner Wiederkehr, zu Beginn des nächsten Zyklus. Auch konnten jetzt die Wesen aus der Anderwelt entfliehen, und bis zum Lug-Fest (Julfest) hatten sie die Macht, ihr Unwesen in dieser Welt zu treiben. Die Häuser wurden ausgekehrt, die geweihten Feuer neu entzündet und die Frucht der Hasel vor der Tür verbrannt, denn das war ihre Speise.

In diesen Nächten wurde auch die Gans geopfert und mit der Artemisia verzehrt. Die Gans steht für den Flug der Seelen und für die Wiederkehr des Lichts. Die Götter schicken sie, um uns zu zeigen, wann die neue Zeit anbricht. Am Ende dieses Monats in der Vollmondnacht brannte dann die ›Sühnepuppe‹ (?) vor dem großen Tempel. Aus Stroh und Weide war sie gemacht, gefüllt mit den Verfehlungen der Menschen unseres Stammes. Mit ihr ging alle Schuld in Flammen auf und unsere Seelen wurden wieder rein.

Und wieder übernahm der große Rabe die Herrschaft über diese Welt und Taranis beschenkte uns mit seiner weißen Pracht. Wir lebten von den Vorräten und unsrer Hoffnung auf die neue Zeit. Das Lug-Fest kam, mit seinen rauen Nächten. Zu Mittwinter beginnt es, wir feiern es zwölf Nächte lang ...

*

Als Davina sich hinlegte, ahnte sie schon, dass diese Nacht nicht traumlos bleiben würde. Nach ihrer Arbeit bekam sie wieder Kopfschmerzen, die sich anfühlten, als wenn jemand an die Innenseite ihrer Schädeldecke klopfen würde. Schon als sie die Augen schloss, erschienen ihr die ersten Bilder. Bald fiel sie in einen tiefen Schlaf. In ihren letzten Träumen war sie nicht mehr die Geduldete, sondern sie selbst, im Körper einer fremden Frau. Meduana begleitete sie nicht mehr. Davina verstand nun auch die fremde Sprache. Sie konnte sie auch sprechen, vielmehr sprach es aus ihr heraus.

Eine ältere Frau stand neben ihr. Gemeinsam blickten sie auf eine Tür. Die andere trug über ihrer langen Tunika einen warmen Peplos aus dunkler Wolle und darüber ein fein gewebtes buntes Tuch. Ihre grau-blonden Haare hatte sie auf beiden Seiten mit roten Bändern zu Zöpfen geflochten. Lederne Schuhe schützten ihre Füße vor der Kälte. In dem schmalen Rahmen der Tür erschien jetzt ein kräftiger Mann, der einen Nadelbaum durch die Öffnung zu zwängen versuchte. Er fluchte leise. Die Frau neben ihr lachte. Mit einem Ruck gelangte der Baum schließlich in das Haus.

Davina kam das Gebäude vertraut vor. Es war sehr geräumig. Im hinteren Teil des Hauses befanden sich die Schlafplätze und einige wertvolle Truhen mit Kleidung, Decken und Tüchern. Der vordere Bereich war wie eine Stube eingerichtet, mit niedrigen Sitzbänken und einer Feuerstelle, über der ein kleiner Kessel hing. Unter dem Dachgebälk befand sich auf Kopfhöhe ein schmaler Querbalken, an dem verschiedene Werkzeuge und Küchengeräte hingen, darunter mehrere Kellen, eine Schere und ein kleines Beil.

Der kräftige Mann stellte den Baum gegenüber der Feuerstelle auf. Er fixierte den Stamm mit Keilen in einem Loch im Lehmboden, das er eigens dafür vorbereitet hatte. Mit der flachen Seite der Axt schlug er die Keile fest in den Boden hinein. Nachdem er fertig war, blickte er voller Stolz in die Runde.

»Na, wie sieht es aus, was sagt ihr?«, fragte er die Frauen.

»Es ist zwar ungewöhnlich, aber dennoch schön«, hörte Davina sich sagen. Sie tastete die Zweige des Baumes ab. »Und eine Tanne! Das ist gut. Die Fichten stechen mir zu sehr.«

»Wohl wahr. Seit unser Sohn geboren wurde, macht sich Cratacus zu jedem Lug-Fest auf, eine Tanne aus dem Wald zu holen. Schön wäre auch die Eibe, doch bleibt sie ja mit ihrer Zauberkraft den geistlichen Druiden vorbehalten«, bemerkte die ältere Frau.

Davina ging ein paar Schritte zurück und prüfte den Stand des Baums. »Ein wenig schief steht er, oder täusche ich mich da?«

»Bei Teutates, jetzt fängt das wieder an! Ihr Weiber seid doch nie zufrieden«, raunzte Cratacus und versuchte die Tanne zu bewegen. »Die sitzt fest! Dann müssen die Keile wieder raus …«

»Nein, lass davon ab! Es ist gut so, wie es ist«, beschwichtigte ihn seine Frau. »Es ist allemal besser als der Brauch, ihn aufzuhängen, dafür ist er viel zu groß. Warum haben wir die Bäume nicht schon früher so gestellt? Mir gefällt es so.«

Der Mann sah sie erleichtert an und sagte: »Den Göttern sei gedankt für deine Einsicht, Weib. Nun könnt ihr beide ihn noch schmücken, ich hole derweil Feuerholz. Bald werden auch die anderen hier sein, und dann beginnt das Fest.«

Als der Mann wieder verschwunden war, kümmerten sich Davina und die andere Frau um die Räucherzweige. Sie nahmen dafür die Triebspitzen von Fichte und Wacholder und banden sie in kleinen Bündeln mit einem Hanfseil zusammen. Danach stimmte die Frau ein Lied an. Sie sangen gemeinsam Strophe für Strophe, während sie den Eingang des Hauses mit den Blattranken des Efeus schmückten. An der Tür und neben dem Feuer hängten sie Ilex-Zweige auf. Jetzt holte die ältere Frau aus dem hinteren Teil des Hauses einen Korb, in dem sich kleine, grüne Äpfel befanden. Es war ein Privileg, den Baum damit zu schmücken. Lugus selbst hatte ihrem Volk diese Frucht vermacht. Der Holzapfel wurde im Winter eingelagert. Roh war er ungenießbar, doch gedörrt oder mit anderen Speisen gekocht, schmeckte er köstlich. Auch ließ sich daraus ein kräftiger Essig herstellen und Mus, das gesüßt eine wahre Götterspeise war. Davina versuchte, einen Wollfaden an den Stängel eines Apfels zu knoten, um ihn dann an den Zweigen der Tanne zu befestigen. Es war gar nicht so einfach, wie es aussah.

Die Tür ging mit einem kräftigen Schlag auf, kalte Luft strömte ins Haus. Ein stattlicher Mann mit grauen, langen Haaren und einem breiten Schnurrbart kam hereingestapft. Er blieb im Eingangsbereich stehen und schüttelte sich die Schneeflocken von seinem Kopf. Dann stampfte er ein paar Mal mit den Füßen auf, bis der Matsch von seinen Schuhen abfiel. Die ältere Frau eilte zu ihm, half ihm die Fellstiefel auszuziehen, nahm ihm den nassen Wollumhang ab und hängte ihn an einem Balken zum Trocknen auf. Davina kannte den Besucher. Es war derselbe Mann, der Meduana den Torques überreicht hatte – er musste ihr Vater sein.

Er war älter geworden, besaß aber immer noch eine erstaunlich kraftvolle Präsenz. Zur Begrüßung lächelte er Davina freundlich an und legte eine Hand auf ihre rechte Schulter. Das Gewicht seines Armes und sein Anblick ließen ihre Knie weich werden. Dann wandte er sich dem Feuer zu.

»Und? Seid ihr soweit?« Gut gelaunt rieb er sich die Hände über der Glut.

»Ja«, antwortete die Frau, »aber Una ist noch nicht hier. Ich konnte die Speisen nicht zu Ende zubereiten.«

Über dem Feuer hing ein Topf mit dicken Bohnen, die in der Flüssigkeit leise vor sich hin köchelten. Davina wusste nicht, was sie machen sollte. Die Zubereitung von Speisen gehörte nicht zu ihren Aufgaben. »Na, du weißt doch, was zu tun ist, meine liebe Medina«, sagte Meduanas Vater zu der Frau. Obwohl es freundlich klang, wirkte es aus seinem Munde wie eine Schelte. »Una hält sich sicher noch im Lager auf ...«, entgegnete Medina entschuldigend.

»Na, dann lauf los und helf ihr!«

Gerade als Medina ihr Stoffcape übergezogen hatte und das Haus verlassen wollte, trafen die anderen Familienmitglieder ein. Der Mann, der den Baum aufgestellt hatte, kam nun in Begleitung eines etwa zehnjährigen Kindes und einer alten Frau wieder, die in gebückter Haltung über die Schwelle trat. Sie wurde mit einer Decke auf der Bank neben dem Baum platziert. Die Männer holten gemeinsam das Holz rein, das Cratacus in einem großen Korb vor die Tür gestellt hatte.

Auf einmal füllte sich das Haus mit Leben. Eine feierliche Stimmung lag in der Luft. Una und Medina kamen mit vollen Händen wieder. Meduanas Vater und sein Bruder machten es sich auf der Bank bequem und sahen zu, wie ihre Frauen die Speisen zubereiteten. Medina schnitt den geräucherten Speck und das Fleisch klein, gab dann die Zwiebeln und das Wurzelgemüse in den Topf und goss noch einmal Wasser nach. Bald duftete es im ganzen Gebäude nach warmem Essen. Am Ende holte Una ihre Tonkrüge hervor und würzte das Essen mit allerlei Kräutern. Es roch nach Thymian, Beifuß und Wacholder.

Davina erfuhr, dass der kleine Junge Tasgetios hieß. So nannte Una ihn jedenfalls, obwohl sein Vater das o eher wie ein u aussprach. Der Junge war jetzt bald neun Jahre alt. Cratacus war sehr stolz auf ihn. »Die geistlichen Druiden haben ihn als würdig anerkannt. Ich wusste doch, dass er geeignet ist. Er ist ja auch mein Sohn!«, sagte er zu Davina.

»Wenn dem so ist, was macht er hier?«, hörte sie sich fragen. »Zum Lug-Fest wollten wir ihn nicht alleine in der Obhut seines Lehrers lassen …«, erwiderte Medina verlegen.

»Wenn ihr ihn zu lange bei euch habt und ihn verhätschelt wie ein kleines Kind, wird er eines Tages nicht den Mut aufbringen, seinen Stamm zu führen. Die Krieger werden ihn nicht anerkennen. Und es wird starke Führer brauchen, die Zeitenwende steht bevor!«, warf Davina ein und wunderte sich über ihren barschen Tonfall. »Was willst du damit sagen?«, fragte Meduanas Vater nach. Sein bohrender Blick verunsicherte Davina.

»Nun, wer sonst sollte dazu ermächtigt sein, eines Tages Euer Erbe anzutreten? Für die Krieger ist die Herkunft von Bedeutung«, entgegnete sie dem Fürsten.

Davina merkte, dass sie Meduanas Vater etwas verschwieg. Es erschienen auf einmal Bilder in ihrem Kopf, die Tasgetios als jungen Fürsten zeigten. Wütende Krieger umringten ihn. Der Kreis wurde immer enger, dann schlugen sie auf ihn ein! Davina zuckte zusammen. Wem gehörten diese Erinnerungen?

»Der Stammesführer muss gewählt sein und von allen Ständen anerkannt, sonst erlangt er nicht die Fürstenwürde. Sieh dir Celtillus an! Er stapelt sich gerade seinen Scheiterhaufen auf, nur weil er glaubt, dass seine Herkunft ihn zum Herrscher macht.«

»Oh, bitte sprecht nicht wieder über das Geschehen. Nicht heute! Nicht in dieser Zeit! Lasst in den heiligen Nächten ruhen, was das Herz bewegt.« Una sah sie beide sorgenvoll an. Der Fürst nickte: »Recht hat sie! Lasst uns endlich speisen!«

Das Festmahl bestand aus einem Eintopf mit geschälten Saubohnen und Schweinefleisch. Dazu gab es dünne Getreidefladen und mit Honig gesüßtes Apfelmus, getrocknete Wildfrüchte und Holunderbeerwein, der den Körper gegen jede Art von bösem Zauber schützte. Davina war fasziniert von den unterschiedlichen Speisen. Noch nie hatte sie den Geschmack von Nahrung so intensiv wahrgenommen. Während sie aß, verfolgte sie aufmerksam die Gespräche der anderen. Am elften Tag der Raunächte, zur Neujahrsfeier, sollte wieder das rituelle Trinkgelage stattfinden, an dem in der Regel nur die Männer teilnahmen. Der Vater von Meduana musste zu diesem Anlass eine würdige Rede vor den Kriegern halten, und es war üblich, dass er danach mit ihnen trank. Medina erzählte unterdessen ihrem Sohn die Lug-Geschichte und warum es Bohnen zu essen gab: während der Herrschaft des göttlichen Raben lag die lebendige Welt im Sterben. Doch in den langen Raunächten würde die Gemahlin von Taranis ganz heimlich, still und leise erneut das Sonnenkind gebären. Es würde wachsen und die Finsternis vertreiben, und nach der Herrschaft seines Vaters als Gott des Lichts die Welt regieren. Das Rad des Lebens drehte sich unaufhörlich weiter, dennoch war es ungewiss, ob der Himmel weiterhin bestehen würde. Diese Sorgengeister mussten ausgetrieben werden, mit Feuer und mit Rauch! Gleich nach dem Essen zündeten die Männer vor der Tür die Räucherbündel an und brachten sie zum Glühen. Als die harzigen Zweige ordentlich qualmten, wurden sie in kleine Kessel gelegt. Dann liefen sie damit durch das Haus, und räucherten die Geister aus.

Die Großmutter von Tasgetios, die kaum noch laufen konnte, hütete das Feuer. Alle anderen verließen warm gekleidet das

Gebäude. Mit ihren kalten Strahlen verschwand die Sonne am Horizont, der Himmel färbte sich schwefelgelb. Dunkelgraue Wolken schluckten das letzte Licht. Der Neuschnee dämpfte auf eigentümliche Weise jeden Laut. Ein riesiger Schwarm aufgebrachter Krähen zog über ihnen hinweg. »Schau nur! Die Seelen, die noch auf der Erde weilten, werden in das Reich von Taranis begleitet«, bemerkte Medina melancholisch. Der kleine Tasgetios blickte ihnen ehrfurchtsvoll nach, bis der Schwarm in der Dunkelheit verschwand.

Davina stapfte mit den anderen ausgelassen durch den matschigen Schnee. Sie war satt, warm gekleidet und erfüllt von einer sorglosen Heiterkeit. Epona hielt ihre schützende Hand über sie. Mehr brauchte es nicht. Im Himmel über ihnen tobten sich die Schneeflocken aus, und auf der Erde loderten überall die Feuer auf. Dicke Holzstämme brannten vor den Häusern und auf den Plätzen. Der aufsteigende Rauch vermischte sich mit den kalten Flocken, die ziellos durch die Dunkelheit trieben.

Die längste Nacht des Jahres hatte begonnen. Die Menschen machten sich auf den Weg zum Tempel. An den rituellen Tänzen zur Wintersonnenwende nahm jeder teil, der laufen konnte. Nur gemeinsam und mit lautem Getöse konnten sie die Geister des Lichts erwecken. Der Platz vor dem Tempelgebäude wurde von Hunderten von Fackeln und Holzscheiten hell erleuchtet, die Leute standen eng zusammen. Die Luft war erfüllt vom Harzgeruch.

Die Menschen verbeugten sich, als der Fürst mit seiner Sippe eintraf. Sie bildeten eine Gasse bis zum Tempel.

Dann hörte Davina plötzlich eine laute Trommel schlagen. Sie wachte auf und vernahm ein Klopfen. Verwirrt registrierte sie, wo sie sich befand. In Unterwäsche stolperte sie zur Tür ihres Appartements. Marc stand vor ihr.

»Hast du geschlafen?«

»Äh, ja, wie spät ist es denn?«

»Mittag! Hast du wieder geträumt?«

»Ja!«

»Ich will es hören!«

Davina erzählte ihm von dem keltischen Weihnachtsfest und dem Inhalt des letzten Teils der Übersetzung. »Weißt du Marc, ich verstehe jetzt vieles besser. Der Druide, der auf unserer Reise im Traum zu mir gesprochen hat, und was Theresa gesagt hat, und auch was du mir auf der Rückfahrt im Zusammenhang mit deinem Glauben erzählt hast – ich verstehe jetzt, dass uns die ursprüngliche Bedeutung vieler Dinge verloren gegangen ist. Mir war nicht klar, wie sehr sich die Menschen damals mit der Natur verbunden gefühlt haben. Vieles, was wir heutzutage machen, hat überhaupt keinen Bezug mehr zu unserem Menschsein, obwohl wir Teil dieser Welt sind. Wir essen, weil man essen muss, nicht weil die Zubereitung der Speisen oder die Zutaten an sich eine tiefere Bedeutung für uns hätten … Bisher habe ich alle Kraft in meine Arbeit gesteckt - was ja nicht falsch ist, denn ich liebe meine Arbeit, und ich wäre nicht hier, wenn es nicht so wäre – aber nun kommt es mir plötzlich so vor, als wäre ich all die Jahre mit Scheuklappen durch die Welt gelaufen, wie ein Esel, der nur die Möhre vor seinem Maul hängen sieht. »Scheux-Klapen? Ésél? Meure?«

Davina erklärte es ihm auf Englisch.

»Aha!«

Marc, ich möchte die Freundin von Theresa in Tübingen anrufen und sie um einen Termin bitten …«

»Du willst eine Rückführung machen?«, fragte Marc erstaunt.

»Ja, ich glaube, ich bin jetzt bereit für sowas – ich will endlich wissen, was mit mir los ist.«

»Dann komme ich mit!«, sagte er bestimmt.

Schweigend saßen sie nebeneinander. Marc massierte sanft ihren Handrücken. Ein wohliger Schauer erfasste Davinas Körper.

»Was ist eigentlich mit der Statue?«

»Es geht voran«, antwortete Marc auf Englisch.

»Kann ich sie bald sehen?«

»Momentan kümmert sich eine junge Restauratorin um sie. Sie macht das wirklich sehr gut. Wenn nichts dazwischen kommt, kann sie es in drei bis vier Wochen schaffen. Die Statue ist in einem erstaunlich guten Zustand.« Davina nickte zufrieden.

»Hast du eigentlich schon von den neusten Plänen des Professors gehört?«, fragte sie. Marc schüttelte den Kopf.

»Er plant eine Sonderausstellung hier in der Charité. Marseille ist ja im nächsten Jahr ›Kulturhauptstadt Europas‹. Das wäre ein passender Anlass, das Pergament hier vor Ort der Öffentlichkeit zu präsentieren. Er wollte demnächst die Presse darüber informieren, die Stadtverwaltung hat wohl schon zugesagt. Dupont hat mich gebeten, für den Katalog und für die Veröffentlichung der Übersetzung den Kommentar zu schreiben. Das Schriftliche könnte ich auch in Berlin erledigen, aber wegen der Ausstellung werde ich hierbleiben. Ich möchte unbedingt bei den Vorbereitungen helfen und auch bei der Eröffnung im Januar dabei sein.«

»Das hört sich gut an, und es wäre schön, wenn du auch wegen mir noch ein Weilchen in Marseille bleiben würdest.«

Marc beugte sich plötzlich über sie, hielt seine Lippen ganz nah an ihren Mund, berührte ihn aber nicht. Behutsam drückte er Davina auf das weiche Bett. Sie wollte protestieren, aber Marc legte ihr den Finger auf den Mund. »Pssst, nicht mehr reden …«, flüsterte er. »Schließe deine Augen!« Seine Finger glitten unter ihr Shirt. Sie ließ es geschehen.

18. Zeitenwende

Der Februar begrüßte sie mit milden Temperaturen und viel Sonnenschein. Die Tage wurden merklich länger, die erste Schneeschmelze ließ bereits den Fluss anschwellen. Bis zum Frühjahrsfest war es noch lange hin, doch auch im zweiten Monat gab es genügend Anlässe zum Feiern. Die Wiederkehr des Hirschgottes kündigte sich an und die Geburt der Erdgöttin. Mit ihnen würden auch die Tiere und die Geister des Lebens in die Welt zurückkehren.

Die ersten Tage dieses Monats waren von Bedeutung für die Vorhersage des Wetters in den kommenden Wochen. Der Boden durfte weder zu früh noch zu spät mit dem Pflug bearbeitet werden. Auch der Termin für die Ausbringung der ersten Saat musste mit Sorgfalt gewählt werden. Die Druiden deuteten den Vogelzug und den Verlauf der Gestirne, sie beobachteten das Verhalten der Tiere nach dem Winterschlaf, und wie sich die Wolken am Firmament bewegten. Das Getreide musste bald gesät werden, damit die Ähren lange genug reifen konnten und ein nasser Herbst die Ernte nicht verderben ließ. Die Hülsenfrüchte kamen erst im vierten Monat in den Boden, denn sie benötigten die Sonne mehr als den Segen der Fruchtbarkeitsgöttin. Wenn sich die späten Frostgeister im fünften Monat dann zurückgezogen hatten, konnten sie schon einmal kräftig wachsen, bis die Wildkräuter sprossen und das tägliche Hacken begann. So hatte jede Kultur ihre eigene Zeit.

Die Druiden hatten vorausgesagt, dass die Kälte zurückkehren und das Frühjahr erst spät beginnen würde, dann aber mit seiner ganzen Kraft. Die freien Bauern und die adeligen Landbesitzer stellten sich darauf ein. Meist brachten diese Jahre den Geduldigen besonders reiche Ernten und den Ungeduldigen den Hungertod.

Der Winter wurde mit Feuer und Gesang ausgetrieben, mit Trinkgelagen, Festumzügen und mit vielen Tänzen. Die Handwerksbetriebe nahmen ihre Arbeit wieder auf, die ersten Händler machten sich mit ihren Waren auf den Weg nach Süden, und in den Webhäusern trugen sich die Weberinnen gegenseitig die Geschichten vor, die ihnen die Alten in den langen Nächten am Feuer erzählt hatten.

Meduana ging auf die Jagd, besuchte ihre Freunde und ihre Kampfgefährten und immer wieder auch den neuen Tempel in Autricon, der einst das Fürstenhaus gewesen war. Das prachtvolle Gebäude war mit einem neuen Dach versehen worden, zwei hölzerne Figuren bewachten nun den Eingang: geweihte Krieger, mit Schwert und Helm. In den Nebengebäuden wohnten jetzt die Priester, auch Gotuatus lebte dort. Jedes Mal war sie ergriffen, wenn sie den neuen Tempel betrat. Als Priesterin stand es ihr zu, das Gebäude jederzeit und auch alleine zu besuchen, aber Gotuatus bestand darauf, dass sie sich vor jedem Besuch ankündigte. Er nutzte jede Gelegenheit, um ihr seine Macht zu demonstrieren.

Als sie den Tempel das erste Mal besuchte, hatte sie von dem geweihten Wasser aus dem neuen Brunnen getrunken. Er allein war schon ein Meisterwerk und stand dem berühmten Weihebecken der Haeduer in Bibracte in nichts nach. Der Altar aber war das Prunkstück des Heiligtums und ausschließlich der Göttin Epona gewidmet. Sie saß auf einem Podest aus Eschenholz, flankiert von zwei Pferden aus Bronze. Segamar hatte sie meisterlich geformt, und obwohl Meduana die südländische Handwerkskunst mit ihren realistischen Darstellungen kannte, war sie dennoch angetan von seiner Arbeit. Die Figur der Epona war mit Goldblech überzogen und mit kostbaren Intarsien aus rötlicher Koralle und Bernsteinen bestückt. Die Göttin hielt ihre schlanken Hände im Schoß, als würde sie ein Kind wiegen. Sie würde ihr Volk mit aller Macht beschützen, so wie es eine Mutter mit ihren leibhaftigen Kindern tat.

Das erste Treffen mit ihren Kampfgefährten hatte ebenfalls in Autricon stattgefunden, in der alten Halle der Krieger im Zentrum der Stadt. Selbst die Neugeweihten wollten wissen, wie es der Fürstentochter im Lande der Romaner ergangen war. Es hatte sich längst herumgesprochen, dass Meduana in Gefangenschaft geraten war, dennoch wurde sie wie eine Siegerin begrüßt. Sie war schließlich unversehrt geblieben, und nun auch das Weib eines ruhmreichen Kriegers. Niemand wusste, was ihr während der Gefangenschaft widerfahren war, und es fragte auch niemand danach. Meduana erzählte den neugierigen Kriegern von den Gladiatorenkämpfen in den Arenen Romas und beschrieb ihnen die Ausrüstung der Kämpfer. Ihre Schilderungen erregten sogar die Gemüter der erfahrensten Krieger.

»Sie führen die Gefangenen in Fesseln vor und lassen sie von Wildkatzen zerreißen, die größer sind als ein erwachsener Luchs? Was sind das denn für Tiere, diese Bestien?«, wollte ein Krieger wissen.

»Viel eher solltest du dich fragen, was für Bestien es sind, die es den Gefangenen versagen, sich ehrenvoll zur Wehr zu setzen. Rege sich doch niemand mehr über unsre Rituale auf!«, erwiderte ein anderer.

»Der Blutdurst der Romaner kommt einer Krankheit gleich!«

»Nein, es ist ein Fluch der Götter! Ein Volk, das kleine Schwänze hat, braucht große Opfer, um sich zu erheben. Wenn täglich Hunderte in den Arenen sterben, wie sie sagt, dann werden es wohl kleine Schwänze sein!«

»Als wenn du Großmaul Kenntnis davon hättest!« Die Männer lachten. Nachdem sie sich ausgiebigst über die Größe ihres Geschlechts ausgelassen und danach wieder beruhigt hatten, erwarteten sie, dass Meduana ihnen vorführt, was sie von den Gladiatoren an Fertigkeiten gelernt hatte. Seit drei Jahren besaß sie einen Gladius, den sie wegen seiner leichten Handhabung zu schätzen gelernt hatte. Sie zeigte ihnen stolz ihre beiden Schwerter und schließlich den Umgang mit der römischen Stichwaffe. Einige Krieger stellten sich neben sie und versuchten sie nachzuahmen. Mit ihren Langschwertern hatten sie große Mühe, die schnellen und präzisen Stoßbewegungen des Gladius auszuführen. Einer der Jüngeren verlor dabei den Halt. Sein Schwert fiel zu Boden. »Wie ihr seht, lässt es sich mit einem Kurzen doch viel besser stoßen!«, rief Litavia, die sich zu ihnen gesellt hatte. Lautes Gelächter durchdrang die große Halle.

Litavia war es sichtlich schwer gefallen, ihre Gefühle zu verbergen, als sie ihre Schwester im Herzen wiedersah. Sie nahm Meduana zur Seite und drückte sie fest an sich. Die beiden Frauen verbrachten die Tage darauf viel Zeit miteinander. Litavia war die einzige, die Meduana auf ihre Gefangenschaft ansprach. Die Fürstentochter berichtete ihr sehr genau, was vorgefallen war, bis auf die Vergewaltigungen durch Titurius. Und doch nahm Litavia die Verletzungen wahr, die sich in Meduanas Seele eingebrannt hatten. »Es gibt Erinnerungen, die man ruhen lassen sollte, zu leicht lassen sich die schlafenden Dämonen wecken.«

Die Krieger sprachen auch über das gegenwärtige Geschehen. Lauthals verfluchten sie den Sueberfürsten Ariovist. Es war offensichtlich, dass sie ihn fürchteten. Sie schworen, den Haeduern im Kampfe beizustehen, obwohl ihnen bekannt war, dass Dumnorix' Bruder einen Pakt mit dem Imperium geschlossen hatte. Sie fürchteten sich vielmehr vor den Übergriffen der Nordstämme und sahen ihre Heimat in Gefahr. Auch Kelten hatten sich den

Nordstämmen angeschlossen. Es waren Tausende, die östlich des großen Flusses lagerten und auf die andere Seite wollten. Litavia wurde wütend: »Die Sueber sind Schafe! Sie sind zu dumm, ihren Boden eigenhändig zu bestellen. Nun glauben sie, dass Ariovist, ihr Hirtenfürst, sie in das gesegnete Land führen wird. Und was machen die Schafe, wenn sie erst hier sind? Sollen wir ihnen dann die Tröge füllen und uns von ihnen vor die Pflüge spannen lassen, wie die Ochsen? Sie sollen bleiben, wo sie sind! Ihre Götter werden sie schon nicht verhungern lassen, und wenn doch, dann wird es gute Gründe haben ...«

Meduana wusste, dass es nicht die Sueber allein waren, die diese Unruhe heraufbeschworen. Die Haeduer waren zu mächtig geworden. Sie beanspruchten Gebiete, die die Sequaner einst urbar gemacht hatten. Und die Sequaner wussten sich nicht anders zu helfen, als Ariovist um Hilfe zu bitten. Dafür boten sie ihm das Land der Haeduer an. Viel Neid herrschte unter den großen Stammesverbänden. Die Sequaner weigerten sich beharrlich, sich den Haeduern anzuschließen. Da sie nicht stark genug waren, setzten sie ihre Hoffnung auf Ariovist. Dem Fürsten der Sueber aber folgten all die Menschen, die sich nach einem besseren Leben sehnten, fernab von den sumpfigen Wäldern und Mooren östlich des großen Flusses, sicher vor den Übergriffen der wilden Stämme, die aus dem hohen Norden kamen. Diese Menschen litten Not und waren zu allem bereit.

Ende des dritten Monats erreichte die Krieger die Nachricht, dass die Haeduer einen Angriff auf die westlich gelegenen Dörfer der Sequaner planten, um sie endgültig aus ihrem Gebiet zu vertreiben. Dumnorix rief die verbündeten Stämme dazu auf, seinen Plan zu unterstützen. Gobannix folgte ihm. Bald darauf wappneten sich die carnutischen Krieger zur Schlacht. Die Handwerker hatten auf einmal viel zu tun. Schwerter mussten geschärft, Schildbuckel erneuert und die Aufhängung der Streitwagen ausgebessert werden. Wer ein Kettenhemd besaß, ließ es reinigen und flicken. Die jungen Krieger aber fühlten sich mit ihren Schwertern allein schon gut gerüstet. Es schien, als konnten sie es kaum erwarten, dem Drachen in den Schlund zu schauen.

Auch für Meduana war es eine Ehrensache, an der Schlacht teilzunehmen. Ihr Fürst hatte den Haeduern sein Wort gegeben. Doch ein Teil von ihr sehnte sich nach Fabritius, nach der wärmenden Sonne des Südens und dem komfortablen Leben in der Gladiatorenschule. Als ihr das bewusst wurde, schämte sie sich dafür, dass sie sich mit den Jahren so entwurzelt hatte. Es blieb ihr keine Wahl, sie musste sich und ihrem Vater erneut beweisen, dass sie ihm eine würdige Tochter war. Durch einen Boten ließ sie Fabritius mitteilen, dass sich ihre Rückkehr verzögern würde, weil sie den Interessen ihres Stammes und ihres Volkes dienen musste.

Wenige Tage später suchte Meduana Segamar auf. Ihr Herz klopfte spürbar, als sie vor seinem Haus stand. »Ihr kommt gerade recht. Ich wollte Euch schon eine Nachricht schicken. Die Figur der Isis ist vollendet, und ich habe meinen Anteil an der Schmiede abgegeben. Nun bin ich frei! Ich kann jetzt mit Euch gehen, liebste Schwester. Nur ein eigenes Pferd, das kann ich mir nicht leisten …« Segamar wirkte aufgeregt wie ein kleiner Junge.

»Das ist das geringste Übel, lieber Segamar, denn du brauchst kein Pferd. Das Größere ist, dass ich dich nicht begleiten kann, denn bald schon ziehe ich in die Schlacht. Dennoch möchte ich, dass du dich auf den Weg zu deinem Vater machst. Ich habe einen Platz für dich bei einem Händler erworben, der in den nächsten Tagen schon in Richtung Süden ziehen wird. Sie wollen nach Massalia. Es wird ein Leichtes für dich sein, dich in Gergovia einem anderen Händler anzuschließen, um nach Roma zu gelangen. Ich werde dir genügend Münzen geben und alles, was du brauchst – traust du dir das zu?«

Auch er strebte zur Macht. Pompeius wusste seine Fähigkeiten und seine Loyalität zu schätzen und gab ihm seine erste, eigene Legion. Unter seinem Befehl nahm Titurius an der Vertreibung der kilikischen Piraten teil, er kämpfte gegen den pontischen Fürsten Mithridates und wurde Zeuge der Neuordnung der eroberten Gebiete im Osten des Imperiums. Im Auftrag Roms gründete Pompeius mehrere neue Provinzen und eroberte die Region Arabia Petraea. Nach einigen Jahren kehrte der römische Feldherr im Triumph nach Rom zurück und entließ seine Armee. Doch Titurius' Durst war noch lange nicht gestillt. Er hatte sich ans Siegen gewöhnt und fühlte sich dazu berufen, eines Tages, wie Pompeius, vom Volk bejubelt und verehrt, in den Senat gewählt zu werden. Zudem ließ ihn der Vorfall mit der gallischen Kriegerin nicht los. Es musste eine tiefere Bedeutung haben, ein Zeichen der Götter gewesen sein, dass er überlebt hatte und ihm die Münzen mit dem goldenen Adler in die Hände gefallen waren. Der Adler war der Bote Jupiters, sein Erscheinen verkündete den Sieg!

Wenn Fabritius zum Einkaufen in das Zentrum der Stadt fuhr, begleitete ihn Meduana. Während der Lanista mit den Händlern feilschte, mischte sie sich unter die Leute. Bald kannte sie die Namen der meisten Senatoren und die der Volkstribune, die öffentlich und lautstark ihre Forderungen an den Senat auf dem Comitium verkündeten, einem Platz mit Rednerbühne neben dem Senatsgebäude. Sulla hatte ihnen die Mitsprache per Verordnung verwehrt, doch nach seinem Tod hatten die frisch gewählten Konsuln Pompeius und Crassus diese wieder aufgehoben.

Eines Tages befand sich auf dem Forum Romanum schon am frühen Morgen eine ungewöhnlich große Menge an Menschen. Meduana erfuhr, dass ein neuer Pontifex gewählt worden war. Immer wieder riefen sie seinen Namen: »Heil dir, Gaius Iulius Caesar!« Die Leute schienen ihn zu verehren, denn die

Tribus hatten ihn zum Oberpriester ernannt. Gaius erlangte damit Einfluss auf die religiösen Zeremonien und auch auf die Gesetzgebung. Nun wollte die junge Kriegerin unbedingt wissen, wer dieser Mann war. Sie schloss sich den feiernden Menschen an, die immer noch in Scharen zum Forum strömten. Der neue Pontifex sollte bald vor dem Gebäude auftreten, das nun sein neuer Amtssitz war und gleichzeitig das bedeutendste Heiligtum des Gottes Mars. Die Romaner nannten es schlicht »Regia«. Vor den Stufen dieses Tempels war zu diesem Zweck eine kleine Tribüne aufgebaut worden. Endlich betrat er das Podest, begleitet von sechs weiblichen Priestern, den Vestalinnen. Der Auftritt war gekonnt inszeniert. Er trug eine prächtige Gewandung und ließ sich bejubeln. Die Menschen begrüßten ihn so euphorisch, dass er nicht zu Worte kam. Er hob seine Hände, um die Menge zu beruhigen. Meduana konnte ihm das erste Mal in die Augen blickten. Ein kalter Schauer erfasste sie. Sie hatte das Gesicht des Mannes schon einmal gesehen. Er war der Fürst in ihrer Vision, der den Cicero zum Schweigen brachte!

Auf dem Rückweg zur Gladiatorenschule fragte sie den Lanista aus: »Weißt du, wer dieser Gaius ist, Fabritius?«

»Du meinst den neuen Pontifex, den eitlen Hahn?«

»Ja, den meine ich. Was weißt du über ihn?«

»Was beschäftigst du dich immerzu mit der politica?«

»Nun, ich glaube diesen Mann zu kennen, ich erzählte dir von der Vision und meinem Auftrag …«

»Das ist doch nun vorbei. Dein Vater ist gewarnt, der Advocatus lebt, das hat keine Bedeutung mehr.«

»Und wenn es dieser Gaius ist, der das vorausgesagte Unheil bringen wird?«

»Was würde es denn ändern, wenn du's wüsstest? Es könnte jeder sein oder auch niemand. Vielleicht hat sich die Offenbarung schon längst in ferner Zeit verloren …«

»Aber ich weiß, dass er sich tausendfach und einmal schuldig machen wird, wenn er es ist. Das kann ich doch nicht leugnen!«

»Ach, Fürstentochter«, Fabritius stöhnte leise auf, »jeder Herrscher lädt doch von Natur aus Schuld auf sich. Sie leben für die Macht allein und berufen sich stets auf ihre wundersame Herkunft. Sie sind doch alle nicht von dieser Welt! Vermutlich kamen sie einst allesamt aus dem Arsch des Zeus gekrochen …«

»Aber die Consulares sind doch gewählt …«

»Die Consulares? Sie müssen alle sehr vermögend sein. Ihr Amt kostet sie viel Zeit und Aurum. Kein gerechter Mann könnte das erreichen. Erinnere dich an Sulla. Er hat den Senat kastriert und seine Gegner morden lassen. Nun ist er tot! Die Leichen, die er hinterlassen hat, sind noch nicht begraben, da füllen sich die Plätze im Senat schon mit den neuen Geiern. Der fette Crassus könnte seiner würdig sein …«

»Und Pompeius? Was denkst du über ihn?«

»Ihn würde ich zum Fürsten wählen, er scheint mir rechtschaffen zu sein. Er brachte dem Imperium die Ordnung wieder und sicherte den Frieden …«

»Dann sag mir noch, was du von diesem Gaius weißt.« Meduana wurde ungeduldig.

»Hah!« Fabritius musste lachen. »Du vergisst niemals, was du auf dem Herzen hattest, das erstaunt mich immer wieder.«

»Du weißt ja, was passiert, wenn mir einer eine Antwort schuldig bleibt?«

»Also gut, von diesem Gaius weiß ich, dass er ein Gegner Sullas war und deshalb Roma verlassen musste. Ob aus Dummheit oder Kühnheit, ist mir nicht bekannt. Er stammt wohl auch aus gutem Hause, und er soll sehr eifrig sein.«

»Auf dem Forum sagte einer, dass er ein Abkömmling des Sohns der Göttin Venus sei«, hakte Meduana nach.

»Du weißt ja, wie ich dazu stehe … Die Götter können zeugen, wen sie wollen, mir ist das egal. Und so bedeutend kann er gar nicht sein, denn er ist nicht sehr vermögend. Dass er nun Pontifex geworden ist, grenzt schon an Zauberei. Wenn er keine wundersame Quelle findet, aus der unaufhörlich die Denare sprudeln, wird er sich nicht lange halten.«

Meduana hatte Fabritius aufmerksam zugehört: »Du sprichst von den Menschen, als wären sie zum Denken nicht befähigt. Aber hier in Roma können nun die Bürger mitbestimmen, was in ihrem Reich geschieht.«

»Vielleicht aus deiner Sicht, doch wenn du es mit meinen Augen siehst – in Wahrheit können sie es nicht!«

Die Monate verstrichen. Meduana bemerkte eine immer größer werdende Unruhe in sich aufsteigen. Sie rechnete jeden Tag damit, dass der Drache des Wandels sich zeigen würde, doch nichts geschah. Segamar baute sich mit Hilfe von Fabritius eine Schmiedewerkstatt außerhalb der Stadt auf. Da er aber nicht das römische Bürgerrecht besaß, musste sein Vater die Geschäfte für ihn führen. Die Nachfrage nach Gladiatoren stieg stetig an. Jeder Patricius, der zur gehobenen Gesellschaft gehören oder ein politisches Amt bekleiden wollte, ließ in seinem Namen Spiele ausrichten. Fabritius war immer öfter unterwegs, um geeignete Darsteller zu finden. Er vermied es, Priscos in den Kampf zu schicken, obwohl die Zuschauer und auch die Auftraggeber dessen Auftritte immer sehr geschätzt hatten. Er brachte ihm viele Denare ein. Doch auch Priscos war in die Jahre gekommen und für den Lanista zu einem Freund geworden. Schon länger spielte Fabritius mit dem Gedanken, ihm die Freiheit zu schenken, doch er wusste, dass es schwer für den Gladiator werden würde, in einem anderen Leben Fuß zu fassen. Priscos kam auf die Idee, Segamar behilflich zu sein. Als Händler hatte er nicht nur mit Garum und Webstoffen gehandelt, sondern auch mit metallischen Waren. Er kannte sich sehr gut aus mit dem Vertrieb und der Qualität der Materialien, die Segamar für seine Arbeit benötigte. Der Lanista war einverstanden, und stellte den Gladiator frei. Man konnte Fabritius die Erleichterung ansehen, die diese Wendung mit sich brachte.

Die Götter schienen ihnen wohlgesonnen zu sein, doch Meduana war nicht glücklich. Die Gladiatoren kamen und starben, das Training mit ihnen erfüllte sie nicht mehr. Es war wie mit ihren Kampfgefährten. Sie wurden zu Brüdern im Herzen, und jeder Tod rührte sie an. So viele mussten sinnlos sterben. Sie hatte genug von diesem Leid. Fabritius nahm sie nicht mehr mit auf seine Reisen und auch nicht mehr in die Arenen. Zu oft war er in Eile oder sehr beschäftigt. Sie musste sich nun allein um das Anwesen und den Garten kümmern. Segamar arbeitete meist bis spät in die Nacht in seiner Schmiede, und immer häufiger schlief er auch dort. Sie sahen sich nur selten. Der Garten, den sie mit Argiope zusammen vor Jahren angelegt hatte, wurde zwar von allen gerne genutzt, doch saß sie oft alleine da und zog das unliebsame Beikraut aus den Beeten. Doch dann passierte etwas, das ihrem Leben eine neue Wendung geben sollte.

An einem Spätsommertag begegnete sie erneut ihrem Schicksal. Der Lanista war wieder einmal auf den Sklavenmärkten unterwegs, und Segamar wollte mit Priscos zu einem Großhändler nach Rom fahren, um Bronzebarren zu erwerben. Meduana begleitete die beiden. Sie ließ sich am Forum absetzen und vereinbarte mit ihnen eine Sonnenuhrzeit und einen Treffpunkt für den Rückweg. Dann machte sich die Kriegerin auf, den Gerüchten in der Stadt nachzujagen. Am frühen Nachmittag beobachtete sie, wie ein einzelner Mann die Stufen des Senatsgebäudes betrat. Er war gekleidet wie ein Druide ihres Volkes! Ihm folgten später ein paar Männer in keltischer Gewandung. Meduana lief sofort los, doch als sie am Senatsgebäude angekommen war, wurden bereits die Türen hinter ihnen verschlossen. Zwei Soldaten des Imperiums drängten sie zurück.

»Sagt mir, wer das war! Wer wird gerade vom Senat empfangen?«, fragte sie die Soldaten.

»Ein gallischer Gesandter, habe ich gehört.«

»Wisst Ihr auch seinen Namen?«

»Lass gut sein, Weib!«

»Kennt Ihr seinen Namen?«

Ihre Hartnäckigkeit irritierte den Soldaten. »Divicus …, glaube ich gehört zu haben. Aber nun geh, du darfst dich hier nicht aufhalten!« Meduana hatte erfahren, was sie wissen wollte.

Mehrere Stunden lang verharrte sie im Schatten eines Säulenganges und wartete darauf, dass sich die Türen des Senats wieder öffneten. Das Treffen mit Segamar und Priscos hatte sie verpasst, doch das Warten lohnte sich. Als der Druide mit seiner Gefolgschaft das Gebäude verlassen hatte und auf die Straße trat, rannte sie zu ihm. Seine Krieger fingen sie ab. Meduana rief ihm etwas hinterher. Er drehte sich um und kam auf sie zu.

»Was sagtest du?«

»Ich grüße die Göttin Bibracte! Ihr stammt doch aus dem Norden Galliens, nicht wahr?«

»Ja, wahrhaftig. Und wer bist du, dass du das Keltische sprichst und die einsame Göttin Bibracte kennst?« Er musterte die Frau aufmerksam. Sie war mit einer schlichten Tunika bekleidet und trug ihre Haare wie eine romanische Bürgerin. Aber von ihrer Statur und ihren Gesichtszügen her konnte sie gallischer Herkunft sein.

»Ich bin eine Sklavin des Lanista Bellovesos. Gebürtig aber bin ich vom Stamme der Bituriger …« Meduana log. Sie musste sich Gewissheit verschaffen, ohne ihre wahre Identität zu offenbaren.

»Ich war einst eine Priesterin. Doch als Sklavin ist es mir verboten, meiner Berufung nachzugehen. Lange schon verehre ich die große Göttin Eures Stammes. Ihr seid doch ein haeduischer Gesandter, oder nicht? Würdet Ihr mich segnen, weiser Mann?«

Der Druide schien geschmeichelt zu sein. Er nickte. Dann hielt er seine rechte Hand über ihren Kopf. Meduana kniete sich hin, senkte ihr Haupt und schloss ihre Augen. Er murmelte etwas in seinen langen, weißen Schnauzbart hinein und endete schließlich mit den Worten: »Möge die große Göttin dir ihren Schutz gewähren!«

Während sie noch kniete und ihr Gesicht verborgen war, stellte Meduana ihm die entscheidende Frage. Ihr Herz pochte so stark, dass sie befürchtete, er könnte es hören: »Bitte, großer Meister, darf ich Euren Namen erfahren, damit ich weiß, von wem der Segen kam?«

»Diviciacus, der Haeduer, hat dich gesegnet, mein Kind.«

Als hätte ihr jemand einen kleinen, spitzen Dolch ins Herz gestoßen: Er war der berühmte Seher, der ihr Schicksal auf so tragische Weise beeinflusst hatte! Noch nie waren sie sich begegnet. Und nun stand sie ihm hier gegenüber. All die Fragen schossen Meduana durch den Kopf, die sie ihm seit Jahren stellen wollte. Doch dies war nicht der rechte Zeitpunkt. Zurückhaltung war geboten. Unsicher stand sie auf und bedankte sich auf Lateinisch für den Segen.

»Halt!« Der Druide legte eine Hand auf ihre Schulter. Ihre Knie fingen an zu zittern. Sie fühlte, wie sich eine Vision in ihren Geist drängte. Flüchtige Bilder entstanden vor ihrem inneren Auge. Einen kurzen Moment lang sah sie Diviciacus und den Pontifex nebeneinander auf ihren Pferden sitzend. Sie blickten einen baumlosen Abhang hinunter. Vor ihnen breitete sich ein Feld aus, auf dem hunderte von Leichen lagen. Krähen zerhackten die toten Leiber …

Meduana drehte instinktiv ihre Schulter weg. Auch Diviciacus zuckte kurz zusammen, als hätte er die Bilder ebenfalls wahrgenommen.

»Du beherrscht auch das Latinische?«, fragte er knapp. Anscheinend hatte er ihre kurze Abwesenheit nicht bemerkt.

»Ja, mein Herr, ich beherrsche es so gut, dass ich den Volkstribunen in ihren Reden folgen kann«, hörte sie sich antworten. In ihrem Inneren tobte ein Sturm.

»Das ist ein Wink der Götter! Ich suche jemanden, der beide Sprachen spricht, für diesen Abend schon. Du kannst den nordischen Akzent und das Latinische, das kommt mir sehr gelegen. Die Senatoren waren auf mich eingerichtet und stellten mir einen Gelehrten an die Seite. Aber der Ehrenmann, den ich heute noch besuchen werde, kann nicht wissen, dass mein Latinisch für ein geistiges Gespräch nicht ausreicht … Meine Frage scheint dir sicher ungewöhnlich, aber könntest du mich nicht begleiten und mir diskret behilflich sein? Du müsstest schweigen können über das, was wir besprechen werden, und dein Herr müsste damit einverstanden sein.«

»Es wäre mir eine Ehre, Euch zu dienen, weiser Mann. Mein Herr wird einverstanden sein, wenn Ihr mich gut dafür entlohnt. Nicht ohne Grund ließ er mich in den Sprachen der Romaner schulen. Ich brauche nur noch Euer Wort, dass ich auch sicher heimkehre.«

Diviciacus gab ihr sein Ehrenwort und ein paar Sesterzen, damit sie ihrem Herrn einen Boten schicken konnte. Er verriet ihr die Adresse und den Namen des Ehrenmannes, falls ihr Besitzer sie von dort abholen lassen wollte: Marcus Kitero, er besaß auf dem Palatin ein Haus. Meduana ließ Segamar und Priscos die Nachricht zukommen, dass sie am Abend zurück sein werde. Sie wusste, dass Segamar ihr vertraute.

Es war die Stunde, in der alle freien Bürger ihre Arbeit niederlegten. Man traf sich im Badehaus, zur sportlichen Ertüchtigung auf dem Marsfeld oder suchte einen der vielen Tempel auf, um danach in geselliger Runde das Abendessen einzunehmen. Es war üblich, dass vermögende Patronen ihre Schützlinge und Freunde einluden, um mit ihnen zu speisen. Auch der Adelige, den

Diviciacus besuchen wollte, pflegte diesen Brauch. Er war schon einmal zum Konsul gewählt worden und gehörte damit zu den einflussreichsten Männern des Imperiums. Für den Druiden stand eine Sänfte bereit, die von vier Sklaven getragen wurde. Meduana durfte mit seinem Gefolge hinter ihm herreiten. Es missfiel der Kriegerin, erneut in die Rolle der Sklavin zu schlüpfen, doch sie wusste, es würde sich lohnen.

Als sie auf dem Palatin ankamen, staunte sie über die vielen prächtigen Häuser, die dicht an dicht an den Hängen klebten. Jedes einzelne schien ein Fürstensitz zu sein. Hohe, ausladende Bäume beschatteten die Dächer der Villen. Hin und wieder konnte man zwischen den Häusern kleine, gepflegte Gärten erblicken. Vor der Tür des Gastgebers wurden sie gleich von mehreren Hausbediensteten empfangen. Diviciacus' Gefolge wurde in einen separaten Raum geführt und dort mit Speisen und Wein versorgt. Meduana folgte dem Druiden in einen anderen Raum. Einige Sklaven hielten frisches Wasser und Handtücher bereit. Die Zimmerdecke war übersät mit kunstvollen, farbigen Stuckarbeiten, den Boden zierten wunderschöne Mosaike, und die Wände waren mit herrlichen Bildern bemalt, die den Raum noch größer erscheinen ließen. Was für eine Pracht!

Der Gastgeber trat ein. Meduana konnte es kaum glauben. Der Mann, der nun würdevoll und mit einer Geste der Freundschaft Diviciacus begrüßte, war niemand geringeres als der Advocatus Marcus Tullius Cicero! Der Druide hatte seinen Namen falsch ausgesprochen. Hoffentlich bemerkte keiner, wie nervös sie auf einmal war.

»Und wer ist das?« Cicero blickte auf Meduana.

»Ich muss gestehen, verehrter Herr, dass meine Sprachkenntnisse noch begrenzt sind, und ich aus eben diesem Grunde eine Übersetzerin in meine Dienste stellte. Diese Unterredung ist für mich von höchstem Wert. Es wäre sehr bedauerlich, wenn wir einander missverstehen würden …«, antwortete Diviciacus leicht verlegen.

»Nun, es ist zwar ungewöhnlich, ein Weib dafür zu nehmen, sind sie doch meist nicht in der Lage, den wahren Kern der Sache zu verstehen, doch wenn Ihr sie gewählt habt, wird sie wohl ihren Dienst verrichten können. Zudem ist sie recht ansehnlich … Sie möge sich Euch zu Füßen setzen und sich bewähren.«

»Habt keine Bedenken, verehrter Herr, sie wurde von ihrem Herrn genau zu diesem Zweck geschult. Wenn sie nicht schweigen sollte über das, was hier gesagt wird, werde ich persönlich dafür sorgen, dass ihr die Zunge abgeschnitten wird.« Meduana nickte und kniete vor seinen Füßen nieder.

Cicero wies seine Sklaven an, den ersten Gang des Mahles aufzutischen. Er und sein Besucher wuschen sich vor dem Essen in einer Schüssel mit Wasser die Hände. Der Druide bekam ein eigenes Tuch gereicht. »Mein lieber Diviciacus, Ihr habt Euch sehr darum bemüht, mein Gast zu sein, und ich gebe zu, dass Eure Epistula mich neugierig gemacht hat – aber bevor wir über geistliche Dinge reden, würde ich gerne wissen, was für ein weltliches Begehren Euch nach Roma führte. Da ich bei den letzten Ratssitzungen nicht anwesend war, blieb mir der Grund Eures Besuches verborgen.«

»Welcher Umstand hielt Euch davon ab, Euer Recht zu wahren und an den Versammlungen teilzunehmen?«, wollte der Druide wissen.

Cicero verzog sein Gesicht: »Nun, ich weiß nicht, ob Ihr die Sache richtig einzuschätzen wisst – es wirken Kräfte im Senat, die der Res Publica erneut gefährlich werden können. Vor kurzem erst habe ich verhindern können, dass Catilina zum Konsul ausgerufen wird, dann fragte mich der neue Pontifex, ob ich mit ihm, Pompeius und auch Crassus einen Bund eingehen wolle. Er sucht Verbündete für seine Sache, und das gefällt mir nicht! Es kam zum Streit. Ich hielt es dann für angebracht, mich eine Zeit lang von ihm fernzuhalten. Und nun zu Euch …«

Diviciacus erklärte, dass Tausende von Nordmännern Anfang des Jahres unter der Führung eines mächtigen Sueberfürsten über den großen Fluss gelangt und in sein Land eingefallen seien. Die Sueber hätten das vereinte Heer der Haeduer bei Magetobriga im offenen Kampf geschlagen. Niemand habe mit diesem Ansturm gerechnet, auch sein Bruder Dumnorix nicht. Da dieser als Stammesführer versagt habe, sei er vom Rat abgewählt worden. Er, Diviciacus, bekleide jetzt sein Amt. Die Sueber wollten nun in seinem Lande siedeln und hielten auch das Gebiet der Sequaner besetzt. Ganz Gallien sei betroffen, wenn die Haeduer ihre Vorherrschaft verlören! Es blieb ihm nichts anderes übrig, als den romanischen Senat um Hilfe zu bitten und ihn auf den Vertrag hinzuweisen, der zwischen dem Imperium und den Haeduern bestand.

Meduana beobachtete Diviciacus sehr genau. Wenn er etwas nicht verstand, hob er seine linke Hand und wenn ihm ein Wort nicht einfiel, sprach er es einfach in seiner Muttersprache aus. Sie musste dann zusehen, dass sie es schnell übersetzte, ohne das Gespräch in seinem Fluss zu stören. So hatten sie es vorher abgesprochen. Doch als sie hörte, dass die Haeduer und ihre Verbündeten den Kampf gegen Ariovist verloren hatten und Diviciacus nun ihr Stammesführer war, starrte sie den Druiden entsetzt an.

»Was sieht sie Euch so seltsam an?«, fragte Cicero, der es bemerkte.

»Sie wird begreifen, wie schmerzlich unsere Lage ist – auch ihre Heimat ist bedroht«, antwortete der Druide. Meduana schwieg, aber in ihren Gedanken schrie sie laut auf: »Was seid Ihr blind gewesen! Ihr hättet die Stämme Galliens vereinen und Euch mit aller Macht gemeinsam gegen Ariovist erheben müssen. Die

Götter haben uns gewarnt! Du Verräter weckst nun selbst den Drachen auf, vor dem du uns gewarnt hast!«

Cicero lächelte ihr aufmunternd zu und wendete sich dann wieder an Diviciacus: »Was sind das für Verträge, die ihr mit uns vereinbart habt?«

»Nun, es ist schon einige Zeit her, dass sie verhandelt wurden, vielleicht weil unser Vater die Übermacht der Stämme aus dem Süden fürchtete. Seitdem besteht das hospitium publicum …«

»Ah, ich verstehe«, fiel ihm Cicero ins Wort, »mein lieber Freund, das ist kein militärischer Vertrag. Er war dazu gedacht, den Handel zu bestärken. Die Händler brauchen Sicherheit und das Versprechen, dass ihnen Schutz gewährt wird, wenn sie sich in fremden Territorien bewegen oder niederlassen wollen. Für sie war der Vertrag bestimmt, und auch nur dafür.«

»Das habe ich mir schon gedacht«, antwortete der Druide, »denn der Senat hat meine Bitte abgewiesen. Der Prokonsul von Narbonensis soll damit beauftragt werden, uns zu helfen, vermutlich aber nur mit einem Protectorat …«

»Das ist in der Tat nicht viel. Das Reich ist groß und der Senat nicht handlungsfähig, die Provinzen brauchen unseren Schutz. Wir müssen uns zuallererst um unsere eigenen Grenzen kümmern.«

Damit schien für Cicero die Angelegenheit geklärt zu sein. Er wechselte das Thema:

»Ihr schriebt in der Epistula, dass Ihr die Gabe hättet – so nanntet Ihr Eure Berufung – und dass Ihr Euch über die Deutungen Gedanken macht. Ich wäre ebenso gerne ein Augur … Ein Amt, das großen Einfluss hat. Doch was erhofft Ihr Euch von mir?«

»Seit ich denken kann, bin ich bestrebt, meinen Geist zu schulen. Als ich von Euch hörte, hoffte ich, Ihr würdet eines Tages Euer Wissen mit mir teilen«, antwortete der Druide.

»Dann stellt mir Eure Fragen.«

»Kennt Ihr die tiefere Bedeutung der Visionen, die uns im Schlaf erscheinen?«

Cicero überlegte nicht lange und klärte den Druiden über das Wesen der griechischen Mantik auf, die sich sehr ausführlich mit der Deutung von Träumen und den Aussagen der Orakel beschäftigte. Die Antwort des Advocatus schien den gallischen Gelehrten nicht zu befriedigen. Doch er fragte nicht weiter nach. Cicero wollte nun von seinem Gast wissen, welche Disziplinen er beherrsche. Diviciacus erzählte ihm freimütig, was er in seiner Ausbildung zum Druiden gelernt und auf welchen Gebieten er sich weitergebildet hatte. Dazu gehörten auch die verschiedenen Formen der Weissagung. Cicero hakte mehrmals nach und machte sich Notizen. Diviciacus begann zu prahlen und behauptete auf einmal, ein begnadeter Vates zu sein, der sogar sein eigenes Schicksal vorhersehen könne. Cicero wollte ihm das nicht glauben.

»Es ist möglich, die Götter zu befragen, ob und wann eine Handlung sinnvoll ist, der Tag eines Gefechtes, einer Gerichts-verhandlung oder einer Wahl, aber das Schicksal? Das geben uns die Götter nicht bekannt. In meinen Augen ist das Aberglaube. So wie es Leute gibt, die glauben, dass durch einen geistig Kranken die Götter ihren Willen äußern. Unfug!«

Der Druide reagierte gekränkt: »Und wenn es doch so ist? Was würdet Ihr tun, wenn Ihr wüsstet, dass ein feiger Mord Euch eines Tages richten wird? Würdet Ihr nicht versuchen, diesem Schicksal zu entfliehen?«

Meduana hörte gespannt zu. Ja, was würde er tun, der weise Mann mit dem gerechten Herzen? Glaubte er, dass man das Schicksal beeinflussen konnte? Cicero sah den Druiden nach-denklich an.

»Das ist der wahre Grund, warum Ihr hier seid, nicht wahr? Ihr wolltet wissen, wie ich dazu stehe. Poseidonios lehrte mich, dass wir unser Schicksal nicht bestimmen können, aber wir können uns entscheiden, jeden Tag aufs Neue, was wir tun. Doch in die Zukunft blicken und verhindern wollen, was ohnehin geschehen wird? – Das scheint mir gegen die Natur zu sein.«

»Und die Deutung der Orakel? Ihr sagtet doch, die Graecer richten sich danach«, warf Diviciacus ein.

»Ja, das sagte ich, doch meine Überzeugung ist es nicht. Wenn das Orakel irrte, dann war es falsch verstanden … Es ist zu regellos. Man muss die Menschen sehr gut kennen, um ihre Träume und Visionen zu verstehen. Am besten deute jeder für sich selbst, was er gesehen hat, nach seiner eigenen Erfahrung und mithilfe der Vernunft.«

Diviciacus schwieg. Meduana hatte sich ebenfalls eine andere Antwort erhofft. Und die Tatsache, dass Cicero nicht an die Gabe des Druiden glaubte, verunsicherte sie. Was, wenn ihre Visionen das Werk eines Dämons waren, der Ausdruck eines befallenen Geistes? Der Druide erhob seinen Becher und bedankte sich bei seinem Gastgeber für die Einladung und das üppige Mahl.

Es war spät geworden und Diviciacus gedachte, am frühen Morgen abzureisen. Cicero hatte ihm angeboten, die Nacht über in seinem Haus zu verbringen. Sie sprachen vom Zeitpunkt des Aufbruchs und über den Weg, den der Druide nehmen wollte. Meduana spitzte die Ohren. Sie würde ihn nicht einfach ziehen lassen. Nach allem, was sie gehört hatte, musste sie Diviciacus zur Rede stellen! Sie bekam ihre Münzen ausgehändigt und wurde von einem Diener Ciceros nach Hause begleitet. Segamar wartete schon auf sie.

Der junge Schmied und die Frau des Lanista saßen zu später Stunde noch zusammen im Atrium auf dem Rand des Wasserbeckens und tranken verdünnten Wein. Meduana hatte das Bedürfnis, ihren Geist zu beruhigen. Eine sternenklare, warme Nacht umhüllte sie, Zikaden ließen hin und wieder von sich hören, die Pflanzen im Atrium verströmten einen sinnlichen Duft. Nach dem zweiten Becher Wein konnte sie die Wahrheit nicht mehr für sich behalten. Sie fühlte sich auf einmal so heiter und beseelt, jetzt verstand sie auch den Satz, warum die Wahrheit im Weine lag.

Und sie erzählte ihm alles! Die ganze Geschichte, beginnend mit der Weissagung des Druiden. Sie berichtete Segamar von ihrem Auftrag, der Gefangenschaft bei Titurius und von ihren Visionen, wie sehr sie Cicero, die Kunst der Südvölker und die ägyptische Göttin Isis verehrte, und gab zu, dass sie bei der letzten Schlacht eine ungewöhlich große Angst empfunden hatte. Nach dem dritten Becher Wein wütete der Dämon des Zweifels in ihr. Sie stellte die göttliche Ordnung infrage, zweifelte an der Richtigkeit ihrer Visionen und fragte sich, ob es so etwas wie Gerechtigkeit überhaupt geben könne. Dann haderte sie plötzlich mit ihrer Bestimmung und stellte sogar ihre Liebe zu Fabritius infrage. All das teilte sie Segamar unverhohlen mit. Der sah sie nur an. Sein Blick wanderte von ihrem Mund hinunter zu ihren Brüsten, dann über ihre nackten Beine zu ihren staubigen Füßen und wieder zurück zu ihrem Mund. Die Kriegerin spürte, dass der junge Schmied sie bewunderte und begehrte. Noch immer sah er das Abbild der Göttin Epona in ihr. Segamar hingegen meinte zu bemerken, dass sich die Frau des Lanista nach körperlicher Liebe sehnte. Ob es am Wein gelegen hatte oder an der sternenklaren Nacht oder auch nur daran, dass sich beide wieder daran erinnerten, wie leidenschaftlich ihre erste Begegnung gewesen war, am nächsten Morgen fanden sie sich nackt im Badehaus wieder. Meduana erwachte zuerst und war ein wenig verwirrt, als sie registrierte, wo sie sich befand. Aber sie konnte sich noch an die Nacht erinnern, und sie bereute nichts …

Durch das schmale Fenster des Badehauses schien bereits das Tageslicht hinein. Die Kriegerin erinnerte sich daran, dass sie noch etwas zu klären hatte. Sie küsste den jungen Schmied, der in eine Decke gehüllt auf dem Boden lag, flüchtig auf die Stirn und schlich zurück ins Haus. Eilig zog sie sich ihre Kriegerkleidung an, verzichtete auf den schweren Leibesschutz, befestigte den Gladius am Gürtel und band sich die zerzausten Haare zu einem Pferdeschwanz zusammen. Dann legte sie sich ihren Torques an, streifte sich den Armreif über und bestieg das Pferd, das Fabritius ihr dagelassen hatte. Im Galopp ritt sie zum Palatin hinauf. Vor Ciceros Anwesen stieg sie ab. Niemand war zu sehen. Sie hämmerte mit der Faust gegen die Tür. Ein Diener öffnete. Er dachte, sie gehöre zum Gefolge des Druiden, und teilte ihr erstaunt mit, dass ihr Herr schon aufgebrochen sei. Meduana wusste, welchen Weg er nehmen würde.

Bald hatte sie ihn eingeholt. Sie preschte an der Gruppe vorbei und stoppte vor Diviciacus ihr Pferd. Sein Gaul türmte sich kurz auf und tänzelte unruhig auf der Stelle. Zwei Männer hatten ihre Schwerter gezogen und bauten sich schützend vor ihm auf.

»Ich will den Druiden sprechen! Sofort!«, herrschte Meduana sie auf Keltisch an. Die Männer wirkten überrascht, bewegten sich aber nicht vom Fleck.

»Was will sie denn?«, fragte Diviciacus verärgert.

»Ich will Euch sprechen!«

Der Druide gab den Befehl, die Waffen zu senken. Meduana ritt an ihn heran und sah ihm stumm in die Augen.

»Bist du nicht das Weib von gestern Abend? Aber dein Aufzug – keine Sklavin?«

Meduana schwieg und wartete.

»So wie du mich ansiehst, sollte ich dich kennen, sage mir, wer du bist!«

»Ich bin Meduana, Tochter des Fürsten Gobannix, geweihte Kriegerin und Priesterin meines Stammes, das Weib, dessen Schicksal Ihr bestimmt habt.«

Diviciacus erbleichte: »Meduana!«

»Ihr habt es stets vermieden, mich zu sehen.«

»Ich legte keinen Wert darauf«, erwiderte er schroff.

»Es ist nun an der Zeit, meine Fragen zu beantworten!«, sagte sie ernst.

»Warum sollte ich das tun?«

»Weil Ihr mir etwas schuldig seid!«

»Ach, bin ich das?«, entgegnete der Druide.

»Ich bin sehr ungeduldig, und mein Schwert ist gut geschärft! Ihr werdet nicht verhindern können, dass ich von ihm Gebrauch mache«, drohte sie.

Diviciacus schien keine Furcht vor ihr zu haben, dennoch lenkte er ein.

»Was habt Ihr in Euren Visionen wahrhaftig gesehen und was wisst Ihr über Titurius?«, platzte es aus Meduana heraus.

»Bist du dir im Herzen sicher, dass du die Wahrheit hören willst?«

»Ja, das bin ich!«

»Dann lege dein Schwert beiseite und folge mir, Meduana.«

Der Druide schickte seine Begleiter fort und setzte sich mit ihr in den Schatten eines Felsens. Seine Stimme klang ruhig.

»Ich sah den großen Krieg schon in meiner Jugend kommen, in einer zeitigen Vision. Lange wusste ich sie nicht zu deuten, die Bilder waren vage, die Gesichter fremd. Anfangs war ich noch bestrebt, den Drachen aufzuhalten, ihn zu vernichten, bevor er aus dem Ovum kriecht – doch bald wurde mir gewiss, dass er nicht aufzuhalten ist. Das Schicksal lässt nicht mit sich spielen, der Plan ist nicht verhandelbar.«

»Und wenn doch?«, warf Meduana ein.

»Ich selbst erblickte mich dann an der Seite des Despoten, und alles, was ich bisher sah, hat sich bereits erfüllt.«

»Ich hab Euch ebenfalls mit ihm gesehen, als Ihr mich berührt habt … Gaius ist der Mann, der uns das Unheil bringt, nicht wahr?«

»Du hast die Gabe?«

»Ja, Celtillus, der Arverner hat sie bei mir erkannt …«

»Celtillus?« Der Druide blickte durch sie hindurch.

»Was ist jetzt mit Titurius?«, hakte Meduana ungeduldig nach. Diviciacus sah sie bekümmert an.

»Ich sah dich einst in einem Traum mit ihm … und deutete es so, dass wir nicht warten bräuchten, bis er zu uns kommt. Ich wusste, was mit dir geschehen wird, und dennoch – ich wollte unserem Volke nur das Leid ersparen. Ja, ich habe dich geopfert, ich tat, was ich für richtig hielt. Doch dann erkannte ich, dass ich den Plan bereits erfüllte, der uns das Unheil bringen wird.«

»Wann ist es Euch gewiss geworden …«

»Geduld, es türmen sich die Fragen auf. Titurius wird dem Ungeheuer dienlich sein und damit unseren Untergang bewirken, und er wird deinen Vater töten, wie du vielleicht weißt. Doch das würde er auch tun, wenn du ihm nicht begegnet wärst – es ist nicht leicht, das alles zu verstehen …«

»Dann erklärt es mir!«

»Ein jedes Leben ist verwoben wie ein Faden in dem Stoff des Tuches. Der Faden ist das Schicksal eines Einzelnen, das Tuch ist unser aller Leben, und jedes Ding hat seinen festen Platz. Alles, was geschieht, ist nur eine Folge vorangegangener Taten und nicht und niemals aufzuhalten. Dein Schicksal habe ich bestimmt, und dennoch trifft mich keine Schuld, denn auch ich bin nur ein Faden im Gewebe …« Meduana starrte den Druiden an.

»Und Ariovist? Welche Bedeutung hat er in dem Geschehen?«

»Mit ihm hat es begonnen, mit Gaius wird es enden.«

»Und warum ruft gerade Ihr den Wolf?«

»Weil ich es muss! Es reicht die Kraft nicht aus, dagegen anzukämpfen. Also verbünde ich mich mit dem Wolf und schließe mich dem Rudel an – ich möchte nicht die Beute sein, ich möchte herrschen!«

»Wir können uns entscheiden, jeden Tag aufs Neue, ob wir unserem Herzen folgen wollen, oder nicht ... Das hat der Cicero gesagt«, widersprach ihm Meduana.

»Cicero!« Diviciacus Stimme klang verächtlich. »Er war meine letzte Hoffnung. Ich dachte, er kenne vielleicht einen Weg, dem Schicksal zu entgehen, doch er weiß nichts!«

»Und wenn ich Euch jetzt töte? Wenn ich den Faden aus dem Tuch entferne, der alles noch zusammenhält?«

»Selbst wenn du mich jetzt töten würdest, könntest du den Lauf des Lebens nicht verändern, es ist längst beschlossen! Aber ich weiß, du würdest es nicht tun«, entgegnete der Druide.

»Warum seid Ihr da so sicher?«

»Weil du die Hoffnung in dir trägst, dass ich zur Einsicht komme. Du weißt, wie groß mein Einfluss ist. Wenn jemand etwas ändern kann, dann ich. Solange du noch Hoffnung hast, wird mir nichts geschehen - und du wirst ewig damit hadern.«

20. Davinas Seelenreise

Als Davina erwachte, schmerzte ihr rechtes Bein. »Ah, nicht schon wieder«, jammerte sie. Es schien sich im Schlaf verkrampft zu haben, kribbelte ganz eigenartig, als würde eine Flüssigkeit darüber laufen. Sie lag sehr unbequem auf ihren Unterlagen. Ihr Nacken war verspannt. Mehrmals drehte sie ihren Kopf hin und her, in den Halswirbeln knackte es. Auf einmal erschienen ihr wieder die Bilder aus dem Traum. Ihr Körper zuckte vor Schreck zusammen. In ihren Ohren klangen die Geräusche der Schlacht nach. Die Schreie der Verwundeten, das Getrampel unzähliger Pferdehufe, das Fauchen der Schwerter.

»Mein Gott, was für ein Albtraum!« Unwillkürlich suchte sie ihre Hände und ihre Kleidung nach Blutflecken ab. »Was habe ich nur getan!« Sie versuchte aufzustehen, doch ihr versagten die Beine. Das Handy klingelte. Davina humpelte zum Abstelltisch und kramte es unter einem Stapel Papiere hervor.

»Davina, la statue est restaurée! Ich komme heute Abend, so um sieben heures«, jubelte Marc ins Telefon und legte gleich wieder auf.

»Was war das denn jetzt?«, wunderte sie sich und setzte sich aufs Bett. »Wie spät ist es eigentlich?« Sie hatte jegliches Gefühl für die Zeit verloren und sah nur noch selten auf die Uhr. Es war gerade kurz vor neun, laut Kalender Freitag, der 21. September 2012.

Langsam erholte sie sich von dem Schock, den der Traum bei ihr ausgelöst hatte. Sie stellte sich kurz unter die Dusche, schmierte sich zwei Scheiben Brot und kochte sich einen grünen Tee. Erst jetzt wurde ihr klar, warum Marc angerufen hatte. Bis zum Abend hatte sie noch genügend Zeit. Also machte sie sich wieder an die Arbeit.

Im ersten Abschnitt berichtete Meduana von ihrer Begegnung mit Cicero und dem Druiden Diviciacus. Davina konnte kaum glauben, was da geschrieben stand. Dieses Treffen und auch der Aufenthalt des Druiden in Rom waren in verschiedenen historischen Quellen erwähnt worden. Immer wieder kam die Frage auf, ob die beiden sich wirklich getroffen haben könnten. Auch Cicero bezog sich schon auf Schriften anderer Gelehrter, unter anderem auf die von Poseidonios. Er hätte in seiner Abhandlung »Von der Weissagung« den Druiden Diviciacus erwähnen können, ohne ihn jemals persönlich kennengelernt zu haben. Doch jetzt war klar, dass dieses Treffen tatsächlich stattgefunden hatte - und Meduana war dabei gewesen!

21. September 2012, Fragment 25
Fabritius wurde alt, doch ich wollte mich nicht welken sehen. Ich fühlte mich sehr einsam. In meinem Herzen war ich dem Lanista treu geblieben, aber zu oft blieb er mir fern. Segamar nahm seinen Platz ein. Argiope musste schweigen, doch Priscos, der für Fabritius zum Freund geworden war, erfuhr von meinem Ehebruch. Mein Herr war außer sich und hätte mich beinahe mit seinem Schwert erschlagen, als er es erfuhr. Um seiner Ehre willen musste er mich wohl verbannen. Ich wusste, dass ich ihm das Herz gebrochen hatte und fügte mich der Strafe. Segamar aber verzieh er. Er sollte nun die Sippe weiterführen. Fabritius gab ihm ein Weib an seine Seite, das jung war und gebären konnte.

Der Lanista gab mir meinen Teil (des Vermögens), und ich zog fort. Mein Herz war angefüllt mit Trauer, doch ich nahm mein Schicksal an. Bald führten mich die Götter auf wunderlichen Wegen nach Massalia.

[...]

Seit der Zusammenkunft mit Cicero kannte ich die Wahrheit. Es war Caesar, der nicht ruhen wollte. Sie verbündeten sich bald zu einem Dreigestirn, und Crassus gab dem Caesar, was er brauchte, um sich in das Herz des Volkes einzuschleichen. Für ihn färbten sich die Böden der Arenen rot vom Blute. Gladiatoren und Gerichtete starben zu Tausenden im Sand. Sie nannten es dann »Spiele«, doch es waren Schlachten! Ein grausames Gemetzel, nur um das Volk für ihre Zwecke zu gewinnen. Wer kümmert sich um die politica, wenn er für das Vergnügen nicht bezahlen muss? Bezahlen mussten andere, mit ihrem Leben.

Dann begannen sie, die Geschicke unseres Reiches durch das Protectorat zu lenken, und selbst mein Vater ließ die Einflussnahme zu. Auch Cenabon wurde unter ihren Schutz gestellt. Der Rat versprach sich dadurch Sicherheit und Frieden. Als wenn man mit dem Drachen einen Fuchs verjagen wollte.

Hätte Ambiacus noch gelebt, er hätte sie gewarnt und für die wahren Götter seinen Dienst getan. Es schien, als würden unsere Fürsten den alten Göttern nicht mehr trauen.

Ariovist hatte die Adeligen der Haeduer beinahe gänzlich ausgelöscht. Die, die nicht getötet wurden, mussten sich ihm unterwerfen. Die Sueber ließen sich erneut in der Ebene am Rhenos nieder, doch waren es noch viele mehr, die einfach weiterzogen. Sie plünderten die Städte der Helvetier und verwüsteten das Land. Die Menschen mussten fliehen. Sie drängten auf der Flucht nach Norden und in das Land, das den Haeduern noch geblieben war. Diviciacus rief erneut den Wolf um Hilfe, den Nordstamm zu vertreiben. Auch die Helvetier mit Orgetorix, ihrem Führer, duldete er nicht in seinem Land. Orgetorix aber hatte sich bereits verbündet, mit Dumnorix (seinem Schwiegersohn), und beide waren sie im Herzen Feinde Romas.

Nun aber hatte Caesar leichtes Spiel: die Romaner fürchteten die wilden Stämme Galliens und die des Nordens, und der Senat in Roma gab ihm alle Macht, das Unheil abzuwehren. Er kam mit seinen gut gerüsteten Legionen und vernichtete mit einem Schlag das Heer der Heimatlosen. Und wie in der Arena, es waren Tausende, die ihm zum Opfer fielen.

*

Als es an der Tür klopfte, sprang Davina sofort auf, um Marc hereinzulassen. Er duftete nach Rasierwasser und brachte die warme, staubige Luft von Marseille ins kühle Zimmer. In den Händen hielt er ein Bündel: die Statue! Davina konnte es nicht erwarten, sie zu sehen. Marc legte das Stoffpäckchen auf ihr Bett und wickelte es vorsichtig aus. Doch dann verschwamm auf einmal das Bild vor ihren Augen. Ein eigenartiger Schleier hatte sich über ihre Linsen gelegt. Sie blinzelte ein paar Mal und strich sich über die Lider. Als sie wieder aufblickte, sah sie plötzlich einen jungen Mann vor sich stehen, der Marc sehr ähnlich war. Der rußverschmierte, nackte Oberkörper des Fremden beugte sich nach vorne. Davina beobachtete, wie sich die Muskeln unter seiner Haut bewegten, während er die Statue auswickelte. Dann reichte er ihr die Figur. Sie konnte den Stolz in seinen Augen sehen, sein Lächeln traf sie direkt ins Herz. Der Geruch von öligem Eisen und Asche stieg ihr in die Nase, sie glaubte, die Wärme eines Feuers neben sich zu spüren. Ihr wurde schwindelig. Sie musste sich setzen. Noch einmal rieb sie sich die Augen. Marc stand vor ihr. »Was ist denn mit dir?«, fragte er.

»Mir war, als wenn ich träumen würde, nur habe ich nicht geträumt ...« Davina war verwirrt.

»Was hast du gesehen?«

»Als wenn die Träume nicht schon genug wären, jetzt überschneiden sich die Zeiten schon am hellichten Tag! Ich glaube, ich habe eben Segamar gesehen. Er stand direkt vor mir, ich konnte ihn atmen hören ...«

Marc setzte sich zu ihr auf das Bett und legte ihr die Statue wie einen Säugling in die Arme. Eine ganze Weile saßen sie schweigend da und betrachteten andächtig das bronzene Kunstwerk.

»Sie sieht genauso aus wie in meiner Erinnerung. Sie ist wunderschön, nicht wahr?« Marc nickte.

»Deine Mitarbeiterin hat das wirklich toll gemacht. Ich hätte nicht gedacht, dass die Figur unter all dem Dreck so gut erhalten geblieben ist. Die Schlange in ihrer Hand ist nur leicht verbogen. Schau, selbst das filigrane Anch-Symbol ist vollständig. Ein Wunder, dass nichts abgebrochen ist …«

»Das liegt daran, dass Zinnbronze nicht korrodiert und die Figur im Schlamm gut aufgehoben war«, erklärte Marc. Davina drehte die stumpf glänzende Figur auf den Kopf und besah sich ihre Füße. Unter den Sohlen war ein Zeichen eingraviert. Es sah aus wie ein kleines Hammersymbol.

»Guck mal, Marc, ich glaube, hier hat Segamar sein Zeichen hinterlassen …« Marc strich behutsam mit seinen Fingern darüber.

»Er war bestimmt einer meiner Vorfahren …«, flüsterte er.

»Wie kommst du denn darauf? Nur weil ich dir gesagt habe, dass er dir sehr ähnlich sieht?«

»Nein, auch weil er Schmied war. Aber lass uns beim Essen weiterreden, ich kriege langsam Hunger.«

Gegenüber dem Haupteingang der alten Charité lag ein kleiner Platz, an dem sich mehrere Restaurants befanden. Davina und Marc fanden unter den Platanen noch einen freien Tisch mit Blick auf die Charité. Davina bestellte sich einen Wein und eine Bouillabaisse, denn nirgendwo schmeckte sie besser als in Marseille. Marc entschied sich für ein leichtes, provenzalisches Gemüsegericht. Aus spirituellen Gründen versuchte er, auf tierische Nahrung zu verzichten. Doch als er den Geruch von gebratenem Fisch am Nachbartisch vernahm, konnte er es sich nicht verkneifen, zusätzlich eine Portion Moules Marinière zu ordern.

Gerade hatte Davina bestellt, da teilte Marc ihr mit, dass er ihre Traumaufzeichnungen gelesen habe. Auch wenn er von ihren Notizen nicht jedes Wort verstanden hatte, glaubte er Fabritius und Segamar zu kennen. »In deinen Ohren mag das vielleicht seltsam klingen, aber es könnte doch sein, dass ich ein Nachfahre von Segamar bin ... Ich persönlich halte das für möglich. Mein Herz sagt mir, dass da eine Verbindung besteht.«

»Das widerspricht dann aber deiner Theorie von der Seelenwanderung, oder nicht?«

»Nicht unbedingt. Es gibt vieles, von dem wir noch nichts wissen. Du könntest auch ein Medium für Meduana sein und dich durch ihre Erinnerungen von mir angezogen fühlen. Ich frage mich nur, warum sich bei mir keiner meldet ... Ein wenig neidisch bin ich schon auf deine Traumgeschichte ...«

»Das könnte aber traurig enden mit uns ...«

»Warum?«

»Weil Meduana im letzten Teil erwähnt, dass sie Fabritius mit seinem eigenen Sohn betrogen hat. Daraufhin hat er sie wohl verstoßen. Das war der Grund, warum sie Rom verließ und nach Marseille kam. Kein schönes Ende, finde ich.«

Marc musste lachen: »Ich bin doch eher der Segamar.«

»Na, da bin ich aber froh«, erwiderte Davina schmunzelnd.

Das Essen wurde gebracht. Sie stießen mit Wein auf ihre Vorfahren an.

»Ich möchte dich unbedingt bei der Rückführung begleiten, falls du das noch vorhaben solltest«, bemerkte Marc beim Essen.

»Gut, dass du das erwähnst, fast hätte ich es vergessen. Vor ein paar Tagen habe ich die Freundin von Theresa angerufen. Sie war mir auf Anhieb sehr sympathisch und sie würde für uns sogar eine Ausnahme machen und einen Samstag freihalten, weil sie weiß, dass wir von Marseille kommen. Es ist zwar eine irre lange Fahrt bis Tübingen, aber ich bin mit der Übersetzung fast fertig, und das nächste Treffen mit dem Professor findet erst Anfang Oktober statt – das heißt, es wäre jetzt ein super Zeitpunkt dafür!«

Marc dachte darüber nach, während er mit einem leeren Schalenpaar das Fleisch aus einer anderen Miesmuschel zog, es genüsslich in den Mund steckte und dann die Schale ausschlürfte. »Hmmm!« Die Soße lief ihm am Kinn runter. Er musste lachen und wischte sich den Mund mit dem Handrücken ab.

»Ich glaube, der nächste Samstag würde mir gut passen, dann können wir dort übernachten und am Sonntag wieder zurückfahren. Wie viele Kilometer sind es denn bis dahin?«, fragte er, nachdem er sich die letzte Muschel in den Mund gesteckt hatte.

»So um die 800 Kilometer?«, riet sie. »Es könnten aber auch mehr sein.«

»Euh! So weit, ja? Dann wäre es doch sinnvoll, wenn wir fliegen würden, oder nicht?«

Sie verbrachten die Nacht zusammen und frühstückten am nächsten Morgen bei 21 Grad und leicht bewölktem Himmel in einem Bistro im Altstadtviertel Le Panier. An diesem Tag entschied sich Davina, Jan die Wahrheit zu sagen. Nachdem Marc nach Hause gefahren war, wählte Davina seine Handynummer.

»Hi Davina! Schön, dass du dich meldest. Ich telefoniere gerade auf dem Festnetz, kannst du mich in zehn Minuten nochmal anrufen? Ich bin in Berlin, seit einer Woche schon.«

»Äh, ja, klar, bis gleich.« Davina legte wieder auf. Als sie seine fröhliche Stimme vernommen hatte, schämte sie sich ein wenig. Sie fühlte sich Jan immer noch sehr verbunden, sie kannten sich schon seit ihrer Studienzeit. Alles schien damals ganz zweckmäßig zu sein. Sie wollten beide keine Kinder und für ihren Beruf unabhängig sein, aber eben auch nicht ganz alleine leben. Das war alles - und dennoch war es eine schöne Zeit gewesen. Sie wählte ihre Festnetznummer in Berlin, um zu testen, ob Jan noch telefonierte. Die Leitung war frei.

»Na, du hast dir aber Zeit gelassen«, scherzte er, als er abnahm.

»Hab ich das? Wie geht es dir denn?«, fragte Davina unsicher.

»Oh, mir geht's gut! Der Flug war ein wenig holprig, aber ohne Verspätung. Im Gegensatz zu Island ist es hier ja richtig warm. Ich hab trotzdem mal die Heizung angemacht. Das ist irgendwie ein komisches Gefühl, wieder in Berlin zu sein, ohne dich …«

»Du warst ja auch ganz schön lange weg.«

»War aber ne tolle Zeit, echt! Die Landschaft war der Oberhammer … Ich hab ganz viel fotografiert, und die Zusammenarbeit mit der Crew war super. Ich freue mich jetzt schon darauf, die Daten auszuwerten, die wir neben der Arbeit erhoben haben. Also, für einen ›Vulkanier‹ ist Island echt das Paradies.«

»Schön, dass es dir so gut gefallen hat. Ich fühle mich hier auch sehr wohl – ich könnte mir sogar vorstellen, hier zu leben.«

»Trotz der Hitze und deiner pathologischen Abneigung gegenüber der französischen Sprache?«

»Im Gegenteil, ich mag die Wärme und das Meer, und Sprachen kann man lernen … Eigentlich gefällt mir das Französische sogar sehr gut.«

»Was ist los? Du wirkst so distanziert … Erzähl doch mal, wie es mit deiner Übersetzung läuft.«

»Ich bin fast fertig. Der Professor hat für Anfang Oktober das nächste Treffen anberaumt, er will dann mit uns über die Präsentation sprechen.«

»Was für eine Präsentation?«

»Marseille ist doch für nächstes Jahr zur ›Kulturhauptstadt‹ ernannt worden, und der Professor plant für Januar eine Sonderausstellung mit dem Pergament hier in der Charité. Ende des Jahres muss meine Übersetzung mit Kommentar vorliegen. Im Dezember bereiten wir die Räumlichkeiten für die Ausstellung vor. Der Professor rechnet in beiden Fällen fest mit meiner Unterstützung.«

»Das bedeutet, dass du bis Weihnachten weg bist, oder?«

»Ja, aber das war ja eh geplant. Ich würde auch gerne noch an der Eröffnung im Januar teilnehmen …«

»Hm …«

»Jan, ich weiß, dass das blöd ist. Wir sind viel zu oft voneinander getrennt, um noch irgendetwas gemeinsam erleben zu können. Mir bedeutet der Job hier sehr viel, und du wirst in nächster Zeit mit deiner Datenauswertung beschäftigt sein. Wer weiß, wo du nach Weihnachten bist – vielleicht wieder in Indonesien?«

»Ja, und?«

»Na ja, ich bin es einfach leid, immer allein zu sein. Eine Zeit lang hat es mir nicht viel ausgemacht, ich war ja auch ständig unterwegs. Aber mittlerweile sehne ich mich nach mehr. Ich hab dich echt vermisst, bevor ich nach Marseille geflogen bin …«

»Und jetzt? Jetzt vermisst du mich nicht mehr? Oder was willst du mir damit sagen?« Jan klang plötzlich gereizt. Davina hörte ihr Herz klopfen. Wie sollte sie es ihm nur erklären?

»Nein, also ja …, ich weiß nicht, wie ich es sagen soll, ich möchte dir nicht wehtun, aber ich muss das jetzt endlich loswerden. Ich habe mich in einen anderen Mann verliebt.«

»Ist es dieser Marc, dein Kollege?«

»Ja, und am liebsten würde ich hier bleiben, bei ihm. Aber ich will dich auch nicht verletzen, weil ich dich immer noch sehr mag, und die Zeit mit dir sehr schön war, und ich keine Minute missen möchte, die wir zusammen waren … Ich hoffe einfach, dass du auch ohne mich glücklich sein kannst«, sprudelte es plötzlich aus ihr heraus.

Jan schien ziemlich gefasst zu sein: »Okay, das ist jetzt erstmal nicht so schön …« Es herrschte Schweigen. Davina wartete geduldig.

»Ehrlich gesagt, ich hab auf Island eine Kollegin aus Norwegen kennengelernt, die richtig was drauf hatte. Sah auch noch gut aus. Eine glatte 10 unter den Vulkanologinnen. Wenn sie nicht schon liiert gewesen wäre, hätte ich sie wohl auch angebaggert. Mir fehlt das auch, weißt du? Fühlt sich trotzdem scheiße an, wenn du mir das jetzt so sagst. Ich muss das erstmal verarbeiten. Ich ruf dich wieder an, wenn ich soweit bin, dann können wir in Ruhe darüber reden – ich meine, wie es weitergehen soll.«

»Ja, natürlich! Danke, dass du …«, stammelte Davina, aber Jan hatte schon aufgelegt.

Am 28. September flogen Marc und Davina nach Stuttgart. Der Franzose hatte einen Leihwagen gemietet. Natürlich war es ein Citroën, den sie am Flughafen in Empfang nahmen. Davina hatte ihrerseits ein Zimmer in einem kleinen, familiären Gasthof gebucht, der etwas außerhalb von Tübingen am Rande eines Naturparks gelegen war. Am späten Nachmittag checkten sie ein. Zum Abendessen probierten sie die hausgemachten Maultaschen. Davina erzählte Marc die Geschichte von den schwäbischen Mönchen, die in der Fastenzeit ebenfalls nicht auf ihr Fleisch verzichten wollten und es in den ursprünglich nur mit Gemüse gefüllten Teigtaschen versteckten, um es vor ihrem Herrgott geheimzuhalten. Marc amüsierte sich darüber. »Das Göttliche kann man nicht bescheißen, nur sich selbst!«

Das Haus mit der Praxis von Frau Holtmann befand sich in der Altstadt. Sie stellten das Auto in einem Parkhaus ab und liefen zu Fuß ins Zentrum. »Belles maisons anciennes«, bemerkte Marc unterwegs, »Schau mal: ›Chez Michel‹, ein französisches Bistro. Da können wir auf dem Rückweg etwas essen.« Sie bogen in eine kleine Gasse ein, in der sich mehrere Einfamilienhäuser mit winzigen Vorgärten aneinanderreihten. Oberhalb der Siedlung konnte man das Schloss erkennen.

Sie klingelten an der Tür eines schönen Altbaus. Über der

Klingel hing eine orangefarbene Sonne aus Metall. Eine hochgewachsene Frau in den Fünfzigern mit sehr kurzen, grauen Haaren öffnete und begrüßte sie sehr herzlich. Sie führte die beiden in einen gemütlichen Raum, an dem ein kleiner Wintergarten angeschlossen war. In der Mitte des Zimmers befand sich ein massiver Holztisch, mit Stühlen und einer lehnenlosen Sitzbank. Bücher und Zeitschriften stapelten sich auf der Tischplatte. Frau Holtmann bot ihnen einen Platz und etwas zu trinken an.

»Was trinkt man denn am besten vor so einer Rückführung?«, scherzte Davina.

»Energetisiertes Wasser«, kam als Antwort aus der Küche.

Die Therapeutin stellte einen großen Glaskrug mit Wasser auf den Tisch, in dem sich verschiedenfarbige Steine befanden, dann holte sie drei Gläser aus einer Vitrine.

»Was ist denn das?«, fragte Davina erstaunt.

»Das sind verschiedene Kristalle: Der Violette ist ein Amethyst, die Durchsichtigen sind Bergkristalle, und der Dunkle ist ein Hämatit. Sie geben ihre Energie an das Wasser ab und verändern damit seine Struktur. Der Bergkristall zum Beispiel stärkt die geistige Klarheit, der Amethyst fördert die Konzentration, und der Hämatit kann negative Gedanken bannen und löst innere Spannungen«, erklärte die Gastgeberin und schenkte ihnen ein. »Aha!«, sagte Davina nur. Skeptisch probierte sie einen kleinen Schluck. Das Wasser schmeckte nicht anders als sonst, eigentlich sogar besonders gut, weil es weich und nicht zu warm war. Marc lächelte sie an. Ihre Skepsis schien ihn zu amüsieren.

»So«, Frau Holtmann setzte sich zu ihnen an den Tisch, »dann machen wir uns doch mal miteinander bekannt, bevor wir mit dem Vorgespräch beginnen.« Davina musterte sie eingehend. Trotz ihrer weiblichen Figur wirkte die Therapeutin sehr maskulin auf sie, was durch die kurzen Haare noch unterstrichen wurde. Doch wenn sie sprach, strahlte ihr Gesicht eine angenehme Wärme aus.

»Theresa hat Ihnen bestimmt schon einiges über mich erzählt, und vielleicht waren Sie ja auch schon auf meiner Homepage, aber es schadet ja nix, wenn ich mich nochmal vorstelle, oder?«

Davina und Marc nickten. »Also, ich heiße Anne Holtmann und habe lange Zeit als Psychotherapeutin in der LVR-Klinik in Köln gearbeitet, bis ich mich dann vor einigen Jahren selbstständig gemacht und mich auf Hypnotherapie spezialisiert habe. Ich nutze die Hypnose, um unbewusste Blockaden zu lösen, und zum Beispiel auch, um Suchtpatienten zu helfen. Meinen Schwerpunkt sehe ich allerdings in der spirituellen Heilarbeit … Gibt es dazu noch Fragen?«

»Und was hat Sie ausgerechnet nach Tübingen verschlagen?«, wollte Davina wissen.

»Ich bin der Liebe nachgezogen, wie Theresa. Mein Lebensgefährte stammt von hier, und er wollte unbedingt wieder zurück ins Ländle. Aber nun zu Ihnen. Ich wüsste gerne noch etwas mehr über Sie, was Sie beruflich machen, Ihre familiäre Situation, und vielleicht auch, in welcher Beziehung Sie beide zueinander stehen.«

Davina und Marc stellten sich nacheinander vor und beantworteten freimütig ihre Fragen. Marc erklärte, dass er Davina auch deshalb begleite, weil er gerne mal bei einer Rückführung dabei sein wolle.

»Es ist immer gut, wenn man einen lieben Freund an seiner Seite hat. Sie können von mir aus auch an der Sitzung teilnehmen, Herr Forgeron, wenn Ihre Partnerin damit einverstanden ist. Sie dürfen sich aber während der Hypnose auf keinen Fall einmischen, egal, was passiert.«

Marc nickte.

»Gut«, sagte die Therapeutin, »gehen wir in meinen Praxisraum.«

Das Zimmer war spartanisch eingerichtet. Drei schlichte, aber elegante Stühle standen darin und eine moderne Liege mit einem schwarzen Lederbezug. Vor dem großen Fenster, das bis zum Boden reichte, hing ein blickdichter, weißer Vorhang. Davina setzte sich auf einen der drei Stühle und wartete. Frau Holtmann rückte den Stuhl für Marc etwas zur Seite und nahm dann gegenüber von Davina Platz.

»Zuerst würde ich gerne noch einmal von Ihnen hören, Frau Dr. Martin, warum Sie hier sind und was Sie von mir erwarten …« Die Therapeutin blickte Davina aufmerksam an, auf ihren Knien lag ein Schreibblock für Notizen. Davina fühlte sich unwohl.

»Ich bin mir ehrlich gesagt gerade nicht mehr so sicher, ob ich Ihnen das wirklich alles erzählen möchte.«

»Und warum?«, fragte die Therapeutin.

»Nun ja, es ist schon eine ziemlich eigenartige Geschichte, die uns hierher geführt hat, und mich beunruhigt gerade die Vorstellung, dass Sie das alles auch noch schriftlich festhalten wollen …«

»Was glauben Sie denn, was ich mit diesen Notizen machen werde?«

»Weiß ich ja nicht …«

»Da kann ich Sie beruhigen. Meine Notizen dienen ausschließlich als Vorlage für weitere Fragen. Wenn wir mit der Sitzung fertig sind, können Sie sie gerne haben. Sie befinden sich hier in einem geschützten Raum, Frau Dr. Martin, egal was hier passiert und was ich von Ihnen zu hören bekomme, ich werde es nicht weitergeben und auch nicht bewerten. Ich habe schon viele verrückte Geschichten gehört, und alle hatten einen wahren Kern. Wovor haben Sie Angst?«

»Bisher habe ich nur Marc davon erzählt, und ich befürchte jetzt, dass Sie mir nicht glauben werden. Andererseits sind wir ja extra deswegen hierher gekommen.«

»Wie hat denn Ihr Partner darauf reagiert?«

»Nun, Marc findet das alles ziemlich spannend. Er meint, dass ich so etwas wie ein Medium sein könnte, für eine tote Frau aus der Vergangenheit …«

»Wer ist denn diese Frau aus der Vergangenheit?«

Davina atmete tief durch: »Wie schon erwähnt, arbeite ich gerade an der Übersetzung eines 2000 Jahre alten Pergaments. Die Frau, die ihre Geschichte darauf festgehalten hat, erscheint mir seit Beginn meiner Arbeit in meinen Träumen, und diese Träume sind beängstigend realistisch. Anfangs ließ sie mich einfach nur wie eine Besucherin mitlaufen. Dann veränderten sich die Träume. Ich vermute, dass ich jetzt sie bin, also in ihre Rolle geschlüpft bin. Jedenfalls weisen die Träume große Parallelen zum Pergamenttext auf. Das heißt, durch meine Träume vervollständigt sich sozusagen der historische Text.«

»Aha!« Frau Holtmann sah sie einen Augenblick lang überrascht an, fand dann aber schnell ihre Worte wieder: »Das klingt in der Tat außergewöhnlich. Ich vermute mal, dass Sie Klarträumerin sind, oder?«

»Keine Ahnung, was ist denn ein Klarträumer?«

»Haben Sie noch nie etwas von luziden Träumen gehört?«

»Nein.«

»Können Sie im Schlaf Ihre Träume bewusst lenken?«

»Nein, eigentlich nicht. Ich weiß zwar, dass ich träume, und ich kann mich auch später an alles erinnern, den Ablauf der Träume aber nicht beeinflussen. Es fühlt sich eher so an, als wenn ich in sie hineingezogen werde …«

»Und dann?«

»Dann muss ich meine Rolle einnehmen. Wenn ich das nicht tue, also zum Beispiel eine Frage stelle oder mich weigere, etwas zu tun, löst sich der Traum in der Regel sofort auf. Wobei es da auch Ausnahmen gibt, je nachdem wie sehr ich in das Geschehen eingebunden bin. Manchmal kann ich sogar mit Meduana sprechen …«

»Wer ist denn Meduana?«

»Na, die keltische Frau.«

»Ach so. Haben Sie Ihre Träume aufgeschrieben?«

»Ja, ich habe alles notiert, und Marc hat es bereits gelesen.«

»Okay«, sagte die Therapeutin betont langsam, »und was versprechen Sie sich jetzt von der Rückführung?«

»Na, ich hoffe natürlich jetzt, dass ich eine Antwort darauf bekomme, in welcher Beziehung ich zu dieser Frau stehe und warum ich von ihr träume. Vielleicht ist sie ja auch eine Vorfahrin von mir«, antwortete Davina.

»Also, ich kann Sie dabei unterstützen, dass Sie einen Zugriff auf Ihr Unterbewusstsein bekommen, um mögliche Antworten zu erhalten, denn dort sind unsere Erinnerungen an ein vorheriges Leben abgespeichert. Vielleicht hat Ihre Geschichte ja tatsächlich etwas damit zu tun. Ich kann Ihnen auch dabei helfen, ein altes Familientrauma aufzulösen, das seit Generationen sein Unwesen treibt. Wenn Sie aber mit Ihren Ahnen direkt in Kontakt treten wollen, müssten Sie einen Schamanen aufsuchen.«

»Einen Schamanen?« Davina verzog das Gesicht. Marc konnte sich das Grinsen nicht verkneifen.

»Ja! Haben Sie ein Problem damit?«

»Also, echt jetzt, ein Schamane? Tut mir leid, das geht mir jetzt wirklich zu weit.« Davina atmete tief ein. »Auf was habe ich mich da nur eingelassen?« Sie wurde nervös. Frau Holtmann beruhigte sie und erklärte ihr, dass sie während der Hypnose nicht schlafen, sondern alles, was um sie herum geschehen würde, mitbekommen werde. »Sie werden mir garantiert nicht hilflos ausgeliefert sein, so, wie das immer in diesen Shows gezeigt wird.«

Schließlich legte sich Davina auf die bequeme Liege und schloss bereitwillig ihre Augen. Die Therapeutin sprach leise ein paar beruhigende Sätze zu ihr, die sie mehrmals wiederholte, und brachte Davina damit in einen äußerst entspannten, meditativen Zustand. Dabei hatte sie zu Beginn nicht das Gefühl, dass sich irgendetwas an ihrem Befinden verändert hatte, im Gegenteil, ihre bewussten Gedanken kreisten immer noch sehr klar und aktiv in ihrem Kopf herum. »Und wenn das jetzt bei mir nicht klappt, weil ich gar nicht in diesen Zustand kommen kann?«, dachte sie noch, da fiel ihr plötzlich das Isis-Gebet aus dem Pergamenttext ein. Sie konnte sich an jedes Wort erinnern und folgte einem inneren Impuls. Für Marc und Anne sah es so aus, als würde sie versuchen, die Sätze der Therapeutin nachzusprechen. Ihre Lippen bewegten sich, aber es kam kein Laut aus ihrem Mund.

Aset, Große Zauberin!
Hüterin der Weisheit des Toth,
Mutter der Unsterblichkeit,
Mutter alles Lebendigen und Gebärende des Erlösers,
der uns das Licht bringt und die Frucht und die Herrlichkeit!
Du mächtige Göttin der Liebe, nimm dich meiner Seele an!
Lasse mich erneut das Leid durchschreiten, das wir Leben nennen,
und führe meine Seele zum Licht der Sonne, zur Erkenntnis dessen,
was sie ist.
Auf dass sie eines Tages in die Ewigkeit eingehe, frei von aller Last,
durchtränkt von Liebe und Gewissheit, in ihrer makellosen Form!

Eine wohlige Wärme durchströmte Davinas Körper. Es kam ihr so vor, als würde sie jemand zudecken. Erst jetzt entspannten sich ihre Muskeln vollends. Ihr Kopf leerte sich, ihre Augenlider wurden schwer, und obwohl ihre Sinne wach waren, meinte Davina, sie würde einschlafen. Im Hintergrund vernahm sie die sanfte Stimme der Therapeutin: »Sie begeben sich jetzt auf die Reise in ein früheres Leben. Konzentrieren Sie sich auf die Person aus Ihren Träumen. Stellen Sie sich die Person bildlich vor …«

Davina hatte auf einmal das Gefühl, als würde sie in einen tiefschwarzen Abgrund fallen. Krampfhaft versuchte sie sich an der Liege festzuhalten. Diffuse Bilder drängten sich in ihren Kopf.

Sie glaubte zu ersticken. Helles Licht drang in ihre Augen. Dann sah sie auf einmal, wie sie in die Arme einer Frau gelegt wurde. Sie war gerade geboren worden!

»Erinnere dich«, hörte sie eine Stimme sagen, dann brach der Kontakt zur Gegenwart ab. Davina spürte ihren Körper nicht mehr. Es war, als wäre sie aus ihm herausgefallen. Ein Strudel erfasste sie und zog sie in die Tiefe.

Im Zeitraffer durchlebte sie ein anderes Leben, von der Geburt an bis zum Tod. Ihre ersten Gehversuche, die Übungen am Schwert, die Schule der Druiden, das erste Mal auf einem Pferd, dann die erste Schlacht. Anne und Marc sahen zu, wie sie lachte, und wie ihr plötzlich die Tränen aus den Augen liefen. Davina schrie auf und stöhnte, ihre Muskeln zuckten zusammen und entspannten sich wieder. Nach einer halben Stunde versuchte die Therapeutin, den Kontakt wiederherzustellen: »Davina?«, flüsterte sie. Ihre Klientin reagierte nicht. Sie war noch nicht fertig. In dem Moment erfuhr sie gerade vom Tod ihrer Mutter, und es erfüllte sie ein tiefer Schmerz. Dann wütete plötzlich der Zorn in ihr. Die Jahre flogen an ihr vorbei. Ein Mann wurde beerdigt, eine große Einsamkeit überkam sie. Am Ende schlief sie selber ein, friedlich und mit der Gewissheit, dass ihre Erinnerungen weiterleben würden. Es fiel ihr nicht schwer, loszulassen. Während sie ihre Augen schloss und Isis und Epona dankte, fühlte sie, wie sich ihr Geist verflüchtigte.

21. Poseidonios

Massalia im Jahre 59 v.d.Z.

Meduana hatte eine Unterkunft im Quartier der Fischer erworben. Die bescheidene Holzhütte bestand nur aus einem Raum, mit einer nicht verschließbaren Tür und einem offenen Fenster, das einen schönen Blick auf die Bucht gewährte. Sie besaß außerdem einen kleinen Tisch, einen Hocker, eine Öllampe und eine Schlafmatratze, gefüllt mit grobem Stroh. Da sie nicht wusste, wie lange sie in Massalia bleiben würde, musste sie gut haushalten. Hin und wieder bot sie am Hafen ihre Dienste als Übersetzerin an, doch die Graecer hatten Weibern gegenüber noch größere Vorbehalte als die Romaner. Auch die Tatsache, dass sie alleine lebte und ihr Mann nicht für sie bürgen konnte, verwehrte ihr jegliche Form der selbstständigen Geschäftigkeit.

Fabritius hatte ihr ein Pferd zugestanden, einen angemessenen Teil an Münzen und ihre persönlichen Besitztümer. Um ihre Wertsachen, ihre Kleidung und ihre Waffen sicher aufbewahren zu können, suchte sie sich einen vertrauenswürdigen Händler, der ein bewachtes Lagerhaus am Hafen besaß. Dort konnte sie in einer verschließbaren Kiste ihre Habseligkeiten für eine Weile unterbringen. Sie verkaufte das Pferd und zahlte dem Händler im Voraus den vereinbarten Betrag.

Anfangs vermisste sie ihr Leben bei Fabritius, doch ihr Stolz verhinderte, dass sie sich zu ihm zurücksehnte. »Warum«, fragte sie sich, »dürfen die Männer sich Weiber nehmen, wann und wo es ihnen lieb ist, und ich, die ich eine geweihte Kriegerin bin, sollte auf mein Recht verzichten?« Der Dämon der Schuld nagte an ihrer Seele. Sie wusste, dass sie Fabritius sehr verletzt hatte. Und das einzige Mittel, das gegen das schlechte Gewissen half, war der Trotz. Zudem quälte sie die Frage, was sie nun mit ihrem Wissen über Diviciacus und seine Pläne anfangen sollte. Der Druide würde jede Gelegenheit nutzen, seine Herrschaft auszubauen. Müsste sie jetzt nicht versuchen, ihn aufzuhalten, wo sie doch wusste, was passieren würde?

An einem Morgen im Spätsommer, kurz nach Sonnenaufgang, zog sich Meduana in die Berge zurück. Sie entfloh dem lauten Treiben der Stadt, um mit ihren Göttern ungestört reden zu können. Ihrem Herzen fehlte die Klarheit und ihrer Seele die Entschlossenheit. Sie streifte suchend durch die zerfurchten Felsen aus hellem Kalkgestein umher, bis sie einen Platz gefunden hatte, der ihr einen besonders schönen Ausblick auf das Meer bot. Die Blautöne des Himmels verschmolzen im Glanz der frühen Sonne mit dem silbrigen Schimmer des Meeres. Sie erinnerte sich daran, wie sie das erste Mal das Südliche Meer erblickt und wie sehr diese unendliche Weite sie beeindruckt hatte. Während sie mit ihren Augen den sanften Wellen des Wassers folgte, bat sie Lugus um Klarheit. Sie erhoffte sich eine Eingebung von ihm.

Als die Sonne höher stieg, machte sie sich auf die Suche nach einem geschützten Platz. Sie traf auf einen alten Mann, der im Schatten einer Korkeiche saß. Er trug eine schneeweiße Tunika, hatte kurze, weiße Haare, die sich leicht auf seiner gebräunten Stirn kräuselten, und einen kurzen, weißen Bart. Er erinnerte sie ein wenig an Ambiacus.

»Seid gegrüßt, edler Herr«, sprach sie ihn auf Griechisch an, »Ihr habt Euch aber einen schönen Platz ausgesucht.« Der Mann lächelte ihr freundlich zu und nickte. »Ihr seid doch Graecer? Oder sprecht Ihr das Latinische? Vielleicht möchtet Ihr auch

Eure Ruhe haben, dann verzeiht, wenn ich Euch störte.« Jetzt lachte der Mann und schüttelte mit dem Kopf.

»Was habt Ihr denn, könnt Ihr womöglich gar nicht sprechen?«

»Nein, nein, du störst mich nicht … Es ist mir nur nicht in Erinnerung, dass ein gewöhnliches Weib mich je gefragt hat, welche Sprache ich mit ihr sprechen möchte.«

»Ein gewöhnliches Weib? Ihr irrt Euch, Herr!«

»Setz dich eine Weile zu mir und erzähle mir, wer du bist, ungewöhnliches Weib«, forderte der alte Mann sie auf.

Meduana hockte sich in den Schatten der Baumkrone und stellte sich ihm als das Eheweib des Lanista Bellovesos vor. Sie erklärte ihm, dass sie eine keltische Kriegerin aus dem Norden sei und eine ausgebildete Priesterin, die der Quellgöttin Meduna geweiht war.

Der Grieche sah sie verblüfft an: »An der Statur und am Gesicht erkenne ich deine Herkunft, gekleidet aber bist du wie eine Romanerin, und dein Graecisch klingt, als hättest du es von einem Händler im Vorbeifahren gelernt. Doch du beherrschst die Form, und dein Bemühen, die Worte gut zu wählen, spricht für dich. Ich bin in meinem Leben weit gereist und habe viele der Provinzen des Imperiums besuchen dürfen, auch dein Volk habe ich einst sehr genau studiert. Doch nun bin ich tatsächlich überrascht!«

»Wer seid Ihr, dass Ihr mein Volk zu kennen glaubt?« Seinen Dialekt konnte sie nur mit Mühe verstehen.

»Man nennt mich Poseidonios …«

»Der Poseidonios? Der weise Mann von Rhodos, zu dem die Gelehrten reisen, um von ihm zu lernen?«

»Ja, so könnte man es sagen.«

»Das ist ein Schicksalstag! Lugus erhörte mein Gebet! Er führte mich zu Euch, um mir durch Eure Weisheit den rechten Weg zu weisen.«

»Und woher kennst du mich?«

»Ich hörte von Euch zum ersten Mal in Roma. Der Advocatus Cicero erwähnte Euch in einer Rede. Seitdem habe ich viel von Euch gehört, Ihr seid ein wahrer Vergobret!«

»Du hast Cicero gehört?«

»Ja, ich gestehe, dass ich ihn verehre.«

»Du bist wahrhaftig ungewöhnlich, Weib!«

»Und, was macht Ihr in Massalia?«, wollte Meduana wissen.

»Ah, ich wollte sie noch einmal sehen, diese schöne Stadt. Wie eine alte Liebe, die mich immer gut versorgt hat. Von hier aus war ich weit gereist, doch nun bin ich zu alt zum Reisen. Ich möchte von ihr Abschied nehmen – von ihr und von den Bergen.« Er senkte seinen Kopf, als wollte er verhindern, dass sie die Traurigkeit in seinen Augen wahrnahm. Nach einer Weile des Schweigens forderte er sie auf, ihre Geschichte zu erzählen, und Meduana berichtete ihm von ihrer Ausbildung, den Gefechten, die sie als Kriegerin miterlebt hatte und von ihrem Leben in Roma.

»Das ist fürwahr eine unglaubliche Geschichte! Und eine Freude für mich, dir zuzuhören. Wenn du so viel erfahren hast, und des Schreibens mächtig bist, warum hältst du dann dein Wissen nicht auf dem Papyrus fest? Ich schrieb einst selber eine Abhandlung über die Geschichte meines Volkes und über das Imperium.«

»Warum sollte ich niederschreiben, was ich erfahren habe, und wer würde es lesen?«

»Du könntest deinem Volke die Erinnerungen schenken und dich mit deiner Niederschrift in die Unsterblichkeit erheben. Gib dir den Namen eines Mannes und nutze dein Talent!«

Ein Gedanke durchzuckte Meduanas Geist: Konnte es sein, dass Lugus selbst ihr nun das Schreibwerkzeug in die Hand legte, so wie einst der ägyptische Gott Toth es bei seinem Volke tat? War dieses Treffen vorbestimmt? Dann wäre dies der Grund, warum sie sich nach Massalia verirrte hatte, und warum sie jetzt nicht im Lande der Carnuten weilte, mit einem Schwert in der Hand, oder bei Fabritius, der ihr womöglich längst verziehen hatte. Sie musste die Gelegenheit am Schopfe packen: »Weiser Mann, könntet Ihr mich den Gebrauch Eurer schönen Schrift und die Kunst des Schreibens lehren?«

»Warum nutzt du nicht das Latinische, das du gut genug beherrschst?«

»Weil es die Sprache der Romaner ist. Sie klingt nach Krieg in meinen Ohren, nach Verrat, nach Spott und Hohn! Jedes Urteil, das sie sprechen, bringt den Tod«, erwiderte Meduana.

»Es ist ebenso die Sprache Ciceros.«

»Wohl wahr, doch auch er ist stets im Kampf. Eure Sprache ist viel älter, sie reicht in eine Zeit zurück, in der die Götter Söhne zeugten. Ambiacus, der Druide, sagte mir, dass Eure Sprache und die Zeichen eine feine Seele haben. Ich möchte schreiben können, so wie er.«

Der alte Mann saß eine Weile schweigend da und dachte nach. »Nun, da ich gerade über recht viel Zeit verfüge und selber glaube, dass nichts zufällig geschieht, gebe ich dir Unterricht. Dafür musst du mir alles über euren Götterhimmel und das Land erzählen, aus dem du stammst; über den Ackerbau, das Klima und die Heilkunde, und was du über die Druiden zu berichten weißt.« Meduana hätte den alten Mann vor Freude am liebsten umarmt. »Lugus, ich danke dir!«

»Du wähltest einen guten Zeitpunkt, meine Liebe«, sagte der Grieche schmunzelnd, »noch vor nicht allzu langer Zeit hätte ich meine Stunden nicht an dich verschenkt. Zu wichtig nahm ich mich. Doch nun, im Alter, machen auch die Kleinigkeiten ihren Sinn, und ich lasse mich auf Herzensdinge ein, die ich mir früher stets versagte.«

»Habt Ihr denn nie ein Weib geliebt?«, fragte Meduana vorsichtig nach.

»Oh doch, ich habe eine große Liebe, und die heißt Stoa. Willst du wissen, wer sie ist?«

»Ja, natürlich«, antwortete Meduana. Sie ahnte, dass es sich nicht um ein Weib handelte.

»Ihr Name stammt aus Athenai, einem Ort, an dem der große Zenon von Kition sein Wissen lehrte. Sie wuchs zu einem hübschen Ding heran, in das ich mich verliebte, denn ihre Lehre handelt von den kosmischen Gesetzen, von Logik, Ethik und der Vernunft.«

Meduana folgte aufmerksam seinen Worten. Es war, als würde sie wieder in der Schule sein und ihrem Lehrmeister lauschen dürfen, der seine Weisheit direkt von den Göttern bezog.

»Sprecht weiter! Was ist mit dieser Stoa? Was besagt sie?«

»Sie besagt, dass alles Eins ist und in sich verwoben, wie ein Tuch aus vielen Fäden. Jeder Mensch muss selbst erkennen, wo sein Platz in dieser Ordnung ist. Doch das kann er nur, wenn er den Verstand gebraucht und sich nicht von seinen Trieben leiten lässt, so wie ein Tier. Das Schicksal ist kein Zufall, es erfüllt sich stets in seiner vorbestimmten Weise. Nur wenn der Mensch seine Bestimmung kennt und annimmt, kann er sich frei entfalten. Mit Disziplin und mit den Tugenden, die ihm die Götter in die Hand gegeben haben, wie Werkzeuge, deren Gebrauch man mit viel Fleiß erlernen muss.«

»Diviciacus, der Druide, hat mir einst ähnliches erzählt. Ich fragte mich danach: Wozu ein Opfer bringen, wenn es das Schicksal nicht verändern kann?«

»Nun, wir haben einen Einfluss. Doch nur auf unser eignes Leben und wenn es höheren Zwecken dient. Das Opfer ergibt dann einen Sinn, wenn wir es mit der guten Tat verbinden.«

Jetzt endlich konnte Meduana all die Fragen stellen, die sie sich bei dem Treffen mit Cicero damals verkneifen musste.

»Weiser Mann, ich hadere damit, dass ein paar Männer das

Schicksal eines ganzen Volks bestimmen können. Wie kann dieses Unrecht Teil der höchsten Ordnung sein?«

»Du sprichst von der Macht Romas?«

»Ja, auch.«

»Erkenne die Ordnung im Ganzen, nicht in ihren Teilen, denn diese werden, separat betrachtet, meist als Unrecht wahrgenommen. Wenn auserwählte Männer die Völker zu vereinen wissen, dann verbindet diese auch eines Tages die cultura. Der gerechte Handel blüht, sie sprechen eine Sprache, und es sind die gleichen Werte, die für sie bestimmend sind. Dann braucht es keine Kriege mehr, denn alle sind dann Teil des Ganzen, und es kehrt endlich Frieden ein. Nicht das Aurum und nicht das scharfe Schwert, sondern allein die Weisheit wird die Menschen führen und niemand muss mehr Hunger leiden.«

»Was nützt dem Baum der Frieden, wenn ihm seine Wurzeln keinen Halt mehr bieten?«

Poseidonios blickte sie nachdenklich an. Er hatte längst vergessen, mit wem er sprach. Die Ernsthaftigkeit, mit der er ihr begegnete, ehrte Meduana. Sie befand sich in einem berauschenden Zustand höchster Aufmerksamkeit.

»Das ist wohl wahr, doch kann der Baum auch neue Wurzeln bilden. Die Schwachen werden zwar verkümmern, aber die Starken werden überleben und sogar bessre Früchte tragen, wenn sie in Frieden wachsen können.«

»Weiser Mann, beantwortet mir bitte eine letzte Frage. Ein Druide sah einst als Vision, was meinem Volk bevorsteht. Das bezeugt in meinen Augen, dass es den Plan der Götter gibt. Durch die Seher wird er offenbart, und ich frage mich, warum. Haben wir die Pflicht zu handeln?«

»Eine Vision? War es ein Traum?«

»Sie erscheint ihm wie ein Traum, doch sie kommt und geht wie ein Gedanke.«

»Tatsächlich?«

»Ich verspreche, dass ich Euch erzählen werde, was ich über die Visionen zu berichten weiß, doch vorerst bitte, gebt mir eine Antwort, damit mein Geist zur Ruhe kommen kann!«

»Die Antwort gab ich dir bereits. Das Schicksal ist nicht wandelbar, und wie es aussieht, auch dein Wunsch nicht, es in deinem Sinne zu verändern. Ich gebe dir den guten Rat: Finde deinen Platz in dieser Welt! Mit der Erfahrung kommt die Weisheit …«

Der alte Mann wirkte erschöpft. Die Mittagssonne heizte die Felsen auf. Und auch Meduana wurde langsam müde, sie hatte Durst. Sie wollte noch etwas sagen, aber Poseidonios ließ sie nicht mehr zu Worte kommen: »Morgen früh, nach Sonnenaufgang, sehen wir uns wieder, unter diesem Baum. Dann beginnt die erste Stunde, und ich lehre dich das Schreiben. Besorge du nur den Papyrus, ich bringe dir das Werkzeug mit. Und nun lass mich allein.«

In der Nacht wälzte sich Meduana unruhig hin und her. Erst träumte sie von Ambiacus, dann von ihrem Vater, wie er sie mit seinem Schweigen quälte. In den Morgenstunden begegnete ihr dann eine fremde Frau, die höchst ungewöhnlich gekleidet war. Sie schien aus einer anderen Welt zu stammen, denn ihre Augen reflektierten auf sonderbare Weise das Licht. Die Unbekannte sah ihr zu, während sie selbst mit einem Schilfröhrchen in der Hand an einem Tisch saß und schrieb. Am Ende sagte sie etwas in einer fremden Sprache zu einem Mann, der Fabritius ähnlich sah. Doch es war nicht Fabritius und auch nicht Segamar …

Am nächsten Morgen wartete Poseidonios bereits am Treffpunkt an der Eiche auf sie. Im Licht der ersten Sonnenstrahlen begann der Unterricht, gegen Mittag legten sie eine Pause ein, und am Abend trafen sie sich erneut zum Disputieren. Für Meduana war es der Himmel auf Erden. Der alte Mann hielt sein Versprechen. Er lehrte sie die Kunst des Schreibens, ließ sich auf ihre vielen Fragen ein, erklärte ihr die Philosophie, und beschrieb ihr den Verlauf der Gestirne. Seine Worte erfüllten die Kriegerin, es offenbarte sich ihr ein ganz neuer Blick auf die Welt. Immer wieder versank Poseidonios in seiner Gedankenwelt, und Meduana musste geduldig warten, bis er einen Satz oder den Gedankengang vollendet hatte. Anfangs fiel es ihr schwer, doch sie machte die erstaunliche Erfahrung, dass Geduld erlernbar war. »Wenn das Wort auf deiner Zunge brennt, dann warte! Es kommt der Moment, in dem die Wohltat, es zu löschen, am größten ist«, pflegte er zu sagen.

Was der Grieche über andere Völker zu berichten wusste, beeindruckte sie sehr. Aber sein Wissen über ihr eigenes Volk schien aus einer anderen Zeit zu stammen. Die Barden hatten längst nicht mehr das Ansehen, das er beschrieb, und die Rituale der Druiden waren ihm in ihrer wahren Bedeutung verschlossen geblieben. Auch meinte er zu wissen, dass ihr Volk grausame Menschenopfer vollziehen würde, die das blutige Gemetzel in den Arenen des Imperiums noch übertrafen. Sie konnte Poseidonios eines Besseren belehren. Er hörte zu und respektierte ihre Sicht.

Als sie aber über die Beschaffenheit der Seele philosophierten, widersprach ihr der Gelehrte vehement. Er bezweifelte, dass die Seele des Menschen in einem anderen Körper wiedergeboren werden könne. Für ihn bestand sie aus mehreren Teilen, die nach dem Tod in den Kosmos aufsteigen und sich dann mit der Sonne vereinigen würden. Was für eine wundersame Vorstellung!

Drei Monate später brach Poseidonios auf, um nach Rhodos zurückzukehren. Er hatte Meduana alles beigebracht, was er für notwendig erachtete, und war viel länger geblieben, als er ursprünglich vorgehabt hatte. Zum Abschied überreichte er ihr ein wertvolles Geschenk: Pergamentseiten aus feinstem Ziegenleder. Er gab ihr den Rat, ihre Schriften nach Alexandria bringen zu lassen, wo sie in der großen Bibliothek sicher aufbewahrt werden würden.

Meduana begann sofort mit ihren Aufzeichnungen. Anfangs tat sie sich noch schwer. Zu angestrengt versuchte sie, der Sprache des Poseidonios gerecht zu werden. Die Lederhaut verhielt sich zudem anders als ein Papyrus. Die Tinte brauchte länger, bis sie eingezogen war. Doch mit der Zeit verbesserte sich ihre Technik. Als sie über ihre Zeit mit Fabritius schrieb, weinte ihr Herz. In einem Moment der Schwäche ließ sie dem Lanista eine Nachricht zukommen, in der sie ihm verriet, wo sie sich befand. Insgeheim hoffte sie, dass er sie darum bitten würde, zu ihm zurückzukehren.

Und immer wieder träumte sie des Nachts von der fremden Frau, die ihr beim Schreiben über die Schulter blickte. Ambiacus hatte ihr erzählt, dass sich des Nachts die Tore zur geistigen Welt öffneten. Träume könnten nicht nur verborgene Wünsche, sondern auch Ereignisse in der Zeit offenbaren. Man könne lernen, seine Träume zu deuten, und auch, sie zu nutzen. Man müsse sich nur sehr gut konzentrieren.

22. Davinas Erwachen

Vorsichtig versuchte Frau Holtmann Davina aufzuwecken. Ihre Klientin lag regungslos da, mit einem friedlichen Lächeln im Gesicht und ungewöhnlich ruhig atmend, so als befände sie sich im Tiefschlaf.

»Davina, können Sie mich hören? Wenn ja, heben Sie bitte die rechte Hand!« Die Finger der Hand bewegten sich leicht.

»Sie befinden sich jetzt auf dem Rückweg – folgen Sie meiner Stimme ...« Langsam führte die Therapeutin sie aus ihrem Trancezustand heraus. Davina hatte ihren Körper nicht mehr wahrgenommen und verharrte in einem schwebenden Zustand. Um sie herum war nur noch Licht, es herrschte absolute Stille. Die Stimme von Frau Holtmann drang allmählich zu ihr durch, und peu à peu kehrte ihr Bewusstsein zurück. Als sie die Augen öffnete, fühlte sich ihr Körper unglaublich schwer an. Marc beugte sich gerade über sie. Er schien sich Sorgen zu machen.

»Schön, dass Sie wieder bei uns sind«, sagte die Therapeutin erleichtert, »das muss ja eine turbulente Reise gewesen sein!«

»Mir ist kalt«, flüsterte Davina matt.

Frau Holtmann holte eine leichte Decke und legte sie über Davinas Körper. Dann verließen sie und Marc das Zimmer. Davina schlief ein. Zwei Stunden später erwachte sie aus einem traumlosen Schlaf. Auf wackeligen Beinen begab sie sich in den Wohnraum, in dem Frau Holtmann sie empfangen hatte. Die Therapeutin saß mit Marc an dem großen Holztisch und unterhielt sich leise mit ihm. Als sie Davina bemerkte, stand sie auf.

»Möchten Sie etwas trinken?«

»Ja, gerne, ein grüner Tee wäre jetzt nicht schlecht.«

Nach einer Weile ergriff Davina das Wort: »Danke, dass ihr so viel Rücksicht auf mich nehmt, aber ich glaube, wir können jetzt reden …«

»Wie geht es dir denn?«, wollte Marc wissen.

»Ich bin erschöpft – als wenn ich einen Marathon hinter mir hätte, aber sonst geht es mir sehr gut. Ich fühle mich irgendwie – erleichtert. Ihr wollt jetzt bestimmt wissen, was ich erlebt habe, oder?«

»Bien sûr!«, sagte Marc.

»Ich habe noch nie erlebt, dass jemand während der Hypnose so weggetreten war – das ist völlig untypisch.« Die Therapeutin schien tatsächlich beunruhigt zu sein.

»Es war ganz eigenartig«, begann Davina, »mir war plötzlich ein Gebet aus der Übersetzung eingefallen. Es schoss mir einfach so in den Kopf. Als ich es ausgesprochen hatte, verlor ich den Boden unter den Füßen und fiel in einen tiefen Abgrund. Als ob ein Strudel mich unter Wasser ziehen würde.«

»Das war vermutlich der Eintritt in Ihr Unterbewusstsein«, erklärte die Therapeutin.

»Mag sein, aber was ich dann erlebt habe, kann ich kaum beschreiben! Ich habe meine eigene Geburt in einem anderen Körper erfahren und die ganze Lebensgeschichte Meduanas im Zeitraffer durchlaufen. Als wenn es meine eigene Geschichte war, die ich noch einmal durchlebe. Ein tolles Erlebnis! Wie es sich anfühlt, so stark zu sein, die Leidenschaft dieser Frau zu spüren, ihre unbändige Wissbegierde, die Kraft ihres Glaubens – alles schien beseelt zu sein und von Bedeutung, ich hatte ein großes Vertrauen in meine Fähigkeiten … Aber es ist auch viel Schreckliches geschehen. Ich wurde gedemütigt und vergewaltigt, verletzt und allein gelassen. Ständig musste ich mich behaupten. Besonders schlimm war für mich die Nachricht, wie meine Mutter starb … Ich habe mich am Ende zurückgezogen, weil mir das Leid zu schwer wurde, und dann …«, Davina räusperte sich, »dann habe ich tatsächlich meinen eigenen Tod erlebt! Ich hatte die ganze Zeit das Gefühl, als ob mein Leben nach einem Drehbuch abgelaufen sei. Es erschien mir sinnvoll, im Nachhinein, trotz allem …, auch der Tod.« Davina nahm einen Schluck Tee. »Was war das jetzt, Anne? War ich Meduana? Kann das möglich sein?« Sie bemerkte in ihrer Aufregung nicht, dass sie Frau Holtmann plötzlich duzte.

»Im Unterbewusstsein sind die Erinnerungen an unsere Leben abgespeichert …«, begann die Therapeutin.

»Also war ich mal Meduana?«, unterbrach Davina sie.

»Nein, Sie waren nicht *sie*, wenn, dann ist ihre Seele in Ihnen reinkarniert … Sorry, aber ich bin immer noch etwas irritiert. Ich habe noch nie erlebt, dass sich jemand nach einer Rückführung an so viele Details erinnern kann. Das ist echt erstaunlich! Klingt für mich eher nach einem spontanen Astralreise-Erlebnis. Es gibt viele solcher Berichte. Sie werden aber von den meisten Wissenschaftlern nicht ernst genommen, weil sie nicht überprüfbar sind. Obwohl sie sich in ihrem Ablauf ähneln.« Dann sah sie ihre Klientin mitfühlend an: »Wie haben Sie sich denn gefühlt, als Sie gestorben sind?«

»Es war irgendwie – schön! Klingt jetzt vielleicht komisch, war aber so. Ich wusste, dass ich sterben werde, und ich war mir ganz sicher, dass mir nichts passieren würde. Ich bin ganz friedlich eingeschlafen und hatte überhaupt keine Angst«, erklärte Davina euphorisch. Marc lächelte sie an und nahm ihre rechte Hand. Einen Augenblick lang schien alles gut zu sein, doch dann setzte Davinas Verstand wieder ein: »Ist das jetzt ein Beweis dafür, dass es so etwas wie eine Seelenwanderung gibt?« Ihre Stimme klang jetzt gar nicht mehr euphorisch. »Könnte dann auch alles andere wahr sein? Die Götterwelt der Kelten, die Zauberkraft der Isis …? Ich kann das einfach nicht glauben! Aber irgendwie hat Meduana ja einen Weg gefunden, ihre Erinnerungen auf mich zu übertragen. Eigenartigerweise ist das das Einzige, was mir verborgen geblieben ist.«

»Oder ihre Seele hat Kontakt mit dir aufgenommen«, warf Marc ein.

»Wenn das so ist, warum habe ich dann am Anfang noch Träume gehabt, in denen ich nur eine Außenstehende war …?«

Frau Holtmann versuchte es zu erklären: »Es kann sein, dass Ihr Verstand Ihre intuitive Seite völlig verdrängt hatte und Ihre Erinnerungen im Unterbewusstsein so tief vergraben waren, dass Sie nur durch Ihre Träume erreichbar gewesen sind. Sie haben so geträumt, wie Ihr Verstand es zugelassen hat. Im Traum sind wir in einem ähnlichen Zustand wie unter Hypnose. Das Unterbewusstsein kann sich hier am besten bemerkbar machen, aber der Verstand ist dabei nicht völlig abgeschaltet. Die Träume haben wohl etwas in Ihnen ausgelöst. Dann hat es eine Weile gedauert, bis Sie bereit waren, sich ganz darauf einzulassen …«

Davina blickte ins Leere. Auf einmal wirkte sie sehr gefasst: »Was auch immer dieses Phänomen bei mir ausgelöst hat, es war eine einzigartige Erfahrung. Vielleicht braucht es ja auch keine Erklärung dafür. Ich bin Ihnen trotzdem sehr dankbar. Ja, es fühlt sich richtig an, so wie es ist.«

»Okay, dann lassen wir das jetzt so stehen. Sie können sich ja jederzeit bei mir melden«, erwiderte Frau Holtmann ruhig.

»Was bedeutet es eigentlich für Sie, spirituell zu sein?«, wollte Davina wissen.

»Spiritualität bedeutet für mich Bewusstseinsarbeit. Sich bewusst zu werden, wer man ist, was man will, warum man etwas tut. Im Grunde nichts anderes als eine intensive Selbstreflexion. Ich glaube, dass wir wesentliche Antworten und Impulse nicht aus unserem konditionierten Verstand, sondern nur aus dem Unterbewussten beziehen können.«

»Glauben Sie denn auch an die Seelenwanderung?«

»Ja, ich glaube, dass die Seele wiedergeboren wird, und dass wir alle ein Karma mitbringen, aus dem sich psychische Auffälligkeiten und innere Blockaden ableiten lassen. Das ist der Grund, warum ich diese Art der Therapie anbiete. Letzten Endes ist es aber keine wissenschaftliche Methode. Dessen bin ich mir bewusst. Eine spirituelle Einsicht muss persönlich und auf allen Ebenen erfahren werden. Und natürlich spielt es eine Rolle, ob eine Person empfänglich dafür ist oder nicht, und aus welchem Kulturkreis oder Umfeld sie stammt.«

»Und wie würden Sie das, was ich erlebt habe, aus rein wissenschaftlicher Sicht erklären?«

Frau Holtmann lachte.

»Ich habe mir schon gedacht, dass Sie diese Frage noch stellen werden. Es entspricht dem Wunsch des Verstandes, alles logisch nachvollziehen zu können … Sagen wir mal so: Theoretisch könnte es auch sein, dass Sie an einer leichten Form der paranoiden Schizophrenie erkrankt sind, die für Ihre realitätsnahen Träume und Halluzinationen verantwortlich gemacht werden kann – das müsste dann von einem Spezialisten genauer untersucht werden. Doch häufig werden solche Phänomene ›totdiagnostiziert‹ und medikamentös unterdrückt, noch bevor sich der Patient mit der eigentlichen Ursache seiner Halluzinationen auseinandersetzen konnte. In manchen Kulturen wurden verrückte Menschen übrigens verehrt, eben weil sie ›anders‹ waren …«

»Ich habe nicht den Eindruck, dass ich verrückt bin. Aber das, was ich erlebt habe, wird mich sicherlich noch einige Zeit beschäftigen …«

»Wie gesagt, rufen Sie mich an, wenn da noch etwas kommen sollte«, sagte Frau Holtmann.

Nachdem sie die Therapeutin verlassen hatten, gingen Marc und Davina noch ein paar Schritte durch den herbstlichen Buchenwald und atmeten die frische, kühle Luft ein, die wohltuend ihre Lungen durchströmte.

»Vielleicht solltest du ein Buch darüber schreiben«, sagte Marc plötzlich.

»Was denn für ein Buch?«

»Einen Roman zum Beispiel. Darin ist doch alles möglich, oder? Du könntest deine Geschichte erzählen, ohne als verrückt zu gelten. Deine Träume hast du ja schon aufgeschrieben, das wäre doch eine gute Grundlage…« Marc war von seiner eigenen Idee ganz angetan.

»Ja, das wäre in der Tat eine Möglichkeit. Ich könnte das Erlebte verarbeiten und die Träume einbauen … Ich meine, ich habe schließlich den berühmten Druiden Diviciacus, den französischen Nationalhelden Vercingetorix und den Advocatus Cicero persönlich kennengelernt, und ich war eine Schülerin von Poseidonios! Wer kann das schon von sich behaupten?«

23. Der Beginn des Krieges

Die Nachricht vom Beginn des Krieges wurde von keltischen Reiterboten bis in den letzten Winkel des Reiches getragen und verbreitete sich rasch auf den Märkten und Plätzen. Bei Bibracte war es zur Schlacht gekommen. Ein Stamm der Helvetier war nach Norden gezogen und von einem romanischen Heer aus dem Land der Haeduer vertrieben worden. Andere Stämme zogen nach Süden und drohten nun in das Gebiet der Allobroger einzufallen. Sie wurden von den Kriegern Romas aufgehalten und gezwungen, in ihre verwüstete Heimat zurückzukehren.

Die Leute sprachen von einem romanischen Fürsten, der Unvorstellbares vollbringen konnte. Sein Heer bewegte sich, als würde es von unsichtbarer Hand gelenkt. Seine Krieger seien in der Lage, wie durch Zauberhand Brücken über reißende Ströme zu erbauen und Türme aus dem Boden sprießen zu lassen.

Als Titurius hörte, dass Caesar seine Truppen aufstellte, um in Gallien die Invasion der Nordstämme zu stoppen, sah er seine Stunde gekommen. Er bewarb sich als Legat in der Armee des Iulius. Der neue Feldherr vertraute dem Mann, der unter Pompeius gedient hatte, drei Legionen an und stellte ihm zwei weitere Offiziere zur Seite. Sie alle wussten, dass es bei diesem Einsatz nicht nur um den Schutz des Imperiums und der verbündeten gallischen Stämme ging, wie Caesar es dem Senat weiszumachen versuchte, sondern um die Eroberung einer neuen Provinz, die reich an Schätzen war. Die Länder waren mit fruchtbarem Boden gesegnet, die Lagerhäuser der Städte prall gefüllt, mit dem Gold der Tempel würde man den Sold bezahlen können und noch vieles mehr. Doch dieser Feldzug würde nicht nur ihre Truhen füllen. Im Triumph würden sie nach Roma zurückkehren, als siegreiche Heroen, die die Geschicke des großen Reiches in ihren Händen hielten.

Nicht alle Stämme hießen die vermeintlichen Retter willkommen. Nördlich von Gallien lebten wehrhafte Verbände aus Kelten und Germanen, die ein großes Gebiet oberhalb des Flusses Sequana besiedelten und sich nun anschickten, gegen den römischen Eindringling vorzugehen. Die Belger und Eburonen waren gefürchtete Krieger, und Caesar gab Titurius die Chance, sich zu bewähren. Es war Diviciacus, der dem Legaten die entscheidenden Informationen gab, um sich auf den Feldzug vorzubereiten. Der Druide kannte das Land und seine Menschen, und er wusste, wie die wilden Stämme zu besiegen waren. Titurius machte sich also gut gerüstet auf den Weg nach Norden und unterwarf innerhalb von wenigen Wochen die rebellischen Fürsten. Nun kam es im Westen Galliens zu Aufständen. Das brutale Vorgehen der römischen Armee in Belgica hatte den Argwohn der gallischen Stämme am Meer geweckt. Nun bekam Titurius den Befehl, nach Aremorica zu ziehen und die Küstenregion zu befrieden. Sein Weg führte ihn auch durch das Land der Carnuten. Cenabum war nur noch eine Tagesreise weit entfernt. Er ließ seine Kohorten am Rande des Flusses Sequana zurück und ritt mit nur wenigen Männern in die Hauptstadt, wo sich der Wohnsitz des Fürsten befand.

Als Titurius mit zehn bewaffneten Soldaten die Fürsteninsel betrat, wurde er nicht aufgehalten. Er schickte einen seiner Männer, um sich anzukündigen. Der Soldat brauchte nicht lange zu suchen. Er traf den Stammesführer in seinem Hause an, und meldete, dass ein Legat Caesars ihn zu sprechen wünsche. Daraufhin eilte Gobannix zum Ratsgebäude, um den Abgesandten würdig zu empfangen.

In voller Rüstung und mit einem Schwert bewaffnet, betrat Titurius das herrschaftliche Gebäude. Er befahl seinem Gefolge vor den Toren zu warten und marschierte mit großen Schritten in den Saal hinein. Am Ende des Säulenganges saß, etwas verloren, ein alter, stattlich gekleideter Mann. Links und rechts von ihm standen zwei bewaffnete Krieger. Gobannix erhob sich und begrüßte den Gesandten.

»Ich heiße Euch willkommen, Legat! Ihr habt mir nicht viel Zeit gelassen, Euch zu empfangen, so konnte ich den Rat nicht einberufen … Was ist der Grund für Euer Kommen?«

»Der Rat wird nicht vonnöten sein«, erwiderte Titurius ohne ein Wort des Grußes. Er stellte seinen rechten Fuß auf den niedrigen Ratstisch, der sich zwischen ihm und dem Fürsten befand, und beugte sich nach vorn. Dabei musterte er den Fürsten auf herablassende Weise. Die beiden Krieger neben Gobannix wurden unruhig. Einer zog demonstrativ sein Schwert. Doch der Fürst gab ihnen mit erhobener Hand die Anweisung, Ruhe zu bewahren.

»Euch ist bewusst, dass Eure Haltung mich nicht ehrt? Mit welcher Absicht seid Ihr hier?«

»Ihr seid schon alt …«, entgegnete Titurius nüchtern.

Gobannix verzog keine Miene, doch seine rechte Hand umklammerte bereits den Griff seines Schwertes. Minutenlang starrten sich die beiden Männer unverhohlen an.

»Ich fordere Vergeltung, hier und jetzt!« Die Stimme des Legaten zerriss die Stille.

»Titurius! Ich hätte es mir denken können. Doch Ihr werdet es nicht wagen, einen Verbündeten zu töten!«

»Ihr seid kein Bruder Romas!«

»Und dennoch kämpfen wir an Eurer Seite!«

»Hah! Es kommt in diesen Tagen häufig vor, dass sich die wahren Feinde Romas offen zeigen … wer würde mich denn richten, wenn ich einen Verräter morde?«

»Wer soll das glauben?«, höhnte Gobannix.

Der Zorn ließ Titurius' Hals anschwellen. In seinen Augen war der blanke Hass erkennbar. Plötzlich drehte er sich um und schien das Gebäude schnellen Schrittes verlassen zu wollen, doch auf halbem Wege ließ er einen langgezogenen Pfiff ertönen. Seine Männer stürmten das Gebäude. Die beiden Wachen neben Gobannix hatten ihre Schwerter gezogen und stellten sich kampfbereit auf. Zwei weitere Krieger kamen durch das Tor gelaufen, wurden aber von den römischen Soldaten abgefangen und zum Schweigen gebracht. Dann schlossen sich die Tore von innen. »Helft mir!«, rief Titurius seinen Männern zu. »Sie haben mich bedroht!«

Gobannix sprang auf und zog sein Schwert. Während seine beiden Krieger bereits von römischen Soldaten attackiert wurden, kam Titurius mit dem Gladius in der Hand auf ihn zugerannt. Jetzt trennte sie nur noch der Tisch. Gobannix wusste, dass er Titurius unterlegen war. Er wartete. Der Legat stieß wütend den Tisch zur Seite. Mit aller Kraft erhob Gobannix sein Schwert und ließ es fauchend über seinem Kopf kreisen. Titurius schreckte einen Augenblick zurück. Dann fielen die beiden Wachen, und Gobannix stand alleine da. »Ich selbst werde ihn richten, tötet den Verräter nicht!« Die Soldaten attackierten den alten Mann von allen Seiten. Der wehrte sich standhaft und hielt die Gegner mit seinem Schwert auf Abstand. Doch bald verließ ihn seine Kraft. Am Ende hatte er Mühe, sein Schwert zu heben. Ein Soldat verpasste ihm einen Stoß, ein anderer fügte ihm einen schmerzhaften Schnitt an der Schulter zu. Der gallische Fürst kam ins Straucheln und Titurius nutzte den Moment.

Der Gladius des Offiziers bohrte sich tief in seinen Bauch hinein. Titurius stützte Gobannix, während er langsam das Schwert wieder aus ihm herauszog. Aus der Wunde quoll augenblicklich frisches Blut, der Körper des Fürsten sackte zusammen. Fast behutsam legte er ihn auf den Boden. Gobannix hörte, wie Titurius befahl, die Tore zu öffnen. Der Legat neigte sich zu ihm hinunter ans Ohr.

»Nie habe ich vergessen, was Ihr getan habt, ich weiß, dass Ihr es ward! Euer Schweigen kann ich Euch nicht verzeihen. Und auch nicht, dass es Eure Tochter war – ein Weib! Viel hätte nicht gefehlt, dann wäre ich auf ewig dazu verdammt gewesen, als Schatten meiner selbst im Hades zu verweilen«, zischte er. »Was war der Grund für diese Tat?« Der alte Mann schwieg. Er konnte nicht mehr sprechen. »Dann sei zum Ende hin gesagt, dass ich mich mit Genuss an ihr vergangen habe, Nacht für Nacht! Sie hat geschrien und mich angefleht, ich möge es beenden, doch als ich ihr mein Schwert anreichte, war sie zu feige, es selbst zu tun. Nehmt diese Schuld mit in den Tod, Bastard!«

Die Nachricht von Gobannix gewaltsamen Tod verbreitete sich schnell in Cenabum. Cratacus war mit Tasgetius zum Fürstenhaus geeilt und starrte voller Entsetzen auf den blutigen Leichnam seines Bruders. Gotuatus hielt sich noch in Autricon auf, und der haeduische Gesandte war nicht auffindbar. Etwas später traf Luernios ein. Als er den Toten sah, sank er auf seine Knie und schrie laut auf. Cratacus brachte kein Wort heraus, so unwirklich erschien ihm die Szene. Titurius erzählte ihnen, dass Gobannix ihn zu einem Gespräch gebeten habe, ohne Beisein des Rates. Er habe sich gegen Caesar verbünden wollen, genauso, wie es Dumnorix versucht habe, der nur deshalb noch lebe, weil sein Bruder für ihn bürge. Als er den Fürst des Verrats beschuldigte, habe der ihn mit seinem Schwert bedroht. Er, ein treuer Legat Caesars, sah keinen anderen Ausweg, als die Ordnung mit Gewalt wiederherzustellen.

Niemand kam auf die Idee, den römischen Offizier nach seinem Namen zu fragen oder zu diesem Zeitpunkt seine Worte in Zweifel zu ziehen. Noch am selben Tag verließ Titurius Cenabum und machte sich, in seiner Sache gerächt, auf den Weg zurück zu seinen Kohorten.

Der Leichnam des Fürsten wurde zur Reinigung in den Tempel gebracht. Cratacus überbrachte Una die Nachricht von seinem Tod. Es war ihre Pflicht als Eheweib und Priesterin, die Bestattung eigenhändig vorzubereiten. Doch als Una hörte, wie Gobannix gestorben war, wurde sie plötzlich sehr zornig und verweigerte ihren Dienst. Cratacus gewährte ihr drei Tage.

Am Abend kamen die Männer des Rates erneut im Fürstenhaus zusammen. Auch Tasgetius wurde eingeladen. Conetodus wollte wissen, wie es zu dem tragischen Unglück gekommen sei, und Cratacus erzählte ihm, was der Legat ihnen berichtet hatte.

»Das kann nicht sein!«, entfuhr es dem alten Druiden.

»Mein Bruder sah sich wahrhaftig nicht mit Freude an der Seite des Imperiums, aber ein solcher Verrat …«, bekräftigte Cratacus.

»Seit dem Fortgang seiner Tochter verlor er sich im Schweigen. Ich wollte von ihm wissen, wie er zu Caesar stehe, doch er gab mir keine Antwort. Mag sein, dass ihm ein Sinneswandel kam und er der alten Weissagung erneut Bedeutung schenkte. Auch mir bereitet das Verhalten Caesars große Sorgen …«, gab Luernios zu bedenken.

»Was für eine Weissagung?«, fragte Tasgetius nach. Luernios und die Druiden sahen Conetodus fragend an. Der nickte zustimmend. Cratacus erklärte seinem Sohn in kurzen Sätzen, was damals geschehen war.

»Und wie lautete sein Name?«, wollte Tasgetius wissen.

»Das hat keine Bedeutung mehr«, erwiderte sein Vater.

»Für mich schon!«

»Er hieß Titurius …«

»Es war nicht Caesar?«

»Nein«, sagte Conetodus, »und dieser Umstand lässt uns glauben, dass die Vorausschau falsch gedeutet wurde. Wir wissen nicht, warum Titurius in den Visionen einst erschienen war, und diese Ungewissheit bereitet unseren Herzen Sorge, seit langem schon ...«

Tasgetius lachte verächtlich: »Verzeiht mir mein Gelächter, ihr hohen Herren, aber dieser ungeheuren Blindheit kann ich nur mit Spott begegnen! Seht ihr denn nicht, was da geschehen ist? Der Legat, der Gobannix das Leben nahm, war niemand anderes als *der* Titurius, den jeder kennt, weil er die Belgerfürsten unterwarf ...«

»Was?«, fragte Luernios erstaunt nach.

»Wenn es derselbe Mann ist, hat sich die Weissagung bereits erfüllt. Er brachte großes Unheil über viele Menschen, und er wird im Namen Caesars auch die Küstenstämme unterwerfen, auf dass sie endlich Ruhe geben! Die Romaner werden uns den lang ersehnten Frieden bringen, also brauchen wir den Wolf nicht länger fürchten«, erklärte Tasgetius beinahe heiter. Cratacus sah seinen Sohn verständnislos an. »Dann haben *wir* den Drachen aufgeweckt und ihn mit Zorn genährt«, sagte er leise, »und auch das Schicksal meines Bruders haben wir damit besiegelt ...«

Caesar war beunruhigt, als er von dem Vorfall im Oppidum Cenabum hörte, brauchte er doch die Carnuten als Verbündete. Um den Stamm nicht auch noch gegen sich aufzubringen, sah er großzügig über den Verrat hinweg und setzte kurze Zeit später den jungen Tasgetius als Stammesführer ein. Als adeliger Sprössling und Neffe von Gobannix würde er sowohl vom carnutischen Rat anerkannt, als auch von seinen Landsleuten respektiert werden. So hoffte er zumindest. Doch die Männer des Rates fühlten sich von Caesar übergangen, das Protectoratsrecht gab ihm zu viel Macht.

Und so passierte, was passieren musste. Der Druide Gotuatus verließ Autricon und rief in Cenabon zum Widerstand gegen die Invasoren auf. Im Rat stellte er sich gegen Tasgetius. Auch

Conetodus verweigerte dem neuen Stammesführer seine Anerkennung. Die Zeichen der Götter sprachen nicht für ihn. In Una fanden sie eine Verbündete. Der schändliche Mord an ihrem Mann hatte ihren Zorn geweckt. All die Jahre war sie im Hintergrund geblieben, hatte ihren Fürsten und die Entscheidungen des Rates nie infrage gestellt. Zweimal hatte sie ihre Tochter gehen lassen, alles zum Wohle des Stammes. Doch als sie erfuhr, wer Gobannix' Mörder gewesen war, wuchs in ihr die ewig schwelende Abneigung gegenüber dem Druiden Diviciacus und dem romanischen Imperium zu einem lodernden Feuer heran. Sie setzte alles daran, Gotuatus zu stärken und die Heiligtümer ihres Stammes zu beschützen. Der junge Tasgetius konnte nicht begreifen, warum die Ältesten des Stammes gegen Caesar aufbegehrten, und Una fühlte sich bestätigt: die Erziehung seiner Eltern hatte seinen Geist verdorben.

Diviciacus schmiedete derweil an seinen Plänen. Seine beiden Söhne schickte er zur Sicherheit nach Albion zu den Druidenmeistern, die hoch im Norden sehr zurückgezogen lebten. Nach der Neuordnung des Reiches sollten sie zurückkehren und als haeduische Fürsten die Provinz Gallien verwalten. So war es mit Caesar vereinbart. Doch sein Bruder Dumnorix ließ ihm keine Ruhe. Immer wieder versuchte der, seine Pläne zu durchkreuzen. Er hetzte die Krieger seines Stammes gegen ihn auf, stellte seine Herrschaft öffentlich infrage und beschimpfte ihn als einen romanischen Hurensohn. Dumnorix widerstrebte es zutiefst, dass sein Bruder das Schicksal seines Volkes in die Hände dieses anmaßenden Mannes gelegt hatte, der skrupellos und eigennützig handelte und seine Landsleute abfällig Barbaren nannte. Mochte das Reich noch so gespalten sein, die Vorstellung, dass es zur römischen Provinz verkommen könnte, schreckte ihn mehr als jede Niederlage in der Schlacht. Nachdem Diviciacus ihm die Herrschaft entrissen hatte, verbündete er sich mit seinem

Schwiegervater Orgetorix, um zusammen mit den helvetischen Stämmen gegen Caesar vorzugehen. Doch der römische Feldherr erfuhr von dem Komplott. Er ließ Dumnorix gefangen nehmen und stellte ihn vor Gericht. Nach dem Urteil sollte er enthauptet werden. In letzter Minute griff Diviciacus ein.

»Mein Herr, ich bitte Euch um Gnade! Wenn mein Bruder jetzt durch Euch gerichtet wird, werden Euch die Krieger meines Stammes nicht mehr folgen. Sie stehen hinter ihm, sein Wort hat noch Gewicht. Wir brauchen ihre Schwerter! Ariovist, der Euch mit Hohn begegnet, ist noch nicht besiegt! Ihr, mein Herr, könntet dafür Sorge tragen, dass sie an Eurer Seite kämpfen, wenn Ihr Dumnorix an die Leine nehmt und ihn verschont. Ihr solltet den Sueberfürsten bald vertreiben, sonst wird sich noch das ganze Volk gegen Euch erheben! Erinnert Euch daran, dass Ariovist der Grund für unser Bündnis war …«

Am nächsten Tag teilte Caesar ihm mit:

»Er wird ihn wohl begnadigen, Euren feinen Bruder. Nur dieses eine Mal! Ihr habt Verstand und seid dem Caesar treu ergeben, das weiß er wohl zu schätzen. Doch Dumnorix kann er nicht vertrauen. Er wird an seiner Seite bleiben, sodass er ihn im Auge hat, wie einen jungen Hund, der lernen muss, zu folgen. Wenn er es wagen sollte, ihn auch nur anzukläffen, wird er die Peitsche spüren! Und sollte er versuchen, ihm erneut ans Bein zu pinkeln, wird Caesar ihn mit bloßer Hand ersäufen. Und Ihr, mein Lieber, werdet für ihn bürgen! Mit Eurem Leben, nicht mehr nur mit Worten …«

Caesar rief kurz darauf seine Verbündeten zum Kampf gegen den wahren Feind auf, und die Krieger Galliens folgten ihm. Das Heer von Ariovist wurde vernichtend geschlagen. Die fremden Siedler flohen aus dem Land der Haeduer und die Sueber zogen sich in die Gebiete westlich des Rheins zurück. Bald siedelten auch die Stämme der Helvetier wieder in ihrem ursprünglichen

Gebiet und hielten mit Unterstützung der römischen Armee die germanischen Horden von den südlichen Provinzen des Imperiums fern. Die Belger und die Küstenstämme hatten sich ergeben, jeder weitere Aufstand wurde im Keim erstickt.

Dann aber schickte Caesar sich an, Britannien zu erobern. Als Diviciacus davon erfuhr, begriff er endlich, dass der romanische Wolf niemals ruhen würde. Nicht nur, dass seine Söhne dort verweilten, in Albion befand sich auch das bedeutendste Heiligtum seines Volkes: Das »Tor von Avallon«. Nicht auszudenken, wenn es geplündert würde! Wie sollte die Provinz Gallien erblühen können, ohne den Schutz seiner Götter?

Diviciacus wurde nicht mehr gesehen. Er stand nicht mehr an der Seite Caesars, und keiner konnte sagen, wohin der Druide gegangen war. Der haeduische Adel äußerte bald den Verdacht, dass Caesar dahinter stecke. Der Druide sei für ihn nicht mehr von Nutzen gewesen.

Dann überschlugen sich die Ereignisse. Dumnorix weigerte sich, Caesar nach Britannien zu folgen und machte sich auf und davon. Der römische Feldherr musste Härte zeigen. Er ließ Dumnorix gefangennehmen, auspeitschen und bei lebendigem Leibe von seinen Hunden zerreißen. Wenige Wochen später kam es zu gewalttätigen Ausschreitungen in Cenabon. Die carnutischen Krieger versammelten sich in ihrer Hauptstadt und stürmten den Fürstensitz. Sie zerrten Tasgetius aus seinem Haus, durchbohrten seinen Körper mit ihren Schwertern, köpften ihn und warfen seine Leiche in den Fluss. Sein Haupt spießten sie auf einen Pfahl auf. Gotuatus wurde einstimmig zum neuen Stammesführer ernannt, und Conetodus vereidigte ihn mit Zustimmung der Götter.

Im darauffolgenden Jahr zog in Gallien ein Sturm auf. Immer mehr Stämme weigerten sich jetzt, ihre nicht gewählten Herrscher anzuerkennen und der Besatzungsmacht Tribut zu zahlen. Ambiorix, der Fürst der Eburonen, rief erneut zum Kampf gegen die römische Übermacht auf. Wieder sollte Titurius den Aufstand niederschlagen. Doch die Eburonen waren dieses Mal gut vorbereitet. Sie vermieden den offenen Kampf und überlisteten Titurius. Ambiorix lockte ihn in einen Hinterhalt und griff seine Armee von beiden Seiten an.

Quintus Titurius Sabinus verlor in der Schlacht bei Atuatuca sein Leben, und viele Soldaten starben mit ihm. Caesar war außer sich vor Wut. In seinen Aufzeichnungen strich er die Passagen, in denen er seinen treuesten Legaten für dessen große Taten rühmte. Niemand sollte mehr erfahren, dass unter Titurius' Kommando die Belger und die Küstenstämme unterworfen wurden, und dass der Legat zur Eroberung Galliens beigetragen hatte.

Nachdem Caesar die Eburonen und erneut einfallende Germanenstämme in einem letzten großen Kraftakt besiegt hatte, legte sich der Sturm. Der Winter nahte. Caesar ließ seine Kohorten in Gallien zurück und kümmerte sich um die Verwaltung seiner Provinzen. »Ganz Gallien ist nun besetzt«, notierte er in seinem Tagebuch.

24. Die Amphore

An dem Tag, als ihr Vater starb, verspürte Meduana einen Stich in ihrer Brust, als hätte ihr jemand ein Stück aus ihrem Herzen herausgerissen. Es war wie damals, als Ambiacus gestorben war, doch dieses Mal saß der Schmerz tiefer. Sie sah zum Fenster hinaus. Weiße Vögel zogen kreischend über sie hinweg. Vor der Sonne türmten sich hellgraue Wolkenberge auf. Es würde ein Gewitter geben, und mit dem Donnergrollen des Taranis würde sich die Seele ihres Vaters von dieser Welt verabschieden. Ein Schluchzen überfiel sie. Sie unterdrückte ihre Tränen, verließ die Hütte und lief in die Berge hinein. Als sie an der Eiche angekommen war, unter der sie sich so viele Male mit Poseidonios getroffen hatte, brach sie weinend zusammen.

Der Regen prasselte schon auf sie nieder, die ersten Blitze durchzuckten bereits die dunklen Wolken am Horizont, als sie sich auf den Rückweg machte. Wie nie zuvor wütete das Gewitter über dem Südlichen Meer. Die Wolken schienen sich zu erbrechen, der Donner hallte durch die Berge und ließ die Felsen erzittern.

Meduana hatte ihre Aufzeichnungen beendet. Eine lähmende Leere überfiel sie. Wieder quälten sie Zweifel. Die Nachrichten aus ihrer Heimat kündeten von Aufständen und großen Niederlagen. Poseidonios hatte ihr geraten, das große Ganze zu betrachten. Vielleicht würde der Krieg ja den besagten Frieden bringen. Wenn sie doch nur verstehen könnte, welchen Sinn dieses maßlose Sterben hatte. Wenn doch alles, was lebte, leben wollte und alles, was frei war, frei sein wollte, warum handelten die Götter nicht danach? Und zeugte es nicht auch von Klugheit, sich vom Maul des Drachen fernzuhalten? Fabritius hatte ihr inzwischen mehrere Botschaften und auch Münzen geschickt. In seiner letzten Epistula schrieb er, er habe ihr verziehen. Doch Meduana hatte sich an das Leben in Massalia gewöhnt, und sie genoss ihre Freiheit. An den Nachmittagen war sie oft zum Hafen hinuntergelaufen und hatte die Händler dabei beobachtet, wie sie um Waren feilschten und die gelieferten Mengen kontrollierten. Es kam zwischen ihnen oft zu Missverständnissen und zum Streit, weil einige nicht lesen oder die Sprache des anderen nicht verstehen konnten. Dann bot Meduana hartnäckig ihre Hilfe an und bekam dann eines Tages auch ein paar Sesterzen dafür. Mit der Zeit hatte sich ihr Sprachtalent herumgesprochen. Die Händler vertrauten ihr und fragten nicht mehr nach ihrer Herkunft. Das Geld reichte aus, um sich mit guten Speisen zu versorgen, und auch, um Schriftstücke zu erwerben. Meduana hatte sich in das Lesen verliebt. Während sie las, konnte sie ihre Zweifel für eine Weile vergessen. Nur wenn der Abend kam, und die kleine Öllampe zur einzigen Lichtquelle wurde, dann fühlte sie sich einsam. Dann vermisste sie Fabritius' warmen Körper, seine Stimme und seinen Humor, und die gemeinsamen Abendessen mit ihm, Segamar und Priscos.

Doch dann, eines Nachts, träumte sie wieder von der fremden Frau. Die Unbekannte hielt eine Amphore in ihren Händen. Aus dem Gefäß drang helles Licht. Ein Mann erschien. Sie versuchten, die Amphore aufzustellen. Der Raum, in dem sie sich befanden, musste ein Tempel sein. Auf dem Altar lag etwas, das ebenfalls in Licht gehüllt war. Es waren die Seiten eines Pergaments!

Als Menuana am nächsten Morgen aufwachte, waren ihre Zweifel wie verflogen. Das Licht der Sonne hatte sie geweckt. Sie erinnerte sich an Poseidonios' Beschreibung zur Aufbewahrung seiner Schriften, und dass er sie nach Alexandria verschiffen ließ. Sie würde ihre Aufzeichnungen ebenfalls verschließen und im Tempel der Schriften aufbewahren lassen.

Gleich nach dem Frühmahl besuchte Meduana den Händler, in dessem Lagerhaus sich ihre Wertsachen befanden und erkundigte sich nach der »Amphore Conservare«. Der Händler gab ihr einen Namen und eine Wegbeschreibung. Bei den Werkstätten der Tuchmacher und Seildreher wohnte ein Mann, der sich auf die Präparation kleiner Amphoren spezialisiert hatte. Das Gefäß, das er anbot, war innen mit Harz ausgekleidet und besaß einen Verschluss aus einer schwarzen, klebrigen Masse, die mit der Zeit aushärtete. Es kostete sie einige Denare, doch das war es ihr wert.

Drei Tage später brachte Meduana die versiegelte Amphore mit ihren Aufzeichnungen zum Lagerhaus. Der Verwalter markierte ihr Gefäß mit einem Bändchen aus Hanf, das mit einem gebogenen Stück Blei befestigt wurde. Dann stellte er sie in eine Halterung aus Holz, in der sich auch noch andere Amphoren befanden.

»Was würde es mich kosten, sie nach Alexandria zu bringen?«

»Für die Überfahrt und die Gewähr, dass sie zum rechten Ort gebracht wird?«, fragte der Verwalter nach. Meduana nickte. Daraufhin gab der Mann eine unvorstellbar hohe Summe an.

»Das kann ich mir nicht leisten«, erwiderte die Kriegerin enttäuscht, »mag sein, dass ich Euch später noch den Auftrag gebe. Bewahrt sie sicher für mich auf!«

In der nächsten Nacht träumte Meduana von einem riesigen Gebäude aus Stein, das einem südländischen Tempel in seiner Art sehr ähnlich, aber weitaus imposanter war. Über dem Portal prangte ein kreisförmiges Gebilde aus buntem Glas, wie eine riesige Blüte in ihrer vollen Pracht. Der Eingang bestand aus drei Toren, bewacht von vielen Kriegerstatuen. Es erinnerte Meduana an den Tempel in Autricon. Es musste die gleiche Anhöhe sein. War es das Heiligtum der Epona in einer anderen Zeit? Plötzlich erschien die unbekannte Frau vor dem dreibogigen Tor. Anscheinend wartete sie auf jemanden. Sie sah sich suchend um, dann lief sie auf einmal los. Meduana wusste, wohin es die Unbekannte trieb. Sie folgte ihr. Die Landschaft hatte sich gewandelt. Als die Frau die Orientierung verlor, zeigte die Kriegerin ihr den Weg. Dann sah sie sich auf einmal vor den weißen Felsen im Wald stehen. Die geweihte Quelle war versiegt, der Tümpel ausgetrocknet. Um sie herum lagen große Steinbrocken, die Lichtung und der Eichentempel waren verschwunden. Ein junger Eschenwald nahm jetzt den Platz ein, an dem sich einst die Grotte befunden hatte. Zwei Gestalten kamen auf sie zu und fingen neben ihr zu graben an. Es waren die Frau und der Mann, der Segamar sehr ähnlich sah. Sie bargen etwas aus dem Boden. Ein Stück brach von dem Klumpen ab, den die fremde Frau in ihren Händen hielt. Meduana erkannte das Ankh-Symbol. Es war die Statue, die sie der großen Göttin Isis vor vielen Jahren geopfert hatte!

25. Die Ausstellung

Zurück in Marseille beendete Davina ihre Übersetzungsarbeit und begann mit der wissenschaftlichen Auswertung des Textes. Die wesentlichen Inhalte mussten zusammengefasst und in ihren historischen Kontext gesetzt werden. Zudem sollte sie eine kurze Abhandlung darüber schreiben, welchen Status die Schreiberin zu ihrer Zeit gehabt hatte und welche Bedeutung das Pergament im Vergleich zu den bisher verfügbaren Quellen besaß. Es war nicht einfach für Davina, an einigen Stellen nur Vermutungen zu äußern, wo sie doch Gewissheit hatte.

Anhand von Beispielen versuchte sie zusätzliche Informationen mit einfließen zu lassen. Sie beschrieb die Gottheiten Epona und Isis und folgerte, dass diese einen ähnlichen Stellenwert gehabt haben wie die Jungfrau Maria im späteren Christentum. Dass die Isis-Statuen der Antike als Vorlage für die späteren Mariendarstellungen dienten, war ja bereits bekannt. Die Erwähnung einiger Pflanzen im Text veranlasste Davina dazu, die Bedeutung der Heilkräuter herauszustellen, und das Wissen der Priester zur damaligen Zeit mit dem der heutigen Apotheker zu vergleichen. Es gab etliche Stellen, die interessant genug erschienen, um in der Abhandlung Erwähnung zu finden. Nicht nur die geschichtlichen Höhepunkte, wie die Zusammenkunft von Cicero mit dem Druiden, oder das Treffen mit Poseidonios, versprachen die Wissenschaftler auf der ganzen Welt zu beeindrucken.

Die Tage vergingen wie im Flug. Nach ihrer Rückkehr aus Tübingen hatte sich auch Jan wieder gemeldet. Nach einem offenen

Gespräch konnten sie schließlich in Frieden auseinandergehen. Jan bot ihr an, in Berlin zu bleiben, bis sie ihre Sachen geholt hatte. Als sie ihn fragte, was er dann zu tun gedenke, hatte er geantwortet, er würde die Wohnung verkaufen, ihr ihren Anteil geben und dann vielleicht für ein paar Jahre nach Costa Rica ziehen.

Inzwischen war auch Professor Dupont aus Paris zurückgekehrt. Gleich nach seiner Ankunft stellte er das Team für die Ausstellung zusammen. Die Medien in Frankreich wollten ausführlich über den Fund berichten. Der Professor wurde von höchster Stelle in seinem Vorhaben unterstützt, das Pergament seiner Bedeutung entsprechend zu präsentieren. Später sollte der Fund einen würdigen Platz im Nationalen Archäologischen Museum in der Nähe von Paris erhalten.

Für die Exposition in der Alten Charité musste ein Teil der Dauerausstellung über die antiken Mittelmeerkulturen umgestaltet werden, damit in den länglichen Räumen der Arkaden am Ende ein Raum entstehen konnte, der groß genug war, um den Besucherstrom um das Objekt herumlenken zu können. Das Pergament sollte mit mehreren Seiten lesbar in einer beleuchteten Vitrine präsentiert werden.

In Frankreich war es üblich, eine Ausstellung auch für Kinder attraktiv zu gestalten. Der Professor begrüßte daher den Vorschlag von Marc, einen kleinen Trickfilm anfertigen zu lassen, der die keltische Frau in verschiedenen Situationen zeigen sollte. Zwei Wochen später hatte Dupont ein Filmstudio in der Stadt aufgetan. Er bat Davina, sich mit dem Filmemacher zusammenzusetzen, um die Auswahl an möglichen Szenen und die Details zu besprechen. Zudem sollten Fotos der Fundstelle in der Metrostation und Ausschnitte aus der Übersetzung auf Französisch und Englisch ausgestellt werden. Auch für die Amphore mit ihrem ungewöhnlichen Verschluss musste noch ein passender Platz gefunden werden.

Auf die Zusammenarbeit mit dem Filmstudio freute sich Davina ganz besonders. Schon bei ihrem ersten Treffen sprachen sie über mögliche Szenen und wie die keltische Frau dargestellt werden sollte. Bald saß sie mit dem Filmemacher vor seinem beleuchteten Zeichentisch im Studio und betrachtete zufrieden die ersten Entwürfe. Meduana würde am Anfang bei ihrer Frauenweihe im großen Fürstenhaus zu sehen sein, dann als Priesterin, bei einem Opferritual. Dem sollte eine Szene als Kriegerin folgen, mit einem keltischen Streitwagen und einem Zweikampf, der aber nicht zu blutig werden durfte. Eine Sequenz würde auf dem Puy de Dôme stattfinden und den ursprünglichen Tempel zeigen, wie er vor der Romanisierung ausgesehen haben könnte. Danach sollte eine Szene in der Gladiatorenschule oder in einer Arena in Rom gezeigt werden. Als Schlusssequenz wollte Davina auf jeden Fall sehen, wie Meduana in Massalia das Pergament beschrieb und wie sie es in der Amphore versiegeln ließ. Der junge Filmkünstler war ein begabter Zeichner, der zu jeder Filmsequenz eine Skizze mit den entsprechenden Personen, Gegenständen und Hintergründen anfertigte. Später würde er sie am Computer digital umsetzen und animieren. Bevor er sich an die eigentliche Arbeit machte, brachte er noch seine Verwunderung darüber zum Ausdruck, dass die Wissenschaftlerin so klare und bildhafte Vorstellungen vom Leben und Aussehen der keltischen Frau vor Augen hatte. Davina hatte nur gelächelt. Der Filmemacher konnte ja nicht wissen, dass ihre Beschreibungen en détail der Wahrheit entsprachen.

Die Abschiedsfeier der Techniker war verschoben worden und fand drei Wochen später im oberen Stockwerk der Charité statt. Alle kamen noch einmal zusammen, die in irgendeiner Weise mit dem Projekt zu tun gehabt hatten. Dupont hielt eine Rede, in der er sich bei seinen Mitarbeitern für die gute und verlässliche Zusammenarbeit bedankte. Er betitelte die anwesenden Personen pathetisch als »Helden der Wissenschaft« und »Hüter des kulturellen Erbes Frankreichs«. Dann eröffnete der Museumsleiter das Buffet.

Sie feierten bis tief in die Nacht hinein. Es wurde viel geredet und getrunken. Die Geräusche lebhafter Unterhaltungen, das Klirren von Gläsern und Tellern und die Klänge orientalischer Jazzmusik hallten an diesem Abend durch die ehrwürdigen Räume des historischen Gebäudes. Die Fenster standen offen. Kühle Luft trug das Rauschen der schlaflosen Stadt hinein. Davina und Marc standen etwas abseits und betrachteten die Sterne am Nachthimmel. Sie stießen auf ihre Zusammenarbeit an, scherzten miteinander und lagen sich auf einmal in den Armen. Die feierliche Stimmung und der Alkohol taten ihr Übriges. Sie küssten sich so innig, dass niemandem mehr verborgen bleiben konnte, was die beiden füreinander empfanden. Der Moment wurde zur Liebeserklärung. »Jetzt fehlt nur noch das Badehaus …«, flüsterte Marc.

Einen Monat später klopfte es bei Davina an der Tür ihres Appartements. Da sie davon ausging, dass es Marc sein würde, sah sie nicht nach. »Komm rein, die Tür ist offen!« Sie war noch immer mit der Abhandlung für den Katalog beschäftigt und ganz in ihre Arbeit vertieft, als der Professor plötzlich in ihrem unaufgeräumten Zimmer stand. Ihr Schreibtisch war bedeckt mit Kopien ihrer Übersetzungsarbeit, und auf dem Beistelltisch neben dem alten Sessel befand sich eine Zusammenfassung ihrer Traumaufzeichnungen, die sie als Vorlage für ihren Roman verwenden wollte. Unter dem Tisch stand eine kleine, offene Holzkiste, in der auf einem Tuch gebettet, aber unverhüllt, die Isis-Statue lag.

Dupont entschuldigte sich für sein unangemeldetes Eindringen. Davina bot ihm einen Tee an und verschwand in der Kochnische ihres Appartements. Der Professor ließ seinen Blick durch den Raum schweifen. Bisher war er mit der Arbeit seiner Mitarbeiterin sehr zufrieden gewesen. Ihre englische Übersetzung hatte er inzwischen in Augenschein genommen und nur an wenigen Stellen Korrekturen eingefügt. Die Überarbeitung der französischen Ausgabe würde ebenfalls bald fertig sein. Alles lief nach Plan. Doch dann entdeckte er Davinas Traumaufzeichnungen, und mit großem Interesse begann er, darin zu lesen. Dupont beherrschte die deutsche Sprache gut genug, um zu verstehen, wovon der Text handelte. Als Davina mit der Teekanne in der Hand in den Wohnraum zurückkehrte, sah sie ihn lesend auf dem Sessel sitzen, in dem es sich Marc sonst immer gemütlich machte. Und er schien nicht begeistert zu sein.

»Was hat das zu bedeuten?«, fragte er ungewöhnlich streng und sah sie dabei scharf an. Davinas Herz begann auf einmal schneller zu schlagen. Innerhalb von Sekunden sah sie sich dem carnutischen Fürsten gegenüberstehen.

»Ich, äh, das ist eine Vorlage für meinen Roman …«, antwortete sie verlegen.

»Eine Vorlage? Das sieht mir vielmehr nach einer Veröffentlichung aus, die Sie hinter meinem Rücken und ohne mein Einverständnis angefertigt haben! Ist das etwa schon erschienen?«

»Nein! Auf keinen Fall, Herr Professor, Sie verstehen das ganz falsch.«

»Was kann man denn daran falsch verstehen? Es handelt sich doch hierbei ganz eindeutig um den Inhalt des Pergamenttextes, nicht wahr? Und es ist ganz offensichtlich nicht die fertige Übersetzung und auch nicht Ihre Abhandlung, an der Sie ja noch arbeiten. Ich erwarte eine Erklärung, Frau Doktor Martin!« Dabei betonte er den »Doktor« auf eine Weise, als wollte er sie darauf aufmerksam machen, dass mit ihrem Titel auch die Verpflichtung einhergehe, die Wahrheit zu sagen.

Davina zögerte.

»Im Ernst, ich habe keinerlei Verständnis für diese Geheimnistuerei! Sie sind nicht zu ihrem Privatvergnügen hier, sondern in meinem Auftrag und im Namen des französischen Volkes. Sie haben einen Vertrag unterschrieben, in dem Sie Ihre Verschwiegenheit und Ihre Zurückhaltung mit eigenen Veröffentlichungen bekundet haben, bis der Fund der Öffentlichkeit präsentiert wurde. Und Sie versicherten mir, dass Sie diesbezüglich auch keine Schritte unternehmen würden.«

Davina nahm ihren ganzen Mut zusammen: »Herr Professor, jetzt hören Sie mir doch bitte zu! Ich habe nichts veröffentlicht. Dieser Text ist nur die Vorlage für einen Roman. Er basiert auf dem Inhalt des Pergamenttextes, ja, aber die Geschichte ist frei erfunden. Die Namen der Personen und ein paar Begebenheiten wollte ich noch ändern. Und natürlich werde ich auf die Quelle hinweisen, falls ich das Buch jemals schreiben werde.«

»Und die Vorlage haben sie in ihrer Freizeit angefertigt?«, fragte der Professor skeptisch nach. Davina nickte und las ihm spontan den Abschnitt vor, der das Einweihungsritual von Meduana beschrieb, so, wie sie es persönlich miterlebt hatte.

Dupont wirkte auf einmal beruhigt: »Das haben Sie aber schön ausgeschmückt! Na, dann hat die Arbeit mit dem Pergament wohl Ihre Fantasie angeregt, das ist ja nicht verwerflich. Verzeihen Sie bitte meine Aufregung. Sie müssen verstehen, es wäre nicht das erste Mal gewesen, dass jemand unerlaubter Weise aus meiner Arbeit Kapital geschlagen hätte … Sie werden doch sicher auch meinen Namen erwähnen, wenn Sie den Marseiller Fund als Quelle angeben, oder nicht?«

»Ja, natürlich!« Davina wollte gerade aufatmen, da fiel ihr Blick auf die Holzkiste mit der Statue, die gut sichtbar unter dem Beistelltisch stand. Sie erstarrte, als der Professor ihren Augen folgte und neugierig die Kiste hervorzog, um zu sehen, was sich darin befand.

»Oha, was für ein außergewöhnliches Artefakt«, entfuhr es ihm, »eine bronzene Statue mit den künstlerischen Merkmalen der späten Latènezeit! Eine solche Darstellung habe ich allerdings noch nie gesehen. Sie stellt die ägyptische Gottheit Isis dar. Ein keltisches Artefakt mit altägyptischer Symbolik, bemerkenswert!« Dupont nahm die Statue aus der Kiste und untersuchte sie mit einem prüfenden Blick.

»Wo haben Sie die denn her?«

Davina nahm ihm die Statue vorsichtig, aber bestimmt aus den Händen. Sein geschultes Auge hätte bald bemerkt, dass sie echt sein musste. Oder auch eine hervorragende Fälschung. Was auch nicht besser gewesen wäre.

»Entschuldigen Sie bitte, Herr Professor, es ist zwar kein Original, sie hat aber einen großen persönlichen Wert für mich. Herr Forgeron hat sie für mich anfertigen lassen, zur Erinnerung – als Geschenk.«

»Ah ja, ich habe sie beide zusammen auf der Feier gesehen … Ich wollte Ihnen mit meiner Neugierde nicht zu nahe treten. Die Statue wirkt sehr echt auf mich, auch durch die typischen Ablagerungen in den Vertiefungen – darf ich sie noch einmal sehen?«

Davina zog die Statue demonstrativ an sich. »Sie wurde von einem Künstler geschaffen, der mit Marc befreundet ist. Er hat großen Wert darauf gelegt, dass sie so aussieht, als wäre sie erst vor kurzem geborgen worden, das ist ja das Besondere daran.«

»Erstaunlich! Sie passt wirklich sehr gut zu der Beschreibung der Isis-Statue von unserer keltischen Frau, finden Sie nicht auch? Sie wissen, dass dieses Artefakt und in diesem Zustand sehr viel wert wäre? Ich meine, wenn es echt wäre …« Der Professor sah sie plötzlich ganz eigenartig an, als würde er ihr nicht trauen. Davina konnte ihm dabei zusehen, wie er in seinem Kopf die Möglichkeit abwog, die Statue könnte ein Original sein, und was das für ihn und die Ausstellung bedeuten würde.

Dupont wechselte auf einmal das Thema und fragte, wann sie mit ihrer Abhandlung fertig sein werde. Davina, immer noch verunsichert, versprach ihm die baldige Abgabe. Danach verabschiedete sich Dupont höflich von ihr und verließ unversehens das Appartement. »Was war denn das jetzt?« Davina war sich nicht sicher, ob ihr der Professor die Geschichte wirklich abgenommen hatte.

Am späten Abend kam Marc vorbei. Davina erzählte ihm von dem Zwischenfall. »Solange er von meiner Mitarbeiterin nicht erfährt, dass sie die Statue in seinem Auftrag restauriert hat, kann uns nichts passieren«, sagte Marc. »Wir müssen den Fund auch nicht für immer verstecken. Wir könnten die Statue in ein paar Jahren, wenn Dupont längst im Ruhestand ist, einem Museum zukommen lassen.«

»Lass uns dennoch überlegen, was wir tun können, falls der Professor doch noch Wind von der Sache bekommt. Vielleicht hat er mir die Geschichte mit dem Geschenk nicht abgekauft.«

Bald nach Eröffnung der Ausstellung im Januar war auch der Film fertiggestellt. Er wurde am Ende des Rundganges in einem abgedunkelten Séparée in einer Endlosschleife vorgeführt. Als Davina ihn das erste Mal ganz zu sehen bekam, rührte er sie zu Tränen. Der junge Filmkünstler hatte ihre Vorstellungen beeindruckend lebendig umgesetzt. »Ach, Meduana, wenn du doch nur sehen könntest, was hier geschieht!«

26. Vercingetorix

Massalia im Jahre 52 v.d.Z.
Der Winter war vorüber. Caesar hielt sich gerade in der Provinz Narbonensis auf, da begann der große Frühjahrsaufstand in Gallien. Nach dem Rachefeldzug gegen die Eburonen im Jahr zuvor, bei dem alle Oppida des Stammes ohne Gnade niedergebrannt wurden, flammte der Widerstand erneut auf. Unter den keltischen Stämmen hatte sich herumgesprochen, dass Caesar die Städte plündern ließ und auch die geweihten Orte nicht verschonte. Um seinen Feldzug zu finanzieren, forderte er einen hohen Tribut. Seine Ambitionen, Albion zu erobern, brachte auch die letzten Verbündeten gegen ihn auf. Unter der Führung von Gotuatus griffen erneut die Carnuten in Cenabum zu ihren Schwertern. Sie hatten es auf die römischen Beamten und Kaufleute abgesehen. Hunderte von Kriegern zogen am frühen Morgen vandalierend durch die Siedlung. Sie jagten die Einwanderer aus ihren Häusern und raubten die Gebäude aus. Ganze Familien wurden zum Tempel gezerrt und in einem maßlosen Blutrausch Teutates geopfert.

Als Meduana vom Aufstand der Carnuten hörte, beschloss sie, in ihre Heimat zurückzukehren. Dass sich ihre Landsleute nun selbst gegen den Drachen erhoben, kam für sie einem Aufruf gleich. Sie wusste, dass der Krieg noch nicht vorbei war, und es gab nichts, was sie noch in Massalia hielt. Sie verkaufte ihren Besitz, verbrannte die römische Tunika und besorgte sich ein Pferd. In Kriegerkleidung und mit zwei Schwertern bewaffnet, machte sie sich auf den Weg in das heilige Land der Carnuten.

Drei Tage später erreichte sie das Gebiet der Arverner. Überall im gallischen Reich erhoben sich die Stämme, einige zogen Richtung Süden und bedrohten die Provinz Narbonensis. In Gergovia rief ein junger Adeliger die Krieger Galliens zum Kampf auf. Wenige Tage zuvor hatte sich Vercingetios mit seinem Onkel Gobannitius überworfen. Bei ihrer Ankunft in Gergovia kehrte Celtillus' Sohn gerade zurück, um den Platz seines Onkels einzunehmen. Seine Zielstrebigkeit und sein Charisma beeindruckten die Menschen. Sie sehnten sich nach einer starken Führung. In Windeseile bekam er genügend Krieger zusammen, um Gobannitius zu stürzen. Sein Onkel musste sich kampflos geschlagen geben. Vercingetios verschonte sein Leben und ließ sich noch am selben Tag vom arvernischen Rat zum Fürsten ernennen.

Gergovia war seitdem in Aufruhr. Die Straßen waren voller Leute, die Handwerker ließen ihre Arbeit ruhen. Meduana suchte gerade eine Futterstelle für ihr Pferd, da erschallten die Carnyces, die von der Wahl des neuen Fürsten kündeten. Die Menschen versammelten sich vor dem großen Tempel in der Stadt, um dem Mann zu huldigen, der von den Göttern auserwählt war. Die Kriegerin folgte der Menge, die zum Tempel strömte.

Es dämmerte bereits. Rund um das Heiligtum wurden die ersten Fackeln entzündet. Dann tauchte ein Reiter auf. Er erhob sich sichtbar über die Menschenmenge. Der Mann auf dem Pferd trug einen reich verzierten Helm, und unter seinem Umhang schimmerte ein prächtiges Kettenhemd hervor. Mit seiner rechten Hand hielt er das Schwert triumphierend in die Höhe. Ihm folgten hunderte schwer bewaffnete Krieger. »Heil dir, Vercingetorix! Heil dem neuen Fürsten!«, riefen sie. Das Klirren ihrer Waffen schallte über den Platz, wie bei einer Schlacht.

Der Reiter blieb auf seinem Pferd sitzen. Er stellte sich, von Kriegern umringt, vor dem Eingang des Tempels auf. Dort verharrte er, bis die Sonne hinter dem Plateau verschwunden war.

349

Ein Meer aus Fackeln erhellte nun den Platz. Meduana konnte die Erwartung der Menschen spüren. Der große Geist der Hoffnung hatte ihre Herzen erfasste. Dann sah sie den erwachsen gewordenen Vercingetios. Seine Worte hatten die Kraft eines lodernden Feuers:

»In diesem Augenblick befinden sich die Boten bereits auf ihrem Weg. Sie suchen jedes Dorf des Reiches auf, um allen Stämmen heute noch die Nachricht zu verkünden, dass wir uns hier versammelt haben, vereint gegen den Wolf. Wir werden ihn als Brüder vom Boden unserer Ahnen scheuchen, und er soll brennen! Mich drängt es nicht zur Herrschaft auf einem reichen Thron, ich bin dazu berufen worden, schon vor langer Zeit, dieses stolze Volk zu führen und das Reich zu einen. Wir alle sind die Auserwählten! Die Götter werden uns den Sieg darreichen, wenn wir uns einig sind. Ich schenke euch mein Leben und mein Schwert - wer will mir folgen?«

Es gab kein Halten mehr. Die Begeisterung der Masse war so überwältigend, dass Vercingetorix sich und sein Pferd in Sicherheit bringen musste. Viele wollten ihn berühren oder sich ihm sofort anschließen. Er konnte dem Gerangel nur entfliehen, indem seine Krieger die Menschen gewaltsam zurückdrängten. Auch in Meduana keimte die Hoffnung auf, dass dieser Mann das Schicksal ihres Volkes noch zum Guten wenden konnte. In ihrer Vision war er gescheitert, aber ein Einzelner konnte viel bewirken, wenn die Götter auf seiner Seite waren.

Meduana zog weiter. Nach den brutalen Überfällen auf die romanischen Familien in Cenabon würde Caesar nicht ruhen, bis seine Landsleute gerächt waren. Aus Vergeltung wurden von ihm ganze Städte ausgelöscht. Die Kriegerin wollte ihren Stamm nicht seinem Schicksal überlassen und den Rat vor Caesar warnen. Vielleicht konnte sie auch Una noch einmal sehen. Doch als sie ein paar Tage später in der Hauptstadt der Carnuten ankam, war ihre Mutter unauffindbar. Auf der Suche nach ihr ritt Meduana an verkohlten Gebäudeskeletten vorbei und an Reihen aufgespießter Köpfe, die die Hauptwege säumten. Schwärme von Krähen kreisten über den Dächern der Siedlung, der Geruch von Verwesung lag über der Stadt. Auf dem Feld vor dem Tempel der drei Gottheiten waren die leblosen Körper der Ermordeten zu einem Berg aufgestapelt worden, und auf der Fürsteninsel befand sich nun ein geweihter Ort. Die Besitztümer der Toten lagen aufgebahrt auf einem hölzernen Gestell. Der Witterung ausgesetzt, dienten sie als Opfergaben.

Meduana kam an der Halle der Krieger vorbei, die in unmittelbarer Nähe der Fürsteninsel stand. Laute Stimmen drangen nach außen, sie betrat neugierig das Haus. Gotuatus hatte eine Versammlung einberufen. Die Halle war gefüllt mit aufgeregten Kriegern. Gotuatus stand auf einem Tisch und hob seine Hände, doch die Krieger nahmen keine Notiz von ihm. Dann schritt der Druide Conetodus mit seinem Ritualstab durch die Reihen und rief die Männer zum Schweigen auf. Daraufhin ebbte das Stimmgewirr ab. Meduana mischte sich unbemerkt unter die Leute.

»Hört mich an«, rief Gotuatus. »Der arvernische Fürst fordert uns auf, ihm zu folgen. Er verlangt nach jedem Mann, der kämpfen kann. Viele haben ihm bereits die Treue geschworen.«

Die Stimmen der Krieger wurden wieder lauter. Gotuatus musste sich anstrengen, sie zu übertönen: »Er ist ein Auserwählter! Wir sollten ihm geben, was er eingefordert hat.«

Der neue Stammesführer musste warten, bis die Krieger sich untereinander einig geworden waren. Es mangelte ihnen nicht an Mut. Doch viele von ihnen wollten ihr Leben nicht erneut aufs Spiel setzen und ihre Heimat im Stich lassen. Wer würde ihre Städte verteidigen, wer ihre Weiber und Kinder beschützen, wenn sie jetzt in den Krieg zögen?

Während die Männer diskutierten, nutzte Meduana die Gelegenheit, um zu Gotuatus durchzudringen. Der hatte sich mit

Conetodus zur Beratung in den hinteren Teil der Halle zurückgezogen. »Seid gegrüßt, ihr hohen Herren!«, sagte sie höflich und verbeugte sich.

»Welch wunderliche Fügung! Ist der Fürstentochter nun gewahr geworden, wo ihr rechter Platz ist?«, fragte Gotuatus mit einem verächtlichen Ton in seiner Stimme.

»Wenn ich mich recht erinnere, so ward Ihr es, der meinen Vater dazu drängte, mich fortzuschicken und mich von meinen Pflichten zu befreien. Ihr habt gerichtet über mich, ohne rechtliche Verhandlung. Wie sollte ich Euch dienen, wenn Ihr, ein weiser Mann des Rates, an meiner Ehre zweifelt?«

Gotuatus wich ihrer Frage verärgert aus: »Was willst du?«

»Ich kam, um Euch zu warnen. Caesar wird Cenabon nicht schonen … Er vergisst nie, wer ihn verraten hat. Ihr müsst den Menschen Schutz gewähren und diese Stadt verteidigen. Auch Autricon ist in Gefahr!«

»Du kommst, um mir zu sagen, was ich tun soll? Was fällt dir ein?«

»Mein Herr, ich habe Vercingetorix gesehen. Er ist fürwahr ein Auserwählter! Ihr solltet ihn in jeder Weise unterstützen. Doch Caesar wird bald hier sein. Es wäre töricht, ihm die Stadt zu überlassen, mit ihren Vorräten und Schätzen. Der Wolf benötigt Fleisch, um seine Jungen zu ernähren. Ihr werdet Caesars Rache nicht entfliehen können und ihm zudem mit Euren vollen Lagerhäusern ein wertvolles Geschenk bereiten.«

Daraufhin schwieg Gotuatus. Auch Conetodus erwiderte nichts.

»Du weißt von deinem Vater?«, fragte Gotuatus plötzlich.

»Ja, ich weiß von seinem Tod.«

»Und weißt du auch, wer es getan hat?«

»Ihr wäret äußerst überrascht, wenn Ihr erfahren würdet, was ich alles weiß, mein Herr.«

Gotuatus sah sie irritiert an. Meduana ließ ihn damit stehen. Sie war im Begriff zu gehen, da rief er ihr zu: »Warte!« Er schien ihr etwas sagen zu wollen, etwas, was ihm offensichtlich unangenehm war, aber wohl gesagt werden musste. Er nahm sie ein paar Schritte mit zur Seite. »Dein Vater, er war ein ehrenwerter Mann … Ich diente ihm mit ganzem Herzen und ich bedaure sehr, dass er auf diese Weise sterben musste. Auch deine Mutter steht mir nahe. Sie gab mir ihre Unterstützung und schenkte mir Vertrauen. Ihnen gebührt die größte Ehre. Ich will, dass du das weißt.«

»Und wo kann ich sie finden?«, wollte Meduana wissen.

»Sie weilt in Autricon. Sie hat geschworen, den Tempel zu beschützen, was nun nicht mehr mein Auftrag ist.«

»Wenn Ihr doch meine Eltern so verehrt, warum lehnt Ihr mich ab? Was habe ich getan, dass Ihr mich immer wieder des Verrats beschuldigt?«

»Ich sag's dir frei heraus, du bist mir hinderlich, von Anfang an! Das Blut der Fürstentochter fließt in dir, deine Ausbildung war meiner ebenbürtig. Dann bist du eine Kriegerin, die mit dem Schwert so sicher umzugehen weiß wie mit der Zunge. Du könntest mich allein mit deinen Worten um die Herrschaft bringen.«

»Das ist der Grund? Ihr fürchtet mich? Deshalb wollt Ihr nicht hören? Hat Ambiacus Euch nicht auch gelehrt, wie schädlich diese Angst sein kann? Es geht hier nicht um Euch, das Land sollt Ihr beschützen! Verzeiht, Ihr seid ein Feigling vor den Göttern!«

Gotuatus' Hände ballten sich zu Fäusten, bis die Fingerknöchel weiß hervortraten, sein Unterkiefer bewegte sich hin und her. »Du spitzzüngiges Weib! Ich habe mich dir anvertraut, und du beleidigst mich! Es wäre gut, wenn du jetzt gehen würdest. Wenn ich dich noch einmal hier erblicken sollte, werde ich dich auf der Stelle richten lassen!«

Una hielt Wache im Tempel der Epona. Tag für Tag betete sie am Altar der Muttergöttin und bat um ihren Schutz und den Segen für ihr Volk. Sie glaubte nicht mehr daran, dass Lugus ihnen Weisheit schenken oder Teutates ihnen den Frieden bringen würde. Nemetona hatte sich von ihnen abgewandt, und Rosmerta fehlte es an Kraft. Aber mit Epona könnten sie den Frieden finden. Und wenn es allein die Seelen waren, die gerettet wurden. Denn wohin sollten sie gehen, wenn die Menschen ihres Volkes in so großer Zahl starben? Wenn Taranis, ihr Gemahl, ihnen keinen Einlass mehr gewährte, würden sie sich verirren. Die unglücklichen Seelen würden dann zu Geistern werden. In den dunklen Nächten würden sie die Lebenden im Schlaf heimsuchen, bis sie dann endlich doch Erlösung fänden.

Am frühen Abend erreichte Meduana Autricon. Die Tore des Tempels waren nicht verschlossen, mehrere Krieger bewachten den Eingang. Una kniete vor dem Altar und schien sie nicht zu bemerken. Erst als Meduana sich ihr auf wenige Schritte genähert hatte, drehte sie sich um. Ihr Anblick ließ die Kriegerin erschaudern. Das Haar ihrer Mutter war grau und strähnig geworden, die Haut wirkte fahl. Dunkle Schatten hatten sich unter ihren Augen gebildet. Sie trug ein zerschlissenes Gewand aus grobem Stoff und den Witwenschmuck der Adeligen aus dunkelgrauem Schiefer. Meduana half Una auf und hielt sie auch während der Umarmung noch fest. Una wehrte sie ab: »Lass mich doch, mein Kind! Noch kann ich alleine stehen.« Die alte Priesterin betrachtete ihre Tochter eine Weile. Dann strich sie ihr mit der faltigen Hand liebevoll über die Wange.

»Wie schön du bist! So jung siehst du aus, als wenn der Zeitenstrom an dir vorbeigeflossen wäre«, flüsterte sie.

»Mutter! Was ist mit dir geschehen? Warum kümmert sich niemand um dein Wohl?«

»Wer sollte sich denn um mich kümmern? Ich komme gut

allein zurecht. Die Krieger versorgen mich mit Nahrung, mein Haus halte ich selber rein, und es erfüllt mein Herz, Eponas Wächterin zu sein.«

In den Augen ihrer Mutter konnte Meduana eine tiefe Trauer erkennen, die ihr Herz zu quälen schien.

»Gotuatus hat die Reliquien nach Cenabon geholt und in den neuen Tempel bringen lassen«, sagte Una auf einmal betrübt. »Er glaubt wahrhaftig, die Götter würden ihm dafür dieselbe Kraft verleihen wie deinem stolzen Vater. Doch er kann Gobannix niemals das Wasser reichen. Niemand wird das können! Der neue Herrscher trägt nicht ohne Grund noch seinen alten Namen. Die meisten Leute respektieren ihn, aber die Krieger verweigern ihm die Treue. Ich habe ihn dennoch unterstützt. Er trägt denselben, bittren Zorn in sich wie ich.«

Una blickte kurz in Richtung des Tores, vergewisserte sich, dass sie noch alleine waren, und flüsterte: »Den geweihten Kessel des Carnutus aber habe ich in das Versteck gebracht, das dein Vater einst auf Ambiacus' Weisung hat errichten lassen. Der gute Ambiacus! Wie sehr ich ihn vermisse … Ich habe viele Schätze schon versteckt. Wenn der Wolf kommen sollte, um diesen Tempel zu berauben, werde ich ihn niederbrennen.« Nach diesen Worten sah sie sich plötzlich suchend um, und lief dann scheinbar ziellos durch den Tempel. Mit einem Mal kam sie zurück und lud Meduana unversehens ein, mit ihr zu speisen. Una schien erschöpft und tief in ihrem Schmerz versunken zu sein. Lange saßen sie schweigend am Feuer. Meduana sah ihrer Mutter dabei zu, wie sie nach dem Essen leise vor sich hindämmerte und dann einschlief.

Als die Kriegerin am nächsten Morgen erwachte, hielt sich Una bereits im Tempel auf. Meduana kniete sich neben sie auf den Boden und betete mit ihr. Dann sagte sie: »Bald schon werde ich aufbrechen, Una. Doch vorher möchte ich noch mit dir reden … Wer weiß, ob wir uns jemals wiedersehen werden.«

Doch ihre Mutter wehrte ab. »Mein Kind! Ich möchte keine Worte mehr verlieren und auch nicht meinen Geist beschweren. Die Kraft, die ich noch habe, brauche ich zum Beten. Kehre zurück nach Roma und lass dein Schwert für immer ruhen! Ich möchte in dem Glauben sterben, dass du lebst und glücklich bist. Geh nun! Gib acht auf deine Seele und bete zu Epona, jeden Tag!«

Meduana fühlte ein Schluchzen in ihrem Hals aufsteigen. Wusste ihre Mutter, was geschehen würde? Als sie Una umarmte, spürte sie, dass es das letzte Mal in diesem Leben sein würde.

Unaufhörlich drehte sich das Schicksalsrad weiter. Caesar fiel in Gallien ein und überraschte Vercingetorix mit seiner frühen Ankunft. Die ersten Städte fielen der römischen Armee zum Opfer, doch der arvernische Fürst ließ sich nicht entmutigen. Viele Stämme waren seinem Aufruf gefolgt und hatten ihm Scharen von kampfwilligen Kriegern geschickt. Auch Gotuatus sandte ihm ein großes Heer.

Um seine Legionen wieder zusammenzuführen, die über den Winter in verschiedenen Teilen Galliens stationiert waren, zog Caesar Richtung Norden. Er ließ die Oppida plündern, die auf seinem Weg lagen. Schließlich gelangte er auch nach Cenabum, das auf seiner Karte mit einem Tropfen Blut markiert war. Die Stadt war dem Ansturm der römischen Armee nicht mehr gewachsen. Nach zwei Tagen lag sie schon in Schutt und Asche. Die Hälfte der Bewohner konnte fliehen, doch die Vorräte waren verloren. Caesar marschierte weiter. Den carnutischen Stammesführer, der Gerüchten zufolge nach Autricum geflohen war, verfolgte er nicht. Gotuatus glaubte, dass Caesar ihn verschonen würde, aber der wahre Grund war, dass ihm die Zeit davonlief. Er musste so schnell wie möglich seine Legionen erreichen, um gegen Vercingetorix gewappnet zu sein, dessen Heer immer weiter wuchs.

Vercingetorix hatte bald erkannt, dass er Caesar nur besiegen konnte, wenn die Versorgung der römischen Armee zusammenbrechen würde. Nach der Plünderung Cenabums rief der arvernische Fürst die Stämme des Nordens dazu auf, ihre Dörfer, Felder und Lagerhäuser niederzubrennen. Die Menschen folgten seinem Aufruf. Nur Avaricum, die Stadt der Schmiede, die mit ihren mächtigen Mauern als uneinnehmbar galt, wurde von dem Flächenbrand verschont. Als Caesar kehrtmachte und mit seiner riesigen Armee wieder Richtung Süden zog, um Vercingetorix erneut zum Kampf herauszufordern, brachte ihn die Taktik der verbrannten Erde in arge Bedrängnis. Ihm blieb nichts anderes übrig, als Avaricum zu überfallen. Während die römischen Soldaten versuchten, Rampen und Türme zu bauen, um die Stadtmauern von Avaricum zu überwinden, wurden sie immer wieder von den Truppen des arvernischen Fürsten aus dem Hinterland angegriffen. Doch Vercingetorix' Männern gelang es nicht, die Reihen von Caesars Armee zu durchbrechen. Eines Tages zog ein heftiges Gewitter über Mittelgallien hinweg. Die keltischen Krieger, die sich vor den Blitzen des Taranis fürchteten, zogen sich zurück, und die Wachen auf den Befestigungsmauern der Stadt suchten Schutz. Caesar nutzte die Gelegenheit und ließ die Wälle stürmen. Avaricum wurde eingenommen und ausgeraubt. Nur wenige konnten dem Massaker entfliehen.

Und doch schlossen sich immer mehr Menschen Vercingetorix an. Da er wusste, dass er Caesar im offenen Kampf nicht besiegen konnte, zog er sich in seine Heimatstadt Gergovia zurück. Die Siedlung lag geschützt auf einem gut befestigten Plateau. Zudem war Vercingetorix mit dem Gelände vertraut.

Er konnte Caesars Angriffe erfolgreich abwehren und seine eigenen Verluste gering halten. Der römische Feldherr hingegen verlor so viele Soldaten, dass er sich zurückziehen musste. Aus der legendären Schlacht von Gergovia ging Vercingetorix als Sieger hervor. Und nun zogen endlich auch die einflussreichen Haeduer ihre Reitertruppen aus der römischen Armee ab und schworen dem arvernischen Fürsten ihre Treue. In Bibracte wurde Vercingetorix von allen Stammesführern Galliens zum Befehlshaber über das Heer bestimmt.

Auch Meduana glaubte wieder an den Sieg. Sie hatte sich gleich nach ihrer Abreise aus Autricon Vercingetorix angeschlossen und ihm seine Dienste angeboten. Wenn Gotuatus nicht auf sie hören wollte, dann vielleicht er. Als der arvernische Kriegsherr erfuhr, dass sie die Tochter des verstorbenen Fürsten Gobannix war, ließ er sie vorsprechen. Meduana konnte ihn davon überzeugen, dass sie ihm mit ihrer Gabe und ihrem Wissen dienlich sein könne. Sie verschwieg, dass sie die Seherin war, die seinem Vater den Tod brachte.

Auf ihren Rat hin hatte Vercingetorix sich in Gergovia verschanzt und dort sein taktisches Talent ausspielen können. Meduanas anfängliche Begeisterung schlug in Verehrung um. Endlich hatte ihr Volk einen Führer mit Geist und Charisma, der mit Besonnenheit handelte und sich nicht von der Macht verführen ließ.

Der Sommer gab ihnen neue Kraft, und die Sterne schienen günstig zu stehen. Caesar hatte versucht, Vercingetorix herauszufordern, doch der verweigerte ihm den Kampf, was den römischen Feldherrn erneut in Bedrängnis brachte. Er musste nach der Niederlage bei Gergovia seine Armee bei Laune halten, jeder Tag kostete ihn ein Vermögen. Die Soldaten wurden unruhig, er sah sich gezwungen zu handeln. Caesar marschierte wieder nach Norden, um sich mit den Legionen des Legaten Titus Labienus zu vereinigen, der in der Zwischenzeit mehrere Aufstände niedergeschlagen hatte.

Auch die Gallier litten Not. Durch den Krieg blieb ein Teil der Ernte aus, und wegen der verbrannten Felder wurden die Vorräte knapp. Hunger breitete sich aus. Die gallischen Krieger riefen Vercingetorix auf, sich dem Feind zu stellen und dem Krieg endlich ein Ende zu bereiten. Sie begriffen nicht, warum ihr Anführer sie nicht in den finalen Kampf führen wollte. Caesar provozierte derweil die gallischen Streitkräfte mit Scheinangriffen und Beschimpfungen. Zudem heuerte er germanische Reitertruppen an. Die römischen Legionen hatten sich bald zu einem großen Heer vereint. Sie zogen nun Richtung Südosten, am Armançon entlang. Der Druck auf Vercingetorix wuchs. Er brach im Spätsommer mit seinen Kriegern auf und folgte Caesar in einiger Entfernung. Immer wieder drohten Truppenteile, sich von seinem Heer abzuspalten, um auf eigene Faust gegen die römische Armee vorzugehen. Vercingetorix wurde langsam ungehalten. In Anwesenheit Meduanas und seiner Heerführer machte er sich eines Abends Luft: »Diese verdammten, haeduischen Bastarde! Glauben, dass sie geweihte Krieger sind, doch denken sie allein mit ihrem Schwanz! Ihre leeren Mägen knurren bereits so laut, dass meine Worte untergehen. Das Biest der Ungeduld hat sie erfasst! Sie brechen ihren Schwur und scheißen auf den Sieg, den uns die Götter schenkten. Dummköpfe! Es wird mir bald unmöglich sein, Caesars Männer auszuhungern. Seine Krieger folgen ihm, das ist sein großer Vorteil. Was soll ich tun? Lange werde ich sie nicht mehr halten können.«

»Sprecht mit den Kriegern! Geht hin, zu jedem einzelnen, sie werden auf Euch hören«, ermunterte ihn Meduana.

Noch am Abend ritt Vercingetorix die Lagerplätze ab und redete auf die Krieger ein, sie mögen den richtigen Moment abwarten und sich nicht kopflos in den Kampf stürzen. Doch am nächsten Morgen schon, als sich die römische Armee wieder in Bewegung setzte, machten sich die haeduische Reitertruppe auf den Weg, Caesars Soldaten anzugreifen. Die anderen Krieger wollten ihre Gefährten nicht im Stich lassen, es dürstete sie ebenfalls nach Rache. Vercingetorix blieb nichts anderes übrig, als sie in den Kampf zu führen. Eine Zeit lang sah es so aus, als wenn die gallischen Reiter die römischen Aufstellungen aufbrechen könnten. Die keltischen Krieger waren der Armee Caesars zahlenmäßig weitaus überlegen. Es bot sich ihnen nun die Möglichkeit, die Soldaten Romas zu besiegen. Caesar spielte gekonnt seine Trümpfe aus. Er wusste, dass die Gallier gerne rannten, und hetzte die germanischen Reitertruppen auf sie los. Die gallischen Verbände wurden auseinandergetrieben, seine Armee stellte sich neu auf.

Die Niederlage des gallischen Heers fiel vernichtend aus. Vercingetorix musste sich mit seinen Männern zurückziehen und floh in die befestigte Stadt Alesia. Die Tore wurden verschlossen. Die Bevölkerung versorgte das Heer aus ihren Vorräten. Eine junge Frau reichte Meduana eine hölzerne Schale mit Milch. Als sie dabei ihre Hand berührte, hatte die Kriegerin erneut eine Vision. Der Schleier des Nebels versperrte ihr die Sicht, dann erschienen die Bilder klar und deutlich. Meduana sah, wie die junge Frau vor den Toren der Stadt über den Boden kroch und um Einlass bettelte. Hinter ihr befanden sich Gräben und hölzerne Spieße, die bedrohlich aus dem Boden ragten. Dahinter hielten romanische Krieger ihre Speere auf sie gerichtet. Doch die Tore öffneten sich nicht. Der ganze Platz war übersät mit sterbenden Leibern, die sich vor Hunger krümmten. Eine dunkle Wolke hing über der Stadt, fürchterliche Blitze entluden sich und schlugen auf die Menschen ein, die in ihren Mauern gefangen waren. Sie fanden keinen Schutz! Wieder sah sie die feuerspeiende Schlange, die gierig die nackten Körper der Krieger verschlang. Dann, plötzlich, erschien Vercingetorix als gebeugter Mann. Ohne Glanz und ohne Rüstung wurde er von unbekannten Händen in einem dunklen Raum erdrosselt. Das Geräusch seiner nach Luft ringenden Kehle rief bei Meduana Atemnot hervor. Sie brach keuchend zusammen.

Der arvernische Fürst beobachtete aus einiger Entfernung, wie die carnutische Seherin auf einmal ihre Schale mit Milch fallen ließ. Sie kippte aus ihrer sitzenden Haltung nach vorne. Er eilte zu ihr und rief einen Priester. Am nächsten Morgen erwachte Meduana auf einem Lager aus Stroh. Vercingetorix beugte sich über sie. »Was ist nur mit Euch geschehen?«, fragte er aufgeregt.

»Eine Vision«, flüsterte sie.

»Was habt Ihr gesehen?«

»Ich sah, was mit den Menschen in Alesia und auch mit Euch geschehen wird.«

Meduana richtete sich auf und bat um Wasser. Erst als sie ihren Durst gestillt hatte, sprach sie weiter. »Ich sah erneut, was ich schon einmal sah. Vor vielen Jahren, als ich Euer Schwert berührte – Da ward Ihr noch ein Kind …«

»Ihr seid die unbekannte Vates, von der mein Vater sprach?«

»Ja, die bin ich! Aber ich sagte Eurem Vater nicht die Wahrheit.«

»Was habt Ihr ihm verschwiegen?«

»Ihr werdet scheitern! Es schmerzt mich, denn ich verstehe nicht, warum …«, sagte sie plötzlich mit einem Schluchzen.

»Warum sollte ich scheitern, die letzte Schlacht steht noch bevor, nichts ist entschieden.«

»Von Anfang an ward Ihr dazu bestimmt, zu führen und zu scheitern.« Meduana erinnerte sich wieder an die Worte von Poseidonios.

»Das ergibt keinen Sinn«, erwiderte der arvernische Fürst.

»Nein, wahrlich nicht – nicht in unseren Augen.«

»Warum habt Ihr mich begleitet, wenn ich doch scheitern werde?«

»Weil ich die Hoffnung hegte, ich könnte dieses Schicksal wenden.«

»Ach, ja?«

»Ja, als ich Euch in Gergovia reden hörte. An diesem Tag schien Euer Haupt zu glänzen, Eure Worte haben mich berührt und auch geblendet«, erwiderte sie traurig.

»Wie wird es ausgehen?«, wollte Vercingetorix wissen.

»Alesia wird Euch zur Falle werden. Weiber und Kinder werden sterben. Und Ihr, Ihr werdet erst viel später Eurem Tod begegnen, nach langem Leid.«

»Es ist noch nichts entschieden!«

»Hört auf mich, wenn Ihr Euch zutraut über Euer Schicksal zu bestimmen! Zieht Euch zurück nach Norden und wartet bis zum nächsten Frühjahr!«

Vercingetorix beriet sich mit seinem Gefolge. Als er den Männern von der Prophezeiung der Seherin erzählte, lachten sie ihn aus. Caesar hatte trotz des Sieges große Verluste einstecken müssen, und im Süden formierten sich bereits weitere Verbände gallischer Krieger, die bald zu ihnen stoßen würden. Der Feind konnte sich nicht lange halten, seine Versorgung war nicht gesichert. Alesia hatte dicke Mauern und besaß ausreichend Vorräte für einen ganzen Monat. Was also sollte das dumme Geschwätz?

Am nächsten Tag verließ Meduana Alesia. Allein. Kurz danach erschien Caesar mit seinen Legionen und kreiste die Stadt ein. In wenigen Tagen errichteten seine Soldaten einen undurchdringlichen Belagerungsring um das Oppidum. Das gallische Ersatzheer, das Vercingetorix angefordert hatte, ließ auf sich warten, die Vorräte gingen langsam zur Neige. Bald hungerten seine Krieger und die römischen Soldaten um die Wette. In ihrer Not schickten die Männer Alesias ihre Frauen und Kinder des Nachts aus der Stadt, damit wenigstens sie dem Hunger entfliehen konnten. Doch die römischen Soldaten ließen sie nicht weiterziehen, und die Gallier mussten zusehen, wie ihre Weiber und Kinder vor den Toren der Stadt elendig verhungerten.

Dann kam es zur Schlacht. Die gallischen Hilfstruppen trafen ein und versuchten, Alesia zu befreien. Auch Vercingetorix wagte sich mit seinen Männern immer wieder vor, aber sie konnten den Belagerungsring nicht durchdringen. Tagelang wütete das Gefecht. Als absehbar wurde, dass die Verluste auf gallischer Seite maßlos sein würden, sah der arvernische Fürst keinen anderen Ausweg mehr, als sich zu ergeben. Er wusste nicht, dass auch Caesar kurz davor war aufzugeben. Der Nachschub an Soldaten und Vorräten war ausgeblieben, und die einfallenden Verbände gallischer Krieger aus dem Hinterland machten seiner Armee schwer zu schaffen.

Vercingetorix ließ sich an den römischen Feldherrn ausliefern. Er flehte Caesar um Gnade für sein Volk an und legte ihm symbolisch sein Schwert zu Füßen. Caesar zeigte sich scheinbar gnädig. Er ließ ihn nicht hinrichten, sondern in Ketten legen und nach Rom bringen.

Ohne Unterlass trieb Meduana ihr Pferd an, bis es sich ihr widersetzte. Sie wäre am liebsten bis nach Massalia durchgeritten. Jede Minute, die sie gezwungen wurde zu rasten, verfluchte sie, und jedes Mal, wenn ihr Körper nach Nahrung oder Schlaf bettelte, stieg sie ab und lief zu Fuß weiter, bis ihre Füße bluteten. Der Schmerz und der Hunger betäubten ihren Geist und sie bewegte sich bald wie im Rausch vorwärts. Drei Tage hielt ihr Körper dieser Tortur stand, dann brach die Kriegerin entkräftet zusammen.

Als sie aufwachte, fand sie sich im Haus eines Bauern wieder. Die Einrichtung war spärlich, es roch nach Rinderdung und Heu. Sie lag auf einem Bett aus Stoffresten und Stroh. Vor Erschöpfung konnte sie sich kaum bewegen. Im Haus war es kalt und feucht, nur ein kleines Feuer brannte. Eine ältere Frau in einem zerschlissenen Peplos kam herein. Sie legte etwas Holz nach und sah, dass Meduana wach geworden war. Aus einem Kessel schöpfte sie Brühe in eine Holzschale und hielt sie an Meduanas Mund.

»Ihr ward in der Schlacht, nicht wahr?«, fragte die Frau leise, als Meduana sie ansah.

Die Kriegerin nickte.

»Ihr habt viel Leid gesehen?«

Sie nickte abermals.

»Erholt Euch nun im Schlaf!«, sagte die Frau sanftmütig, und ließ sie allein.

Nach wenigen Tagen war die Kriegerin wieder auf den Beinen. Sie lernte den Hof mit seinen arvernischen Bewohnern kennen. Ein freies Gehöft, das sich selbst versorgte und nur von seinem Besitzer und seiner Familie geführt wurde. Sie besaßen nur wenige Felder, einen Brunnen und ein paar Tiere. Trotz ihrer Armut schienen sie recht zufrieden zu sein.

Der Bauer wollte beim Abendessen wissen, wie es ihr im Krieg ergangen war, und Meduana erzählte ihnen, was sie in den letzten Wochen erlebt hatte. »Es sieht also nicht gut aus?«, fragte der Bauer fast beiläufig.

»Nein, es sieht nicht gut aus.«

»Dieses Jahr war die Ernte gut, wir werden nicht hungern müssen«, sagte der Bauer.

»Viele werden diesen Winter hungern müssen!«, widersprach ihm die Kriegerin.

»Sie hätten den Pflug anspannen sollen, anstatt das Schwert zu führen«, brummte er kopfschüttelnd.

»Aber sie haben doch auch für dich und deine Familie gekämpft, für eure Freiheit«, warf Meduana ein.

»Papa, was ist Feiheit?«, unterbrach die kleine Tochter das Gespräch.

»Weiß nicht«, antwortete der Bauer mürrisch, »von irgendwas wird man doch immer unterjocht. Entweder ist es die schlechte Ernte, die uns in die Wälder treibt, um Eicheln und Wurzeln aufzusammeln, oder der Rücken schmerzt und verleidet einem die tägliche Tat – und wenn es das eigene Weib ist, das einem befiehlt, weil es unzufrieden ist. Über solche Dinge nachzudenken, das ist das Los der Adeligen.«

»Ist es dir gleich, wer dich beherrscht?«, fragte Meduana erstaunt.

»Ja, das ist mir gleich! Die Herren unterscheiden sich da nicht so sehr. Solange mir mein Hof bleibt und mir niemand vorschreibt, welchen Göttern ich zu dienen habe … Die Ernte muss über den Winter reichen, das Vieh gebären, die Saat aufgehen und der Bauch gefüllt sein – was braucht es mehr zum Leben?«

Drei Wochen später verließ Meduana den Hof.

27. Meduanas Heimkehr

Auf dem Weg nach Massalia begegnete Meduana immer wieder römischen Patrouillen, die das Grenzgebiet zur Provinz Narbonensis bewachten. Da sie allein unterwegs war, wurde sie nicht aufgehalten. Ihre Schwerter hatte sie in ein altes Tuch gewickelt und an ihrem Sattel befestigt. Ihr Äußeres war so verkommen, dass sie die Männer nicht zu fürchten brauchte. Dennoch mied sie die Handelsstraßen.

In Massalia angekommen, ritt Meduana gleich zum Hafen. Sie entschied sich schweren Herzens, dem Lagerverwalter ein Schwert anzubieten, um ein paar Münzen zu erhalten. Doch als sie zur Bucht kam, an der die Lagerhäuser gestanden hatten, fand sie nur eine Baustelle vor. Holzgerüste ragten über die abgebrochenen Klippen hinweg, Blöcke aus Kalkstein lagen im Weg. Entsetzt fragte Meduana einen Bauarbeiter, was denn geschehen sei. Der sah sie irritiert an, weil sie wie ein verwahrloster Mann gekleidet war und sehr streng roch, aber ihre Augen verrieten ihm, dass ihre Frage durchaus ernst gemeint war.

»Du warst wohl nicht hier, als es passierte. Es war im achten Monat, da zog ein schwerer Sturm über die Steilküste hinweg. Er kam vom Meer herüber, wie aus dem Nichts! Poseidons Wellen rissen alles fort. Die Felsen wurden unterspült und rutschten ab ins Meer, die Lagerhäuser brachen in der Flut zusammen. Man kann nichts bergen, die Strömung ist zu stark, der Boden aufgewühlt.«

»Wie kann das sein? Die Bucht liegt doch geschützt!« In ihrer Verzweiflung ließ sie den verdutzten Arbeiter einfach stehen und lief mit ihrem Pferd am Zügel quer durch das Hafenviertel zu dem Gebäude, in dem der Händler sein Quartier hatte. Wie wild klopfte sie an die Tür. Eine junge Frau öffnete ihr. Meduana fragte sie, ob die Amphoren aus dem Lagerhaus ihres Mannes geborgen worden seien.

»Er ist mein Vater«, antwortete die Frau knapp.

»Und was ist mit den Waren?«, hakte Meduana nach.

»Die sind verloren. Mein Vater könnte sich die Bergung auch nicht leisten, er steht vor dem Ruin. Mein Bruder hat's versucht, doch das Gestein hat sich gelöst, und alles ist verschüttet. Das Meer kommt nicht zur Ruhe. Zwei Männer sind schon in die Tiefe mitgerissen worden …«, antwortete sie verbittert.

Müde und zutiefst verzweifelt suchte Meduana sich einen geschützten Platz in den Bergen. Kein Licht drang mehr zu ihr durch, selbst das Atmen fiel ihr schwer. Alles war verloren, was für sie von Bedeutung gewesen war: der Sieg, ihre Heimat, ihre Hoffnung, ihre Aufzeichnungen, ihr ganzer Besitz. All die Mühen waren vergebens gewesen, all die Begegnungen ohne Bedeutung, all die Versuche, das Schicksal zu ändern, von vornherein zum Scheitern verurteilt. Ihr Leben war ein Scherbenhaufen. Nur eines war ihr noch geblieben. Fabritius. Kurzerhand verkaufte die Kriegerin ihr Pferd, kleidete sich neu ein und schloss sich einem Händler an, dessen Ziel Roma war. Mit jedem Tag, den sie überwunden hatte, freute sie sich mehr auf ihr Zuhause.

Fabritius nahm sie auf, wie er einst seinen Sohn aufgenommen hatte. Tief berührt und überglücklich, dass das verloren geglaubte Weib den Weg zu ihm zurückgefunden hatte. Der Lanista war alt geworden. Er hatte sich aus dem Geschäft zurückgezogen und sich einen Bienenschwarm zugelegt, um den er sich mit größter Sorgfalt kümmerte. Segamar lebte nun mit seinem Weib und den beiden Kindern im Haus der Gladiatorenschule, die jetzt von Priscos geleitet wurde. Argiope war vor zwei Jahren gestorben.

Man übertrug Meduana die Aufgabe, sich um den Garten zu kümmern, der schon viel zu lange brach lag und keine Ernte mehr einbrachte. Die körperliche Arbeit tat ihr gut. Ihre Trauer konnte sie beim Wenden der Erde begraben, ihre Zweifel beim Säen zerstreuen. Ihr Geist befreite sich langsam von seinen dunklen Schatten, während sie im Glanz der Morgensonne die Beete mit der Hacke von wilden Sprösslingen befreite. Bald wuchsen wieder Pastinaken, Sellerie und Zwiebeln auf dem alten Anwesen, und viele Kräuter und Salate säumten nun die Wege. Meduana schnitt die alten Obstbäume, pflanzte neue an und beließ ein Stück des Gartens als blühende Wiese, damit die Bienen von Fabritius sich daran erfreuen konnten.

Die Monate vergingen. Meduana und der alte Lanista saßen häufig im Schatten der Bäume, aßen dort und redeten. Fabritius folgte aufmerksam Meduanas Berichten aus ihrer Heimat und über den großen Krieg. Schließlich konnte sie ihm auch erklären, warum sie nicht schon früher zu ihm zurückgekehrt war. Dass zu dem Krieg auch noch ihre Aufzeichnungen verloren gegangen waren und seine Heimatstadt zerstört worden war, bestätigte Fabritius in seinem Glauben, dass die Götter ein böses Spiel mit den Menschen trieben: »Erst pflanzen sie dir den Gedanken von Gerechtigkeit und Ordnung in den Geist, dann treten sie dir in den Arsch! Ja, das bringt wahre Demut. Mehr aber auch nicht.«

Fabritius versuchte sein Weib dazu zu bewegen, den Göttern zu trotzen und ihre Geschichte ein zweites Mal niederzuschreiben. Doch Meduana konnte nicht mehr gut sehen, ihre Hände zitterten, und nach all den schicksalshaften Erlebnissen fehlte ihr die Kraft. Und endlich erzählte ihr Fabritius auch Geschichten aus seinem früheren Leben. Sie erfuhr, wie er zum Gladiator wurde: Damals, als er Avaricon verließ, hatte er kaum etwas besessen. In den Hinterzimmern verrußter, römischer Tabernen versuchte er, mit Würfelspielen ein paar Münzen zu verdienen. Doch eines Tages wurde er dabei von einem fremden Mann betrogen. Fabritius hatte zuviel getrunken und in seiner Wut den Falschspieler brutal zusammengeschlagen. Es stellte sich heraus, dass der Mann ein Soldat der römischen Armee gewesen war. Daher wurde Fabritius des »versuchten Mordes und des Diebstahls an einem ehrenhaften Bürger Romas« angeklagt und zum Kampf in der Arena verurteilt. Er hatte Glück, dass er wegen seiner Statur und seiner Herkunft als Gladiator ausgebildet wurde und nicht, wie viele andere Verbrecher, im Morgenprogramm der Spiele auf unehrenhafte Weise sterben musste.

Nachdem Fabritius sich ihr offenbart hatte, wollte Meduana endlich wissen, weshalb Cicero ihn damals vor Gericht verteidigt hatte. Es schien ihm immer noch schwer zu fallen, darüber zu sprechen: »Nach meinen Siegen in der Arena wurde mir ein neues Leben geschenkt. Gerade hatte ich das Anwesen erworben, da begab ich mich, wie oft des Nachts, zu einer Hure. Ich hatte im Übermaß gesoffen und konnte meinen Mann nicht stehen. Die Hure lachte über mich ... Ja, sie lachte mich tatsächlich aus! Dann stellte sie infrage, dass ich ein ehrenvoller Gladiator sei. Das kränkte mich zutiefst. Mir war, als lache sie auch über die Entbehrungen, die ich erdulden musste und über die Todesangst, die mich begleitet hat wie ein böser Dämon. Sie wollte trotzdem ihren Lohn. Dann schlug ich sie im Rausch zusammen ... Sie war nur eine Hure, doch meine Scham war groß, und ist sie noch bis heute. Das Weib war auch die Tochter einer Mutter, vielleicht selbst die Mutter eines Sohnes - und ich hätte sie beinahe erwürgt! Ich wollte nicht mehr dieser Mann sein, der aus dem Mitleid seiner selbst zum Dämon wird. Cicero hat mich gerettet, nach seiner Rede stand ich vor Gericht als guter Mensch da. Die Hure musste sich bei mir entschuldigen, obwohl sie kaum mehr laufen konnte, das arme Ding. Ich gab ihr später ein paar Münzen für einen Medicus und neue Kleider. Ich weiß, sie hat mir längst verziehen ...«

Ein Jahr später starb der alte Lanista. Eines Morgens lag er mit seinem Gladiatorenschwert in der Hand friedlich auf einer Liege im Speisezimmer und war tot. Es machte ganz den Anschein, als wenn er mit dem Sterben gewartet hätte, bis sein Weib heimgekehrt war und seine Enkel alt genug waren, um zu überleben. Priscos ließ am Grab des Lanista eine Steinplatte aufstellen, auf der der Name seines Freundes und das Bildnis eines Gladiators der Gattung Thraex in Siegerpose eingemeißelt war. Mit einem Lorbeerkranz und einem Palmenblatt verziert. Meduana hätte seine Leiche gerne verbrannt, um seiner Seele die Wanderung zu erleichtern, aber Fabritius hatte sich eine romanische Bestattung gewünscht. Sie pflanzten einen kleinen Lorbeerbusch auf sein Grab, als Symbol für seine Siege, daneben einen Apfelbaum – er sollte seiner Seele Frieden bringen.

Einige Tage bevor er das Leben aufgab, hatte Fabritius sich noch um seinen Bienenstock gekümmert und danach zu Meduana in den Garten gesetzt. Während sie die Wildkräuter aus den Beeten zupfte, hatte er zu ihr gesagt: »Wenn die Götter meinen, dass meine Seele erneut geboren werden soll, dann möchte ich dich wiedersehen und mit dir leben dürfen, Meduana, es wäre nicht so schwer gewesen, dir alles zu verzeihen …«

Im folgenden Jahr verließ Caesar sein Winterlager in Bibracte mit der Absicht, die gallischen Stammesführer zur Rechenschaft zu ziehen. Um seine Herrschaft zu festigen, musste er die Untreuen bestrafen. Es war sein letzter Feldzug in Gallien. Wer sich ihm nicht unterwerfen wollte, wurde gnadenlos gerichtet. Gotuatus, der in seinen Augen der Urheber des letzten großen Aufstandes gewesen war, ließ er aufspüren und in Ketten legen. Der Druide wurde vor den Augen seiner Landsleute zu Tode gepeitscht. Die römischen Soldaten überfielen gleich danach die heilige Stadt Autricon, um sich der Schätze des Tempels zu bemächtigen. Doch sie hatten nicht mit der verrückten alten Priesterin gerechnet. Als die Soldaten die Anhöhe erreichten, stand das Heiligtum bereits in Flammen. Das Gebälk des mächtigen Gebäudes drohte einzustürzen. Die glühenden Holzbalken brachen bald darauf zusammen, und die Reliquien der Carnuten wurden unter ihnen begraben. Die schwarzverkohlte Leiche von Una konnte erst Tage später aus den verbrannten Überresten des Gebäudes geborgen werden. Wie durch ein Wunder war ihr Körper erhalten geblieben. Sie hatte eine sitzende Haltung eingenommen, die verbrannte Altarfigur der Epona lag in ihrem Schoß. Die Geschichte von der mutigen Priesterin, die die Schätze des Tempels in Autricon mit ihrem Leben verteidigt und die nach ihrem Tod die Gestalt der Muttergöttin Epona angenommen hatte, verbreitete sich bald in ganz Gallien und darüber hinaus. Die Menschen waren davon überzeugt, dass es ein Zeichen der mächtigen Göttin war. Die »schwarze Priesterin« wurde für sie zum Symbol der Hoffnung. Im Laufe der Zeit wurde aus ihr die »Schwarze Madonna«, die bis heute in den südlichen Ländern, vor allem aber in Chartres, sehr verehrt wird.

28. Die Begegnung

Marseille im Juni 2013
Davina saß in Marcs Arbeitszimmer und hatte damit begonnen, ihr Buch zu schreiben. Seit ihrer Rückführung waren die Meduana-Träume ausgeblieben. Sie hatte wohl alles erfahren, was sie erfahren sollte. Dennoch kam es ihr so vor, als würde noch etwas fehlen. Es war, als hätte sie die letzten Seiten eines spannenden Buches gelesen, das nicht zu Ende geschrieben worden war.

Marc war bereits zu Bett gegangen, es war schon spät. Die Isis-Statue hatte in seiner Vitrine ihren Platz gefunden. Sie stand im oberen Teil des Glaskastens auf einer roten Filzunterlage. Durch kleine Halogenlampen konnte das Objekt effektvoll beleuchtet werden, doch an diesem Abend war die Beleuchtung ausgeschaltet. Nur der Monitor des Computers erhellte den Raum.

Davina versuchte sich gerade an ihrem ersten Kapitel. Sie überlegte immer noch, ob sie die Geschichte in der Ich-Form oder in der dritten Person schreiben sollte, da schaltete sich plötzlich der Monitor aus. Sie bewegte die Maus hin und her, nichts geschah. Irgendwo im Zimmer musste dennoch eine Lichtquelle sein. Sie drehte sich um und blickte zur Vitrine hinüber, die hinter ihr an der Wand stand. Ein seltsames Leuchten ging von ihr aus. Die Statue! Davina näherte sich dem Glaskasten. Es war, als würde ein Licht auf sie zukommen. Sie öffnete vorsichtig die Seitenwand der Vitrine und nahm die Statue heraus. Ungewöhnlich warm lag sie in ihren Händen. Dann schien sich der Raum um sie herum auf einmal aufzulösen. In der nächsten

Sekunde fand sie sich in einem Garten mit blühenden Bäumen und Kräutern wieder. Direkt vor ihr saß die ergraute Meduana unter der Krone eines Apfelbaumes. Sie trug eine feine, weiße Tunika und ihre keltischen Insignien. Ihre Haut umspannte ihren Körper wie runzeliges Leder.

Meduana öffnete müde ihre Augen, als wenn sie eben noch geschlafen hätte. Davina wagte es nicht, sie anzusprechen. Die Kriegerin forderte sie auf, ihr zu erklären, wer sie sei.

»Ich bin Davina. Du hast mich in meinen Träumen besucht. Ich kenne dich«, sagte sie.

»Davina? Du hast mir über die Schulter geblickt, während ich das Pergament beschrieb, nicht wahr? Ich habe dich geführt, so gut ich konnte.«

Davina nickte. »Meduana, du glaubst, deine Geschichte sei verloren, aber das ist sie nicht. Die Amphore wurde geborgen, und das Pergament war unversehrt. Ich habe deinen Text in eine andere Sprache übersetzt, viele Menschen werden ihn lesen – ich habe es gelesen.«

»Ich weiß«, antwortete Meduana. »Du bist ein gelehrtes Weib, wie ich.«

»Ja, das kann man so sagen«, bestätigte Davina.

»Lugus hat dich auserwählt!«

»Ich weiß nicht ...«

»Er gab dir das Wissen und das Wort, damit du lehren kannst.«

»Was denn lehren?«

Meduana berührte sie an der Schulter: »Lehre die Menschen die Geschichte und bewahre sie vor dem Unrecht, dann wirst du deiner Bestimmung gerecht.«

Davina schwieg.

»Wovor fürchtest du dich?«, wollte Meduana wissen.

»Ich habe keine Angst. Es ist nur nicht immer so einfach ...«

»Ja, das habe ich auch erfahren müssen. Die Auserwählten

hören nicht zu, und die Wissenden schweigen.« Eine Weile saßen sie wortlos zusammen.

»Ist es nicht seltsam?«, fragte die Kriegerin in die Stille hinein, »am Ende bewegt mich mehr als alles andere erneut die Frage, ob ich das Schicksal hätte ändern können. Wenn wir auf unsere Herzen hören würden, und es so nehmen könnten, wie es ist, dann gäbe es kein Leid.«

»Ja, das stimmt«, antwortete Davina. Sie wusste, dass die Zeit abgelaufen war und Meduana sterben würde. Als sie von ihr berührt wurde, konnte sie es fühlen. Es waren die Finger eines Geistes gewesen, kalt und transparent. Die Kriegerin schloss ihre Augen und lächelte still in sich hinein.

»Ich werde jetzt gehen«, flüsterte Meduana.

»Gute Reise, Fürstentochter«, sagte Davina leise.

Meduana lag im Schatten eines blühenden Apfelbaumes und schlief. In ihrem Traum erschien ihr wieder die Frau, die so ungewöhnlich gekleidet war. Sie sprachen miteinander, als wenn sie sich kennen würden. Nachdem die Frau sich von ihr verabschiedet hatte, erfüllte Meduana eine tiefe Zufriedenheit. Ihr Herz strahlte eine wohltuende Wärme aus, ihr Körper wurde leicht. Dann löste sich ihre Seele von ihrem Leib und blickte von oben auf ihn herab, wie er am Fuße des Apfelbaumes lag. Sie stieg durch seine Äste hindurch immer höher hinauf, um sich dann leise, mit dem warmen Wind des Ostens, auf ihren Weg nach Avallon zu machen.

Marseille im August 2018

Das Telefon klingelte. »Allô!«, sagte Davina

»Dupont hier, guten Tag Frau Dr. Forgeron!«

»Professor Dupont? Was für eine Überraschung! Na, wie bekommt Ihnen der Ruhestand?«

»Na ja, ich muss mich noch daran gewöhnen. Ab und zu halte

ich ja auch noch Vorträge, aber es ist ruhig geworden um mich, ich habe jetzt viel Zeit zum Lesen und auch zum Recherchieren …«

»Immerhin haben Sie damals einen großartigen Abschied feiern können. Selbst der Präsident hat Ihnen gratuliert! Ich heiße übrigens nicht Forgeron, ich habe meinen Namen behalten.«

»Aber Ihren Roman haben Sie unter dem Namen Forgeron veröffentlicht.«

»Ja, ich wollte ihn nicht unter dem gleichen Namen veröffentlichen wie meine wissenschaftlichen Abhandlungen, das schien mir nicht passend zu sein. Außerdem hat mein Mann ja auch einiges zu dem Buch beigetragen.«

»Genau darüber wollte ich mit Ihnen sprechen.«

»Ach, ja?«

»Ja. Ihr Französisch ist übrigens ganz excellent!«

»Danke! Worüber wollten Sie denn mit mir sprechen, über meinen Mann oder über meinen Roman?«

»Über Ihren Roman. Ich habe ihn gelesen.«

»Oh, das ehrt mich! Hat er Ihnen gefallen?«

»Nun, ich habe ja schon während unserer Arbeit erfahren, dass Sie viel Fantasie besitzen … Er liest sich zwar ganz gut, ist mir aber in weiten Teilen zu sehr an der Realität vorbei. Wie Sie den Professor darstellen, finde ich auch etwas überzogen, aber das gehört ja zu Ihrer schriftstellerischen Freiheit, und die möchte ich Ihnen natürlich nicht absprechen. Seit dem Anschlag der Islamisten auf die Redaktion dieser Satirezeitschrift in Paris darf man ja auch nichts mehr kritisieren, ohne gleich als Gegner der Meinungsfreiheit zu gelten. Eigentlich habe ich nur eine Frage.«

»Und die wäre?«

»Haben Sie die Episode mit der Bergung der Statue auch frei erfunden, oder ist da etwas dran?« Davina verstummte.

»Verzeihen Sie meine Aufdringlichkeit, wenn es frei erfunden sein sollte. Aber ich muss es wissen! Haben Sie mich damals belogen? Waren Sie tatsächlich mit Ihrem Mann in Chartres und haben sich die Statue illegal beschafft? Und wenn ja, woher wussten Sie davon?«

»Wenn ich Ihnen jetzt die Wahrheit sage, werden Sie es für sich behalten? Sie haben doch jetzt nichts mehr zu verlieren …«

»Oh doch, das habe ich, Frau Dr. Martin! Mein guter Ruf ist mir immer noch viel wert, auch wenn ich mich im Ruhestand befinde. Aber, wenn ich ehrlich bin, es bereitet mir schlaflose Nächte, auch die vermeintliche Tatsache, dass Sie mich belogen haben könnten.«

Davina überlegte einen Moment. Sie war mit Marc damals mehrere Varianten durchgegangen, was sie zu ihrem Schutz vorbringen könnten, wenn die Sache mit der Statue doch noch auffliegen sollte. Herr Dupont hakte nach: »Vielleicht interessiert es Sie, dass ich mit der Mitarbeiterin telefoniert habe, die damals für Ihren Mann im Musée d'Histoire gearbeitet hat. Sie konnte sich an das Artefakt erinnern. Sie ist wohl in dem Glauben gelassen worden, dass die Restaurierung von mir persönlich in Auftrag gegeben wurde. Ihre Arbeit wurde nicht dokumentiert, und das Artefakt wurde auch nicht in den Katalog des Museums mit aufgenommen. Was sagen Sie dazu?« Davina blieb nichts anderes übrig, als ihm zu antworten. Sie wählte die Variante aus, die ihr in dieser Situation am ehrlichsten erschien und dennoch niemanden in ernsthafte Schwierigkeiten bringen würde.

»Okay, ich sage es Ihnen. Aber Sie müssen wissen, dass wir Ihnen die Wahrheit verschwiegen haben, weil wir dachten, dass Sie uns nicht glauben würden, und auch, weil die Sache ein schlechtes Licht auf das Projekt geworfen hätte, wenn es rausgekommen wäre …«

»Kommen Sie zur Sache, Frau Doktor!«

»Es war im Grunde ein verrückter Zufall. Marc bekam eines Tages einen Anruf aus Chartres, von einem alten Freund. Der erzählte ihm, ein Bekannter habe im Steinbruch einen Fund gemacht. Da war wohl ein ehrenamtlicher Schatzsucher am Werk, um es mal vorsichtig auszudrücken … Sie wissen ja, wovon ich spreche. Das ist ähnlich abgelaufen, wie bei der Scheibe von Nebra. Der Finder wollte anonym bleiben, ihm ging es nur um das Geld. Und wir wollten dafür sorgen, dass der Schatz nicht in die falschen Hände gerät.«

»Und?«

»Wir haben ihm den Fund auf gut Glück abgekauft, und ihn restaurieren lassen.«

»Auf Kosten des Staates Frankreich, nehme ich mal an …«

»Ja, wir haben es nicht aus eigener Tasche bezahlt, das wäre ja auch ziemlich auffällig gewesen«, gab Davina zu.

»Und weiter?«

»Wir waren beide mehr als erstaunt, dass die Figur der Statue sehr ähnlich war, wie sie von der keltischen Frau im Pergament beschrieben wurde.«

»Haben Sie eine Datierung vornehmen lassen?«

»Nein.«

»Das hätte ich von Ihnen beiden wirklich nicht erwartet, ehrlich, das ist alles sehr merkwürdig … Warum haben Sie mich denn nicht informiert?«

»Was hätten Sie denn getan? Hätten Sie die Sache für sich behalten?«

»Nein, in der Tat, das hätte ich nicht. Ich hätte den Dieb angezeigt und die Presse informiert!«

»Glauben Sie, dass das dem Erfolg der Sonderausstellung in Marseille und Ihrem glorreichen Abgang dienlich gewesen wäre, wenn bekannt geworden wäre, dass zwei Ihrer Mitarbeiter sich auf einen solchen Deal eingelassen haben?«

»Nein, da muss ich Ihnen zustimmen, das wäre aus damaliger Sicht nicht von Vorteil für mich gewesen.«

»Können Sie mich jetzt ein wenig verstehen? Wir sind damals sicher nicht sehr weise damit umgegangen, aber wir wollten auch das Projekt nicht gefährden …«

»Das kann ich nachvollziehen. Aber was ist jetzt mit dem Artefakt, haben Sie es noch?«

»Ja, und es hat seinen Zweck erfüllt …«

»Wie ist das gemeint?«

»Höre ich da raus, dass Sie noch ein Interesse daran haben?«

»Nun ja, ich will es nicht abstreiten. Ich nehme es Ihnen zwar persönlich übel, dass Sie mir den Fund bis jetzt vorenthalten haben, und in meinen Augen haben Sie ihre Glaubwürdigkeit verspielt, aber unabhängig davon würde ich dafür plädieren, die Statue seriösen Wissenschaftlern und auch der Öffentlichkeit zur Verfügung zu stellen und eine genaue Datierung vorzunehmen. Wenn es auch nicht dieselbe Statue ist, die in dem Pergament beschrieben wurde, so ist sie dennoch ein einzigartiger Beleg für einen frühen Isis-Kult in Gallien. Und es wäre doch auch naheliegend, ihr neben dem Pergament im Pariser Museum einen würdigen Platz zu geben.«

»Ist das Ihr Ernst?«

»Ja, natürlich meine ich das ernst! Es geht hier schließlich um das kulturelle Erbe Frankreichs! Wir reden hier doch nicht über ein verbogenes Schwert! Diese Figur hat einen besonderen Wert, ähnlich wie der Helm von Agris. Es kann doch nicht sein, dass Ihnen als Expertin das nicht bewusst ist!«

»Ich weiß, wie wertvoll diese Statue ist, in vielerlei Hinsicht. Wenn Sie mir versprechen, dass Sie die Geschichte für sich behalten und keine Anzeige erstatten, dann händige ich Ihnen den Fund gerne aus. Ich persönlich würde es sogar begrüßen, wenn die Statue ihren Platz neben dem Pergament erhalten würde … Ich bin mir sicher, dass sie genau da hingehört. Wären Sie damit einverstanden?«

»Herrgott, Sie bringen mich jetzt wirklich in Verlegenheit! Mein Gewissen sträubt sich sehr dagegen, eine Lüge daraus zu machen, aber viel schlimmer wäre noch, wenn die Statue eines Tages beim Trödelhändler landen würde ... Ich gebe Ihnen mein Wort, Frau Dr. Martin. Ich habe gute Kontakte. Einen Dieb und einen anonymen Finder werde ich wohl auch noch ausfindig machen können.«

»Soll ich Ihnen die Statue in den nächsten Tagen zuschicken, Herr Professor?«

»Ich bitte darum!«

»Mache ich! Alles Gute, Herr Professor, genießen Sie den Ruhestand!«

»Guten Tag, Frau Dr. Martin!«

Epilog

Poseidonios im Jahre 58 v. d. Z.

»Ich schrieb einst eine Abhandlung über die Völker, darin auch über die Germanen, die sich durch ihre schlichte Lebensweise von den Kelten unterscheiden. Die Abgeschiedenheit des Nordens und ihr Leben in der Wildnis, vermutlich auch wegen der dunklen Winter über einige Monate hinweg, lassen sie im Schatten unseres Reiches leben, das von dem Stand der Sonne und den Göttern des Olymps begünstigt wird. Ihr Gemüt entspricht dem rauen Klima, denn sie weigern sich beharrlich, das Wissen und die Vorzüge unserer Welt zu übernehmen. Dennoch scheinen die Germanen und die Kelten von gleicher Herkunft zu sein, denn von ihrer Gestalt und ihrer Rohheit sind sie sich sehr ähnlich. Auch verehren beide Völker die Götter ihrer Vorzeit.

Nun traf ich ein Jahr zuvor auf ein bemerkenswertes Weib aus Gallien, das mich in meiner Annahme bestärkte, dass es Unterschiede geben müsse zwischen den Germanen und den Kelten. Sie berichtete freimütig und mit Verstand von ihrer eigenen Kultur, und in Erinnerung an diese denkwürdige Begegnung möchte ich meinen Aufzeichnungen das Weitere hinzufügen:

Sie war eine gebildete Priesterin und eine Kriegerin vom Stamme der Carnuten, der mir nicht gänzlich unbekannt gewesen war. Hatte ich doch schon früher Geschichten über die heilige Stätte ihres Reiches und die Menschenopfer zu Ehren ihres gehörnten Stammesgottes gehört. Wahrlich, ich bin überrascht gewesen von ihrer Gelehrigkeit und erstaunt über ihre Wissbegierde. Für ein Weib ist dies sehr ungewöhnlich, und ich fragte mich nach unserer Begegnung, ob wir den Göttern nicht doch Unrecht damit tun, wenn wir das Weib dem Manne unterordnen. Ihr Volk erkennt das andere Geschlecht mit seinen Besonderheiten an, die Priesterinnen haben einen großen Einfluss. So vieles hat sie mir berichtet, das nicht verloren gehen sollte, dass ich sie darin bestärkte, ihr Wissen aufzuschreiben.

Ihr Stamm besiedelt ein Gebiet südlich des Stroms »Sequana«, an dem die parisische Stadt Lutetia liegt, und einen begrenzten Raum am Liger. Ihr Land muss klimatisch und von seiner Beschaffenheit her gut geeignet für den Ackerbau und besonders fruchtbar sein. So können sie durch ihre Kenntnisse stets für reiche Ernten sorgen. Auch verstehen sie sich in der Viehhaltung, die sich aber nicht, wie bei uns, durch die Auswahl der geeignetsten Tiere auszeichnet. Vielmehr ist es das halbwilde Fleisch der Schweine, Schafe und Rinder, das sie gerne und in großen Mengen zu sich nehmen, und es scheint ihnen verträglich zu sein.

Über ihr Handwerk erfuhr ich, dass sie auf die Herstellung von feinen Stoffen aus Wolle und auch Lein spezialisiert sind, auf die Verarbeitung von Pelzen und die Veredelung und Herstellung von Gegenständen aus Metall, wobei sie den für ihre Schmiedekunst bekannten Biturigern in ihrer Fertigkeit nicht ebenbürtig sind. Sie nutzen auch die Wasserwege zum Transport ihrer Erzeugnisse und bilden dafür eigene Schiffslenker aus. Auch haben sie ein Münzsystem entwickelt, das unserem sehr ähnlich ist. Sie handeln über weite Wege mit allen Völkern der bekannten Welt.

Doch ihre ganze Größe erlangten die Carnuten erst durch ein Heiligtum aus ihrer Vorzeit. Die angesehensten Männer ihres Volkes finden sich an diesem Ort zusammen, um zu den Mondfesten ihre geheimen Treffen abzuhalten.

Das Oppidum Autricum, die ›heilige Stadt am Fluss Autura‹, war lange Zeit der Sitz des Stammesfürsten. Der letzte Fürst aber baute die Stadt Cenabum zu Ehren ihres Gottes Esus aus. Die ›Stadt an der Biegung des Flusses‹, entwickelte sich dann zum Mittelpunkt ihres Territoriums.

Ihre Druiden gründeten in Autricum eine Schule, die in ihrem Reich berühmt war, ähnlich der unsrigen in Rhodos. Dort geben sie ihr ganzes Wissen an die Priester und Druiden weiter, das auch die Kunst der Technik, sowie der Mantik und der der Astrologie umfasst. Die Priester sind in ihrem Rang nicht gleichgestellt, doch beide gehören sie zum höchsten Stand in ihrem Volke und werden als Geistliche und Gelehrte hoch verehrt. Dem folgt der Kriegerstand und der der Händler, Handwerker und Schmiede. Auch die Barden, ihre Hymnensänger, genießen eine hohe Gunst in der Gemeinschaft. Doch sind sie nicht so angesehen wie noch zu meiner Zeit. Ich erwähnte, dass sie sich ihren Herren gegenüber gleich wie Parasiten zeigten.

Die Ausbildung zum Druiden dauert bis zu zwanzig Lebensjahre an, weil sie das Erlernen ihrer Lehren und das der fremden Sprachen durch Zuhilfenahme des geschriebenen Wortes nicht erlauben, was das Lehren und auch das Disputieren aus meiner Sicht erschwert. Dennoch nutzen sie seit langer Zeit für den Handel und Verträge unsere Schrift, denn sie haben tatsächlich keine eigene!«

Historische Zeittafel

*(fiktive Angaben, *nur das Jahr ist fiktiv)*

Um 600 v.d.Z. Gründung der griechischen Kolonie Massalia

Um 500 v.d.Z. Der griechische Geschichtsschreiber Hekataios von Milet erwähnt als erster das Volk der Kelten

Ab 480 v.d.Z. Beginn der Latènezeit (bis Ende des 1. Jahrhunderts v.d.Z, umfasst die keltische Kultur der europäischen Eisenzeit)

Ab 387 v.d.Z. Keltische Stämme plündern Rom

279 v.d.Z. Kelten plündern das Apollon-Heiligtum in Delphi

135 v.d.Z. Geburt von Poseidonios im syrischen Apameia

117 v.d.Z. *Geburt von Fabritius in Avaricum*

106 v.d.Z. Geburt von *Cicero* und von *Diviciacus**

103 v.d.Z. *Geburt von Meduana in Autricum*

102 v.d.Z. Geburt von Titurius und von Dumnorix*

100 v.d.Z. Vermutetes Geburtsjahr von Caesar

86 v.d.Z. *Meduanas Frauenweihe*

85 v.d.Z. Geburt von Vercingetorix in Gergovia*

81 v.d.Z. *Meduana wird zur Priesterin geweiht*

79 v.d.Z. Geburt von Tasgetius*

78 v.d.Z. *Beginn von Meduanas Mission*

76 v.d.Z. Cicero kehrt von einer Studienreise nach Rom zurück

75 v.d.Z. *Meduanas Hochzeit*

73 v.d.Z. Beginn des Sklavenaufstandes unter Spartacus

72 v.d.Z. Die Sequaner bitten Ariovist um Hilfe gegen die Haeduer

71 v.d.Z. Tod des Spartacus

70 v.d.Z. Crassus und Pompeius werden zum Konsul gewählt, *Meduana kehrt in ihre Heimat zurück*

69 v.d.Z. Caesar wird in den Senat gewählt, *Meduana kämpft für die Haeduer gegen die Sequaner*, Celtillus ernennt sich selbst zum Fürsten und wird von seinen Landsleuten ermordet*

67–62 v.d.Z. *Titurius macht Karriere in der Armee des Pompeius*

63 v.d.Z. Caesar wird in das Amt des Pontifex Maximus gewählt

61 v.d.Z. Die Sueber besiegen die Haeduer in der Schlacht von Magetobriga. Diviciacus entmachtet seinen Bruder Dumnorix und reist nach Rom. Vermutlich trifft er dort auf Cicero

60 v.d.Z. Crassus, Pompeius und Caesar verbünden sich zum Triumvirat und setzen die Wahl Caesars zum Konsul durch

59 v.d.Z. Caesar erhält u.a. die Provinzen Gallia Narbonensis und Cisalpia für fünf Jahre zur Verwaltung. Viele gallische Städte erhalten in diesem Zusammenhang ein römisches Protektorat, *Meduana zieht nach Massalia und lernt dort Poseidonios kennen*

58 – 51 v.d.Z. Beginn und Höhepunkt der römischen Eroberung Galliens durch Caesar

58 v.d.Z. Caesar wird Prokonsul in Gallia Transalpia, Titurius tritt als Legat in seine Armee ein*. Diviciacus bittet Caesar persönlich um Hilfe. Dumnorix verbündet sich mit Orgetorix gegen Caesar

57 v.d.Z. Unterwerfung der belgischen Stämme durch Titurius, Tasgetius wird von Caesar als Stammesführer eingesetzt. Nach diesem Ereignis wird Diviciacus von Caesar nicht mehr erwähnt. *Tod des Vaters von Meduana*

56 v.d.Z. Besetzung Galliens durch die römische Armee

55 v.d.Z. Caesars Aufbruch nach Britannien, Tod des Dumnorix

54 v.d.Z. Aufstände gallischer Stämme. Die Carnuten ermorden Tasgetius, die Druiden Gotuatus und Conetodus übernehmen die Führung. Titurius stirbt bei einem Kampf gegen die Eburonen

53 v.d.Z. Vernichtung der Eburonen durch die römische Armee

52 v.d.Z. Aufstand unter Gotuatus mit dem Überfall auf römische Händler in Cenabum. *Meduana verlässt Massalia und kehrt in ihre Heimat zurück.* Finaler Aufstand der Gallier unter Vercingetorix, Sieg über Caesars Armee in Gergovia zu Beginn des Jahres. Schlacht von Alesia im Spätsommer, Caesars endgültiger Sieg über die gallische Armee

51 v.d.Z. Gotuatus wird hingerichtet, Autricum geplündert. Tod des Poseidonios, vermutlich auf dem Weg nach Rom

49 v.d.Z. Beginn des römischen Bürgerkrieges, *Tod des Fabritius*

46 v.d.Z. Caesar lässt nach seinem Triumphzug durch Rom Vercingetorix erdrosseln, nachdem dieser sechs Jahre im Kerker gesessen hatte. *Meduanas Tod*

44 v.d.Z. Ermordung Caesars

43 v.d.Z. Ermordung Ciceros

Glossar

Personen (*Historische Personen)*

Alexina Celtillus Frau und Vercingetorix Mutter

Ambiacus Vergobret und Lehrer von Meduana und Gotuatus

Ambiorix* Anführer der Eburonen

Anne Holtmann Gebürtige Rheinländerin, Psychotherapeutin und spirituelle Heilerin, lebt in Tübingen

Archimedes* Griechischer Mathematiker, Physiker und Ingenieur. Er gilt als einer der bedeutendsten Mathematiker und Erfinder der Antike

Argiope Gebürtige Griechin, stumme Haushälterin von Fabritius

Ariovist* Berühmter Anführer des germanischen Stammes der Sueber

Aseth Ägyptische Isis-Priesterin. Der Name »Aset« bedeutet »Isis«

Bahram Gebürtig aus Parthia, einem Gebiet im heutigen Iran, Aufseher in Fabritius Gladiatorenschule

Caesar* Gaius Iulius Caesar (damalige Aussprache: [ˈkaɪsar]), Diktator, Feldherr und Autor, der zum Verfall der keltischen Hochkultur und der römischen Republik beitrug

Celtillus* Arvernischer Druide, Vater von Vercingetorix

Cicero* Marcus Tullius Cicero (damalige Aussprache: [ˈkɪkɛro]), berühmter Anwalt, Politiker, Schriftsteller, Philosoph und Rhetoriker. 63 v.d.Z. zum Konsul in den Senat gewählt und einer der größten Kritiker Caesars. Nach dessen Tod wurde Cicero auf Befehl von Marcus Antonius ermordet

Conetodus* (auch Conetodunus) Plante mit Gotuatus den Aufstand der Carnuten gegen die römischen Besatzer

Congetiatos Salluvischer Sklave und Medicus von Titurius

Crassus* Konsul Marcus Licinius Crassus. Durch sein Vermögen versuchte er im Bündnis mit Caesar und Pompeius eine führende Stellung im Senat einzunehmen

Cratacus Bruder von Gobannix, Vater von Tasgetius

Davina Martin Wissenschaftlerin aus Berlin mit einer großen Abneigung gegenüber unerklärlichen Phänomenen

Decimus Ehemaliger Gladiator, Primus Pilus unter Titurius

Diocles Gladiator griechischer Herkunft

Diviciacus* Berühmter Druide, Bruder von Dumnorix, unterstützte Caesar im Gallischen Krieg und wurde von diesem lobend erwähnt

Dumnorix* Stammesfürst der Haeduer, jüngerer Bruder von Diviciacus, erboste Caesar mit seinem rebellischen Verhalten

Eponaia Priesterin und Freundin von Meduana

Fabritius Bituriger mit dem keltischen Namen Bellovesos, wird von den Römern »Fabritius Bellus Bellovesus« genannt (»Der schöne Schmied, keltischer Herkunft«), Gladiatorenmeister

Fürstin von Vix* Nach einem spektakulären Grabfund im Burgund (1953) benannte keltische Frau aus der frühen Latènezeit. Im Roman als Redewendung für eine Frau, die herrschsüchtig ist oder sich einem Mann gegenüber nicht respektvoll zeigt

Gobannitio* (auch Gobannitius) Bruder von Celtillus, Onkel von Vercingetorix. Vermutlich von den Römern als Fürst eingesetzt

Gobannix Stammesfürst der Carnuten und Vater von Meduana

Gotuatus* Druide, der laut Caesar die Carnuten anführte. Im Roman ein Schüler von Ambiacus. Er spielte im Gallischen Krieg eine nicht unbedeutende Rolle

Jan Hendrik Vulkanologe und Abenteurer, Davinas langjähriger Lebensgefährte

Labienus* Titus Labienus diente im Gallischen Krieg als Legat unter Caesar. 52 v.d.Z. siegte er u.a. über die Haeduer

Litavia Erfahrene carnutische Kriegerin

Luernios Carnutischer Schwertmeister

Marc Forgeron Studierter Konservator aus Bordeaux, spiritueller Feingeist und eitler Charmeur

Medina Frau von Cratacus und Mutter von Tasgetius

Meduana Carnutische Fürstentochter

Merlius Ältester Druide der Arverner und Lehrer von Vercingetorix

Mithridates* König von Pontos (134 bis 63 v.d.Z.), dem größten und einflussreichsten Reich Kleinasiens zu der Zeit

Olivier Dupont Renommierter Professor an der Universität Sorbonne, Paris

Orgetorix* Selbsternannter Fürst der Helvetier, Verbündeter und Schwiegervater von Dumnorix

Platon* Wohl der bekannteste Philosoph der Antike. Seine Werke und die seines Schülers Aristoteles bildeten die Grundlage für die islamische und damit auch die moderne Wissenschaft

Pompeius* Konsul Gnaeus Pompeius Magnus. Erfolgreicher Feldherr und Politiker, wurde später zum Gegenspieler Caesars. 48 v.d.Z. verlor er gegen Caesar den Kampf um die Republik. Er floh nach Ägypten und wurde kurz darauf ermordet

Poseidonios* Bedeutender Philosoph, Geschichtsschreiber und Universalgelehrter der Antike. Er wurde in Syrien (Apameia) geboren, war aber griechischer Herkunft. Nach dem Studium in Athen ließ er sich als Lehrer und Diplomat auf der Insel Rhodos nieder. Viele Chronisten beriefen sich auf ihn oder schrieben nachweislich von ihm ab, so auch Caesar und Cicero

Priscos Gladiator gallischer Herkunft, vormals Händler aus Tolosa

Sarah Französische Lebensgefährtin von Theresa, Yogalehrerin

Segamar Biturigischer Schmied, Sohn von Fabritius

Sergiolus »Sergio«, junger Gladiator italischer Herkunft

Spock Wissenschaftsoffizier an Bord des legendären Raumschiffs Enterprise, gespielt von Leonard Simon Nimoy († 27. Februar 2015)

Sulla, Diktator* Lucius Cornelius Sulla Felix, römischer Diktator von 138 bis 78 v.d.Z.

Tasgetius* (Tasgetios) Sohn von Cratacus

Taurin Carnutischer Haudegen, erfahrener Krieger

Theresa Gebürtige Kölnerin, ehemalige Geschichtslehrerin, Yogalehrerin in Chartres

Titurius* Quintus Titurius Sabinus, diente als Legat unter Caesar im Gallischen Krieg

Una Carnutische Priesterin und Mutter von Meduana

Vercingetorix* (Vercingetios) Sohn des Celtillus. Französischer Nationalheld mit einer ähnlichen Bedeutung wie Hermann der Cherusker in Westfalen

Zenon von Kition* Berühmter hellenistischer Philosoph und Begründer der Stoa, der um 332 v.d.Z. im Königreich Kition auf Zypern geboren wurde und später in Athen lehrte

Städte, Regionen und Orte

Albion Britische Hauptinsel, Teil des antiken Britanniens

Alesia Keltisches Oppidum, Hauptstadt der keltischen Mandubier. Die Stadt befand sich auf dem Mont Auxois im Burgund und war Schauplatz der letzten großen Schlacht im Gallischen Krieg; heute Alise-Sainte-Reine, archäologische Ausgrabungsstätte und Standort des berühmten Vercingetorix-Denkmals von Aimé Millet

Altinum Gehört heute zu Venedig, Ausgrabungsort, alte Nekropole

Aquileia 181 v.d.Z. als Militärkolonie gegründet, wurde die Stadt zu einem wichtigen Handelszentrum im römischen Reich, nordöstlich vom heutigen Venedig gelegen

Aquitanien Historische Provinz; heute eine Region im Südwesten Frankreichs. Das Gebiet südlich der Garonne wurde schon von Caesar als Aquitanien bezeichnet. Die Einwohner sprachen wohl nicht Keltisch

Aremorica Heutige Bretagne – »Land am Meer«

Athenai Name der antiken Stadt Athen, Zentrum der hellenistischen Kultur. Wurde 86 v.d.Z. von Sulla angegriffen und erobert

Atuatuca Auch »Aduatuca«, eine Siedlung im Gebiet der Eburonen, das zwischen den Flüssen Maas und Rhein vermutet wird. Dort erlitt Caesar eine seiner größten Niederlagen im Gallischen Krieg

Autricon/Autricum Laut Caesar das spirituelle Zentrum der keltischen

Stämme Nordgalliens. Im Roman Wohnsitz des Fürsten Gobannix und Meduanas Geburtsort; heute Chartres

Avaricon/Avaricum Auch »Avariko«, Hauptstadt des Stammes der Bituriger, am Fluss Avara (heute »Yèvre«) gelegen. War wohl eine der schönsten und größten Städte in Gallien, bevor Caesar sie durch seine Truppen plündern und zerstören ließ; heute Bourges

Bibracte Hauptstadt der Haeduer auf dem Mont Beuvray im Burgund, nahe der heutigen Stadt Autun. Caesar hielt sich dort im Winter 52/51 v.d.Z. auf und beendete seine Commentarii de Bello Gallico; heute Forschungs- und Ausgrabungsstätte mit einem großen Kelten-Museum, Rekonstruktionen und einer Vielzahl an Ausgrabungen

Bordeaux Metropole im Südwesten Frankreichs. Sie wurde von den Römern zur Hauptstadt der Provinz Aquitania erhoben; auch heute noch Hauptstadt der Region Aquitanien

Cenabon/Cenabum Bedeutende Handelsstadt der Carnuten, im Roman die spätere Hauptstadt (die keltische Bezeichnung ist aus der römischen abgeleitet). Historisch belegt als Ort des Widerstandes gegen die römischen Invasoren; heute Orléans

Corent Kleiner Ort in der Region Auvergne. Bei archäologischen Ausgrabungen wurden in den letzten Jahren auf dem Plateau neben Gebäuden, einem Tempel und Tierskeletten auch große Mengen zerbrochener italienischer Weinamphoren gefunden. Corent gilt nach heutigen Erkenntnissen als bedeutende, keltische Kultstätte

Etruria Frühe römische Bezeichnung für das Land der Etrusker, Teil der heutigen Toskana; erst unter Kaiser Augustus »Tuscia« (Toscana) genannt

Gallien Aus Sicht der Römer alle Gebiete des westlichen Europas, die überwiegend von keltischen Stämmen besiedelt wurden. Gallien umfasste größtenteils das heutige Frankreich, Teile der heutigen Schweiz, Süddeutschlands und Norditaliens

Gergovia Stadt der Arverner; heute Teil von Gergovie in der Region Auvergne. Ausgrabungsort mit einem kleinen Museum und einem Denkmal für Vercingetorix in Erinnerung an die »Schlacht von Gergovia« im Jahre 52 v.d.Z.

Interamna Stadt im heutigen Umbrien, ca. 100 km nordöstlich von Rom gelegen. Im Römischen Reich war sie eine wichtige Handelsstation an der Via Flaminia; heute Terni

Köln wurde von den Römern als Oppidum Ubiorum gegründet und später zur eigenständigen Stadt erhoben

Liguria Auch heute noch die Region Ligurien in Norditalien mit der Hauptstadt Genua, die vermutlich vor der römischen Herrschaft eine griechische Kolonie war

Magetobriga »Schlacht von Magetobriga«, fand vermutlich noch vor 61 v.d.Z. in der Nähe von Autun (bei Bibracte) statt. Laut Caesar war sie der Höhepunkt des Krieges zwischen den überwiegend germanischen Suebern unter Ariovist und einer Allianz aus gallischen Stämmen, die von den Haeduern angeführt wurde. Ariovist siegte über die gegnerische Armee und eroberte große Gebiete in Westgallien, die er von seinen Landsleuten besiedeln ließ

Marsal Franz. Stadt an der Seille, in der schon zur Eisenzeit und bis ins 1. Jahrhundert Salz gewonnen wurde

Massalia Bis 49 v.d.Z. unabhängige griechische Kolonie, bedeutende Hafenstadt in der Antike; heute Marseille

Narbonensis Ursprünglich Gallia transalpina, später Gallia Narbonensis, wurde um 125 v.d.Z. zur römischen Provinz

Rom Lat.»Roma«. Hauptstadt des römischen Imperiums in der Antike; heute Hauptstadt Italiens

Taurin Name fiktiv; lat.»Taurini«. Herkunft vom keltischen Stamm der Tauriner; heute die Großstadt Turin

Tolosa Wurde berühmt wegen der Geschichte um das »Gold von Tolosa«, das von keltischen Kriegern aus dem griechischen »Orakel von Delphi« entwendet und nach Tolosa gebracht worden sein soll. 105 v.d.Z. wurde die Stadt von den Römern erobert, der Schatz aus Delphi geborgen und nach Massalia transportiert. Angeblich ist er dort nie angekommen; heute Toulouse

Tours Ist die Hauptstadt eines französischen Départements der Region Centre. Der Name der Stadt leitet sich von dem gallischen Stamm der Turonen ab

Tübingen Aus der keltischen Hallstattzeit sind im Stadtgebiet zahlreiche Grabhügel bekannt. Heute ist Tübingen die zwölftgrößte Stadt von Baden-Württemberg

Vetulonia Ursprünglich ein etruskischer Ort, dem nach bedeutenden archäologischen Ausgrabungen 1887 sein antiker Name zurückgegeben wurde. Die Stadt liegt ca. 200 km nordwestlich von Rom

Vienna Handelsstadt und frühere Hauptstadt des keltischen Stammes der Allobroger; heute Vienne

Flüsse und Gewässer

Tiberis Der Tiber bei Rom

Armançon Ein Fluss im Burgund

Autura Der Eure bei Chartres

Elave Der Allier bei Clermont-Ferrand

Liger Die Loire bei Orléans

Rhodano/Rhodanus Die Rhône

Rhenos/Rhenus Der Rhein

Sequana Die Seine bei Paris

Das Südliche Meer Das Mittelmeer

Gebirge

Cebennen Zentralmassiv im Süden Frankreichs

Himmelgebirge Die Alpen

Tempelberg Der Puy-de-Dome, ein Vulkankegel in der Auvergne

Eigennamen und Begriffe

Advocatus Römischer Rechtsanwalt

Astralreise Außerkörperliche Erfahrung (AKE). Ein Erlebnis, bei dem sich die Betroffenen nach eigenen Angaben außerhalb ihres eigenen Körpers befinden und sich selbst von außen betrachten können. Die Ursachen sind Gegenstand der Gehirnforschung und werden als Störungen bestimmter Gehirnfunktionen beschrieben, ausgelöst durch Unfälle, Übermüdung oder Stress, aber auch im Zusammenhang mit der Möglichkeit eines höheren menschlichen Bewusstseins

Augur Ein römischer Beamter, der vorhersagte, ob ein geplantes Unternehmen von den Göttern begünstigt wurde oder nicht. Er deutete das Verhalten der Tiere, Wetterlagen und andere Naturphänomene. Das Amt war sehr begehrt, da die Auguren auch Einfluss auf die Rechtsprechung und wichtige politische Entscheidungen hatten. Viele Senatoren hatten dieses Amt inne, z.B. Caesar und später auch Cicero

Aureus Römische Goldmünze; 1 Aureus = 25 Denare = 100 Sesterzen = 400 Asse

Aurum Lat. »Gold«

Avall Der Apfel: Die heilige Frucht des Paradieses bzw. des »Jenseits« der Kelten. Der Holzapfel kam vermutlich mit römischen Händlern im zweiten Jahrhundert v.d.Z. nach Nordeuropa

Carnyx Carnyces sind eisenzeitliche Blasinstrumente; hornartig gebogene Bronzetrompeten, die beim Blasen aufrecht gehalten wurden. Die Mündung ist meist als Eberkopf geformt. Genutzt wurde die Carnyx bei Kriegszügen und vermutlich auch bei Kulthandlungen

Comitia Verschiedene Gruppen der Volksvertretung im antiken Rom

Consul Auch »Consulares«. War das höchste zivile und militärische Amt im Römischen Reich. Es wurden jährlich zwei Konsuln gewählt. Nach ihnen wurden die Jahre benannt. Ein ehemaliger Konsul gehörte bis zu seinem Tode der senatorischen Elite an

Corpus Hermeticum Eine Sammlung von griechischen Texten über die Entstehung der Welt, die Gestalt des Kosmos und religiöse Weisheiten. Als Verfasser gilt seit der Antike der Gott Hermes Trismegistos. Die Sammlung gilt als wichtigste Quelle der hermetischen Geheimlehre

De Bello Gallico »Commentarii de Bello Gallico«; der Bericht von Gaius Iulius Caesar über den Gallischen Krieg. Er gehört zu den bedeutendsten Werken der lateinischen Literatur und stellt die einzige sichere Informationsquelle über die gallischen Kelten dar

Denar(ius) Römische Silbermünze

Dolmen Bretonisch für »Steintisch«; ein aus großen Steinblöcken errichtetes Bauwerk, das meist als Grabstätte diente

Drache Altgriech. »drákōn« (Schlange). In der antiken Mythologie ein Mischwesen, dem auch ein Sternzeichen zugeordnet wurde

Epistula Lat. »Brief«

France 24 Internationaler französischer Nachrichtensender mit Auslandsprogramm

Garum Wichtiges Standardgewürz in der antiken römischen Küche

Gladiatorengattungen:
Gallus Den Galliern nachempfunden
Eques Gladiatorengattung der Reiterei
Murmillo Lat. »Kleiner Fisch«
Thraex Den Thrakern nachempfunden, einem alten Volk, das die Griechen und Römer wegen ihrer Stärke sehr verehrten

Gladius Römisches Kurzschwert keltiberischen Ursprungs

Hal (auch Hall) Keltisches Salz

Helm von Agris (Casque d'Agris) 1981 in einer Höhle in der Nähe von Agris, Charente entdeckt. Ein Meisterwerk der keltischen Kunst, mit reinem Blattgold bedeckt und Korallendekorationen versehen, die mit Silbernieten befestigt sind. Der Helm ist mit Motiven verziert, die auf einen etruskischen und griechischen Einfluss schließen lassen

Hörnersattel Bequemer, keltischer Ledersattel ohne Steigbügel, wurde auch von den Römern sehr geschätzt

Hospitium publicum Lat. »Öffentliches Gastrecht«. Durch römischen Senatsbeschluss an auswärtige Städte, Gemeinden oder Stämme verliehener (Rechts-)Schutz für Händler

Kabbala Mystische Tradition des Judentums, jahrhundertelang nur mündlich überliefert

Kalamos Antikes Schreibrohr aus Schilf

Karma (»Wirken, Tat«) ein spirituelles Konzept, nach dem jede Handlung und jeder Gedanke unweigerlich eine Auswirkung hat (Ursache-Wirkung-Prinzip). Diese kann sich im gegenwärtigen oder auch in einem zukünftigen Leben manifestieren. Die Lehre vom Karma ist eng mit dem Glauben an den Kreislauf der Wiedergeburten verknüpft. Karma entsteht nicht aufgrund einer göttlichen Beurteilung (Gnade oder Strafe)

Keltischer Denarius Keltische Währung ab 200 v.d.Z, später auch dem Gewicht und Aussehen der römischen Münzen nachempfunden

Kohorte Lat. cohors »umfriedeter Raum«. Eine militärische Untereinheit der römischen Legion. Eine Legion wurde meist in zehn Kohorten gegliedert

Latifundium Ein großes Landgut. Die Latifundien verdrängten in der späten Republik viele kleinbäuerliche Gutshöfe, sie wurden überwiegend von Sklaven bewirtschaftet. Wichtigste Wirtschaftsform war die Viehzucht, aber auch der Oliven- und Weinanbau. Der Getreideanbau war im Rahmen der Sklavenwirtschaft unrentabel

Legat Kommandeur einer römischen Legion, vergleichbar mit dem Dienstgrad eines Generals

Mantik Altgriechische Kunst der Zukunftsdeutung und Erforschung des Willens der Götter

Medicus Antiker römischer Sanitäter oder Arzt, häufig Sklaven

Oppidum Römischer Begriff für eine

befestigte Stadt außerhalb des Imperiums (Mehrzahl: Oppida)

Ore der Götter Keltisch für »Gold«

Patricius Angehöriger der Oberschicht im antiken Rom (von lat. patres für »Vater« oder »Vorfahr«)

Peplos Keltische Gewandung der Frau nach griech. Vorbild

Praefectus Der Präfekt war ein höherer Verwaltungsbeamter oder mit einer wichtigen Aufgabe beim Militär betraut. Präfekten entstammten meist dem Senatoren- oder dem Ritterstand. Praefectus castrorum: Kommandant eines Legionslagers, aufgestiegen aus der Laufbahn eines Centurios

Primus Pilus Lat. primus »der Erste«, der ranghöchste Centurio einer Legion

Protektorat Schutzherrschaft durch Militär und Verwaltung. Nicht gleichbedeutend mit einer Eingliederung in das römische Reich als Provinz

Regia Ein kleines, religiöses Verwaltungsgebäude am Forum Romanum in der Nähe des Vesta-Tempels. In ihr befanden sich u.a. ein wichtiges Heiligtum des Mars, die Annalen der Stadt und Gesetzestexte

Scheibe von Nebra 1999 von Raubgräbern in Ostdeutschland entdeckt. Die Himmelsscheibe besteht aus einer Bronzeplatte mit Applikationen aus Gold. Sie stellt astronomische Phänomene dar

Schriften des Thoth Thoth ist laut der ägyptischen Mythologie u.a. Gott der Wissenschaft, der Schreibkunst, der Sprache, der Weisheit und der Erfinder des Kalenders. Thoth wurde in der griechischen Mythologie mit Hermes gleichgesetzt und später zu Hermes Trismegistos

Septem artes liberales Die Hauptstudienfächer der Spätantike: Grammatik, Rhetorik, Dialektik, Arithmetik, Geometrie, Musik und Astronomie. Sie bildeten die Grundlage für alle weiteren Studien und dienten der Schulung des Geistes in philosophischer wie auch religiöser Hinsicht

Sesterzen Römische Münzen aus Messing

Sistrum (Mehrzahl »Sistren«) Ein historisches Rasselinstrument aus Mesopotamien. Zur Zeit der römischen Republik verwendeten Priesterinnen des Isis-Kultes Sistren bei religiösen Zeremonien

Taberna Antike römische Schankstube/Gasthaus

Templer Mitglied des geistlichen Ritterordens, 1118 zur Zeit der ersten Kreuzzüge gegründet. Er vereinte die Ideale des adligen Rittertums mit denen der Mönche und unterstand direkt dem Papst. Auf Druck des französischen Königs Philipp IV. wurde der Orden von Papst Clemens V. im März 1312 auf dem Konzil von Vienne aufgelöst. Einige Mitglieder schlossen sich daraufhin anderen Orden und Geheimbünden an, die teilweise bis heute existieren

Torques Lat. torquere, »drehen«. Häufig gewundener Halsring aus Bronze oder Gold. Statussymbol mit spiritueller Bedeutung, das in vielen keltischen Gräbern gefunden wurde. Der Schmuck war schon bei den Skythen und den Persern Teil der herrschaftlichen Tracht

Tribun Ein höherer Offizier der römischen Armee

Tribus Jeder freie Bürger musste in einer Tribus eingeschrieben sein. Nach diesen wurde die Volksversammlung benannt (»comitia populi tributa«).

Vates Seher; Druide mit der Gabe, in die Zukunft zu sehen

Vergobret Oberster geistlicher Druide und höchster Richter

Vestalin Die Vestalischen Jungfrauen (lat. virgo vestalis) waren der Göttin Vesta geweiht und dienten unter dem Pontifex dem römischen Volk als »Glücksbringer für Heim und Herd«

Via Aurelia Eine alte Handelsstraße, die Aurelius Cotta im Jahr 241 v.d.Z. in Auftrag gab. Sie verlief von Rom aus die Küste entlang bis Pisa

Via Flaminia Die berühmte Handelsstraße, die Rom seit der Antike mit der Adriaküste verbindet. Sie wurde 220 v.d.Z. angelegt und führte ursprünglich bis Ariminum (heute Rimini). In ihrer Geschichte änderte sich mehrfach ihr Verlauf. Heute die »Strada Statale 3 Via Flaminia«

Volkstribun Ein gewählter politischer Amtsträger aus dem Volk. Das Amt diente Politikern, die im Senat keine Mehrheit finden konnten, als Druckmittel. Um dem entgegenzuwirken, beschränkte Sulla seine Möglichkeiten. Außerdem mussten die Volkstribune ihre Gesetzesinitiativen jetzt mit dem Senat abstimmen, was ihnen jegliche Möglichkeit zum eigenständigen Handeln nahm. Diese Einschränkungen wurden von Pompeius und Crassus während ihres ersten Konsulats wieder aufgehoben

Danksagung

Ein herzliches Dankeschön an alle, die meinen Roman begleitet haben!

Insbesondere danke ich meinem Mann Michael für seine Unterstützung, seine Geduld und die wunderbaren Reisen zu den Orten des Geschehens in Frankreich und Italien; Heike Schlifter für die magischen Worte, die mich dazu bewogen haben, die ersten Zeilen niederzuschreiben; Sandra Hager für ihre starken Nerven und ihren Humor; Marielis Brommund für das Lesen der ersten Version des Manuskriptes und ihre aufmunternden Worte; meinem Mentor Felix Huby für seine großherzige Unterstützung; Beate Hohlmann, Antje Ohlhoff und Kira Klenke für die fachliche Beratung und die vielen hilfreichen Anmerkungen; Antje Acainas für ihren tollen Französischunterricht und ihre Korrekturen; Björn Lehmann für die fachliche Beratung in Sachen Trickfilmherstellung; Runa Blättermann, Dunja Brommund und Christof Würth als TestleserInnen für ihr Feedback; Wilfried Wurch für die Formatierung des Manuskriptes; meinem Vater, weil er mit diesem Buch seinen ersten und letzten Roman gelesen hat; meiner treuen Schwester Ulrike und Inge Mertins-Obbelode für die professionelle Korrektur der Druckdatei; Hubert Klöpfer, meinem Verleger, für seinen Mut und sein Vertrauen; German Neundorfer, der mir als Lektor viele wertvolle Anregungen gegeben und eine bemerkenswerte Arbeit geleistet hat.

Mein Dank gilt auch all den Menschen, die am äußeren Auftritt des Romans mitgewirkt haben, Christiane Hemmerich für die Umschlaggestaltung, Alexander Frank für den Satz und das Layout, insbesondere Horst Schmid für die ganze herstellerische Arbeit zum fertigen Buch. Es steckt eine Menge Arbeit darin … Den Göttern sei Dank!

Katja Brommund, im Sommer 2018